"红色修道院编年史"系列

NAONDEL
MARIA TURTSCHANINOFF

门诺斯岛重生之路

〔芬〕玛丽亚·图特查妮诺夫 著　沈赟璐 译

人民文学出版社

著作权合同登记号　图字 01-2017-0790

NAONDEL
by Maria Turtschaninoff
Original text copyright © by Maria Turtschaninoff，2016
Original edition published by Schildts & Söderströms，2016
Simplified Chinese edition published by agreement with Maria Turtschaninoff and Elina Ahlback Literary Agency，Helsinki，Finland
Simplified Chinese edition copyright ©
Shanghai 99 Readers' Culture Co.，Ltd.，2017
All rights reserved.

图书在版编目(CIP)数据

门诺斯岛重生之路/(芬)玛丽亚·图特查妮诺夫著；沈赟璐译.—北京：人民文学出版社，2017
("红色修道院编年史"系列)
ISBN 978-7-02-013184-6

Ⅰ.①门… Ⅱ.①玛… ②沈… Ⅲ.①长篇小说-芬兰-现代　Ⅳ.①I531.45

中国版本图书馆 CIP 数据核字(2017)第 192423 号

责任编辑	朱卫净　张玉贞
封面设计	汪佳诗

出版发行	人民文学出版社
社　　址	北京市朝内大街 166 号
邮政编码	100705
网　　址	http://www.rw-cn.com

印　刷	宁波市大港印务有限公司
经　销	全国新华书店等

字　　数	265 千字
开　　本	890 毫米×1240 毫米　1/32
印　　张	10.25
版　　次	2018 年 1 月北京第 1 版
印　　次	2018 年 1 月第 1 次印刷

书　　号	978-7-02-013184-6
定　　价	48.00 元

如有印装质量问题，请与本社图书销售中心调换。电话：010-65233595

序　言

　　这份手稿是红色修道院的绝密档案。手稿里包含了纳翁岱尔以及第一代跋涉至门诺斯岛的修女的故事。这里记录了我们的心路历程，一字一句全是由我们亲笔所写。手稿的一部分写于我们到达门诺斯岛之前，另一部分则是在红色修道院建成之后书写完成。手稿中的许多内容仅限于修道院内传阅。这其中的故事纵然艰险，但却不应被世人遗忘。修道院永远不会忘记我们曾经遭受的苦难，它为我们的信徒提供了一处避难所，创造了一个让女性共同工作和学习的地方。愿我们的记忆同修道院一样，永世长存：

　　大嬷嬷卡比拉，逃亡领袖克劳拉斯，女祭司加赖，侍女兼二嬷嬷艾斯泰奇，织梦师奥尔索拉，勇士苏兰尼，玫瑰使者达艾拉，以及逝者艾欧娜。

目 录

1	第1章	卡比拉
60	第2章	加赖
99	第3章	奥尔索拉
132	第4章	加赖
153	第5章	卡比拉
172	第6章	苏兰尼
195	第7章	卡比拉
204	第8章	克劳拉斯
219	第9章	艾欧娜
235	第10章	克劳拉斯
247	第11章	卡比拉
253	第12章	加赖
255	第13章	克劳拉斯
259	第14章	卡比拉
268	第15章	克劳拉斯
273	第16章	加赖
274	第17章	克劳拉斯

275	第18章	苏兰尼
276	第19章	克劳拉斯
278	第20章	卡比拉
279	第21章	加赖
280	第22章	卡比拉
281	第23章	克劳拉斯
282	第24章	苏兰尼
291	第25章	克劳拉斯
294	第26章	苏兰尼
298	第27章	克劳拉斯
304	第28章	达艾拉
309	第29章	卡比拉
315	第30章	埃西柯的来信
321	第31章	达艾拉

第1章 卡比拉

回望这漫长的一生,我爱过的人并不多。我出卖过两个人,杀死过一人,也曾遭到过他人抛弃,甚至连我的生死也都掌握在别人手中。我的过去里,没有什么光彩或是称得上美好的事情。尽管如此,我还是强迫自己拼命回忆,回忆欧哈丁,回忆那座宫殿,回忆所有在那儿发生过的事情。

过去的欧哈丁,没有宫殿,至少一开始的时候没有,那儿只有我父亲的房子。

我生在一户富裕人家。家里的庄园年代久远,古色古香。庄园坐拥一大片香草森林,几片水果花园,还有种着秋葵、小麦和罂粟的广袤田地。我家的房子坐落在山脚旁的小山坳里,一眼望去十分漂亮,在酷夏的正午时分,小丘可以用来遮荫;等到严冬的暴雨天气来临时,小丘又成了一道屏障。房子的墙壁历尽沧桑,用石头和黏土砌得厚厚的。屋顶露台的视野一望无际,自家和附近的田亩都能一览无余,连那些个庄园、香料森林,还有汇入大海的萨卡奴伊河也可以尽收眼底。往左边能看到阿雷克上空的袅袅炊烟,那里是凯伦诺克的首都,也是王公的都城。天气晴朗的时候可以依稀瞥到西南方向的大海,仿佛是海平面上银色的海市蜃楼。

我在十九岁那年的香料集市上遇见了伊斯坎。作为大户人家的女儿，我和我的两位妹妹，艾欣和莉罕，不需要帮家里卖巴乌或是芸香①。售卖庄园自产的香料并非我们的职责，这些活专门由庄园的看守人和他手下的一帮弟兄负责，我的父亲和弟弟提荷则在一旁监督。我记得马车载满肉桂树皮、打结的巴乌和一堆泛着红光的芸香核进城时的光景，我记得阿雷克上空的太阳刚刚升起时马车浩浩荡荡进城的光景……都记得。父亲和提荷坐在穿戴整齐的马背上领路，每辆马车都有两位工人走在马首两侧，一来是为了彰显父亲的权势，二来是为了抵御窃贼。母亲同我和妹妹们被安置在车队的最后一辆马车里，绿色的丝锦华盖为我们遮挡酷暑。金丝镶嵌的布料里透来一道宜人的光线，我们在崎岖不平的路途上边颠簸边闲聊。那是莉罕第一次去香料市场赶集，自然是好奇不得了，有一肚子的问题要问。行至半途之时，母亲拿来了冒着蒸汽的甜香猪肉包，新鲜的海藻还有橘子汁味的凉水。马车跃过一个较大的凹坑时，莉罕把酱汁洒在了她的新金丝外衣上，艾欣开始数落起她来。外衣手肘和头颈处的橘子花是艾欣给绣上去的。母亲对着秋葵田望出了神，她仿佛置身在花海之中，丝毫不去理会她们。突然她回头看着我。

"我和你父亲是在秋葵田开花的季节相遇的。第二次见面他送了我一摞白色的秋葵花，我以为他一定是个穷小子呢。别的小伙子送女孩都是挑精心栽种的兰花，或者是名贵的布匹和金银首饰之类的东西。他却说我让他想起秋葵花丝般柔软的叶瓣。他居然能对一位年轻的姑娘说出那么可怕的话！"母亲咯咯地笑了起来。海藻丰富的汁水涌入我的味蕾，我淡淡一笑。母亲已经讲过很多遍她和父亲相遇的故事了。这是我们最喜欢听的故事之一。他们在母亲常常来打水的小溪旁相遇，父亲当时正好从阿雷克采购完园艺工具，在回家的路上策马路过那条小溪。父亲是祖父的唯一的儿子，也是家业的继承人，但他和母亲直

---

① 巴乌在原文中为 bao，芸香在原文中为 etse，都是作者自创的植物。

到第三次见面才把彼此的姓名告诉对方。

"我其实已经把心许给他了,"母亲恍惚地叹了口气继续说道,"只好想象自己同一位身无分文的男人在一块儿是什么样。我想要是和一位诗人成婚应该也挺不错的吧。但我却……"这句话像是信号一样,我们三姐妹异口同声地接着说:"同时收获了爱情和面包!"母亲用午餐盒的盖子敲打着我的膝盖。

"你们这帮没有分寸叽叽喳喳的野孩子!"她边笑边说,似是仍旧沉醉在回忆中。

或许正是因为母亲的缘故,我常沉浸在罗曼蒂克的幻想中。到达王公花园时,我正好看到了伊斯坎。

王公将他每一处香料集市旁的花园都开放给贵族家庭的女眷们参观。重活都落在男人的肩膀上,老爷们、少爷们,还有工人们在港口附近的香料广场上大汗淋漓地吆喝着自家的香料产品。五湖四海的商人们在这里络绎不绝,要买到凯伦诺克的香料是他们梦寐以求的愿望,为此他们得向王公支付一笔高额的费用。我们的香料在国外卖的价格根据距离来定,商人走得越远,香料卖得越贵。香料是立国之本,也是王公统治的基础。

当我们来到通往王宫花园的耳语门廊时,为了让其他马车的乘客先下车,我们在车上稍作休息。莉罕好奇地从马车里探出头来,打量着其他车上下来的女士们,艾欣立刻又将她拽回了车里。

"出生名门的姑娘可不能那样失礼!"

莉罕双手交叉,背靠在车厢上,一副愁眉苦脸的模样,母亲见状立刻说道:"生气可就不漂亮了。"这句话自莉罕出生以来,母亲就常挂在嘴边,因为莉罕是我们三姐妹中最漂亮的一个。就算没戴宽檐帽在大太阳里站一整天,或是碰到父母亲不顺她的意时,我见犹怜地大哭一阵,她皮肤都一如既往地似玫瑰般柔嫩红润。她的头发乌黑浓密,泛着煤烟般的色泽,将她爱心形状的娇俏脸庞同那双炯炯有神的棕色大眼衬托无遗，和我那稀稀拉拉的头发完全不好比。艾欣是我们三姐妹中长得最豪迈粗放的一个。父亲有时会开玩笑地说，她是他的第二个儿子。我知道他这么讲毫无恶意，但艾欣听见后，心里很不好受。她也是我们三姐妹中最善良能干的一个。尽管我比她要大，可却总是她来照顾我、莉罕还有提荷。尽管祭祀祖先的事是由我这个长女来负责的，但我总是把这件事忘得一干二净。那时候，总是艾欣替我长途跋涉，替我跑到坟冢那儿点烟上香，替我安抚祖先们的灵魂。唯一一件由我实实在在负责的事，就是看着那口井了。我负责井的日常清扫工作，井水必须保持干净、清澈，若是有落叶或昆虫的尸体在井水里，我得用网兜把它们捞上来。我之所以能把这件事坚持下来，是因为我的兄弟姐妹们压根不知道井的秘密。

虽然我不像莉罕那样倚在马车车窗上，但从我在车厢里坐着的位置也可以看见许多马车外的景象。身穿名贵丝绸外套的姑娘们跨下马车，她们衣服上的宝石散发着光芒，头上还戴着重重的银链发饰。几位年轻的绅士从庭院里走了出来，他们脸上的胡子修得很齐，矢车菊色的衬衫搭配着宽松的白色长裤。他们搀扶着女士们从马车上下来，旁边的几个小女孩则拥上去给客人们戴上花环以示欢迎，她们很可能是王公各嫔妃的孩子。这些年轻的男子中有一位的个子要比其他人高一个头。从他领口上绣的银丝图案，我可以推断，他在宫廷里的级别非常高，就快接近王公了。他的头发剃得很短，深色的双眸神秘莫测。当我们的马车缓缓驶入花园门口时，正是这位男子为我们接风。他大步向前，伸出手来帮母亲下车。母亲优雅地弯了下脖颈，套上小姑娘献的花环。他朝母亲鞠躬作揖后，便转身回到马车旁。他看到了我，自然地抓起我伸出的手。他的手掌很干，很热，却十分柔软。他的嘴唇似绽桃般红润饱满，轻轻对我微笑着。

"欢迎您，卡比拉·马利克·琼小姐。"看来他的消息也很灵通。不过，从母亲佩戴九条银链的这个细节，很容易就能推测出我们是琼氏家族的身份。再者，紧随母亲下车的必定又是家中的长女，他能说出我的姓名也不算是难事。我小心翼翼地跨下马车，并未对他的微笑做任何回应，因为我觉得那样不合适。他一边握着我的手一边说，"我叫伊斯坎·红塔·珍，乐意为您效劳。我在池塘旁给你们备了点心。你们一路奔波下来，一定觉得很热了吧。"我鞠躬以示谢意。他松开了我的手，转而搀扶艾欣下车，只不过这次他没有称呼艾欣的名字。可是当莉罕走出车厢的时候，他深沉的目光望着她的头发、她的皮肤还有她的眼睛，久久未能移开。

"来，莉罕，"我抓着她的手说道，"池塘往这边走。"为了不让自己失态，我只好再次对伊斯坎鞠了一躬，并尊敬地对他说："见过珍。"

他还是继续微笑着，仿佛看穿了我的心思。

我拉着艾欣和莉罕往前走。锦罗玉衣的女士，撒满碎贝壳的步道，散发着迷人芬芳的花坛，手掌般大小的在花坛上流连忘返的蝴蝶，水晶般透明的喷泉池，万条垂下绿丝绦、宽无边际的遮阳树，眼前的所有无不让莉罕惊讶万分。母亲和其他哈里嘉家族的夫人一样，走在女儿的后头，路过其他夫人时，她便优雅地点头致意。我仿佛觉得，我们就好像穿着丝绸外衣的蝴蝶，在花园里翩翩起舞。

过了一会儿，花园便被我们甩在身后，前头马上就要到宫殿了，殿门外有个大大的珍珠池塘。莉罕的眼睛睁得超级大，她停下脚步，虔诚地小声说道，"我没想到宫殿如此之大。"

王公的宫殿是凯伦诺克最大的建筑物，没有人想象得出它有多宏伟。宫殿一共有两层楼，占据着花园北面的整片土地。宫殿的地面用凯伦诺克市开采的红色大理石铺成，整个建筑物的色彩因此独一无二。屋顶是黑色的，从花园通往宫殿的宽拱形门廊金碧辉煌。宫殿里安顿着王公、王公的女眷们、王公膝下数不胜数的孩子们，还有近百来号的护卫们。城里只能望到宫殿的屋顶，所以只有很少人能亲睹宫殿的风采。

我听说，宫殿直到现在还仍然屹立在那个地方。当然，它现在已经废弃不用了。

池塘周围放着几张长桌,长桌上盖着镶金丝缎,丝缎上摆满了水果冷盘和加了冰块的绿茶茶壶,旁边还摆着糖腌鲜花和涂了蜂蜜油的馅饼。莉罕专心致志地望着宫殿和美丽的花园,没心思吃东西,艾欣和我则尽情地品尝起美味来。母亲遇见了几个朋友,便和她们坐在蓝花楹树下的长凳上攀谈起来,并吩咐小姑娘给她们端来提神的饮料。我突然看见一个蓝白色长长的人影,正慢慢靠近莉罕的身边。莉罕当时正傻傻张望着宫殿,一动不动的。人影原来就是下榻马车时的那位与众不同的男子伊斯坎。他用手给莉罕比划着什么,莉罕遂喜笑颜开。母亲的脸色沉了下来,我和艾欣一同叹了口气。

"我去处理这事。"我一边说一边快速走到莉罕面前。

"看,卡比拉,那边那个是王公的房间!"我走到莉罕跟前,莉罕开心地朝我介绍道,"伊斯坎住在宫殿里。他几乎每天都会碰到王公呢!"

伊斯坎低下头朝着她激动的脸庞微笑。这个男人这么喜欢笑吗?

"我能带你们参观一下宫殿吗?二楼除了王公和他的家室,闲杂人等是不能进入的,比较遗憾。但是底楼也有许多漂亮的房间。"

"卡比拉,行行好,我们去吧。"莉罕高兴得蹦蹦跳跳起来。我轻轻抚摸着她的肩膀,似是在提醒着她,哈里嘉出来的姑娘,举止应当端庄一些。她平静了下来,愣愣地望着地面。

"珍,您真是太客气了。但是我们两个未婚的姑娘家……"我故意把话说到一半,装作欲言又止的样子。他提的邀请实在有些过了头,我必须提醒一下他,什么事该做什么事不该做。

他瞪大那双褐色的双眼,露出一副受了惊吓的表情,"我从来没有想过只身带你们前往!我肯定会叫上我的乳娘,陪护姑娘们一同参观的。"

莉罕的眼珠透过浓密的睫毛凝视着我。我抿紧嘴唇,注视着伊斯坎。他的眼中闪过一丝狡黠的光彩，他居然敢让我难堪！

"放心了吧。来，莉罕。"

我拖着步子跨上金色门廊的台阶。莉罕一路尖着嗓子紧跟着我。血红色的穹顶蔓过门檐，为我们遮荫避暑，我们在穹顶下等了一小会儿，很快伊斯坎和一位身着白衣的老妇人走了出来，老妇人的手搭在伊斯坎的手臂上。她僵硬地对我们点了点头，但伊斯坎却没有作任何介绍。他打开半扇大门，摆出请的手势，带我们进入宫殿。

"搞得好像是他自己的宫殿似的，"我小声对莉罕说道，但她已经只顾着目不转睛地看着接待大厅的大理石地砖，四周的壁画犹如巧夺天工般点缀着整片墙壁。乳娘坐在角落里的小凳子上，一副坐立不安的样子。伊斯坎对我笑着说："如您所见，琼小姐。这里所有的一切都如此庄严神圣。"

我哼了一声，因为我不知道该怎么回答他。他走到莉罕跟前，莉罕正在痴痴望着一幅画，画中有一艘小船，小船的前面是一座绿色的小岛，它正在暴风雨中航行。

"这幅画是利奥·阿克·提维·琪大师的作品。"

莉罕的眼睛慢慢睁大，"那这幅画已经有四百多年历史了！""王公的藏品还有很多比这幅画的年代还久的呢。"伊斯坎温柔地说道。莉罕的脸上一阵绯红。她急急忙忙走到下一幅画前。

"你妹妹对艺术特别感兴趣，是吗？"伊斯坎走到我面前问道。我双手抱胸，两只手插在袖管里。要是母亲看见这一幕，一定会倒吸一口凉气的。坐在角落里的老妇人倒也皱起了眉头。

"她才不是呢。只要是好看的东西，金色的东西，或者是很贵重的东西，她都有兴趣。"我用温和的语气回答道，"只不过，父亲确实一直让我们感受经典的熏陶罢了。""让我想想，您的父亲就是马里克·撒恩贵·琼。你们的庄园在西北方向，靠哈里木山对吧？"

他的回答让我十分震撼，我点点头以掩饰自己的想法。"嗯，没错，不过其实没有到山那么远,我们距离哈里木山还隔着好几户人家的庄园。"我偷偷瞄了一眼他领子上的银丝图案,问道,"您在宫廷里是什么官职啊?"

"我是维齐尔大臣的儿子,我父亲是红塔·利恩·珍。"

我方才正准备沿着南墙慢慢欣赏壁画的,他的回答让我差点儿绊倒,我整个人怔怔地站着。维齐尔大臣的儿子!我居然如此盛气凌人地对待维齐尔大臣的儿子!我赶紧把手从袖管里抽出来,深深鞠了一躬对他说:"尊贵的公子。非常抱歉。我……"

他挥了挥手打断了我的话,"我不喜欢一开始就告诉别人我的身份。这样我可以了解到人们对我的真实看法。"我匆忙地抬起头,正对上他的脸,他目若朗星,眼中泛着亮闪闪的光芒。

我噘起嘴巴说道:"你其实是想看看到底是谁不长眼,连您的身份都看不出来吧。"他老是这么捉弄我,我心里特别生气。但他像是以此为乐似的,在带领我们穿过会客厅之后,他细细地向我们讲解了每一件艺术珍品的来历,在这短短的一行中,他对我的关注丝毫不亚于他在莉罕身上停留的注意力。厅室内的每一件画作、雕塑、皇室家具和摆设,他都无一不知无一不晓,他体内的知识仿佛就像取之不竭的源泉一般。我和妹妹不一样,我对艺术史情有独钟,这一路我听得特别入神,他的介绍都很对我胃口。伊斯坎介绍起这些东西来和捉弄我的样子大为不同,他叙述的方式让人觉得很舒服,语气特别自然,令人仿佛身临其境,唯一让我看不顺眼的地方,是他那种主人般的架势。他转过头看向我,全神贯注地向我介绍面前的这座玉雕,向我诉说玉雕背后蕴含的美妙历史。此时此刻的他,注意力全在我身上。我感觉自己变得特别重要,仿佛是他的知音一般。我的双眼几乎逃不开他深邃的目光。介绍完毕后,他推开金色的大门带我们走出宫殿,推门的时候不小心碰到了我的手。

我的心久久不能平静下来。

我们在黄昏的时候启程回家。提荷跟我们一起回去，但爸爸还要再待上一天，他要把最后那份合同签了才行。提荷驾着货车走在队伍的最前头，工人们就坐在货车上，两名雇来的护卫守在我们马车后面。我们来的时候一路上吵吵闹闹的，回家的时候却十分安静。车还没出城门，莉罕便头靠着母亲的膝盖睡着了。我和艾欣则自顾自地静静地思考着。我不知道她在想什么，可能是在想我们前面某辆马车上晃着的一卷卷丝绸布匹。我的脑袋里全是那些经典名画、响着回音的金顶大厅、代表王座的永和殿还有宫殿背后三百年的历史，这些东西我以前在书里读到过，但是从来没亲眼看见过。每一幅记忆的画面里，都有一双棕色的双眼在专注地盯着我，他对着我微笑，昙花一现般的笑。我把身体背靠在枕头上，黑暗笼罩着大地。

自那天起，他的身影就一直在我的脑海里，挥之不去。

第二天父亲终于到家了，他和我们说了他在香料市场上的所见所闻，包括他见到的所有商人。父亲对他做成的买卖很是满意，钱袋里装满了钱币。到了傍晚，母亲在花园里摆上了菜肴，我们围坐在遮荫的拱顶下享用晚膳。仆人们拿来几个靠枕放在地上，父亲躺在靠枕上舔了舔手指上的油，咕噜咕噜地喝了一大口酒，他说，"我的几位大小姐，你们昨天开不开心啊？"我让莉罕先说，她叽里呱啦地把逛花园、游宫殿的事都一股脑说了出来，还提到了带我们游宫殿的那位迷人绅士，我就坐在那儿静静地听。父亲认真地看着莉罕，等到莉罕精疲力竭说完之后，父亲望着他的高脚杯陷入了沉思。"我回家之前碰上一个年轻人。他向我请求能否来我家做客，请求来看望一下我的女儿们，他和我说，你们在宫殿里共同度过了美妙的一天。"

我猛然抬起头，正巧对上父亲的目光。

"这是他的原话。他说的是我的女儿们。你们当中是不是有谁把他迷倒了呀？"

莉罕羞红了脸，低着头说："父亲，我……"

"很明显他想见的是莉罕，"我低沉地说道，"他那么说是因为他客气而已。""这话你再念一遍，我感觉可不只是简单的客气而已，"父亲回答道，"男人看中一户人家家里的哪位姑娘，照惯例来说，不应该模棱两可。"

"我确实一直在想宫殿的事，"莉罕承认了，"但是他人真的很好。"

"老爷，莉罕太小了，"母亲一边说一边给父亲的酒杯里盛酒，"她才十四岁呢。"

"您是怎么回复他的呢？"我尽量装出对回答不以为意的样子。"我对他说，欢迎他来我家。"母亲瞪了父亲一眼，父亲耸了耸肩继续说道："他是维齐尔大臣之子，以我的身份还轮不到拒绝他。"

"我觉着，"我酸溜溜地说道，"伊斯坎应该从来没有被人拒绝过吧。从来没有。"

我感觉自己的脸比平时红了十倍，于是便弯下腰抓起一颗海枣，好尽量掩饰自己的紧张。艾欣敏锐地捕捉到了我的变化，我只好躲着不去看她。

她转向父亲说道："我等不及了，什么时候才能穿上橘黄色绸缎做的衣服啊。对了，爸爸，您之前说过，那批生丝是从哪里运来的？"

"赫拉克。女儿啊，你可知道，外面有许许多多人嫉妒这笔买卖呢。不过我同那位客户的生意也有好多年了。我们家庄园的香料，他可以凭优惠价买一大堆。作为交换，我可以从他那儿买到赫拉克产的生丝。那里的生丝有一群人抢着要，每次出口的量也不大。就连王公夫人，也未必有艾欣你这等福气，能用这么稀有的布料来做衣服呢！"

艾欣笑着说："爸爸，您说的好像王公夫人自己给自己缝衣服似的！您太幽默了。"

我对着艾欣偷偷微笑了一下，以示感谢。再也没人提伊斯坎的事了，大家的注意力都转到布匹上了。

* * *

接下来的几个礼拜，有两个人的心思，我观察得格外仔细，一个是我，一个是莉罕。我完全搞不懂我自己的心。那个男人不仅惹怒过我，还十分自以为是，甚至还对我妹妹有意思。可我为什么就做不到不去想他呢？白日里，他的音容笑貌一直挥散不去；到了夜晚，他的双手和嘴唇又总是出现在我的梦里。怎么会这样？我从来没有尝过爱情的滋味。虽然我和艾欣同邻居家的男孩子嬉笑打闹过，但那都不是来真的。就好像每个人在小时候，是用沙子来烤饼干，长大了，才会用面粉、蜂蜜和肉桂来烤真的饼干。

无论我怎么努力逃避这一切，到最后我都不得不承认，现在的我，手里握着的是蜂蜜和肉桂了。

要猜透莉罕的心思就更难了。她从都没提过伊斯坎的名字，不过我也没有提。唯独有一次，她倒是说起过关于宫殿的事，但她嘴里念叨的，全是玉和王冠之类的东西，一点儿也没提带我们转悠的那个男人。

我可以相当确定她的心思了，她手里的饼干还停留在沙子阶段。不过就算这样，我也无法冷静下来。像伊斯坎这样的男人，他想要的他就能得到，而我妹妹是整个兰卡区域里最美丽的姑娘。

那是一年里最炎热的季节，那个晚上他出人意料地骑着马来到我家。母亲和父亲像招待故友一般欢迎他的到来，仿佛维齐尔大臣的儿子来我家做客是太过稀松平常的事情。仆人们忙前忙后，端来一个个银盘，上面盛着海藻、糖腌杏仁、淋着玫瑰水的甜米糕、冷泡茶，还有外婆特制配方的蘸醋李子。

我小的时候特别喜欢吃那种李子。外婆在去世前还教会了我那种李子的做法。李子熟了之后，要浸在加了糖和许多种香料的醋里面。我们习惯在最热的季节品尝这种水果，因为老方子里面说，醋可以降体内的火。不管什么时候，我们都有新鲜的香料可以用：肉桂可以直接从树上取，芸香里含着汁水丰富的果肉。因为醋的味道太刺鼻了，吃李子的时候总会流眼泪，但甜妙的芳香让舌头酥麻酸爽，辛香的气味温柔地挑逗着上颚。

我有好久没吃李子了。

父亲、母亲和提荷将在避暑室和客人聊天，我们几个姑娘不能进去。避暑室在房子的北边，房间后面的小山可以遮荫避暑，整个伏暑季节，避暑室是最凉快的地方了。莉罕、艾欣和我一边做着针线活，一边按捺着内心的好奇和兴奋。我们坐在内院里，那儿虽然听不到他们谈话的内容，但是偶尔能飘来父亲低沉的笑声。夜幕渐渐降临，父亲叫来了他的乐师，不一会儿，清脆的琴音和欢快的曲调便飘扬在内院里。我对着自己的刺绣笑了笑。不是所有的哈里嘉都雇有自己的乐师的。我们一点儿也不用觉得难为情，就算在维齐尔大臣的儿子面前也不用。

夜晚如黑丝绒一般幽暗，空气里回荡着夜鸽和知了的提琴二重奏。父亲最喜爱的仆人艾肯叫我们进去。我们把针线活搁在油灯旁，我顺便整了整莉罕的领子。正要起身，艾欣捋了捋我太阳穴旁的几根发丝。

"我好高兴，卡比拉，你挑了这件天蓝色的外套，你穿着它就好像鲜花一般。"

我把莉罕往我前面推，"穿什么又有什么关系。"我支支吾吾地说着，暗自庆幸，昏暗的灯光正好遮挡了我脸上泛起的红晕。

母亲、父亲、提荷还有伊斯坎围坐在避暑室的檀木矮桌旁，周围一圈点上了灯。门窗都敞开着，好让凉爽的晚风吹到房间里来。虽然桌子上只剩下几碗冰镇的茶，油灯和食物的香味却还弥留在房里。我们几个女儿跪坐在羊毛毯上，和他们保持着一定的距离，以示尊敬。

"尊贵的客人，你一定已经见过我所有的女儿了。"父亲挨个指着我们说道，"卡比拉，我的大女儿。艾欣，我的好帮手。莉罕，我的小女儿。"

我低垂着头,透过睫毛偷偷看着他们。伊斯坎的眼光依依扫过我们,唯独在莉罕身上逗留了一会儿。我对他的这个举动并不感到意外,但我还是做了好几次深呼吸。一旁的艾欣轻轻地叹了口气。

"姑娘们,天色不早了,我们的客人不能骑马回都城了。他今晚会留在我们这里过夜。卡比拉。"

我抬起头。父亲捋着自己的胡子说:"提荷和我明天一早要出门谈生意,对方是住在我们北面的人家,已经约好了的。你和母亲陪伊斯坎·珍转一转花园,等我们回来。"

"是,父亲。"我一边鞠躬一边回答道。伊斯坎观察着我,脸上又浮现出那种挑逗的微笑。我伸直脖子,一点儿也不避讳地迎上他的目光。他永远也不会知道,他在我心里留下了无法抹灭的印记。

第二天,艾欣还是继续做着她的针线活。"这次会面,我是唯一一个什么收获也没有的人",艾欣淘气地说道,"你和莉罕可要好好把握这次机会,好好接待我们尊贵无上的客人。"我想不出什么合适的词语来回应她。我哼了一声,拉着莉罕朝楼下走。母亲和伊斯坎已经在内院里等我们了,他们站在那儿静静地交谈着什么。

"女士们好。"我们走过来的时候,伊斯坎优雅地鞠躬说道。随后他挺直身板,脸上又浮现出那个微笑。他穿着深蓝色的外衣,米白色的丝质长裤。"想到今天要和大家一起散步,昨天晚上我兴奋得睡不着。"

他说完我立刻就脸红了,整个脸滚烫滚烫的。他难不成知道我在想什么?我昨晚一刻也没睡着。想到他和我共处在同一屋檐下,我的心久久不能平静。

"先生好。"我边说边弯下腰。莉罕也跟着我弯腰作揖。那天早上我们俩都身着绿装,她的绿是青草发芽的嫩绿,我的绿则是青苔的深绿。早上我给她梳头发的时候特别仔细，我自己的头发是艾欣帮我打理。"能带您展示我们家朴素的庄园，真是我的荣幸。"母亲走在前头领路。我们穿过内院北面矮矮的围墙，走出门廊。地面上的露水还没干，空气里弥漫着香气，闻着非常凉爽。伊斯坎跟在我旁边，莉罕则走在我们的后面，隔着几个步子的距离。

我们度过了一个非常愉快的早晨。伊斯坎特别专心，问了很多问题，包括庄园的情况、父亲种的所有植物、工人和仆人的数量，还有我们的祖先和传统。我从来没见过母亲如此开朗健谈。父亲要是在场，主导交谈的总是父亲；和孩子在一起的时候，就轮到母亲苦口婆心地教育我们了。此时此刻，母亲正滔滔不绝地介绍着庄园，关于庄园的养护和里面种植的花朵，母亲都能娓娓道来。伊斯坎对母亲的豌豆园和她的花罐大加赞赏，母亲听了自然是心花怒放。他答应母亲，下次把王公庄园里的植物带到府上来，母亲受宠若惊，不知怎么才能表达她的感谢之情。

伊斯坎对母亲说的一切都毕恭毕敬地听着。至于我，偶尔他会对我提几个问题，或是发表一些好笑的评论。他的目光更多还是停留在莉罕身上。我心里很清楚，上次在宫殿里的时候，他也总是盯着莉罕看。莉罕只有十四岁，她懂的并不多，和我聊天自然要更有意思一些。但她比我漂亮得多。我的心隐隐作痛，但我已经开始习惯了痛的感觉。我应该不是第一个会心痛的女孩。一次次的心痛过后，一定会有一位男士专程为我而来，或许他并不能让我感受到爱情的香味，但我并不介意。

父亲和提荷回来之后，我们几个女儿又回去做针线活了。伊斯坎和家里的男士享用了一顿简餐后，便骑马回阿雷克了。我们几个坐在院子的华盖下面临摹字帖，提荷过来找我们玩。

"好优秀的男人，伊斯坎·红塔·珍。"他一边说一边坐在艾欣的脚跟旁。他故意不小心碰到了艾欣的手臂，艾欣的字变得歪歪扭扭的，提荷一阵窃笑起来。艾欣只好叹了叹气。

"他以前上过战场，你们知道吗？他和王公的大儿子一起平息了尼尔奈的起义。是伊斯坎的战略才把仗给打赢的。"

"这我不觉得意外啊。"我一边酸溜溜地说着，一边急急忙忙地放下手中的毛笔，可不能让提荷再坏了我的卷轴。他就是喜欢捉弄我们几个姐妹，但一碰上外人，他总是毫不犹豫地站在我们这边。

"你的意思是？"提荷纤长的身躯倚靠在枕头上，抬头凝望着明朗的天空。这几年，他的个头窜得好快，现在已经比父亲都高了，让人难以置信。他比我小足足一岁，可他的主见丝毫不亚于伊斯坎。

"我只是说，伊斯坎这个人很自命不凡，好像成功了都是他的功劳，失败了都是别人的问题。"

艾欣噗嗤地笑了，提荷朝我扔了个枕头，幸好我已经练完了字。

"你们女人什么都不懂，"提荷生气地说道，"伊斯坎很小的时候就有人教他怎么管事了。他是父亲的左膀右臂。宫里发生的事没有他不知道、他没搭手过的。但凡大事，他都参与其中。不像我，整天待在这种乌烟瘴气的香料园子里，无人问津。下一次我也要上战场！"

"你真的以为伊斯坎真枪实弹地打过仗？他和王公儿子应该待在离战场很远的营帐里喝酒下棋吧。"

艾欣饶有兴致地问我："你好像挺不待见他的？"

"凭什么要待见他？像这种自以为是的年轻人到处都是，不管他是维齐尔大臣的儿子还是卖香料的商人。"我站起身来说道，"我写字写累了。我们要不计划一下做什么新衣服吧？我要橘红色的丝缎。"

一聊起衣服和女红，提荷就不理我们了。那天再也没有人提起过伊斯坎。但他的名字一直萦绕在我的耳边。我的心每跳一次，他的名字就回响一次。一次又一次，一次又一次。伊斯坎，伊斯坎。

伊斯坎。

自那以后,伊斯坎隔三岔五地就来我家做客。他总是白日里先忙完宫殿的任务,到晚上再骑马来我家。晚上有父亲、母亲还有提荷陪着,第二天父亲和提荷会去忙庄园的生意,接下来的时间则是由母亲还有我们几个姐妹陪着他。这种模式我们很快就习以为常了。有时候我们会在庄园周围散散步,或者在附近的香料森林里闲逛一会儿。要是天气太热,我们就坐在屋子里。我们会做些针线活,或者挑点儿类似的姑娘家的事做,伊斯坎会一边看我们做事,一边陪我们说话,有时候父亲的乐师会给我们弹弹曲儿。他每次来拜访我家,我的心就跟着痛一次。心痛仿佛成为了一种固定的配乐,而我也安于所习。尽管艾欣看得出伊斯坎注视三妹的样子,她也没兴致再开玩笑了。唯一没有察觉到这点的人,只有莉罕自己,或许她根本不在乎。对于异性的关注,她自然很是享受。但我觉得,她看待伊斯坎就和看待提荷差不多,她对他只有兄弟姐妹之情,这让伊斯坎很不满意。我想,或许正因为他是一个虚荣心极强的人,所以他才会一直到我家拜访,却迟迟未跨出关键的一步,请求父亲把莉罕许配给他。

"他就像一个太过优柔寡断的商人,只管拎着袋子闻肉桂的香味,但就是不能下定决心做出一桩买卖来。"有天晚上,等到伊斯坎骑马回都城后父亲这么说道。他一方面很喜欢伊斯坎,也盼望着他过来,但另一方面,对于伊斯坎的犹豫不决,父亲又十分生气。

我们坐在避暑室里聊着天,大小各异的飞蛾散落在油灯周围,灼烧翅膀,翩翩起舞。莉罕红着脸走到房间的另外一个角落里点灯。她知道爸爸说的是她。每次大家谈到她的终身大事,她都会特别不自在。

"商人的性格你知道的,"母亲一边回答,一边剪断刺绣的线头,"他们总是偏偏错过最好的买卖。"

父亲点起雪茄,若有所思地呼出一口烟,"艾西柯,这点你说对了。但到目前为止,还没人提过亲呢。"

"确实,但她年纪也太轻了。要是让朋友们的儿子向我们家的小女儿献殷勤，家里的两个姐姐倒还待字闺中，这恐怕不合适吧。"

我和艾欣面面相觑。这话题没什么好多聊的。艾欣只有十六岁，差不多到了适婚的年纪，但我快二十岁了，迄今为止还没有哪家的少爷和我爸爸提过亲。

"我觉得这事情还不急。莉罕的时间还多的是。我只不过是作为一个香料的商人，希望买卖尽快做成罢了。"

父亲和母亲试探了好多次莉罕对伊斯坎的看法，但他们的成果最多也只是一句"人很和蔼"。他们不想把莉罕许配给一个她不喜欢的人，但是莉罕的态度模棱两可，父亲只好让这件事顺其自然。我决定好好调整自己的心态，不再去想这桩荒唐事。

过了十天，伊斯坎又来我家拜访。不过这一次，他来我家几乎没见着什么人。父亲和提荷去了东边，他们要买一些新的巴乌树，炎炎烈日把原来的那株烤干了水分。最厉害的伏暑季节已经过去，再过半个月左右，就要到秋天了。这时候更适合更换香料树的根茎。艾欣去了姨妈家，她要帮姨妈一起绣大表姐内卡的婚纱。秋天的雨季一过去，内卡就要结婚了。莉罕在这时候染上了热伤风，一直卧床休息着。家里的丫鬟们争先恐后地给她端茶送水，又是嘘寒问暖又是祖传膏药。那天晚上我和母亲单独坐在阳光房里。母亲一边给莉罕绣领子（我禁不住地觉得这像是婚纱似的），我一边大声地朗读着哈翁·阿克·思舍·珠的文集。他是我九位教书先生里我最喜欢的一位，因为他的文字里还融合了哲学和历史。我读到第三卷的时候，艾肯开门让伊斯坎进来。我把书卷收起来，但伊斯坎做了个手势，示意我不要收。

"求你了，我不会打扰你的。"他微笑着。母亲拿着刺绣朝他弯腰作揖，我握着书卷迟疑了一会。他捉弄我似乎已经成了稀松平常的事情，但他真的敢当着母亲的面这么做？他盘起二郎腿靠着他习惯的枕头坐了下来，满怀期待地看着我。我的心扑通扑通地跳了起来。于是，我皱起眉头，摊开书卷继续朗读下去。

伊斯坎全神贯注地聆听着我的诵读，我从第三卷一直念到第四卷的中间，刚喝上一口冰茶，他便问我，家里其他人都到哪里去了。我示意让母亲来作答。母亲告诉他，莉罕生病了。说这句话的时候我仔细地观察了一下伊斯坎的脸色。他礼貌地询问了莉罕的状况，还表示如果有需要，他愿意帮忙，除此之外我在他的眼里和脸上都找不到任何不安的痕迹。我的内心又开始激烈地翻滚起来，我严肃地对他说，热伤风算不上一桩多烦心的事儿。

伊斯坎转过头来问我："那明天的话，就只有你和我两个人一起转悠了，卡比拉·琼。我们找点什么事情做呢？"

我弯了弯脖子，卷起书卷，努力装作没听见的样子。

"你可以带伊斯坎·珍看看我们家的井，卡比拉。"母亲把针线活放下。

"一口井？这你从来没说过吧，琼？"

我从来没有带伊斯坎去看那口井。虽然那并不是什么忌讳的事物，但那是神圣之物。凯伦诺克的所有地区都是依靠着各自的神圣之地而建立起来的：一座山，一条河，一口湖。而兰卡地区对应的则是一口井。

"我们家族负责守护兰卡地区的神圣之井，安吉。"我不情愿地回答道。不出我所料，伊斯坎饶有兴致地轻声笑了出来。

"我听说过安吉。我小的时候，乳娘会给我讲故事听。""井是现实存在的事物。"我生气地说道。

"这我并不怀疑。"伊斯坎人往后倾，显然他对我的反应很感兴趣。"但要说它神圣，这样的人不多吧。"

"整个凯伦诺克几乎已经丧失了古代的信仰，"母亲说道，"传统的影子其实仍旧体现在方方面面。当年我婆婆供奉那口井可是一丝不苟，我丈夫的族人世世代代都是如此。她把继承传统的知识，都传授给了我的大女儿。"

母亲把这些事情对一个外人说,我总感觉非常不合适,身子不禁别扭起来。井已经不再是一个秘密,我是井的守护者也不再是不可告人的事了。不过,奶奶教我的知识,除了我没有人知道,所以他们才会如此小看安吉。一直以来,在母亲眼里,奶奶不过是墨守成规罢了,为了教我一些老套的东西,她平时还要占用我大把的时间,甚至到晚上都要带我过去,母亲为此十分生气。她觉得奶奶这么做不像话,那分明就是封建迷信。母亲是一个讲究实在的女性,她只相信她亲眼看见过或是她能触碰的东西,其余的一切对她来说没有价值。

她并不知道,许多她在家里看到的东西,或是她触碰的东西,包括她的财富,都要归功于安吉。她也不知道,那口井影响着我们家的收成,我们家族的健康和幸福。

"能见一见你们家的圣地,我感到很荣幸。"伊斯坎一边说,一边微微向我鞠了一躬,"明天黎明的时候怎么样?"

他知道我早晨一般都起得很早。我在想,月亮正在慢慢由亏变盈,过不了几天就是满月了。这时候的安吉充满力量,而且是有益的力量。为什么不去?或许我正好可以教教这位自负的男士怎么谦逊地做人,让他把那份疑心给咽到肚子里!

我砰地关上装书卷的盒子。

"随你的便,珍。"我甜甜地对他一笑,我看到他的眉毛微微上扬,大概这是他第一次看到我笑吧。

第二天一早我们在通往神井的小路上见面。我带着扫帚,一个高脚杯,一个装着水的小瓦罐。父亲的老仆人艾肯也陪着我,姑娘是不能和外面的异性单独见面的。伊斯坎站在原地看着阿雷克,她在晨雾中一闪一闪地发着光,就好像缥缈的海市蜃楼,屋顶和烟羽隐约可见。和我这种老姑娘在这儿浪费时间,他肯定很不耐烦,本来他可以回宫里去的……是啊,他现在要是在那儿该做些什么呢?迷惑漂亮的女孩儿，还是给王公擦鞋呢？他从来没谈起过他在宫廷里具体是什么职务，但却总是暗示我们，他做的都是非同一般的重要的事儿。我往他面前走过去。

"跟着我。"这句话就算是我和他打过招呼了。这么说不仅仅是不礼貌的问题，更别说是对待一个如此高贵的客人。但伊斯坎身上总有什么东西，让我忍不住要对他冷嘲热讽。

他急忙跟着我，小路弯弯曲曲地通往庄园后头的小山。现在已经到了夏末，所有的禾草都干枯了。褐色的小山死寂般地坐落在原地，我们一路走来，鞋子上积了一路的灰尘。最热的季节已经过去了，秋雨很快就要来临。现在我真希望秋雨能慢点来，等我教完伊斯坎做人的道理再下也不迟。

我们沿着小路往左拐，继续往墓地的方向走，那里是整座小山最高的地方。然后我们又向右拐，那里有一条几乎察觉不到的小径。我们穿过在脚下沙沙作响的干草坪，绕过小山。我的鞋子沾上了露水，颜色变深了一些。

"这么急啊，琼。"伊斯坎帮我擦了擦鞋。我突然意识到，他和那些在庄园里干活的年轻男人不一样，他不习惯长途跋涉或是体力活一类的事。他的身份是宫殿里的一条狗，他习惯了美味佳肴，习惯了左拥右抱，仅此而已。我很清楚这点。可为什么一听到他在我背后说话的声音，我的心就止不住地扑通乱跳呢？为什么一想到今天早晨他要专程见我，我就高兴得整个人身轻如燕呢？

绕过小山之后，差不多就快到裂缝的地方了。我转过身来。

"艾肯，在这儿等我。"

艾肯皱起他那沟壑纵横的脸，但什么也没说。我微笑着安抚他说道："我们就在井旁边，如果有需要我会叫你的。"

伊斯坎伸出双手。"琼，请。你不用怕和我单独相处。"我抿紧嘴唇，望了他一眼。他咧着嘴笑了起来。"这可是个神圣的地方。请你尊重一些,珍。"

他摆出一副恭顺的表情,点了点头。我们安静地走完了最后一点儿路。光从外面看是猜不到裂缝深处的模样的,只有走进去才行。里面万籁俱寂,裂缝就在小山的东山脚下,像是一个深不可测的缝隙。我大步先跨到了裂缝的排水口。而这位维齐尔大臣的儿子,伊斯坎,他双脚并拢动也不敢动。

当裂缝里凉爽的空气和井水的独特气味打在我脸上时,我整个人顿时平静下来。所有的愤怒,所有的心神不宁,都从我的体内慢消失。母亲愿意怎么说就怎么说,反正这里是一个神圣的地方。这个古老的地方,是敬奉神明、调和自然的地方。每次我到这儿来都有这种感觉,我就不明白,为什么总有些人就感觉不到呢。我深深地吸了一口气,让自己沉浸在这份宁静中。接着,我不假思索地一脚跨了进去。

安吉坐落在裂缝的最深处。里面的岩石都湿了,黑暗中除了那丝绒般柔软的青苔没有任何生物,即使是现在,干旱了这么久,那青苔还绿油油的,特别有生机。井水就像一面镜子,倒映着岩石的墙面,墙面的大小和两条铺平晾晒的丝巾一样大。井水周围堆着一圈整齐的白色石子儿,这些石头都是历代的守护者堆放着的。几片枯叶吹在了石头上,我用带来的扫帚把叶子扫掉。暗暗的井水上也漂着一片叶子,我小声念着奶奶教我的句子,然后把叶子捡起来。任何死物都不能污染了这口神井。当我的指尖触到井水的一刹那,冰凉的水温让我有点儿不知所措。我往前倾,看到自己的脸倒映在这片安详的井水之中。有时候我还可以在井水里看到别的东西。能知过去,能卜将来。

我的身边突然冒出一张脸,吓得我僵在原地一动不动。刚才那阵儿,我彻底忘记了伊斯坎的存在。

"这儿风景如画。我喜欢这份寒冷。"我挺直了背,脸上滚烫滚烫的。

"除了寒冷,安吉还有别的能耐。"我抓起瓦罐给他看。"这是我从花园的井里打上来的普通的水。"我拔出塞子,喝了一口,"我可没加任何毒药,看到了吧?"

伊斯坎感兴趣地扬了扬眉毛,一言不发。我弓着身子,对安吉小声地说了声谢谢,然后往高脚杯里装满安吉的凉水。接着我走到裂缝的出水口。我的目光正好落在入口处的两株苍紫上,它们都已经完全枯死了。我举起高脚杯,好让伊斯坎看到我的动作,接着我把安吉的泉水洒在西边的那株上,我小心翼翼地慢慢洒着,好让每一滴水分都滋润到干涸的土壤里。然后我又把瓦罐的水用同样的方式浇在东边的植物上。

伊斯坎双手抱胸靠在岩壁上。

"好了。三天之后的月圆之夜,你到这儿来见我。"我用力把塞子按进瓦罐里,转过身绕着小山走了过去,还没来得及给伊斯坎反应的时间。艾肯在刚才的分叉点等着我,表情很严肃。我的双手都出汗了,感觉整个人透不过气来。我刚才到底做了什么?我差点儿被一颗石头给绊倒,幸亏艾肯及时抓着了我,我才没摔倒。我竟然约一个男人,一个我父母认为要向我妹妹求婚的男人,约他在晚上与我见面,而且还是单独见面。不过我知道我也没法带别的人一起去。一想到我要单独见他,我整个人就烫得不行,简直羞死人了。可是,我并不感到后悔。

这三天里,我竭力扮演着一个好女儿、好姐姐的角色,堪称典范。莉罕生病是我在照顾,她的烧虽然退了,但是身子还是很虚弱。母亲交给我的差事也被我包揽。这之外,我还上了坟地祭祀祖先。我甚至还逮着父亲和提荷回家的空隙,专门伺候他们。他俩长途跋涉之后特别疲惫,还要操心今年巴乌涨价的问题。我做这些,都是为了不再去想之前的事儿,以及我接下去要面对的事儿。

圆月那晚,天空晴朗,万里无云。我坐在自己的房里,等整个屋子的人都沉沉睡去。这可是我第一次逃夜。

我从来没有在这时候出过门。神秘的鸟儿在小山周围的灌木丛里哼着歌，我漫步在山脚下那条熟悉的小道上。夜晚的一切，包括颜色、香味和声音都变得与众不同。就连我自己也跟着变了，变成了另外一个人，一个不顾礼数、家庭、后果，为了与心爱的男子相见，在夜晚偷偷摸摸出去的女人。我把羞耻心、顾虑、一切的一切都抛在了脑后。只有在这一刻，我才是自由的，超乎我想象的自由。直到现在，我都会一直梦到当时的场景，我漫步在上山的路上。梦里的路无穷无尽，有几次我感觉自己像飘在地面上。树影斑驳，明月当空，凉风拂面。空气中弥漫着露水、土壤还有芸香的气味。梦里的一切感觉非常真实，非常清晰。自由和幸福的感觉溢满了我的胸口，呼之欲出。

每一次，梦都是同样的结尾。在梦里，我感觉到有东西正慢慢向我靠近。这个东西又大又黑，甚至可以罩住月亮和星星的光芒，可以吞噬一切。我努力地大叫着。每到这个时候我就会醒来，然后躺在床上望着另一边窗外的夜空。我的心咚咚地跳着，我知道，来不及了。

大叫已经来不及了。

我到的时候伊斯坎正等着我。他背对着黑黑的裂缝坐在那儿。他身旁两颗枯死的苍紫好似陪衬一般。东面那株苍紫，我之前用普通井水浇灌过，它现在和三天前看起来一样。但西面那株，我用安吉水浇过之后，现在已经从根里发出了嫩芽，能有一手掌高。

"这可能是一个巧合。"我听见伊斯坎的声音从阴影处传来。"说不定，我们上次分别后，你每天都到这里来浇水呢。"

他的声音里透着一些犹豫。我走到他跟前，在他身边坐了下来。黑暗之中，我看不到他的面部表情。

"安吉可以带来生命和财富，只要你能在对的时间取上她的水。要是搞错了时间，她的水会带来死亡和毁灭。井水的力量自古就有。我的奶奶说,各个地区的圣地都有力量,但很多已经被人类的贪婪给耗尽了,要不然就是被忘得一干二净了。"当我对着伊斯坎转头的时候,头发上的银链叮当作响。"井水是我们家的立身之本,历来都是由家族的长女负责照看和使用。"

奶奶要是知道我和一个外人说了安吉的秘密,一定是不允许的。但夜晚和月光把我的顾虑都一扫而空。我甚至都未有一丝的良心不安。当时的我坐在伊斯坎的身旁,井水边就只有我和他。为了让他相信我,为了让他来见我,我愿意把一切都告诉他。

"所以除了你没人知道这些,是吗?"他的声音里充满了怀疑和讽刺。我抓起他的手,这好像是世界上再自然不过的事情。好像我有权这样碰他似的。他的手温温软软地搭在我的手里。

"来。"我一边说,一边拉着他走。我要带他到裂缝里去看看,一路上都没有松手。我的心几乎跳到了嗓子眼,嘴唇也干得厉害。但我的头脑却很清醒,我现在的感觉就是四个字,如鱼得水。裂缝很暗,但我认识路,我把伊斯坎径直带到井所在的地方。她在月光下一闪一闪,像面银镜似的。"往里头看,"我小声说道,"你看到了什么?"他往前弯了弯腰,一副懒懒散散没兴趣的样子。

"我看到了我自己。还有月亮。它闪着光。它……"

他突然停了下来,没继续往下说。先前那种懒散的态度也消失了,他的身体绷得很紧,非常警惕。我没看水里的画面,只是看着他。

他的手还握在我手里。

他突然转过身,把我拉到井口。

"这里面是什么?"他的嗓子里传来嘘嘘嘶嘶的声音,"我看到的那些都是什么?""过去发生过的事还有将来要发生的事,安吉都能显示出来。有时候她还会倒映出你心里梦寐以求的东西。"

他站着一动不动,双手抱住我的上臂,抱得非常用力,都把我弄疼了。"你自己怎么不看呢?"

"我知道过去发生了什么啊。我的以后是什么样子，我也知道。我对自己想要的东西也很清楚。"

最后一句话我说得非常轻。我自己都难以置信，这句话居然会从我的嘴巴里说出来。伊斯坎的脸猛地靠近我，差点儿和我的脸贴在了一起。他褐色的大眼睛在月光下闪闪发光。我从来没和他靠那么近过。他的身体透着一股尊贵的香气，既有杏仁的头油味和王宫里的烟味，还有他匆匆赶到此地时骏马奔腾的味道。

他突然打了个寒颤。他的双手依然抓着我的手臂，但我发现那种绷紧的感觉消失了。他笑了，笑得很柔很慢。

"你知道这个夏天我为什么一直来你们家吧，卡比拉？"他探过身来，我能感觉得到，他的呼吸打在我的皮肤上，闻上去有种酒的甜味，"是因为你。"

他吻了我，蜂蜜和肉桂的香味弥漫在我嘴里。

那晚过后，我彻底迷失了自我。我的体内有一股火在烧，是一股邪火，一股冷漠的火。只要能留在伊斯坎的身边，我做什么都愿意。这一点我确实说到做到。过去听别人说，总有哪家的女孩，为了爱情做了触犯禁忌的事情。那些事情放在过去，我都是嗤之以鼻，到了今天，我却丝毫不忌讳。晚上偷偷溜出去的人是我，和自己心爱的人私会的也是我。伊斯坎还是和往常一样拜访我家，也和往常一样睡在我家的客房里，但每次他一留宿，那天晚上我们都会在井水那儿见面。有时候他只来一个晚上，为的只是和我见面。我们会坐在井边聊天。我会向他打听宫殿里的生活，他也津津乐道。但他并不愿意把话题局限在他自己身上。每一次他总是能把话题引到我头上，而我也会把他很好奇的事情告诉他：神井和神力。我把奶奶教给我的知识全盘托出，凭借直觉和经验，这些年我对神井也有不少感悟，这些东西我也毫无保留地告诉了他。月亮渐盈的时候，井里取出来的水是好的，它能赐予你力量、权力和健康，而月亮渐亏的时候，井水会变得很危险，它会带来腐坏、疾病和死亡。但这并不是安吉最大的魔力。对我们家世世代代的族人而言，安吉是我们家知识的源泉。

"我母亲不相信安吉的神力，但是我父亲知道。"一天晚上我对伊斯坎说道。秋雨的日子已经到了，但是那一晚并没有下雨。云朵的幕布匆匆遮住渐亏的月亮，我们躲在裂缝里面避风。虽然伊斯坎在潮湿的地上铺了一条毯子，但湿气还是窜进了我的身体，我忍不住地哆嗦起来。"我们从来不谈这件事，但是我提的建议，他都会听。不管是旱灾、洪水、还是害虫，我都会提醒他。我在拜访完安吉后就能告诉他，什么时候播种什么时候收割。然后他再传话给我们的邻居。他们学会听从我们的建议后，庄园也跟着一起茂盛起来，资产也和我们一样慢慢地累积了起来。"

"今年夏天你们不就是遭遇了旱涝吗？"伊斯坎说道。从前几次约会开始，他就带着一盏灯来，我们不见面的时候他就把灯藏在裂缝里。温暖的光线照亮了他高高的颧骨和杏仁般的眼睛。我几乎不敢看他，他太好看了。

"嗯，安吉预言到了。但就算知道有旱涝，你又能做什么呢？运河里的水都干涸了。为了将枯死的植物换成新的，父亲准备了充足的银子。"

"你是怎么看到的？关于你未来的画面，你看得清楚吗？"

我摇了摇头。"安吉给我的，更多是一种兴奋的感受，我脑子里的画面倒映在了水里，总体而言就是这样。不是每次都能轻易读懂那些画面的，就算是我，有那么多年的经验，都未必能明白。有时候你看到的其实是过去已经发生过的事情。"

"那这有什么用呢？"伊斯坎松散地躺在毯子上，双手搁在脑袋下面。湿气和寒冷似乎一点儿也没有侵入他的体内。"安吉不是给人们派用场的。她是一种远古的力量，是不受约束的，是自由的。至于我们这些凡人想怎么做就取决于我们了。"

"你们完全没必要提醒你们的邻居,"伊斯坎慢条斯理地说道,"这样,你们家很快就会成为兰卡区最有实力的家族。"

"这万万不可!"我在胸口画了个圆圈。"这样是会遭报应的。谁知道我们家会受什么影响。搞不好安吉也会被连累进去。""我早该知道,你是个比正直还正直的人。"伊斯坎说道。

我把背挺了挺,挂着一副为难的表情。他偷偷看着,一个字也没说,直接伸出手臂把我抱到他面前。他的唇勾起了我身体里的火,现在的我,没有一点寒冷和湿气的感觉。

井之于我有了一番新的意义。那儿成了我们的地方。白天的时候,我还是同往常一样,我会经常去看望她,把那儿的枯叶和杂草扫一扫,再给灯添点油,顺便坐下来想想伊斯坎。他来我家的次数没以前那么频繁了,父亲的怨气也随之加深。而且,他也没有向父亲坦白,他到这里来的目的是为了我,只是同我们几个姐妹就这样相敬如宾地处着。不过,他晚上来这儿的次数变多了,朔望月的时候来的次数格外多。我们每一次见面,他都会告诉我下一次来的时间。

一天下午我去打扫时,发现周围的沥青上居然有一串脚印,我非常惊讶。我有五天没见伊斯坎了——难道他来过这儿?他是不是在这儿等过我?是不是我没听明白他的指示?还是有别的什么人来过这儿了?我查看了下油灯,发现油灯里的油还是满的,和我几天前添的量一样多。可能不是伊斯坎,是别的人来过了这儿。

接下去的几个晚上,我几乎寝食难安。每个晚上我都要起夜好几回,虽然从我们的院子里看不到山的裂缝,但我还是忍不住地朝那儿张望。我思忖着,要是他已经到了那儿,现在一定是怒不可遏了!要是他以后再也不来看我了,该怎么办!我被这些想法搅得心神不宁。到了伊斯坎和我约定的那一天,我整个人烫得好像发了烧似的。我慌手慌脚地穿上我最漂亮的一件外套，眼睛上特地抹了灯炭，头发上还喷了茉莉花香的香油。头饰什么的我不敢戴，万一发出叮叮当当的声音，我就暴露了。我赤着脚偷偷溜到内院里，等我小心地关上屋子的外门，才把鞋穿上。去裂缝的一路，我都好像走在针尖上。看到裂缝的外面没人坐着，我的心一沉。我一边摸索，一边走进了昏暗的入口，我的脚不听使唤，走不动路。除了我自己的心跳声，我什么声音都没听见。

突然，有个弯着腰的人影出现在井口。我认得出来，那双宽厚的肩膀，还有那头乌黑的头发，就是他。这一下，我心里如释重负，不禁哼起了小曲儿，伊斯坎转过身来。

"今晚是满月，"他说完又问我，"你怎么了？"

"我以为你之前来过这儿"，我回答道，努力保持镇定，"我看到井的周围有脚印。我害怕我自己搞错了我们约定见面的日子。""没有，我没来过。"伊斯坎淡淡地回答道，"来，我带了香饼，是王公的御厨做的。"

他走到我们常坐的地方，地上已经事先铺好了毯子，边上还点好了灯。借着柔和的灯光，我看见了银盘上的棕色饼干，两只碗，还有一个酒坛子。我的心咯噔了一下。看来他在等我。

我们和往常一样坐着聊天。他同我分享了之前陪王公还有他的父亲维齐尔大臣一起出远门的经历，他们去了兰卡东边的阿姆杜拉比地区，那里的总督为了招待王公，特设宴席，还放了烟花。我入神地听着每一个字。伊斯坎来了，他又一次出现在了这里，和我在一起。这些个我们一起度过的夜晚，如同我身上佩戴的宝石，珍贵却秘而不露。

"说起阿姆杜拉比，"伊斯坎一边说一边往我嘴巴里塞饼干，"你有没有在井里看见过别的地区发生的事？"

我轻轻把嘴唇上的饼干屑擦到嘴巴里，吞了下去。"没有，安吉是兰卡的井。她的力量吸取自这片土地和这里的山脉。至于遥远的地方,则归别的神地掌管。阿姆杜拉比的神地,我猜应该是那座叫哈兰的山。"

"所以说,安吉给你看的都只是有关你自己家的事咯?"

"这我不知道。我觉得,越临近的事情,安吉就显示得越清楚。但是我看到的是关于我和我家人的事情。你不是刚在满月的时候才看过,你看到的画面一定和我不同。"

伊斯坎一直都不愿意和我说他在水里看到了什么。他若有所思地点了点头。"我不像你,我不太能理解那些图像的涵义。那都是些毫无关联的东西,很难理解。不过,我会多加练习的。"

他跳了起来,催着我走。"来!"他拿起那两只碗,把最后一点儿酒倒了出来。"为了满月,干杯!"

他往碗里倒了安吉的水,递给我一只。他对着夜空高举自己的碗说道:"为了我们,为了未来!"

我举起碗一饮而尽,碗里的水很凉,我一边喝一边想着伊斯坎,想着自己,想着未来。我欣喜若狂,整个身体都仿佛在歌唱。

伊斯坎说的那短短几句话,让我燃起了希望,我希望他很快就能和我父亲提亲。冬天来了,西北风又干又冷,伊斯坎来我们家的次数越来越屈指可数。我们还是继续在井边见面,但频率大不如前。伊斯坎请求我的原谅,他说父亲的身边不能一直没有他。

"我现在是我父亲的左右手了。"他说。我们裹着毯子依偎在一起,我的牙齿冷得直打哆嗦。"没有我,他解决不了很多事情。他现在每天都对着我说这句话。父亲老了,没法像我那样,在宫廷里继续应付那些尔虞我诈。但作为一个维齐尔大臣,掌握宫廷里发生的一切,是最要紧的事。同样的,我也是王公身边最重要的人。比他身边那些弱不禁风的儿子都重要,这一点是肯定的。"他噗嗤一下笑了起来。"你知道吗?王公把新的马赏给了他们,七个儿子个个有赏。那些马多俊啊,都是从西边的伊利安找来的。那些好吃懒做的人居然也有赏赐，礼物还不少。可我明明才是那个帮他做事的人！"

"你去年秋天不是刚得到王公的御用宝剑吗？"我小心地提醒他。"有多少人敢说自己有这样的东西？他把你当成自己的左右手，好比他的宝剑一样。"

伊斯坎的脸皱成一团。乌云慢慢飘过，他的脸也慢慢亮堂起来。"确实如此。当然了，如果他这点都没看透他就是傻子。"

我突然哽住了喉咙。王公是一个神圣的人。这么评价他，感觉很可怕。仿佛在亵渎神明一样。但是伊斯坎却经常把这些话挂在嘴边，我想，宫廷里说话的方式一定和我们这些老百姓完全不一样。

"对了，卡比拉你要明白，看这情况，我要有段时间不能来这儿了。可能到春天才会好转，等天气暖和一些。"他把毯子裹得更紧。"这么冷的天，第二天我回了宫殿，身上的寒气都驱散不掉。"他亲了我的脸，站起来说道，"来，我们为春天，为和煦的春风干杯！"

他抓着我走到井的旁边。每到新月的时候，他就很想喝一杯。水很冷，咽下去的时候喉咙有点儿疼。伊斯坎用手背擦了擦嘴巴。

"我能感觉到她赐予我的力量。身体和心灵都有。"他拿出瓦罐，往里面倒满井水。"这样我就能撑到下一次见面的时候了。我会托人给你带消息的，卡比拉。"他探出身子，轻轻地吻了下我的嘴唇。"到春天我们再见，我的小白兔。"

我站在裂缝的缝隙旁，看着他渐渐消失在山的尽头。他往杂木林里去了，那儿是他经常拴马的地方。凉风打在我的脸上，我却几乎感觉不到任何寒冷。因为，我的心更凉。

那是一个漫长又乏味的冬天。没有东西能让我快乐，我平日的好心情也烟消云散。唯一能察觉到我有了变化的人只有艾欣。我发现她常常会皱着眉头意味深长地观察我。这让我变得更为暴躁和慌张，只好躲着我的两位妹妹。许多时候我都一个人待着。母亲也为我担心，她以为我是因为冬天里没什么新鲜事，才显得如此百无聊赖。她建议带我到左邻右舍和各种亲戚家四处转转。我怀疑，她可能觉得我需要一个丈夫。但所有对我有意的年轻男子在伊斯坎面前都显得黯然失色。他们没有那种气宇轩昂的风度。他们没法像伊斯坎那样讲宫廷里有趣的故事给我听。他们的嘴唇没有那种红润的色泽。他们的笑没有那种感染力。他们看我的眼睛没有那么乌黑。他们不能像伊斯坎一样，只要轻轻站在我周围，就会让我全身的皮肤滚烫起来。我害怕面对那些附近人家的小伙子，他们虽然诚实可靠，但我却只能用冷淡和傲慢回应他们。他们能让我享受的待遇，就算放大十倍，维齐尔大臣的儿子不也照样拿得出来？

假如时至今日，我还有知羞耻的能力，回想起当时我对待他们的态度，我会觉得非常惭愧。很快，我的名声便传了开来，母亲认识的家族里，再没有人愿意让自己的儿子迎娶马利克·琼家那位自负的女儿了。这时，母亲也终于放弃了，她不再带着我到处相亲。

我唯一愿意做的事情就是看望井。我每天都会去看她，而且常常一天去好几次。我会把井水周围的地面打扫干净，不留一片树叶、草叶，然后用美丽的白石子装点在安吉周围。我常常会穿好冬衣，披好几条头巾坐在安吉的边上，一边想伊斯坎一边低头看着清澈的井水，细细回味我们每一次的相见。有时候想起他的吻，我看见自己的脸在倒影中红得像天上的火烧云一般。他吻过我。他把我称作他的人。他说过他会回来的。

井慢慢变了。安吉和我一直以来都有种特殊的默契。如果母亲知道我有这种想法，一定会嘲笑我，但这是真的。我对井的理解，对井中画面的解读，都要比奶奶轻松得多。但此时此刻，井似乎正离我而去。当我坐在她的边缘，我感受不到连接我们之间的那条纽带。她不再对我感兴趣了。我的手伸进冰冷的水里，试着读懂她的心思，可安吉却没有任何回应。我觉得自己似乎受到了伊斯坎和安吉的双重抛弃，心如刀割般痛。我没法接受同时失去他们俩。

下一次月圆时分到了，我做好了准备。我必须去看一下井里的水，我要弄明白为什么安吉会离开我。或许她可以告诉我有关伊斯坎的事情，告诉我他什么时候会回来，我们的未来又会是什么模样。严冬的寒风慢慢散去，天气开始逐渐回暖。很快，春天就要来临了。他答应过我，到那个时候会派人送信给我的。

我整装待发地坐在床上，等待满屋子的人进入梦乡，就和我之前上山见伊斯坎的每个夜晚一样。但此时此刻，我的脑子里装的都是安吉。大大的银盘挂在我的头顶，山上的小路被月光照亮，一串尖尖的影子依偎在路边的小草旁。当我快走到裂缝的时候，空气中弥漫着安吉的力量。她的能量已经苏醒，比过去更强！我加紧步伐走完最后一段路，然后上气不接下气地飞奔过去，但——我突然停下了脚步。井水旁有个人影。我肯定是发出了什么声响，那人影才会迅速地转过身来。他的手里高举着一样东西。月光下，那玩意儿闪闪发亮。是一把剑。

"是谁在那边？"

听到这个声音，我心里的石头终于落了地。我差点兴奋地跌倒在地上。是伊斯坎。

"卡比拉，"我开了口，"你回来了，珍！"

他向我走来。手中的剑并没有放下。

"你到这里来做什么？"他探过身子来看我，面容一片漆黑，声音冷酷无情，"回答我！"

"我是来看安吉的。"我伸出手来，恳求他的原谅，"亲爱的伊斯坎，你为什么要生气呢？"

"你是不是来见别的男人了？你是不是背叛了我？"他一把拧起我的手腕。

"没有！"我呼喊道。我努力回忆过去他生我气的时候，我是如何安抚他的。"世界上还有哪个男人能够和你相提并论呢,伊斯坎·阿克·红塔·珍,维齐尔大臣的儿子,王公最得力的干将?对我而言,你是独一无二的。"

他松开了手,身体向后微倾。月光洒落在宝剑的剑刃上。

"你想我吗?你有没有想起过我?"

"每一天都想,珍!每一刻都想!你让我等了那么久!"

"我也想你,卡比拉。每当我一个人待在宫里的时候,我常常想起你。"他把宝剑扔在地上,向我靠近,"你是属于我的吗,卡比拉?只属于我一个人?"

"嗯,伊斯坎,不管是现在还是以后,我永远都只属于你。"

他靠在我的身上,嘴唇慢慢贴在我的耳畔上说道:"你能证明给我看吗?我亲爱的卡比拉,现在就证明给我看行吗?"

我点点头。我知道,他能感觉到我在他的怀里已不能自拔。

"回答我,卡比拉。说你想要我。"

"我想要你,伊斯坎。求求你。"

这个情景我幻想过好多次,每次我们接吻的时候,他把我抱到他胸前的时候,他在我身上抚摸的时候,我都有想过。他的手点燃了我身体里的欲望,而我对此毫无防备。母亲从来没有和我说过这档子事。身体的欲望已经强烈到超越了理智。我想要他。这种想法已经有好久了。虽然不是在这儿,不是这种方式。但我更怕,怕他会因为我的拒绝而对突然我发起脾气来,怕他会突然任性起来。

"那你现在可以梦想成真了。"他轻轻说着,边说边吻起了我的脖子,"我会给你你想要的。就现在。"

就这样,伊斯坎在安吉的裂缝旁夺走了我的初夜,就在这光秃秃的地面上。虽然这并不是我所梦寐以求的结果,但我还是紧紧抱着他的肩膀。我心里思量着,至少我现在是他的人了,他也是我的人了。他想要我。维齐尔大臣的儿子想选谁都不是问题,但他偏偏选择了我,卡比拉。

我回到家，回到自己房里后，便去了洗手池那儿。当我用力擦完裤子上的污渍时，我才意识到，我竟只字未提伊斯坎满月的时候跑来安吉的事儿，他到底是要干什么。我也从来没问过，他在安吉的水里究竟看见了什么。

那件事之后，我们还是照常见面。但伊斯坎却再也不来拜访我们家了。他只和我见面，而且只在夜里，只在安吉。我曾经怀疑，除了我们约定见面的日子外，他有没有单独来过这儿。就像满月的那次一样，那一次他把我给吓到了。不过，我不敢再继续调查这件事，也不敢质问他什么。我不想再点燃他那冷酷的怒火。伊斯坎的这层性格让我有些心惊胆战，我只好竭尽所能地维护好他的心情。例如关心他宫里的生活，赞美他为父亲和王公做事的表现；当他觉得自己受到了不公平的待遇时，我会说些同情的话安慰他。可他似乎常觉得命运不公，每件事他都能挑出刺来，总觉得自己受了各种侮辱。我们做爱的时候，他的这种性格在我面前更是原形毕露。有的时候，他会彻底狂躁不安，露出一副不自信的模样，我把这看做是他爱我的证明，他愿意让我看到他的内心。我把他对我的每一份信任都当做是怀里藏着的珍宝，倍加珍惜。

尽管伊斯坎担任的已是最举足轻重的职位之一，但他还是免不了对宫中的事物心生妒恨。让他感到折磨的第一件事，便是他维齐尔大臣儿子的身份。他渴望的是依靠自己的本事立足。

"放眼整个宫廷，没有人的脑袋能和我一样聪明！那些人就像地下的鼹鼠一般，盲目地生活着。"伊斯坎坐在安吉旁，用手在水里画着图案。他和安吉对话的次数不亚于他和我说话的次数。"王公不应该熟视无睹！但他却和那些人一样无动于衷。最舒服的差事他都赏给了他的儿子。这群人就是一帮被捧在手心上的废物。他的大儿子奥尔兰，只对打猎感兴趣。其他的儿子,身边永远跟着数不胜数的妻妾,个个软弱无力,口呆目钝。一个男人永远不能让玩心控制自己的理智和肉体。绝不应该娶这么多女人回家,女人只会让他分心,到那时候,真正重要的事情他就无暇顾及了。"他抬起手,让水顺着他的指尖滴回井里。他的目光跟随着每一滴水珠的滑落,仿佛注视着自己的心上人一般。

"那这样正好,你的机会来了,"我说这句话为的是提醒他我的存在。我坐在他的脚边,凝视着他的脸。"这我知道。"

"没错。"他面对着安吉没有转头看我,嘴角微微上扬似笑非笑。"我知道他们所不知道的,不是吗?"他的声音开始变得柔和了一些。"而且,我还会知道得更多。我不是没有耐心的人。我知道应该怎么把握时机,时机成熟前我不会动手。真到了那个时候,你会告诉我的,对吗?"

"她是不是和你说了好多事情?"我轻轻地开口问道。很快,伊斯坎解析安吉预言的本事就要赶上我了。他不再需要我了。

"她是给我看了一些东西,"他慢条斯理地对我说道,语气仍然非常轻柔,"不过,并非都是我想知道的东西。但她给我指出了明路。很快,我就知道怎么能够骗出她所有的本事来。"他把最后几滴水珠轻轻甩去,如梦初醒般转过身看着我。

"卡比拉。"他站起身来,将剑弃在一旁。他解开裤腰带,说道:"轮到你了。"

每次见面他都要碰我。他总是先喝几口安吉的水,有时拨弄几下,或是对着井凝视一会儿。这种时候我不能打扰他。等他兴致阑珊后,便轮到我上场。第一次做那件事还不太适应,后来我便开始慢慢享受起来。他会吻我,会搂着我的脖子亲我,偶尔也会让我体会那种欲火焚身的感觉,仿佛唤起了我身体的本能。我想要他,从里到外地想要他。只有在那个时候,在那个地方,伊斯坎只属于我一个人。他就在我身旁,那么的真切,我不用和任何人争,就连安吉也不用。

面对这种情形，我既恐惧又期待。当春天渐行渐远的时候，我的月事突然停了。我怀孕了。我不知该如何把这个消息告诉伊斯坎。我害怕他会生我的气。可他最终也还是得面对我的父亲。他肯定要向我求婚的吧。这样我们就不用再以那种方式见面了，不用再偷偷摸摸地躲在朦胧的夜色中见面了。

那晚，伊斯坎的心情很好。他带来一条厚厚的毯子给我们当垫子坐，还带来靠枕、米饼和甜酒。我们坐在裂缝的外面品尝着美食，轻声地聊着天。伊斯坎说，我听。他说，朝中的大臣向外国商人收取好处，然后把香料市场上更好的摊位安排给他们，这桩丑闻被曝光后，伊斯坎给王公献计献策，后来王公还赏了他。所有与香料交易相关的税收都要交给王公。

"我对王公说，他必须杀鸡儆猴。这样一来，没有人敢步他们的后尘了。所有人都得尊敬我们的统治者，他是我们祖先的祖先。王公不想沾染这种不干净的差事，所以这些后事他都交给我父亲去处理。我父亲把权力给了我。我让人把那些大臣给阉了，然后命人杀光他们的子嗣和女眷。这些的香火算是断了，等他们死了以后，也没有人能继承他们的衣钵了。这些可怜虫就在后半辈子里好好反省吧。"当他看到我惊愕的表情时，他摇了摇头，"我是逼不得已的，卡比拉。我要做的就是保护好王公，不管用什么手段。"

我很想劝他，其实只要剥夺他们的财产，流放他们充军就行了。但是我不敢触怒伊斯坎。今晚我有重要的事情和他说，我不敢冒这个险。

"伊斯坎·珍。"我的声音一定露了馅，让他看穿了我的心思。他探过身子轻抚着我的脸说。"怎么啦，我的小心肝儿？"

"我怀孕了。"

伊斯坎撑着手臂靠在墙上，打量着我。我屏住呼吸，等着他冲我发脾气。

可他却笑着说:"我正盼着这件事呢。"

我有些不知所措,心跳喜不自禁地扑腾起来。那种久违的肉桂和蜂蜜味又回来了。他对我是真心的!他不仅要我,也要我肚子里的孩子!我们的孩子。

他突然跳起来,拉着我往前走。"来!"

我跟着他穿过裂缝的入口,走到安吉边上。昏暗中的她安静地躺在迷离的月光下。当时的月亮正由亏转盈。伊斯坎弯下腰捡起他一直放在井边的酒杯,然后盛了一杯井水。

"喝下去!"

"可现在的月亮是渐亏的啊!安吉的水是不吉利的,我的乖乖!"

"没错。"他笑起来的时候,牙齿在黯淡的月光下发着亮闪闪的白光,"现在我终于能解开我一直以来的疑惑了。喝下去!"

我的肢体似冻僵一般动弹不得,目光呆滞地看着伊斯坎手中的酒杯。他的声音很不耐烦,巨大的手掌一把抓住我的后脑勺,使劲往下按,然后把酒杯压在我的嘴唇上。液体在我的齿缝中拍打,顺着我的嘴唇慢慢滴下来,流进我的喉咙。希望变成了泡沫。我放弃了抵抗。喝下了黑水。

我从来没有尝过安吉的黑水。水留在我的嘴唇和喉咙里,凉凉的,非常光滑。可能它并没有这么危险。我只是从奶奶那儿听说过,月亏时她的水能带来死亡和腐坏。我把水咽了下去。伊斯坎仔细地观察我的反应。

"你有什么感觉吗?"

我迟钝地摇了摇头。耳朵里传来一阵奇怪的沙沙声,好像血液在血管里流动的声音,声音越来越大,越来越响,似江河瀑布的咆哮声。安吉在我的身体里流动。我从小就喝她的水,我的身体能感受到她的力量。黑水和我的血液融合在一起,和我体内的安吉融合在一起,成为我身体的一部分。黑夜中的伊斯坎似乎在我眼前颤抖。我看着站在我眼前的伊斯坎，又好像看到了各式各样的伊斯坎，不复存在的伊斯坎。风华正茂的他，风烛残年的他，我都能看见。如果我愿意，我还可以摸到他们，晃动他们，甚至把他们带到我的面前。

我伸出手，手在摇晃。伊斯坎目不转睛地注视着我。我试图用手指轻轻扫过奄奄一息的伊斯坎，就像弹奏琴纳①一般。他重重地吸了一口气。

我垂下手臂，眼睛直直地看着他。他看到了，那一刹那，他看到了我身体里冒出一股卧虎藏龙的力量，凌驾于他，深不可测。但这一刻，我选择了放手。

"我要回家了，"我的声音铿锵有力，他身体向后一倾。说完我便转身离开。

过后的三天里，我小产了。我记不太清楚那个时候发生的事情。只记得我烧得很厉害，寒热把我对他仅存的爱也烧光了。还有血，好多好多的血。我记得母亲和艾欣满面愁容的模样，记得她们窸窸窣窣的声音。我记得放了薄荷和地榆的冷水，我记得加了金草药的热膏药，我记得来去匆匆的脚步声。

第四天我的热度开始退了下来。我躺在床上，四周是干净的新靠枕。艾欣坐在我的脚跟旁，端详着自己的手。

"我以为你要死了。到底发生了什么事？"

我把脸转到一边去。"母亲知道吗？"

"她生过三个孩子。你觉得呢？"艾欣的声音非常严肃。

"你恨我吗？"我都不敢看她。

她叹了口气说道："不恨你，我的好姐姐。但是我很生气。为什么你什么都不和我们说？你不应该对自己这么残忍！你应该把这事情告

---

① 琴纳（cinna）为作者在书中自创的一种乐器。

诉父亲，让父亲逼他和你成亲。"我从她的嗓音里可以听出来，这些话她自己也没有十足的把握。

"没有人能强迫得了那个男人。他是不会和我结婚的。永远都不会。直到现在，我才看清这个人。所以我离开了他，不会再和他见面的，我发誓。"

她用手轻轻揉着我的毯子。"我很高兴能听到你说出这句话。他其实来过这儿。"

听到这，我肺里所有的空气都好像被抽走了一般，窒息到无法呼吸。

"他竟然有胆来我们家，有胆若无其事地和父亲母亲坐在一块。他很关心你的情况。询问过几次，好像挺在意的样子。父亲什么事都不知道，所以他和提荷仍旧把他当成尊贵的客人来对待。若非必要，母亲真是不想和他们凑在一个房间里。他好像能看穿我的心事，好像他只要动动眼睛就能做很多事。"她摇着头说，"我很高兴你现在离开了他。和他在一起不会有什么好结果的。我说过这句话，从一开始就和你说过。"

她猛地站起身来，走到床头的位置，躬下身子抱住我。这个动作，从我们还只是小女孩的时候，我们睡在一张床上的时候，她就做过。那时候的我们经常抱在一起，在黑夜里保护彼此。她的嘴唇贴在我油腻腻的头发上，又是灰又是汗。

"生活还是得照常下去，你会明白的，只是要花一点儿时间罢了。总有一天你会重获幸福的。"

当她起身准备离开的时候，我看着她。"弄成这样，不是我想要的结果，"我比划着手势，指着我自己和我的床，暗示发生过的一切。"是他。"

艾欣的声音有些发抖。"能逃开他的魔掌是幸运的。"

我目送着她走出房间，心里感到一阵悲伤，但也轻松了不少。我确实摆脱了他的魔掌，我自由了。

当时的我的确是这么想。

第二天我醒来的时候，身体残留着静电般的麻痹感。虽然外面已经烈日当空，屋子里却一片寂静。春去夏来，隔着拖地的窗帘，我都能感觉到太阳的温暖。

我坐起来。身子还是很虚弱，我得铆足力气才能让自己站起来。最后我靠着墙才终于勉强站了起来。身体里的静电让我几乎失去了听觉，我分不清究竟是屋子太安静，还是我没法听见声音。周围的一切似乎在不停地打转，过去和未来出现在我眼前。厚厚的墙让我觉得不踏实。我仿佛能透视墙后的事物，我能穿透墙面，进入别人的家里，那些屋子富丽堂皇、别有洞天。锦罗玉衣的人们在墙和墙之间走来走去，他们的身形清澈透明，无声地穿梭在我左右，身上散落着血红色、金色和深蓝色的光芒。她们全都是女的。其中一个年纪轻轻，留着乌黑秀发，头上插着两把梳子，我朝她伸出手时，手指径直穿过了她的手臂。那一瞬间，我觉得她在直视着我。她们的影像稍纵即逝。四周的房子又恢复成我家的模样。我有点透不过气，整个人汗流浃背。

"艾欣？"我小心翼翼地唤着她的名儿，我的声音在耳畔旁回荡着。"母亲？"

没有人应声。我等呼吸慢慢稳定下来，一步一步挪到门边。我得努力振作，千万不能摔倒在地上。

二楼的露台空空荡荡的。母亲和父亲卧室的门敞开着。我靠着墙，往门边移。

莉罕坐在他们的床边。她背对着我，亮丽的长发随意地搭在她的玉背上。床没有铺过，她的手里好像握着什么东西。落地窗帘还耷拉在地上，房间里黑漆漆的。

我心急地朝房间里走了几步。她一定是听见了我的声音，但却没有转过头来。

"你应该放点儿光线进来。"我说道。喉咙里又干又糙。

昏暗中,我的目光慢慢清晰起来,我看到莉罕手里握着的是什么了。那是一只手。一只纤细的手,也是我非常熟悉的手。是母亲的手。我不仅看到床没有铺,还看到里面躺着人。是母亲,还有父亲。靠在一起。朦朦胧胧中,安吉仿佛出现在我面前,那是我最后一次看到安吉里的画面,画面中是年轻时的母亲和年轻时的父亲。他们依偎在一起躺在床上,四周围坐着我们几个姐妹和各自的孩子们,父亲和母亲即将驾鹤西去。但这份圆满如今已不复存在。死神来临的时间被提前了。然后,这幅图像就不见了。

"他们是昨天晚上走的。所有人。"

莉罕的声音十分微弱,听上去一点儿都不像是她,倒像是从很远的地方飘至此地,一个直到现在她都未曾去过的地方。

当时的我,彻底崩溃了。我知道她在说什么。我听得很清楚。可我还是忍不住问了一句,"所有人?"

"提荷和艾欣死在了自己的床上。许多仆人和他们的下场一样。还有些活着的人,全都离开了这个不祥之地。"她的声音里没有一丝情感波动,冷血而坚定,像钢铁一般。

我没有回应她,急急忙忙来到艾欣的房间里,虽然当时身子不好,但我尽全力赶过去。她合着眼躺在那儿,双手紧紧扣在被子上,看上去就像睡着了一样。我猛地跌坐在她边上。我扑到她的身体上,双手抱起她的胸口。

我的好妹妹,艾欣。一直以来悉心照顾我和莉罕的艾欣。一直为别人着想的艾欣。提荷,我们引以为傲的弟弟,他是那么英俊。他们,还有父亲和母亲,都死了。是我把死亡召进了我们家。是我的错,全都是因为我,他们才会招来杀身之祸。我把安吉的秘密全部传授给了伊斯坎。我教他怎么运用安吉的黑水,教他如何发挥安吉的魔力。但我不明白为何我还能苟活在这个世界上。他是否以为在我生病卧床的那几天里，我已经死了？

我真希望流产的时候，和孩子一起死掉。

这个愿望，迄今已有四十载。

好心的邻居搭救了我们。他们的仆人看到这一切后，惶恐地离开了屋子，把死人的消息禀报了回去。二老最好的朋友也赶了过来，他们想看看这场可怕的瘟疫下是否有人逃过一劫。他们把我们从家里接过去，照顾我们，还帮我们处理后事。姨母也闻讯而来，我们在小山上把母亲、父亲、提荷和艾欣安葬后，她把我们带去了她家。莉罕和我什么也不敢说。我们几乎都不和彼此说话。早晨的时候，我们一起洗漱穿衣。姨母把饭菜端到我们面前，我们一起吃饭，客气地称呼着彼此。到了夜晚，我们睡在同一张床上。但是，莉罕对我而言，仿佛成了陌生人。我不知道，为何我们竟无法视对方为彼此的慰藉。或许是我的罪孽太过深重，而她的悲伤我又难以承受。姨母和堂兄妹们待我们倍加呵护，也非常体谅我们。但身处悲伤懊悔中的我，深知我们不能永远待在他们这儿。我只是不知道，我们到底该怎么活下去。

夏末的一天上午，莉罕、我、姨母还有我们的堂妹艾克荷坐在纳凉的房间里一起刺绣，突然姨母的用人走了进来。

"伊斯坎·阿克·珍。"他报了串名字后便拉开了大门。艾克荷好奇地抬了抬头，莉罕也放下了手中的针线活。姨母则站起身来，朝客人鞠了好几个躬，还问他是否需要冰茶和饼干。我继续绣我的东西，我不敢抬头看。他是专程来取我的命的。他完全可以做到，不费吹灰之力，不必感到良心不安。我的心跳变得沉重起来，连我的手都在发抖。我听到了他的声音，他用他温柔的嗓音表达了对我们的哀悼。或许一切会来得很快，我死了就再也不用继续受心理上的折磨了，也不需要感到悲伤，不需要背负所有的罪恶。我抬起头来。

他垂着脖子，站在莉罕的面前，一副哀伤的模样，而我妹妹炯炯有神地直视着他。

"你的父亲和母亲是我所遇到过最好的人，莉罕·琼。他们待我就如同我亲生父母一般。我渐渐地真心希望他们有朝一日能成为我的父母。"他提高嗓音，好让房间里每一个人都听见他说的话。他抓起莉罕的手继续说道，"我本来是想照顾他们家最小的女儿，莉罕。但他们家经历了这么一场浩劫之后，我没法鼓起勇气来提这事儿。"

堂妹艾克荷发出一声骇人的尖叫，姨母匆匆忙忙地站起来。"我去叫我的丈夫来。一家之主必须在场。"伊斯坎点了点头，握着莉罕的手并未松开。那一刻他看到了我，他径直盯着我看。在他的目光中，我看到了他对我的警告，也是对我的威胁。

姨母带着她的丈夫内托木回来了。他们围坐在矮桌旁，仆人在矮桌上布置好了饮料和小食。我在自己的位置上一动也不敢动，伊斯坎仍旧握着莉罕的手站着。我的眼神无法从他身上移开。我就像一只麻雀，我知道老鹰随时可能会朝我袭来。

"我和马利克·阿克·桑谷·琼之间，或是我的父亲和莉罕的父亲之间都没有定下任何契约。但过去的整整一年以来，我的想法应该表现得非常明显了。我只是想等到自己爬到宫廷里一个合适的职位后，做好充分准备之后，再迎娶我的新娘。但是现在，我觉得责任更重于个人的情感，我不能让情感来左右我的行为。"他温柔地低头看着莉罕，朝她露出一个悲伤的微笑。"两位姑娘独自经历了这场血洗整个家族的病乱。我想我有责任有义务去照顾她们俩，让此事对她们今后生活产生的影响越小越好。"说罢，他便松开莉罕的手，转身面对着我。我眼睛完全不敢眨，他的目光好像将我整个人凿穿一样，一切在我和他之间不言而喻。他朝我迈了一步，手中的刺绣被我捏得更紧了。他并没有来牵我的手，只要他碰到我一下，我一定会受不了。

"卡比拉·阿克·马利克·琼。你父亲的家族没有其他男性族人了,因此你是你父亲遗产的唯一继承人。请你嫁给我,我会照顾你心爱的妹妹莉罕的。结婚之后,她也是我的妹妹了。我们可以住在你父亲的房子里,我会照料他的庄园,你们也可以恢复和以前一样的生活。你们也不需要分离了,我想这一点你们两位都同意的吧。我会确保你们的安全,不让任何有害的事情发生在你们身上,无论是你们哪一个。"

当他说到最后一句话的时候,他的眼睛直直地盯着我,深邃的目光里充满了愤怒。因为他站着的位置正好背对着其他人,所以其他人看不见他脸上的表情。但我看见了。

我心里很清楚。如果我不按照他说的去做,恐怕不只是我一个人送命的事了。他还会杀了莉罕的。他做的一切都是为了要得到那口井,为了取得安吉的水。他会不惜一切代价将安吉占为己有。

我一声不吭。我知道我必须给个答复才行,但我的嘴巴就是不听话,一个字也吐不出来。内托木姨父见状便走向伊斯坎的身旁,两只手不停地摩搓着。维齐尔大臣的儿子居然要入赘我们家!这个天赐的良机他是绝对不会错过的。

"这事太突然了。我们的外甥女肯定还在云里雾里呢,希望你能多多包涵。但我想这份心意她一定是感受得到的。你这份大恩大德,难道她还能犹豫不成。是吧,卡比拉?"

我无奈地低下头。所有人都以为我默认了姨父的话,内托木拍了拍伊斯坎的后背,向我们祝贺。姨母命下人端来红酒和酒杯。没过多久,我们所有人都举杯为我们的幸福干杯庆祝。伊斯坎朝我举起手中涂了红色亮漆的酒杯,侧过身来在我的耳边轻声说话。所有人咯咯地笑着,拍手祝福我们,仿佛这是再自然不过的事情了——一位年轻的小伙子正和他的未婚妻耳鬓厮磨呢。

"你不用这么怕我,卡比拉。只要你听我的话,我可以保证你和你那位漂亮妹妹的周全。你明白吗?"我点点头。"很好。我的第一个要求就是,不许你再和任何人谈起有关井的事情,包括她的神力。你永远也不能再到那个地方去。你了解我的脾气,我一定会派人监督你的表现,卡比拉。安吉现在是属于我的了。"

他的声音既温暖又贴心,就像情侣之间倾诉秘密的那种语调。没有人能猜到,他的话里装满了毒药和威胁。他转身面向内托木。

"我希望婚礼仪式能尽快举行,这样两位姑娘就可以尽快回到自己的家了。"

"当然当然。"我的姨父点了点头,表示同意,"就定在下一次满月前。正好我内弟家庄园的钥匙在我这儿。你一定不会错过布置你们新房的好时机吧。"

伊斯坎微微一笑。整个下午他都一直赔着笑脸,面对莉罕他微笑,面对我也微笑。不过,只有我能看到他微笑背后掩藏的阴暗。

婚礼前那段时间的事情,我记不太清楚了。虽然我是在忙着筹备婚礼,但我对婚礼却没有一丝期待。大多数时候我都待在自己房里,有时我会到莉罕房里坐坐。我像只困兽般只能待在房间里踱步,我在拼命地想,究竟我要怎么做才能逃离这个陷阱。可就算我绞尽脑汁,最后都是于事无补。既要保障莉罕的安全,又要脱离伊斯坎的魔爪,鱼与熊掌不可兼得。

我记得有一天晚上,莉罕到我们的房间里来睡觉。她端坐在镜子前,梳着她的长发,一言不发地看着我,而我正在房里焦虑地走来走去。她终于看不下去了,便叹了一口气,放下梳子。

"你到底怎么了?你这个样子,好像内托木姨父不是要把你许配给维齐尔大臣的儿子,而是要许配给一个脸上留疤,牙齿掉光的老头似的,他可是一心一意希望我们俩好好的,人又长得英俊潇洒。如果真有人伤心欲绝,那也应该是我才对。"

我停下脚步看着她。她低垂着脖颈，淡淡的红晕蔓延在她完美无瑕的肌肤上。

"对，最终要结为夫妻的人是他和我。"

这句话就像玻璃碎片一样悬在我们俩之间。

"但是……你不是一直都说你看不上他嘛。"

"我没有说过啊。"她低着头看着自己的手，脸颊依旧微微泛红，"他是维齐尔大臣的儿子。未来肯定是前途无量的。何况他还来过我们家，不只聚餐的时候非常愉快，对我们也都彬彬有礼的。总之，他是一个不错的男人。"

"莉罕，他是坏人！"我跪在她旁边，斟酌着自己该说什么话，我既要提醒她又不能让她陷入恐惧之中，"你永远都不能相信他。他是不会真心爱上你的。父亲曾经说过，伊斯坎对这件事守口如瓶。他这个人就是恶魔。啊，莉罕，我们必须逃离这个地方。你和我都不能留在这里。要不就今天晚上？"我的心中燃起一股希望。逃，是的，为什么我就从来没想到这点呢？逃到很远的地方去，远到连安吉也映不出我们的画面，那样伊斯坎就找不到我们了。

妹妹的脸色变得十分惨白。她厌恶地看着我。"他不会爱上我？他是因为你的缘故才来的咯？你不是自欺欺人吧？"

"我说的是事实，但并非你想的那样。莉罕，他……"

她打断了我的话。"我从来没想到，你的为人会这么低劣，卡比拉。"她的声音寒冷如冰，她站起身来，双手摩擦着手臂，仿佛要把我说的话全给擦走一样。"父亲和母亲知道这件事。所有人都知道，伊斯坎亲口说的。他想和我结婚。但他现在想以最好的方式同时照顾我们两个。他想让我安全回到父亲的家园里继续生活，这样的人我为什么要逃？我很渴望回家，这样我就能凭吊他们，卡比拉。我想去母亲走过的地方走走，我想摸一摸艾欣用过的东西。我想和他们靠得近一点儿。但你，"她的表情充满了厌恶和嫌弃，"你好像被恶魔附身了一样。

你配不上这么好的男人。我要和姨母申请同艾克荷一起睡。新娘子应该一个人睡才对。"

我还没来得及回答她,她就冲出了房间,让我一个人孤零零地留在房间里。

我和伊斯坎的婚礼按照传统的风俗举行,地点选在阿雷克郊外的坟冢边上,伊斯坎的祖先就葬在那里。小神龛的前面,放着祭奠他们灵魂的祭品,我们就站在祭品的前面,在他和我家人的见证下,交换了三三礼。莉罕提着礼篮,我从篮子里挑出象征幸福的菲康酒,象征勤勉的丝线,还有象征子嗣的巴乌香袋,递给伊斯坎。他收下之后,再传给他的一位表兄,然后转身朝莉罕鞠了一躬。她朝他微微笑着,脸颊上的酒窝陷得更加深邃,随即递来第二个篮子。伊斯坎从篮子里掏出象征富贵荣华的银币,象征丰衣足食的葡萄,象征福寿康宁的树皮,象征聪明才智的醋,以及寓意共建家庭的一根铁钉,通通交给我。我收下礼物后,莉罕递过来最后一份礼物,那是一块由榛果和蜂蜜做成的饼干。我和伊斯坎一人咬了一半,这样我们就算是正式成亲了。不过婚礼还没有完全结束,一直要等到在家里举行过婚宴后才算礼成。父亲的房子现在归伊斯坎所有了。客人们寥寥无几,姨母准备了可口的食物,父亲的乐师为我们伴奏吹乐,我们在内院大树的藤下一起跳舞。唱完最后一支曲,饮完最后一杯酒,伊斯坎把我抱进父母的房里,带我到婚床上休息。那是一张新床,旧的家具和细软都让伊斯坎叫人烧了,他说"是为了驱赶要了那么多人命的病疫",但是这么做一点儿意义也没有。对我而言,这张床仿佛就是我父母死去的那张床,是他把我的父母给杀死的。我连坐在床边都做不到,只能愣在门边。

伊斯坎四处打量着新房的模样,满意地点了点头。"你看到了吗,这是我父亲送给我们的结婚礼物,利奥·阿克·提维·琪大师的真迹。"他指着床边的一座屏风说道,"这件东西值五匹军用战马。这些琳琅满目的艺术珍品,还有这些富有格调的家具,全是我装饰的。说实话，这样的房子才配得上维齐尔大臣的儿子。"他跷着二郎腿坐在床边。"不过我还在考虑，是不是应该再做一些改变。好比说在坟冢周围盖堵墙，在井水前面修扇门，带锁的门。"他笑着说，"这只是一个开始。我看到了不可思议的事情，卡比拉。我的未来会大放异彩。再过两三年，就连你父亲的庄园，你也会认不出来。我会在每一个月盈的日子里喝下安吉的水，在每一个月圆的晚上去安吉的水里看看究竟。每过一月，水中的画面就会清晰一层。我唯一要做的，就是接受她的指示，东打一棒，西打一把，光辉的前程很快便唾手可得。"他压低了一些嗓音，说道，"不过要是喝了她的禁忌之水，喝了那种阴毒的水，一切就不同了。那股阴毒的气息会贯穿你的身体，她的力量可以操控生死。这你知道的，卡比拉，你已经尝过她的味道了。安吉的邪水是我的武器，有了这个武器我就可以做我想做的事情了，我的小白兔。"他笑得很悲伤，歪着头说道，"不过，你以后再也不会喝那种水了，我的妻子。现在这个时候，你应该做妻子该做的事了。"

新婚之夜前，他已经要过我好多次，但这次和以往都不一样。他很享受我羞愧的模样，享受给我带来痛楚的美妙滋味。整个过程进行得很久。第二天早上，他家的三姑六婆纷纷跑来，确认床单上是不是有处女的见红，床上的确有鲜红的血渍。不过，我身上流血的地方却不止一处。

他禁止我出门，禁止我和除他还有莉罕以外的人说话，甚至连莉罕也不再和我说话了。我不能和仆人交流，面对伊斯坎，我也无话可说。我的声音开始慢慢退化，整个人变得沉默不语。我静静地听着工人的吵闹声，听他们修建坟冢围墙的声音，听他们搭建安吉门栏的声音。完工后他给我看了看钥匙，大笑着说道："她现在是属于我的了！就连王公自己也不知道她的秘密了。她就像一位美丽的女子，只为她钟爱的男人打开她的大门。她渴望着我，她愿意让我看到她私处的每一个褶皱。"

每个晚上他都不放过我。

"儿子们,卡比拉。"有天晚上他一边坐着,一边擦拭着我残留在他手指上的血,"男人的权力是依据他儿子的数量来衡量的。没有人比自己的儿子更忠心耿耿。儿子就像自己的左膀右臂,无人能及。靠女儿联姻获取的联盟并不可靠。我要和你做,做到你的子宫怀上我们的儿子为止。"

我开始停止思考,停止希望,停止反抗。我不知道这样的日子持续了多久,也不去费神计算经过了多少个白天和黑夜。连我自己的个人卫生和梳妆打扮,我也搁置了下来。但所有这些都不能阻止他要同我上床的决心。当他趴在我身上的时候,他的脸上不再有笑容,我看着他恶心的表情,心中竟有一种别样的满足感。但他就是坚持不懈。他居高临下般的自信慢慢演变成恼羞成怒下的刚愎。每次我来月事的时候,他就比以往更加可怕。

"我没有力气再应付别的女人了,"某天晚上他对我怒吼道,"你以为我很享受吗?我只不过要一个儿子,你这蓬头垢面的丑女人!"

后来我还是怀上了。当时我毕竟年轻,身体不受我的控制。他立刻跑到安吉那儿打探孩子的性别。是个女孩。

他用安吉的恶水把孩子给活生生扼杀在子宫里。

我永远都别想生女儿了。

当我好不容易怀上一个男孩儿的时候,我和伊斯坎成婚已有一年多了。当安吉告诉他,我肚子里的孩子是他日思夜想的男孩时,他终于肯放我一个人静静了。好几个月我都没有看见他。他大部分的时间都是在王公的宫里度过,为了凸显自己不可或缺的地位。怀孕的过程让我觉得非常难受,正午的时候我进了一点儿食,然后我就去内院里走走。内院仍然对我开放。我坐在里头享受着早春时节的芬芳,观赏着柳树树荫下纷纷扬扬洒落的娇羞花朵们,聆听着鸟儿们的歌唱。这是两年来我头一回尝到快乐的滋味。我肚子里的孩子重新赋予了我生命的意义。我无所谓他是不是伊斯坎的儿子。它不仅是一个正在萌芽的新生命，对我而言，它还是我弥补良心上的过错、悼念已故生灵的一种方式。

我很少看见莉罕。在我疏忽和漠不关心的时候，在我妊娠反应强烈的时候，在我疲惫困倦的时候，是她负责照料整个宅子。我坐在房间里，透过窗户正好能看到院子里的情景。我听见她对仆人发号施令、分配任务的声音。她的身影从一个房间窜到另一个房间，要打理偌大的一个宅子需要巨细无遗，这一切她都安排得妥妥帖帖。我看到她处理着那么多事情，真是越来越佩服她了。每天一大早我就听见她对工人们说话的声音，她令工人们前往田地里忙农活，要不然就是去香料园里帮忙。这些说起来都应该是男主人的分内之事，但伊斯坎继续是能躲就躲的模样。我的小妹妹究竟是什么时候学会这一切的？似乎没有人质疑过她的权威，所见之处都流露出精心打扫的痕迹：房间整洁明亮，内院的植物照料得有模有样，端进我房间的食物可口又不重样，一点也没有偷懒或是应付的意思。我试着和仆人聊聊天，反正伊斯坎不在这儿，我也不怕。但这些伺候我的侍女我全都不认识，除了表面的礼貌用语外，她们什么信息都不愿意透露。

一天下午我坐在屋外头，那是孩子的第一次胎动，我摸着肚皮，静静享受着这一刻。恰巧莉罕正匆匆忙忙经过院子，她手里抱着一卷绿色的丝绸。见到我的时候她停下了脚步，但很快她就一副要转身离开的架势。

"莉罕，"我伸出手，恳求地望着她。"到我这边坐一会儿。"见她纹丝不动我便把手放了下来。"我们就不能重归于好吗？我为我之前说过的话向你道歉。"

我实在是孤独得要命。身怀六甲固然让我高兴，但同时也让我感到恐惧。面对这份喜悦，我竟无人可分享。我已经失去了母亲，连找个商量的人也没有。莉罕是我唯一的亲人了。

她缓缓地走到我坐着的长凳旁,挑了离我最远的地方坐了下来。她把丝绸搁在膝盖上。

"这是什么东西呀?"我友好地对她说道,"你是要做一件新外套吗?"

莉罕的手指轻轻地抚在布料上。起初我以为她一点儿也不想和我讲话。但她突然吸了一口气。

"伊斯坎姐夫今早派人从阿雷克送过来的。他希望我能给阳光房缝一点儿新的坐垫套。"

我被这则消息弄得哑口无言,呆坐了一会儿。

"这布料特别好看,"我好不容易憋出句话,"这颜色很少见。"

莉罕点了点头,低头冲着丝缎微笑着。"这个颜色和那些绿玻璃的花瓶特别配,那些花瓶也是我们一起挑的。伊斯坎命人从马伊科沙漠进口来的。它们是用那片沙漠里的沙子烧制而成的。"

"是你……在一直帮他挑选家里的东西吗?"

她不敢和我对视。"是的。我们志趣相投,"她对我辩解道,"而且他一点儿也不吝啬。他说了,我想怎么布置就怎么布置。"

我不知道该说什么。伊斯坎对待莉罕就像对待自己的妻子一般。她已经接管了女主人的位置,而我只是一个没法甩开的包袱,只是家产的继承人、用来生育的母牛罢了。但我没法责怪莉罕。她生来就是做女主人的命,天性就适合照料家庭和庄园。我们几个姐妹从呱呱坠地那天起就开始学习如何扮演好女主人的角色,可惜我担当不起这个头衔。

莉罕把我的沉默理解为一种谴责。她迅速地站起身来看着我,脸涨得通红。

"瞧瞧你自个儿!你上一回洗澡是什么时候?你换过衣服吗?你身上的臭味令人作呕。简直就是我们家的耻辱!我一点儿也不觉得奇怪,为什么虽然你身上怀着伊斯坎的孩子,他却不愿意回家了。前几次他回来的时候,你的房间压根没法进。他只能到我屋里来,振作振作精神。我是在帮他的忙。"

她突然用手捂住嘴巴,似乎难以相信自己刚才说了那种话,还说得那么大声。她用手挡着瞪大的双眼,眼神中充满了恐惧。

"你可要当心了,我的妹妹,"我慢条斯理地说道,"你不知道你开的玩笑有多大。"我并没有愤怒,只是充满了不可言喻的忧伤。我不知道如何才能把莉罕从伊斯坎的魔爪中拯救出来。

她转过身飞快地冲进了屋子里。我在原地坐了很久,也盯着那扇开着的门看了很久,好像我可以凭借目光让她回来似的。把她带到这里,带进伊斯坎房里的人,是我。让她身处危险之中也是我的过错。安吉的奥奇之力让我动弹不得,她的水流经我的血管。从小到大,每次喝安吉里的水,我总感觉自己被焕发出了新的活力和力量,虽然已经有好多个月没有碰她的水,但这种感觉却并没有消失。我的身体仿佛已经污秽至极,污垢在我的血管里流淌。我整个人就快像跌在粪堆里一样,连带我那未出生的孩子一起。

面对即将出生的孩子,我并没觉得多么高兴。但对身孕和分娩的恐惧也随之退散。如果我死了,我就可以摆脱所有的罪孽和所有的痛楚。临盆的日子慢慢逼近,我和孩子都没有什么大碍。一个满月的晚上,伊斯坎返回了庄园。我猜想,他应该是已经离不开安吉了。他需要井水帮他未卜先知,赐他力量。我听见伊斯坎在房子里走动的声音,他在视察家中的情况,确保一切都在他的掌握之中。他的所到之处都能听见莉罕轻快的嗓音,她在和伊斯坎一一介绍,自己趁他不着家的这段时间处理了多少事情。随后,窗外扬起了琴纳和提兰[①]的音调,

---

[①] 提兰(tilan)为作者在书中自创的一种乐器。

声音传到了我的房里。他们坐在避暑室里用餐。我可以下楼去找他们，没人拦着我。他们吃的一定是伊斯坎从阿雷克带过来的珍馐美味。

我躺在床上，一边抚摸着自己胀大的肚子，一边跟着音乐低声哼唱。这是一首老曲子，一首母亲特别钟爱的曲子。我永远都不要和杀她的凶手共进晚餐。

半夜的时候伊斯坎走进我的房里，我被他弄醒了。他手里提着一盏灯，然后他把灯搁在床边的桌上。我慢慢从枕垫上爬起来，他的目光没有在我身上逗留过一秒。

"瞧瞧你这副样子，"他皱着眉头说道，"还有你身上那股味道。莉罕说的一点儿没错。你就一点儿都不打理自己吗？你好好想想，你可是我未来儿子的母亲。"

"他不在乎我长什么样子。"我说道。伊斯坎哼了一声，走到床前。他站在床边，用那双深邃的目光紧紧地盯着我看。

"孩子一切都好吗？"

我不情愿地点了点头。

"是不是快要生了？"

"我估计是吧。你不允许我和别的女人说话，我连生孩子的事都没人可以问，不过我想离临盆应该没多少时间了。"

"你需要一个产婆。你放心，这件事我会安排好的。"他的语气里不带一丝兴趣，这只是他不得不负责的一件公务罢了，目的只是确保他子嗣的安全。他伸了伸懒腰，姿势像小猫一般慵懒。"我的血液里充满了安吉的力量。我好想念她的水！我想念她的神力，想念她水里的画面。过去我为了在阿雷克和宫里积攒实力，有太多的事情要我去做。安吉这边只好先等等。现在时机已经成熟了，卡比拉。"他一边微笑，一边沿着床边坐了下来。他难道想对我做些什么？我下意识地用手护着肚子。

"我现在已经和许多人结成了同盟。许多和我有共同利益的人都渴望我能掌权。是时候该让我坐维齐尔大臣的位子了。"

"可是你父亲到时候怎么办?"我边说,脑海里边浮现出一位白发苍苍、慈祥老人的模样,举办婚礼的时候他父亲在场。

"他老了。"伊斯坎开怀地笑着,"我想他的寿命也快到头了。我可以告诉你,这是我亲眼看到的。"他说的这番话似是一种玩笑,他抿嘴笑了起来,而我却倒吸了一口凉气。他说的话简直大逆不道。他居然有弑父的念头。他朝我点点头,他明白我听懂了他的意思,仿佛我俩在分享着一个幸福的秘密。"我只要等安吉的奥奇之力到达顶峰,喝下她的水,再去拜访我的父亲就可以了。第二天自然会有人发现他不省人事,大家都会觉得老人是寿终正寝,绝对不会有别的怀疑。"他哼了口气继续说道,"我当然有看过他实际的寿命。你绝对猜不到他有多长寿!这个死老头的生命力和乌龟一样顽强。我只不过让死神来得更早一些罢了。"他慵懒地背靠在床柱上,用手按着颈椎。灯光洒在他亮泽的头发和擦得锃亮的纽扣上。他好像一个无忧无虑的年轻人,已经习惯了予取予求。"当我坐上维齐尔大臣的位置以后,我的事业才真正开始。我会成为整个凯伦诺克最有权势的男人。比任何你能想到的人都有权势。就连王公也不如我。"

直到这时,他才瞥到我盖在肚子上的手。他知道我一直在防备着他后,对我做了一个厌恶的鬼脸。

"别给你自己脸上贴金。你现在既然都已经完成了使命,我干吗要碰你,我还嫌弄脏我的手呢!"他从床上蹦下去,大步流星地跨出了房间的门,来也匆匆去也匆匆。他带来的灯倒是留了下来,留下来的还有他身上的酒味和皮草味。我急忙吹灭了灯。我不想看见他坐过的地方,不想看到被子上留下的褶皱,不想看床上被他压下去的痕迹。我蜷缩在枕头堆里,让心跳慢慢平复下来。我不在乎他要干什么,也不在乎自己的死活。可我怕他。甚至——我居然对他有一点儿惭愧。我为他用厌恶的眼神看着我而感到惭愧。他的眼神曾经让我以为,自己是凯伦诺克最美丽的姑娘。

我开着窗,窗外传来马厩里马匹的喷鼻声、青蛙在丝绒般的月光下呱呱呱的叫声,还有一只唧唧唧叫的蟋蟀声。月光让我慢慢沉醉在夜晚的宁静中。

突然,一阵别的声响从窗外传来。这个声音我再熟悉不过了。是他的声音。声音从我隔壁的房间里传来,那儿是莉罕的房间。我坐起身来,同样的声音又一次传来。那是从心底里发出的淫叫声。他糟蹋了她!我的妹妹,他居然强暴了她。这一定不是真的,这不可能是真的。我一定要做些什么,我一定要救她!我环顾四周,竟找不到一把有用的武器,只好两手空空、拖着肚子里沉沉的孩子冲出房间。我必须做点儿什么。实在不行我可以尖叫,我可以叫仆人来。他居然强奸自己的小姨子,实在是有违人道,这可以算是乱伦。

然而,我在莉罕的房门外却听到了另外一种声音。一种女性的娇喘声,欢愉声。是她的声音。这并不是反抗和恐惧的声音。这是一种充满情欲的声音,一种我从来没有过的声音。她享受这个过程。这是她心甘情愿的。

我捏紧一只拳头,捂在嘴巴上,好把尖叫声堵在嘴里。我慢慢地回到自己的房间,耳朵里不时传来莉罕放荡的声音。

自那以后,几乎每个晚上我都能听见莉罕和伊斯坎交欢的声音。就连我分娩的那个晚上也不例外。他们似乎想用自己的叫声掩盖我的叫声。那天早上,我肚子痛了好久,过了好半天,伊斯坎才传产婆过来。生产的那天晚上,他们终于消停了下来。科林躺在我的胸脯上吸着奶,在那一刻,我终于感受到了久违的幸福感。他是完完全全属于我的,这个可爱的小家伙。他黑黑的睫毛又长又密,眉头还总是一本正经地皱着。虽然分娩的过程既漫长又艰辛,但好歹他生得十分健壮。他的小手嫩乎乎的,他的眼睛——

不。我不想再描述关于他的长相了。

伊斯坎只给我十天陪伴科林的机会。在这短暂的十天里,我可以抱他,给他喂奶,呼吸他身上的奶香气,做他的母亲、他的全世界。第十天开始,他派他的母亲和乳娘搬进了我们的房子,由她们来照顾科林。伊斯坎亲自从我的怀里抢走了儿子,尽管我并不想把这些事情记录下来,但我一辈子都忘不了我和他母亲伊藏妮头一回见面的情形,我也永远忘不了她把孩子抱在自己怀里的样子,仿佛孩子是属于她的、是从她身体里掉下来似的,我更忘不了她自豪地对自己的儿子说,她会好好栽培她的孙子,让他将来成为和她儿子一样优秀的人。对我,她正眼也没瞧过。

他们把科林从我身边带走后,过了几天,莉罕过来找我。我已经搬出了自己的房间,当伊藏妮把科林背出去的时候,伊斯坎把房间的门给锁上了。侍女把我房间的夜壶给倒了,又把我丝毫未动的食物给端了出去。妹妹站在门槛边,看着我端详了好一阵儿。我蜷缩在墙壁旁,一整天里我大部分时间都坐在那儿。床还是那张我生科林时睡的床。躺在上面我根本睡不着。直到莉罕开口说话,我才意识到她站在那儿。

"除非你收拾起你自己,要不然他是不会让你见科林的。"她的声音里夹杂着轻蔑与同情。我抬头看她,而她却有意避开我的视线。她摸了摸左手上的戒指,那是一枚镶着大颗绿宝石的金戒指。很明显,这是伊斯坎送给她的礼物。在此之前,我的内心只有绝望和深不见底的悲伤,但此刻我的体内却突然燃起一股剧烈的仇恨之火。这股仇恨竟强烈到让我开始发抖。我想说话,但我的喉咙里充满了恨意,一个字都挤不出来。

"你的表现就像一个疯女人,卡比拉。你难道不明白,他希望给他儿子最好的环境吗?一个心理不正常的母亲会伤害自己的孩子的,说不定还不只是伤害。"她似乎并不相信自己说出口的话,如果她真这么觉得，她就不会躲开我的目光。

"你知道你每一夜和谁一起睡觉吗？"经过数天数夜撕心裂肺的吼叫，我的喉咙变得十分沙哑，说完这句话，喉咙似乎被剥了一层皮。我朝着站在我面前的人匍匐前进，目光不再紧锁在莉罕身上。膝关节的地方磨破了皮，日日靠在墙面上留下的伤口又开始流出血来。"你知道是谁的阴茎震得你像一条发情的母狗吗？"莉罕走出房门，往后退了几步想把门关上，可是我身手比她快，我像条蛇一般窜到她的跟前，在她彻底关上房门前，我的一只脚踩在了门槛上。就在那时，我才意识到，原来没有人知道她到我这里来。门外头一个候着的仆人也没有。我把门顶开，轻轻松松地，因为我的力气向来要比莉罕大。脆弱的小莉罕呐，你有光鲜亮丽的毛发，还有晶莹剔透的肌肤。"你不只是把自己的姐夫勾引到了你的床上，对你来说，这似乎还不够有违人伦。每天晚上睡在你边上的人，是我们的杀母仇人。你让杀害我们父亲的魔鬼跑到了你的床上。他杀了我们的弟弟、我们的姐妹，你却对他迈开双腿夹道欢迎。"

此时的莉罕睁大双眼瞪着我，她终于敢和我对视了，眼神里充满了恐惧。我抓起她的手臂，把她拽进房间里，关上门。我探着身子，好让自己的脸靠得离她更近一些。"听着小莉罕，贱人，给我听好！伊斯坎利用我，让我把安吉的秘密都透露给他，他想到了安吉禁忌之水的新用法，他用它来杀人于无形。"我看见自己的唾沫溅在她的脸上，但她却丝毫没有抹干的意思。

"你疯了。"她小声说着，眼睛却无法从我的脸上移开，好像一只被毒蛇施了催眠术的田鼠一般。她愣在原地一动不动。

"我疯了？我真的疯了？告诉我，你这个伊斯坎的玩具，小莉罕，维齐尔大臣还活着吗？伊斯坎完成弑父的计划了吗？维齐尔大臣当真是安详地在睡梦中死去的吗？"

她的脸变得惨白起来。"他……他昨天传令下去，德高望重的维齐尔大臣……"说着说着,她开始发抖,语气变得吞吞吐吐。"维齐尔大臣是安详地在睡梦中去世的。"她的身子开始往后退。"但他年事已高。你也许只是猜测罢了。"我的手紧紧抓着她的手臂不放。

"或许吧。但我问你,伊斯坎是不是在他父亲去世的前一天看望过他?那一天是不是恰好是满月之后?"

她的沉默足以代表了对我的回答。我笑着瞪大自己的双眼。这一刻我一定看上去像个疯子。"没错。没错我的小莉罕。想想往事。我们家出事的那一天,月亮是不是也是渐亏的时候?我从你的眼睛里看到,在你的记忆里,确实是月亏的时候出事的。我当初卧病在床,莉罕,就是因为伊斯坎打掉了我和他的第一个孩子。你以为,只有你才能让他提起兴致吗,但他先要的是我,贱人,他要了我好多次。他不仅杀了我们的孩子,还杀了我的家人,杀了科林之前我怀上的所有女孩。你以为,我究竟是为什么会变成现在这副样子?"

她哭了起来,身体随着深深的抽泣摇动着。鼻涕和眼泪顺着她完美的脸庞滑落下来,我真希望伊斯坎能目睹这一幕!我伸出食指,把一滴眼泪抹在手上,用嘴唇舔了舔,我当时真是丧失了理智。

"但……但你为什么还是要嫁给他呢?"她呜咽着说道,"没有人逼你!卡比拉,你为什么要掉进他的陷阱?"她抓住我的胳膊,不顾一切地紧紧抓着我不让我动。

我被她的脸部表情迷住了。这一刻,愤怒让她的五官变得扭曲,变得不再美丽。臃肿发红的脸看上去很丑陋,很丑陋!

"这是你的错,你不明白吗?"我歪着头说道,"他会拿你的命作为威胁。但是如果我顺着他的意思,他就会饶你一命。我这么做都是为了你,小贱人。而你,一夜又一夜地享受着他的蹂躏,用呻吟声作为对我的报答。你不仅践踏我,还帮他一起把我的孩子抢走,你就这样来表达对我的感谢。告诉我,今天晚上他钻进你身体里的时候,你会不会还和过去一样享受？你还会不会满心欢喜地要他来舔你那少女般的酥胸？所有去世的人都在这栋房子里游荡呢。他们在注视着你。注视着你的一举一动。你的那些淫叫声他们也都听得一清二楚。母亲、父亲、艾欣、提荷。你没看到他们就在你面前吗？不错。想想你是怎么祭奠他们的。我曾经试着警告过你，你别和我说你不知道。"我把她的手从我的胳膊上掰开，重重地把她推开。我在她脚跟前的地板上吐了口唾沫。"至少有一件事你肯定很清楚。他是我的丈夫，没有什么可以改变这一点。"

我把她推出门外。她没有反抗。我把门摔上后跌坐在地板上。所有的力气在一刹那间耗尽了。我爬回到角落里，双臂抱着脑袋。当我看到莉罕的整个世界崩塌的时候，有那么一瞬间，我的心里竟有种满足的感觉。复仇曾经宛如甜甜的蜂蜜，在我的身体里流动。而现在，它却在我的嘴唇和口腔里剧烈地燃烧着，烧成灰烬，烧得不留一丝慰藉。

那晚是伊斯坎先发现她的。她用艾欣旧外套上的皮带上吊自杀了。他马上就猜到了缘由，他把我叫过去，逼我把她的身体抱下来，让我在葬礼前帮她换洗上干净的衣服。我永远也忘不了她当时的样子。我永远也忘不了她是因为谁才死的。

"你难道没发现，你总是在做伤害自己的事吗？"伊斯坎摇摇头说道，"你现在什么亲人也没有了。卡比拉，别再这么固执，别做无畏的抵抗了。如果你一开始就做一个听话的妻子，我会让你见科林，我还会给你买好看的衣服和首饰。你现在是维齐尔大臣的妻子了。我的宏图伟业就要开始了。我不仅要扩建这栋房子，我还有好多事情要去做。我还要多生几个儿子。如果你按照我说的去做，你就可以经常和他们见面，我也会让他们叫你一声娘。"

我身边已经没有什么是值得我留恋的了。也没有什么东西值得我去争取。就这样，我成为了维齐尔大臣的第一位妻子，卡比拉。这样的生活维持了四十年。

第 2 章 加 赖

在哈雷拉的时候，我和其他的奴隶睡在同一个帐篷里，她们唯一给我的忠告就是："你要是尖叫或是撕扯他身体的话，只会吃更多的苦头。你只有假装很享受，才会成为他的心头之好。说不定你可以靠这种方式得到什么好处呢。这可是我们长久以来唯一的梦想了。"

我的梦想可不止于此。不过，我还是听从了她们的建议。这么做的效果也已初露端倪。

当然，我也很恐惧。自从我被抓进来以后，就一直很害怕。我从来不敢反抗任何人。就连面对那群趁我和姐妹们睡着的时候，在夜里抓走我们的男人，我也依然没有反抗。他们一定跟踪了我们很久。当时我们为了去梅瑞木沙漠以南的地方采草药，走了一条别的路，他们趁我们和氏族里其他人分开的那会儿把我们劫走。没有人敢在沙漠里安家。在那儿，我们本应是安全的。我们万万没有想到这附近有人会威胁我们，所以我们一点儿警惕感都没有。我到现在都还生自己的气。我是姐妹中最年长的一位，照理我应该更留心一些的。

那些男人很怕我们。他们以为我们是法力高强的女祭司，随便几句话就能置他们于死地。他们是那种不知而畏的人。所以，他们把我们的嘴唇粘起来，把我们的手捆起来。我们被匆匆带往南边，一路向南，通常都是在晚上赶路，以便掩人耳目。在北部的国家里，贩卖奴隶是非法的。我们在一个镇子上被卖给了一名从南部来的奴隶贩子，他的头发很长，胡子一大把。后来我们到了哈雷拉，这个名字是我从别人嘴里听来的，那个地方非常恐怖，又臭又脏。再后来，我和姐妹们渐渐分开。我们没有哭，因为眼泪早已流干。

我被绑在奴隶市场的一根柱子上，边上有一些别的年轻姑娘，她们的年纪和我一样。我从她们的皮肤和发色可以看得出，她们都来自不同的国家。我是唯一一个白发绿眼的姑娘。摊位周围的男人在我身上指指点点，交谈着什么。从他们的手势和眼神，我知道了自己的身价。我价格不菲，应该是他们眼里最好看的一样商品。

拍卖开始了，我被留到最后一个出售。奴隶贩子希望所有的目光都能聚集在我的身上。哈雷拉的太阳火辣辣的，我从来没碰到过这么热的天气。我的嘴唇已经干得开裂，身上贴着浸满汗水的外裙。

一个男人走到摊位前。他身穿蓝白色的衣服，身形高大，肩宽细腰，留着一头浓密的黑发，嘴唇的颜色近乎朱红。他是唯一一个和我对视的人，不仅如此，他还盯着我看了好久。然后他大声对着管卖我的男人叫道。

"你们是怎么对待自家的宝贝的？你们是在用毒辣的太阳白白糟蹋她的美貌。"他掏出一个钱袋，"开个价吧。我买了。"那群男人结结巴巴地说了一串拍卖的规矩，他听了很不耐烦，吸了一口气说道："和你说了，开个价。我要把属于我的东西给带走，省得她被这么闷的热气给糟践了。"他把金银钱币塞满那些男人的手，我从来不知道这世界上居然有这么多金子和银子。那些金子和银子就是我的价钱，我居然这么值钱。接着，他朝手下吩咐了几句，突然来了个人，迅速地砍断了我的手铐脚铐。我立刻跪在地上。这位英俊的男子递过来一个水壶，里头盛着冷水。我的手连把水壶抬起来的力气也没有，他把水壶递到我的嘴边，让我喝。然后他亲自把我从市场上背到一个阴凉的地方。那边有个类似亭子的地方。他让我在那儿休息，不仅给我喝水，还派人给我送来晒伤的药膏。第二天，他特意观察了一下我的情况。

"你看上去已经好多了。轮到我验货的时候了，我要看看这个投资是不是物有所值。"他开始解裤腰带的时候,我立刻把腿分开。

他很小心,尽量不伤到我。我的脑海里开始浮现几位女奴的忠告。在这之前我其实有过性经历,对方都是氏族里的男人,他们不仅自己很享受,还会尽力取悦我,让我感到满足。但这个男人并没有这么做。他有什么道理要这么做呢?我和他本身就不平等。他是我的主人。整个过程非常快,结束之后他看上去相当满意。

"你是个深谙自己身份地位的女人,不反抗,不挣扎,也不会用张扭曲厌恶的脸对着我。不光这样,你还是我所见到的最美艳的女人。你一定会在阿雷克引起轰动的。嗯,看来我这次的投资挺值当的。"他拿我的裙边擦掉身上的体液,"我是真想让你去洗个澡的。不过这会儿我们得上路了。我在这儿做了好几笔买卖,在这逗留太久恐怕不太明智。"

"是,我的主人。"这是我唯一能作的回答。他给我取了个名字——加赖,游牧民族的加赖。游牧民族从未受任何人统治,我们只听从大地的声音,服从大地的法令。所以我们不停地迁徙,迁徙到我们敬畏神明的地方去,远离居有定所的人群,远离那些有房住、有钱花、有男人守护、有法律管辖的人群。所有和人相关的法律都和我们无关,大地的生命线、大地的血管,会指引我们朝正确的方向走。土地赐予我们粮食,赐予我们用来保护自己的资源。我们将真实的故事谱写在小说和神话里。氏族里的智者负责净化我们的灵魂,保佑我们身体健康,并在暴风雨中带领我们前行。但此时的我已经不是原来的我了。这位新的我,新的加赖,会对她的主人弯腰作揖,百依百顺,敞开双腿满足他的所有欲求。

当天我们就离开了哈雷拉。我骑着一头驴跟在旅队的最后头,驴上面驮着主人买下的各种东西。他之前给我买了头巾和长袍,用来遮挡火辣辣的阳光。他给了我足够的水喝。吃饭的话,早上一顿,晚上停靠的时候一顿。我同主人睡在他的帐篷里。他从来不用绳子绑着我,这么大片的沙漠，我能逃到哪里去呢？没等我逃到他们看不到我的地方，我已经死了。

主人每天晚上都找我寻欢作乐。我和之前一样，表现得非常温柔、顺从，尽量配合他的要求。过去我从不会这样。但走到今天这一步，我很清楚，过去的我不许再出现在我的记忆中，绝不可以再回来。即便主人待我不错，而且我越顺从他就待我越好，但我看穿了他的本质。我从那夜掳走我们姐妹的男人眼里，看到了他们的内心；我能从那些用金子银子把我卖来卖去的男人眼里，看到他们的内心。在他们眼里，我只不过是一件商品罢了，没有感觉也没有任何需求，顶多只是他们用来吓唬的对象，是他们不劳而获的一样东西，一种工具。一旦我表现得特别棘手，他们就会立刻甩掉我。然而，当时的我想活下去。过去的加赖想活下去。她想重返梅瑞木沙漠，挽着姐妹们的手，在夜里静静聆听母亲的歌声。现在的加赖，已经不再抱有这种不切实际的想法了。而过去的加赖非常执着，她不愿意放弃希望。

阿雷克到了。那里是我主人的都城。我们是晚上到的，整个行程足足花了几个月的时间。我洗好澡之后被领到主人家的一个小房间里。他曾经和我说过，他只是暂时住在这里，等他在欧哈丁的新宫殿竣工以后，他就会把整个王公的官邸搬过去。不过当时的王公并不知情。第二天，主人想带我见见他的家人，他们一定会被我的容貌吓得瞠目结舌的。房里送来了一些新衣裳，看标签应该都是进口的丝绸，上面还缝着亮色的刺绣。我往头上插了几把梳子，盘成一个发髻。然后给手臂和手指套了许多首饰。这些贵气的东西正好能证明我身价不菲。这里的人对首饰珠宝类的东西特别着迷。在氏族里生活的时候，我们只会把非常必要的东西带在身上，而且一律是背在身上。比如刀子、绳子、豌豆、火柴匣，还有吃的东西。戒指能在夜里起到取暖的作用吗？梳子可以给人吃吗？刺绣的外套可以治疗腐烂的伤口吗？

我从主人采购的东西里偷了点儿纸和鹅毛笔。我的母亲会拼写和书法。这两样本事她都教过我，因为她希望能把我训练成她的接班人，希望我成为氏族里的智者。但我却没什么机会练手，平日里完全没有写字的必要。作为一名母亲，她的脑子里蕴藏着丰富的知识谱系，宛如一颗种皮里的核。无论我想问什么，她总是能从纷繁复杂的记忆库里调出准确的信息，满足我的好奇心。既然如此，她还有落笔的必要吗？书法和写字也是一回事，她之所以教我，也只是因为她特别擅长这项技能罢了，总之她要我学会她的所有本事。

这是我平生第一次找到提笔的机会。我写得很慢。手上的感觉很生疏，找不回当初的习惯手势。但好在我还是努力写了下来。我发现自己置身于一个陌生的国家中。我周围的人都操着一种陌生的语言。我能听懂一部分。我的氏族里说的是西提语，那是一种游牧民族的语言，除此之外我还会许多别的语言。人若是一直处在迁徙之中，就会自然而然地遇见许多人。我记不清楚母亲会说多少种语言，但一定比她双手加起来的还要多。阿雷克的语言和我们在圣山欧梦妮附近听到的语言一样。欧梦妮山在南边，离这里很远，我们现在时常去那里散步。如今的圣山，周边各个省份说的方言和我当初听到的不太一样。我以前觉得那儿的话听上去很硬，语气总是很不愉快，一点也不像高山那种轻声软语。阿雷克的方言和欧梦妮那儿的比起来，发音略有不同，用词倒是基本一致。一想到这我挺高兴的。如此一来，融入这个环境对新的加赖可就更简单了。如今的加赖已经基本说不来那儿的语言了，不过她也没指望自己能说，能听懂就够了。

我发明了一种只属于自己的语言。这让我有种安全感，因为我知道没有人能看懂我在写什么。我用写作把我的方言流传下来。但字一落到纸上，总显得苍白无力。用笔写字似是在用笔圈字，字圈禁于纸面时，其生命力也被我一同剥去。语言的生命不囿于文字本身，它由各种元素相辅相成，包括语气、语调、快慢、顿挫，光靠书写无法捕捉所有元素。但我转念一想，这或许是注定的呢？一旦被抓住，这些元素也就不复存在了。就像加拉鹏①，那是只有在欧梦妮的山上才能找到的一种鸟。传说，这种鸟的歌声可以治疗所有的病痛，治愈所有陷入悲伤和惊悚中的人。加拉鹏的力量取自欧梦妮，即使你能成功抓住它，把它从山上带走，但没走几步它就咽气了。这或许和语言的灵魂是一个道理。我写故事的经验不多。但我现在只能硬着头皮写写看，我怕倘若我不这么做，我就会忘记自己的身份。既然我已经关在了这只金笼子里，即便我想逃，我也只会慢慢萎缩至死，像加拉鹏一样。

我通常选择在晚上创作，这样可以便于我把稿子藏在自己的房间里。那上面记叙着有关我的一切，有关血之加赖的一切，这些故事可不能让人发现，必须要藏起来。

> 我是蝾螈的甜肉
> 我是梅瑞木上日落的金石
> 我在夜里坚强地歌唱
> 我只是万物复苏时春之大地上的一双脚
> 我是血舌上一片锋利的叶子
> 我是印在冰肌玉肤上的红疤

* * *

那天我见到了主人的夫人。有好多人在打量我，就连王公也不例外。他的儿子几乎两眼放光。但唯一和我打了照面，唯一同我说话的人，是主人的夫人。主人带我亮了相后，她到我的小房间里来了趟。她个子高挑，身形瘦削，给人僵硬而不自在的感觉。她大着肚子，我估摸有四五个月的身孕了。从外表看，她年纪挺大，比主人要老很多。她手里一定握着什么紧要的秘密，否则凭她的姿色是诱惑不了这样一

---

① 作者原创的一种鸟类。

个男人的。不然她就是有一位富甲一方的父亲。

我双膝跪地,深深地鞠了一躬。新的加赖是一名温婉柔弱的女子,她清楚该怎么为人做事。她分得清谁是有权之人,她明白该向谁鞠躬,鞠得多低。她的博学多才让我大吃一惊。她的学问是从哪里来的?鞠躬并没有取悦这位夫人。她朝我迈了一步,从我的头发里抽走几把梳子。

"你是贩来的奴隶,"她气若游丝地说道,"只有夫人才能在头里插七把梳子。你的话,一把就够了。"

我对自己的地位突然有了觉悟。我是最下等的人,是买来的奴隶。没有谁比奴隶更低贱。我对地板保持着弯腰的姿势,任由她肆意拨弄我的头发。我的卑微和沉默似乎让她平静了下来。她把梳子摘掉后,后退了一步。

"起来吧,"我听从了她的吩咐。她仔细地审视了我一番,不客气地让我转了一圈。"我明白是什么东西这么吸引他们了。你的发色确实非常少见。但你挑的这身衣服,色彩上一点儿也不配。黄色会让你的头发失去光彩。你应该穿亮蓝色的衣服,带点儿银色镶边的。这样才能衬托出你的发肤的光芒。"

我没有告诉她是主人让我穿的这身衣服。我只是点了点头。

她叹了口气。"如果伊斯坎这边你能服侍好了,他就不会总黏在我床上了。我琢磨着,这也算是件好事吧。"她的语气温和了一些,整个人看上去也没有一开始想得那么老了。我估计她就比我大一只手的岁数吧。我用手指了指她鼓起的肚子。

"是您的第一个孩子吗?"

那种严厉的口气又来了。"不。是我的第三个儿子。"

她没再说什么,便匆匆离开了房间。过了一会儿,几名侍女送来银色镶边、珍珠刺绣的浅蓝色丝绸外衣。这些丝缎比我在氏族里的一家一当还要沉。每天早晨,新的加赖会穿上这些如梦如幻的锦衣玉服。

她会在头发上插一把梳子。至于伤疤，她会把它们藏在长长的袖子和沉沉的银镯子下面。所有这些，点点滴滴，我都记下来，防止自己忘记。我把纸片藏在房里一块松动的石板地下。我一定要牢牢铭记：

真正的加赖，是皮肤上留着无数疤痕的加赖。有三处疤痕是为血祭而留。两处代表承诺。还有一处是为抵御恶敌。新的加赖不会再把斗争、知识和力量三者混为一谈了。

* * *

今天我问夫人，我能否走到花园里看看。我从自己的窗户看到屋外有一处花园，

"这是王公的花园。"她回答得很简短。可没过一会儿，她竟把我带到一扇门前，门上了锁，门里是我们女眷的房子，隔绝了宫里的其他处所。门前站着两位侍卫，身穿蓝色的外套，两侧戴着佩剑。

"陛下准许我们下午去他的花园里四处走走。"她说。一名侍卫为我们开了锁，我们大步跨过金色的门槛。门后是一串向下的小台阶，我们走在前面，侍卫跟在后头。我好想疾步快走，好想奔跑，但夫人的步子非常慢，她有身孕，肚子很沉。我只好抑制内心的激动。不知不觉我们来到一片露台处，花园在我们面前一览无余，里头郁郁葱葱，缤纷绚烂。再次置身于生机盎然的植物丛中，我才发现自己竟如此怀念它们，不由自主地轻轻叹了口气，新的加赖没来得及克制这个举动。夫人立刻向我投来锐利的目光。

"我到树荫里坐坐。"

一名侍卫站在夫人坐着的长凳后头，另外一名则跟着我转花园。

这里栽种的植物和我四处迁徙所看到的那些，有很大的区别。这里的花叶非常宽，花朵很饱满，我思索这可能是气候有别的缘故，花草树木就算处于漫长的干燥时期，也能储存许多水分。有些花的花茎

大得漫无边际，比我的脸还要大，那种香味令人难以置信。我猜想，要不是王公的花匠每天浇水，她们绝对熬不过如此干燥难耐的酷暑天气。我觅见一群男子，他们在花坛周围浇水打扫，但一看见我他们就转过身去，跟着我的那位侍卫清了清嗓子，示意他们先去别的地方回避一下。这么做的意图很明显：我不能和主人之外的任何一名男子说话，也不能被任何人瞧见。我很好奇，这里的侍卫是不是太监。他们长得皮包骨头，皮肤光滑得和男童一般，脸上没有一根胡子，要不是太监，根本不可能长这样。这真是一种怪诞的习俗。

起初，我被这些花草树木弄得不知所措，我以为自己永远找不到我要的东西了。所有的植物对我来说都很陌生，个头比我想象中大无数倍的蝴蝶在花蜜欲滴的花丛中流连忘返。造型优美的树木在大太阳底下辟出一片荫凉之地，我可以在花园里散一整天的步，想一整天的事儿。但我感觉得到，我的时间是有限制的，这个侍卫迟早会把我带回到露台的地方，夫人在那儿等我。所以，我要在这有限的时间里用力深呼吸，努力感受大地的气息和它强劲的脉搏。我能从鞋底感知它的能量，我在家乡的山脉上也曾体会过大地的能量，但两者并不相同。这里的大地一点儿也不贫瘠狂野，相反，它肥沃富饶，充满生机。我停下脚步，闭上眼睛，让这股能量涌入我的血管，贯穿我的全身。当我再次睁开眼睛的时候，视线恰巧落在宫殿花园外的围墙上，这堵墙将我们的生活与城里的生活隔开，我虽听得见城里的声音，但却见不着里头的景象。围墙将黄昏下的落日余晖挡在背后，一株叶子尖尖、枝干长长的植物弯弯扭扭地从石头的裂缝和罅隙里冒出头来，叶子上还开着不起眼的小红花。我不自觉地笑了。

趁着侍卫的注意力暂时转移到别处去的当口，我从那株植物上摘了一把薄薄的叶子。叶子飘来苦涩的香味，让我全身洋溢起强烈的幸福感。这香味和家里的一样。我把这从花叶塞进袖子管里，尖尖的叶边蹭在我的伤疤上，感觉有点儿疼。

疼痛的感觉让我不禁回忆起那些和伤疤有关的过往。让我回忆起一个地方。我闭上双眼，突然发现自己竟身处于沙漠的尽头，一旁站着母亲。

我们爬上东山脊。清晨的第一缕光线照在我们行进的路上，夜晚依然笼罩在低处的沙漠里。母亲和我手里都拿着长矛，她那灰色的头发在晨光中闪耀着红色的光芒。到了傍晚，云里的水汽把岩壁磨得十分光洁，太阳出来后，水汽经过蒸发又回到山顶。母亲弯下腰，指着一样东西。

"瞧见了吗，加赖？这种不起眼的植物叫神女舌。它对生长环境要求非常低，几乎任何环境下都能挺过去。好好记在脑子里。这可是女人最有用的朋友。"

"这东西什么时候能派上用场呢？"我弯下腰问道。细细的藤蔓从山墙的缝隙里钻出来，上头长着尖尖长长的叶子。

"你不想要孩子，不想让月事停下来的话，就能用到它。"

"可孩子是赐给我们的礼物，"我边说边站起身来，"这句话是你教我的。"

"没错。所以我从来没给自己用过神女舌。但对有些女性而言，怀孕将会使她们的生命受到威胁。还有一些女性，成为智者后，为了维系身体与能量之间的关系，她们更希望能打通经络，让血液流通。"

母亲抬起手臂指向东方，迎接太阳的到来。手臂渐渐垂下时，她手上的伤疤顺着柔和的光线闪着点点白光。一处又一处的疤痕。也是一份**又一份**的承诺、一次又一次的牺牲、一场又一场的胜利。我好希望有朝一日，我的身上也能有这么多的疤痕。

当我再次环顾四周，发现自己又辗转回到了刚才的露台。我在冰凉的大理石地板上躺着。夫人坐在板凳上看着我。

"你前面昏了过去，"她的话很简短，"是侍卫把你背过来的。"

我的双眼刺痛无比，爬山的景象却愈发清晰强烈。这难道只是一份回忆吗？或许，这只是我同母亲无数次爬山中的一次偶然的经历。我忍痛闭上双眼。新加赖是没有任何回忆与秘密的。我深吸一口气，松开埋在深处的大地之力，坐起身来。

"我一定是热晕了。现在好多了。"

我们回到屋里，侍卫护送我的一路上，房里已经备好了食物。晚餐就我一个人吃，顺便吞下一枚刚才摘的细叶子。我不想肚子里怀有他的子嗣。永远永远。我不能让月事停下来，不能断了和力量之间的联系，更不能忘记自己的身份。

女祭司·加赖
女儿·加赖
猎人·加赖
游牧民族·加赖
加赖

* * *

主人在欧哈丁忙着监理新宫殿的建造。他在哈雷拉买的东西，有许多都是建筑材料。他走之前告诉过我，工期至今已有三年之久。那晚我同他躺在他床上，每次他想要我，就会叫我到他房里去。他的卧室属于阿拉伯式风格，地板上铺着价值连城的地毯，房里摆放着一些上了釉彩的大陶器，墙上挂着各色挂毯，银制的灯具多到我数不过来。我不明白房里要这么多金银和挂画做什么。屋顶的作用是遮风避雨，农耕民族需要这玩意儿，我能明白。他们没我们游牧民族耐得了寒。但这些金银瓷器是用来干嘛的呢？窗户能用来观赏天空、遮阳挡风，除了这个，难道还需要别的东西吗？

主人似乎看穿了我的心思，不屑地朝那些华丽的摆设抬了抬手。"新宫殿的样子，"他解释道，"和这里完全两样。与众不同。"他专门派了一支商队去特拉苏采购木材,特拉苏是坐落在南边的一座岛国,四周灌木丛生。另外一伙人则朝北面的大理石采石场出发。这项工程聚集了阿雷克最好的大匠、石匠和木匠。

"我的宫殿将会成为世界的焦点!"他边说边把手枕到脑袋后面。我想他是在说笑。世界的焦点只有一个,那就是无底之湖塞迈,那里是世界的肚脐。在女神淌着血液的盐水降临到这个世界之前,塞迈就是联通女神身体的脐带。我原以为大家都知道这件事,正想和主人纠正这一点时,新加赖在我耳边"嘘"了一声,连忙制止了我。我用指尖轻轻拂过手腕内侧的疤痕,什么也没说。

"还要花上三个三年才能彻底造好。但我真希望可以快点儿把整个宫廷挪到那边去。"

"主人,整座宫廷吗?"

"没错,我美丽的小娘子,"他满意地笑着,"王公的身体已经摇摇欲坠了。我在欧哈丁有块自己的地,那边有口特别的井,我给他喝了井里的水。这井水有时候是给他进补的。"他仿佛对着自己的秘密哄笑起来。"我已经和他解释过了,他如果能住在那儿附近的话,对他的身体会更有益处。当然,有很多人都盼着有机会能沾沾井水的光,但我和王公说了,这是专供君主用的奢侈品。"他侧着身子面向着我。柔和的灯光令他的皮肤熠熠生辉。他并非毫无肌肉,他长得和我们氏族里的男人不一样。他既强壮又灵活,就和卡沃尔猫一样。卡沃尔猫个头很大,是梅瑞木沙漠周围的山区最常见的一种动物。他伸出一只手,揉捏着我的胸脯。

"有好多人羡慕我。自从我出生以来,他们就羡慕我。我母亲从一开始就知道我一定会不同凡响,我是经过神精挑细选的孩子,注定要成大器。我现在已经证明了,她的想法是对的。她慧眼识人,我的两个儿子,科林和伊农,也将如此。我目前正在打造一个帝国,以后要他们帮我打理。科林虽然只有四岁,但是他射箭、骑马、油画样样精通。"

"主人有女儿吗?"主人倒是喜欢和我聊天,但我很少提问。这次我是真的好奇。从夫人的容貌和体型来看,她应该怀孕过好多次了。

"女儿,我要她们干吗?养女儿可要花大代价培养,还要给她们置办嫁妆。不需要,我只要儿子就够了。而且要很多个。我看到过这一幕。"

新加赖阻止我继续发问。她让我把到了嘴边的话全都吞了回去。

他沉浸在自己的思绪中,沉默了一会儿,手却一刻不停地抚摸着我的胸脯。

"王公自己挺欣赏我这计划的。他已经给了我进入金库的权利,不过国库的资源已经有些缩水了。我过去以为他富裕的程度应该不止这点。不过当然了,我有办法让国库充盈起来。我可以加税,或者通过打仗来赢得战利品。我要让周围的城邦都清楚,向阿雷克进贡是最符合他们利益的选择。要不然的话……"他打了个哈欠。"我还没想好我要做什么。但等我想好了,欧哈丁的宫殿将会是所有叫得上名号的国家里,最惊艳四座的一座宫殿。"他探过身子来,"过来,我还要一次。等会儿我在出发前再眯一会儿。"

我静静地躺着,嘴里叫着他喜爱的那种声音。每次他同我第二回行房事的时候,时间都要比之前长一些,但尽管如此,他还是很快就从我身上翻下来,然后立刻睡着。我会默默躺着,等到他发出沉沉的鼾声,才偷偷溜出去。我轻手轻脚地穿过那条小通道,回到自己的房间里。主人不喜欢醒来的时候看见我躺在他的床上。此刻,我坐在椅子上,借着房里的灯光,把这些事情记在纸上,我要把新加赖阻止我说的所有话都倾诉在纸上。我觉得女儿是非常宝贵的财富。母亲有四个女儿,她把我们当成价值连城的宝贝。她说我们是上天赐予她的礼物,每一个都是。母亲和我说过,在很久以前世界上有许多材高知深的女性,那时人们都追随着游牧民族的脚步。她还说,所有人都清楚,大地的尽头是通往女神的子宫。而如今，我们这些洞悉真相的人却过着被人追杀的生活。尽管我们通晓大地的奥秘，了解植物的功效，还掌握着造福人类的治病良方，但我们却只能将我们的信仰和宗教仪式隐匿起来。

母亲赶在我被卖去当奴隶卖之前，让我接受了宗教的洗礼，她将藏于内心最深处的秘密通通与我和我的妹妹们分享。我很好奇她们现在身在何方。我想知道这辈子还有没有可能再见到她们。但我猜，应该不可能了。或许，此时此刻的她们，也和我一样。就在这一刻，就在这个夜晚，我们记挂着彼此。

　　手中掂着矛的分量。
　　黑暗中传来卡沃尔猫的咆哮声。
　　地表下流淌着女神的鲜血，她的脉搏在光着的脚丫下跳动。

* * *

主人在欧哈丁的那几天，正好是夫人临盆的时候。我听到了她的尖叫声和人群的骚动。许多侍女在门外的走道上来回奔跑。我可以自由进出自己的房间，也可以到楼里随意走动。夫人和宫里的其他女眷都有自己的独立楼房。主人在这儿有一间留给自己的卧房，但要从这栋房子直接过去，只有走我房里的秘密通道才行。我琢磨着，男人们或许都爱对自己的妻妾设置这样的机关。楼里到处都是侍卫，他们负责看守屋子，不让人随便窜到别的房里去。主人对我说过，他觉得这里的房间安排得一塌糊涂，新的宫殿都将焕然一新。我很少出自己的房门，事实上，我也确实没有出门的必要。

夫人的房间里传来一声撕心裂肺的叫声，伴着这异常的声音，我推开自己的房门朝外头走去。一名侍女拿着水壶和托着碗的盘子从我面前飞奔过去。我溜出门外，侍卫同意我去夫人的房里看看。夫人房间的前厅里坐满了人。几名身穿白衣的老妇人坐在那烧香,嘴里一直在喃喃自语。他们恳请逝者的灵魂保佑夫人,对女神的存在全然无知。一些朝里位高权重的大臣的年轻夫人,坐在丝质枕头上低声交谈,每次内屋传来高声尖叫,她们的脸色就变得煞白煞白,对话也难以为继。侍女们匆忙地来回奔走,手里提着各式各样的东西,我却看不出这些东西都有些什么用处。

我走到夫人的床边,没有人拦我。内屋里纵然非常闷热,却仍然点着香。我嗅了嗅屋里的气味,又伸出舌头尝了尝香的味道。这些香总体来说没有什么功效,对缓解夫人的痛苦也起不到丝毫的作用,不过我却闻出了奥柳木的味道。不错,这东西能让她稍微平静一些。内屋里好几个夫人冷面霜眉,嘴里在喃喃祈祷。夫人躺在一张大床上,脸色苍白如雪,黏糊糊的汗珠粘在身上。她边上站着一位个子高挑、身形瘦削的灰衣侍女,正帮夫人替换着额头上的冷毛巾。身怀六甲的夫人又发出了一声痛苦的呻吟,她大声地呼喊着,嘴巴张着却说不了任何话。一头褐色长发散乱地缠在枕头上,眼窝有些凹陷。看来除了请人念词换冷敷,似乎并没有人帮她接生。我走到床跟前,掀开夫人的被子,仓促地帮她诊了诊脉。她向我投来愤怒的眼神,但猝不及防的疼痛逼得她再次发出惨叫,她已经没有力气再撑下去了。根据我的判断,她的疼痛发作的频率非常高,而宫口还没有完全打开。孩子的位置倒是相当好。

"她这样撑了多久了?"我朝那位侍女问道。"从昨天晚上就开始了。"她回答道。她看上去还挺沉稳干练的,应该能帮到我。

"你负责把所有的女宾都请出去,"我对她说道,"你帮我一起替夫人接生,我不想看到房间里有别的人。"

她和我对视了一眼,点了点头。我迅速赶回自己的房间,把我存起来的东西仔细翻了一遍。我之前在王公的花园里收集了一大堆草药,都已经晒干了。我没必要把这些东西藏起来,平时除了侍女,根本没有人会光顾我的房间。

如果有盖木草就最好了，但这种植物长在南方，离这里有些距离。王公花园里种的大多是装饰性的植物，而且可燃性太高，没法取用。不过巴乌在这里是一种香料，大剂量的巴乌对镇痛有显著的功效。除此之外我还有千根草。这些应该够了。我匆匆忙忙带着草药折回去，却发现前厅里的白衣神婆竟越变越多。当我从她们身旁经过的时候，她们恶狠狠地瞪着我，嘴里的祷文念得更响了。作祈祷和干正事都有自己的时辰，母亲总是这么说。现在的时辰是干正事的时候。做完正事我才能感激女神。

我走进卧室的时候，那名侍女站在门边。夫人气喘吁吁地躺在床沿上。房里还留下来一名妇女。她是主人的母亲，伊藏妮。她的满头银发挂满了叮当作响的银链，外套上绣满了珍珠宝石，重得她都提不起袖子了。她脸色一沉，怒气冲冲的样子。

"你这个贱命的奴隶！这里轮不到你发号施令。"

新加赖跪在地上磕头认错。我早就看出来了，这个女人的权力比夫人还要大。最终的决定权在她的手里。

"请原谅，尊贵的母亲大人。接生孩子是我这种奴隶应该干的事。如若有任何闪失，我愿意自吞双眼。"

"起来吧。"

我站起来，装作没注意到夫人刚才又发出的一声呜咽。"尊敬的女主人，让我来照料夫人吧，这种脏活应该由我来干。别让血弄脏了您的衣裳。"

伊藏妮瞥了一眼夫人。我看得出，她非常乐意甩掉这个包袱，只是顺了我的意思让她面子上挂不住罢了。

"放开这名女奴。"夫人轻声说道。我们都等着伊藏妮发号施令。

"听着，你不许离开卡比拉半步。一旦孩子出生了，我要你马上把孩子带到我这里。我要健康的孩子。"

"是，谢恩典。"

伊藏妮离开了房间。

"她走了吗？"她刚说完，又是一阵痛感袭来。

"是。"那名侍女回答完，转过身来对着我。"你还需要些什么东西吗？"

我注视着她，我发现虽然她个子很高，但她应该还只是个孩子，顶多只有十三岁。不过她的性格却异常冷静，完全不动声色，也没有一丝的不安。

"你叫什么名字？"我问道。

"艾斯泰奇。"

"我需要热水，还要一个喝水的碗，艾斯泰奇。我希望我们都能静下来。孩子想出来，但是我们需要帮帮它才行。"

艾斯泰奇点点头匆忙走出了房间。我走到床前。夫人眼神呆滞，呼吸也变得脆弱起来。我坐在她的胯骨处，望着她的眼睛。

"我知道你对我没有任何好感。你不了解我，所以要你相信我，确实也有些难度。但这里，似乎没有人知道怎么接生。但我知道。我在我的氏族里接生过几十个孩子。在梅瑞木沙漠那儿。"从自己的嘴里吐出它的名字时，心里隐隐作痛。自从别人把我当成奴隶的那天起，我就再也没有大声说出过家乡的名字。如果我当时带着长矛就好了！我咬紧嘴唇，不许自己再报出任何名字来。妹妹们的名字、母亲的名字、氏族里所有人的名字，所有游牧民族同胞的名字。

她眯起眼睛，皱着眉头，似是不解。

"我并不是自打出生就是奴隶。你要我帮你吗？"我朝手掌吐了口水，伸出手来。疼痛让她紧闭双眼，痛苦的尖叫声从喉咙里冒出来。我伸着手，等待她的回应。疼痛过去后，她的眼睛仍然闭着。突然，她从被子里伸出一只手来，舔了舔放在我的手掌上。我紧紧握住她的手。

"好。首先，你必须坐起来。"

她想抗议，但身体已经没有力气去这么做。我把她的身子调正，艾斯泰奇刚好走进房间，她提着一只装满热水的水壶和几只碗。我示意她把东西放到桌子上，让她替我扶着夫人。随后我飞速打开那一大包草药，把大剂量的巴乌和一小撮千根草放在碗里，再倒满水。

"你现在可以走了。"我一边说，一边走到夫人的床边。"你把身体靠在我和艾斯泰奇身上。我把汤剂再搅拌一会儿，你把它喝下去，这东西对你有好处。"

"有毒。"她喘着气说到。我哼了一声。

"我为什么要给你下毒？大不了我先喝一口，如果你觉得有必要的话。"

说完我开始思考她想表达的真实意思。或许她的这句话并不是一句疑问句，而是对我的祈使句。

我把夫人的脚抬起来，然后把我泡好的汤剂让她喝下去，帮她平复呼吸，那之后的分娩过程就快多了。当时正是傍晚时分，天色还不算太晚，我把四肢匀称的男孩安放在她的胸前。她凝视着面前的孩子，过了许久，她倏地背过身去。

"叫乳娘来。"这是她说的唯一一句话。我从来没见过刚生好孩子的母亲居然会如此冷血狠心。我愣在原地一动不动，她转过身来看着我，疼痛让她的脸庞变得扭曲。就连分娩中最痛苦的时候，她的脸也没有像现在这般狰狞。

"现在就去！"她命令道。艾斯泰奇匆匆跑出门外，没来得及让我开口。夫人浑身颤抖，究竟是愤怒还是疲惫，我不得而知。她蓦地抓起儿子的一只小手，在他纤薄的眼皮上亲了亲，对着他的耳边低声诉说着什么。然后她抬起头看向我，眼睛睁得很大。

"伊斯坎会给他起名字的。求求你，把他带走吧。别再折磨我了。"

这时我才反应过来，虽然这已经是她的第三个儿子了，但我确实从未看见过她和孩子们在一起的景象。从她的神情来看，这并非出于她自己的意愿。她的生活里，没有爱与被爱。

我弯下腰，抱起男婴。他个子不小，安安稳稳地躺在我的怀里。他一点儿都不吵闹，只是喜欢一直含着大拇指，应该是肚子饿了。我带着他走到前厅里，整个屋的女眷们发出高兴的欢呼声，或是喜极而泣，或是念起新的祷文。伊藏妮坚决地从我的怀里抱走孩子，她自豪地把孩子高高举起，仿佛这孩子是从她子宫里诞生的一样。男婴大声啼哭起来，一定是老夫人袖子上绣的各种珠宝，蹭破了孩子娇嫩的皮肤。艾斯泰奇很快就把乳娘给带来了，不情愿地把老夫人的孙子交到了乳娘的手里。我唤了唤艾斯泰奇的名儿。

"找点儿补身体的东西给卡比拉吃。喝汤什么的也行。或者弄点儿鼠尾草泡的茶，这样可以抑制一下奶水。你得让她补充足够的水分。不过最重要的一点，你得向我保证，这段时间里要让她静养。她想躺多久就躺多久。明白了吗？"

艾斯泰奇点了点头。我知道，这么多事情全落在一个年纪这么轻的女孩身上，她压力应该不小，但我相信她可以办到。其实除了她，我也没别的人可以交代。

我从一大堆熙熙攘攘的女人堆里挤了出来，快步回到自己的房间里，睡了一天一夜。真庆幸主人正巧不在家，这样我可以有足够的时间休息，顺便整理整理思绪。

我每一天都仔细地服用一定剂量的神女舌。我不能怀上这种男人的孩子，他不会让我和孩子相见，那可是我的孩子，是我的亲生骨肉。

* * *

我来到这儿后有些无所事事。主人每天都会临幸我，除此之外有很多时间我都闲着。岁月成了蹉跎。我在狭小的房里走来走去，看着窗外的景色。偶尔我会拿起屋里的东西看看，然后再放回原处。日子过得百无聊赖。过去，我们总是不停地朝下一个目的地前进，不然就是上山打猎。有时我们会横穿沙漠，同另一个氏族汇合；有时跑到南部去采草药；有时绕着波迪恩湖奔跑。波迪恩湖坐落在梅瑞木沙漠中，对游牧民族来说，要跑七天才能绕一圈。湖的西岸种着撒努尔树，这种上古之树的树根深深地扎在大地的心脏里。我们经常会到类似这样神圣的地方散步，比如撒努尔树、欧梦妮山，或是无底湖塞迈。通通是让母亲供奉神明的地方。经历了艾德①洗礼之后，我也可以做祭祀来供奉神明。我会时不时摸一摸手上的疤痕，提醒自己，我是已经献身于神的人了。我的力量来自撒努尔树，我的血液也回报给了撒努尔树。

赶路之余，我们会做一些手工活儿。点上篝火，一起补补衣服、修修工具。母亲给我们姐妹灌输知识的时候，我们一边听，一边干着手工活。过去的加赖雕工十分了得。只要给我一把好刀，一块良木，什么东西我都能雕出来：勺子、碗碟、笛子、纽扣，都雕过。在我家小妹还很小的时候，我给她雕过一只玩具。

如果她还活着的话，她现在的年纪也不算大。我真想知道她被卖到哪里去了。

新加赖不会去想这些事情。她已经把旧加赖的影子渐渐藏了起来，通常只有在我坐下来用笔写字的时候，才会将旧加赖心中的疑问和回忆释放出来。我能写的东西其实也少得可怜。新加赖什么事都办不好。她能做的除了等待，还是等待，等待何时才能与主人相见。她的双手紧张得就像两只在房里振翅飞舞的小鸟，漫无目的地四处乱窜。为了衬托她的容颜，她会在房里梳妆打扮，试穿各种衣裳。她会聆听宫里的动静，还会透过窗户观察植物一年四季的生长变化。雨滴打在屋顶上的时候，和落在山上的时候，两者的声音截然不同。有时候她想出

---

① 艾德洗礼在原文中为 eide，是作者自创并用来描绘游牧民族供奉神明的一种宗教仪式。

去淋一场雨,享受狂风暴雨吹打着发肤的感觉,她要让风相信,风可以捎上她,带她飞翔。但这并不是新加赖的性格,这是旧加赖爱做的事。新加赖必将破除过往的影子,她对暴风雨感到厌恶,她偏爱挂着山水画像的温室。

新加赖背叛了一切我曾经视若珍宝的信条。她成为了一个无足轻重、毫无意义的人。她只会讨好主人,弯腰屈膝。其他的男人,她看也不看。我恨她。

但她还有一个本领。她能够保全我的性命。

* * *

为了打发时间,我开始收集植物。我从花园里摘来一些草药,把它们晒干,以备不时之需。除了制药,我还会做一些植物标本。这里的植物各种各样,名字上我会向卡比拉请教,然后再把它们用漂亮的字迹写下来。我在标本旁标注着我自己发明的记号,一摘一问一写,时间过得快多了。我终于有事情做了,而且还是十分有趣的事情。我先把花草的轮廓勾勒下来,再把它们压平放好。我拿过几页给主人看,他会对我露出宠爱的微笑。几天后,那位瘦削的侍女艾斯泰奇到我房里送了几样礼物。她虔诚地把东西摆在我的床上。里面有最上等的用纸,三瓶不同色泽的墨水,好多支羽毛笔和油画刷子,还有一些颜料。

"是主人送给我的吗?"我问道。除了他又有谁会送我这些东西呢?

艾斯泰奇点了点头。"你会画画?"

"我还在练习。主要画点儿花花草草之类的。"我一边回答一边用指尖轻轻摸了摸那些纸。

她面朝我往后退了几步,站在门边,一副踌躇不前的模样。

"怎么了?"

"我今后可不可以……可不可以问你借几幅画？"

"你要画做什么？"我皱起眉头。

"做点儿刺绣，"她害羞地小声说道，"我很想学着绣一点儿好看的花，但是好难。如果有画做参照的话，或许会稍微简单一些。"

我放下手中的纸。"你可以来这儿，来我的房里绣。但我不希望你把画带出去。"

艾斯泰奇既惊讶又感激地点了点头，随后便带上门离开了房间。

最近我没怎么写日志。我的时间都用来摘花、压花、描花了。艾斯泰奇坐在角落里，面前搁着一幅画，手里握着银线在薄薄的料子上穿针引线。我猜想，这衣服是她绣给夫人的。卡比拉偶尔会过来看看我们，她冷冷的眼神总透着一些高高在上。那次分娩之后，她便开始朝我房里走动起来。每当夫人进屋探访，新加赖会竭尽所能表现得殷勤、客气，她会用头等的丝质坐垫请她坐，让艾斯泰奇端上冰镇的绿茶。但卡比拉总是扬扬手，示意我们不用小题大做，自顾自地坐下来。她总要过好久才开口和我们说话。等她坐下来，我再继续临摹我的植物，艾斯泰奇则拿起针线继续刺绣。屋外传来花园里鸟儿的歌声，还有宫里的交谈声和脚步声。面对夫人我总是让她先开口。新加赖明白自己的身份和地位。

过一会她就说话了，不是问我标本做到哪儿了，就是和我介绍画上的植物。这种时候我可以稍微提点问题，比方说植物的名字，或是用途。不过，有好多植物她也不认识，遇上这种情况，她会猝然把话题扯到艾斯泰奇身上，了解一下刺绣完成的进度。

昨天她来我屋里的时候，我们正好在忙自己的活儿，这次她倒不是空手而来。

"作为妾室，要是没什么知识的话，也不太合适。"她边说边把几卷书摊在桌子上。艾斯泰奇快速走过去点灯，她把一只丝质坐垫拖过来，让卡比拉舒服地坐下。夫人乐意看到仆人围着她手忙脚乱的样子。

她坐在垫子上，睁大眼睛上上下下打量着我。

"你必须把这些经典的诗歌学一学。还有阿雷克的历史也要读一读。维齐尔大臣对全家人可是有着很高的期待。"

我心里想，主人看中我，一定是我有别的能力。他可没兴趣听我读书，口若悬河是他的性格。不过，我没有反驳夫人的话。新加赖学会了服从。

"你可以一边画画一边听我读。"夫人和蔼地说道，接着她便开始朗读。

她的嗓音听起来很舒服。这首诗我很喜欢。诗词歌赋这类东西，我以前都闻所未闻。但历史，就显得无聊多了，讲来讲去无非都是一些无关紧要的事情：君主、帝王、打仗、战争，哪里攻下，哪里又失守了。历史讲的是国家、国家的权力、百姓的生活受制于国家权力的大小，毫无实际意义。尽管无聊我还是把这些东西都记在了脑子里，她念完以后，我放下画笔，随口把历史最重要的章节和诗歌中的经典名句背给艾斯泰奇和卡比拉听。她们为此感到非常惊奇，就连夫人也止不住露出了欣赏的眼神。对我来说，这其实没有什么稀奇。母亲很早就开始训练我们这个本事：她会先讲一段尘封的往事，然后让我们复述给她听。复述不是要你一字一句地重复，只要说对就行了。我发现自己在这方面已经没以前厉害了。我的记忆力不如过去那般敏锐，吸收知识的能力也没那么在行了。我决定要把这一块的能力捡回来，不为别人，为我自己。

日月如梭，白驹过隙。平日里，艾斯泰奇会来服侍和照顾我们。她不仅安静，手脚也麻利，还能猜出卡比拉的心思，有时候连卡比拉自己都不知道接下去要做些什么。太阳冉冉升起，等光线照到地板的时候，也就意味着这一天即将落下帷幕。天开始变黑，艾斯泰奇为我们点上灯。吹辛那的琴手也歇息去了。夜莺开始歌唱，一开始有些犹豫，渐渐声音变得铿锵有力。我没有出声。卡比拉在那说话聊天。她说的都没什么意义，总还是艺术诗歌的那一套东西。她把某种东西叫做古哲学家。我一边听，一边试图理解。可我绞尽脑汁也没弄明白。言语怎能替代现实存在的东西呢？那些被我刻在纸上的东西终将枯萎凋亡。即便我创作一首描绘沙漠蜥蜴的小诗，我难道就能明白蜥蜴是什么吗？诗人又是如何将太阳、将夜之凉描写出来的呢？

我对这些一无所知。

但既然卡比拉说了，我就听着。太阳西斜，夜晚即将来临，一天又过去了，我们能做的只有等待。

最近这段时间主人经常外出。他在欧哈丁监管宫殿的建造，跑了好多个省份采购木材、砖石和大理石。他似乎被这项工程迷住了心窍，我很不明白他为何如此投入。有几次他从欧哈丁回来后，整个人像变了一样。他的内心十分阴沉，好像潜藏着一股深深的力量。他同我行房事的样子，他看我的眼神，都和以往有所差别。他的视线似乎牵绊着我内心的某件东西，某件我不愿意与别人分享的东西。他仿佛能看见过去的加赖，但这吓不倒他。他还能看见新加赖，甚至未来的加赖。每次伺候好他，我总感觉自己里里外外都被人看穿了一般，在他面前形同透明。面对他的目光，我想逃却逃不了。我真希望自己能召唤出过去的加赖。那个坚强无比、无所畏惧的加赖。她的血管里奔腾着大地的力量，她能和撒努尔树说话，她的双脚熟悉梅瑞木沙漠里的每一粒石子，她的双手似鬼斧神工，可以创造出万千种物品。她的伤疤见证了——

我身上的疤已经开始褪色。刚想数一数自己有几道疤痕，才发现连疤痕的位置也已无迹可寻。

* * *

时光荏苒，哗啦啦地几年过去了。我也有几年没握过笔了，不过也确实没有素材让我着笔。很快,欧哈丁的宫殿即将竣工。整个工程持续了八年。

今天主人又传唤我过去服侍他。完事后,他站在床边看着窗外第一批装满货物的车厢。这些车厢将从阿雷克出发,开往欧哈丁。他伸了伸懒腰。他的身体还和我初次见他时一般苗条、结实,虽然这已经是好几年前的事了,他却一点儿也没有衰老。我却和彼时大相径庭。我已经不能随心所欲地活动身体了。我吃了太多的甜饼干、掺了蜂蜜的冰镇水果,还有用糖卷制成的干煎维加①。我的肚子变得松弛,脸型也圆润了不少。

主人高兴地用手掌摩着大腿外侧。

"终于,我总算是完成了!我要在月底把王宫和朝廷都迁到那里去。那时正好是新月。到了那儿,他就该对我唯命是从了。他那些固执的儿子就留在阿雷克好了。他们不会料到自己的命运已经完全在我的掌握之中。"

"此话怎讲,主人?"我知道他喜欢我问他问题。

"只要他们不跟在其父身边,就没法干扰他的判断。从表面上来看,我派他们出去都是有正经事要办,但事实上,我这么做只是为了扫清障碍罢了。而我,就可以随心所欲地控制整座王宫了。他做的每一项决定,不论大小,都要听从我的意见。我很快就会把他的大儿子送到赫拉克的战场上去。那地方连着三年不肯向我们进贡。他们会对欧哈丁和阿雷克俯首称臣的。这两个地方,我可爱的小娘子,现在都是我的了。凯伦诺克上上下下不仅要对王公,还要对我鞠躬。"

他转过身来看我。我光着身子躺在床上的毛毯上,他皱起鼻子。"你的身子鼓得像气球一样,样子也不像以前那么年轻了。"

我为此感到惭愧。如果我在主人的眼里一文不值,那我还有什么

---

① 维加在原文中为 weja,是作者自创的一种食物,容易发胖。

价值？我抓起毛毯盖住身体，目光低垂。主人朝窗外张望着，他满意地传唤下人来帮他更衣。我躺在床上，直到他们离开房间，我才换上衣服，穿过秘密通道回到黛拉和辛大厅。那里是命运的殿堂，我敲了敲钟，艾斯泰奇走了出来。她不声不响地对我轻轻地弯了弯腰。这几年她长了好多，她的个头已经窜得比我都高了。她的鼻子比以前还要大，说实话，她长得并不美，不过身形却要比我纤细许多。

"把我的东西拿来。我要洗澡去。我要阿尔勒明的精油，还有我自己用杏仁油和玫瑰水调的东西。快一点。"

我在池子里泡了很久。我用香皂按摩着头皮，再用浮石把身上所有的肉疣磨平，接着我照主人的心意，把多余的体毛刮得干干净净，包括杂乱的眉毛和上嘴唇附近刚长出来的胡须。最后我用杏仁油涂抹在皮肤上，让皮肤如新生儿般细腻光洁。

如果有新的妾室娶进门该怎么办？他会不会彻底抛弃我，就像有了我就把夫人抛弃那般？那样的话，我的日子会变得更加空虚。我的价值都是他赋予我的。他的目光里透着爱抚、赞美和欣赏。他的双手让我感觉出自己的曲线，前所未有的真切。有时候他能让我达到高潮。我讨厌这样。我之所以表现出满足的模样，那是因为在这短短的片刻中，我发现自己是有价值的人。如果这种感觉也消失了，那我活着还有什么意义呢？

就在我记录这些文字的时候，卡比拉走了进来。我没有锁门，门上面也没有锁。其实我从来没刻意把这些文稿藏起来。卡比拉之前看到过我写的东西，但她从来没有泄露过一字半句。

她坐在垫子上候着。过了一会，艾斯泰奇端来一个盘子，上面有热腾腾的玫瑰花茶和一小叠含糖饼干。艾斯泰奇给我们沏茶，先是夫人，然后是我。我随意拿起几块饼干，想也没想就往嘴里塞了一块。甜甜的味道让我即刻充满幸福的感觉。艾斯泰奇回到门边坐下来，等候差遣。

我注视着卡比拉。她安静地在坐垫上呷着热茶。她和我差不多，白日里无事可做，如今更是越来越无聊——主人已经完全不进她的屋了。我知道，她在这个家里有她的责任和义务，她总要陪伊藏妮去参加各种庆典，她的儿子们也会去，但这些只是乏味的生活里短暂的停顿罢了，日子仍然是一如既往地单调无聊，除了等待别无他法。

"最近好吗，尊贵的夫人？"我突然张口问道。

卡比拉嘴里发着哼哼的声音，悠悠地啜了一口茶。我本以为她不会回答我。没想到过了一会儿，她居然朝我说话了。

"我每天都活在亡亲的回忆里。他把我的亲人从我身边通通带走。我的儿子们不认得我，他们嫌弃自己的母亲。我一碰到他们，他们就躲着我。他就是不让我好过。"

她沉默了好一会儿，光喝茶不说话。

"他找过你吗？"

我点点头。她放下茶碗，朝窗外看去。"你们彼此之间有交流吗？"

我们从来没有讨论过主人的事。但这次是我先开的口。

"嗯，很少。比起我来，他对欧哈丁的修建情况更为中意。"我指了指我的肚子，还有我胖乎乎的大腿。

她迅速地转过头看我。她笑了，歪着嘴笑，不过她并没有恶意。更有点……忧伤的感觉，好像她明白我在说些什么。我突然意识到，尽管她嘴上那么说，但她对主人还是有真感情的，这种感情我从来没有过。

这让她比我这个做奴隶的还要痛苦。

她对艾斯泰奇小声说了点儿什么，艾斯泰奇慌忙站起身，冲出房间。卡比拉起身叹了口气。

"这会儿，你也是时候收拾一下自己的家当和宝贝了。你不愿意别人看到你这些东西吧。"她扯了扯外套。

"伊斯坎会把我们和王公全家一同搬到欧哈丁去。你要对新家做好准备。"

我已经收拾好自己的包袱了,我把我认为属于我的东西都放了进去:外套、裤子,都是他给我的,还有梳子和首饰,我的压花还有记的日志,晒干的草药,我记录的一些秘密都放在储藏压花的箔片上,藏在背上。

但这些都不是我自己的东西。我很清楚,我现在拥有的一切都是他给我的。不像沙漠,那儿的一切,包括花朵、植物还有动物,都是自由之身,它们不属于任何人。我们只会把一些必要的工具和装置带在身上,仅此而已。但我到了这里以后,我周围所有的一切,都是属于我主人一个人的。连我也是他的。

我不知道我们什么时候搬家,其他事情我也无权知道。但卡比拉居然也不知情。看来我们已经被他牢牢地捏在手心里,好像他取乐的玩具一样。对未来毫无头绪的感觉让我非常无所适从。我不知道他什么时候想要我的身体,什么时候叫我过去侍寝。下一秒要发生什么,我身上又会发生什么,事先我都一概不知。每次的事情都来得特别突然,毫无征兆,也不附带任何解释。到了那一天,总会有人来通知我们,用轿子把我们抬走,抬到欧哈丁,一个崭新的地方,一个我从来没有去过的地方,一个等待着将我囚禁的新牢笼。

* * *

这天我们终于到了欧哈丁,到的时候已经是晚上了,天色很暗,一番舟车劳顿使得我很疲惫。轿子左摇右晃、颠簸不停,里头闷得我都来不及看清周围的样子,根本无法呼吸新鲜的空气。那些大自然的风景,鸟儿在天空翱翔的英姿也全都无暇欣赏。总而言之,一路下来我很难受,火气也冒了上来。艾斯泰奇和我坐在一起,她见我这副模样,吓得都不敢应我声。但我现在、立刻、马上、必须把这些景致记载下来,这里实在是美轮美奂,我总算是明白了人活着的意义!过去的一切在冥冥之中把我带向这里,我所有的耐心都是值得的,我要感谢新加赖,是她让我活了下来,感谢上苍、大地以及逝者的灵魂,感谢你们对我的馈赠!

当我们慢慢接近欧哈丁的时候,我的身体开始有了变化。当时已是傍晚时分,太阳渐渐西平,载着我们的篷车遇上了满头大汗的工人,他们拖着疲惫的身躯,从香料森林和田地里忙完农活,正在往家赶的路上。宫殿从一座小山丘后面慢慢探出头来,它的规模比我想象的要大多了,就在这一刻,我发现自己的身体起了变化。心里有种痒痒的感觉,起初并不怎么强烈,仿佛风中的香气一般,一种美味佳肴的气味,你能闻到,但那个名字却像卡在喉咙里一般,说不上来。艾斯泰奇递给我一块裹着蜂蜜的西瓜和一碗玫瑰水,但我挥了挥手,示意她安静。我要鸦雀无声的安静,万籁俱寂的安静。篷车继续朝前蜿蜒而行,挑夫每走一步,我们就离宫殿更近一分,瘙痒的感觉也随之愈发强烈。嗡嗡。嘶嘶。我的体内蹦跶着这样的一种节奏。我的身体从来没有感受过这样的力量,那种感觉比我站在撒努尔树旁还要强烈。我已经快坐不住了,但我的身体却不受心情控制,我多想跳下轿子,扑向那股力量的源泉,揭开那魅惑之声的面纱。

到了黄昏时分,我们穿过了欧哈丁的围墙进了城,侍卫们手里都提着火把。女眷们有一栋属于自己的房子,名叫红袖殿。房间和厅室都很宽敞,里头还有一个很大的浴池。房间在眼前一闪而过,没过多久我就被带到了自己的厢房里。屋子里金碧辉煌,墙上挂着一幅幅壁画,除了喷泉和插满鲜花的花瓶外,满眼都是金器瓷瓶。一阵嘶嘶、沙沙的歌声传进我的耳朵,像是在呼喊着我。我躺在丝质坐垫上,身上盖着一条用动物毛织成的毯子,上面是条纹的图案。房里飘来熏香和玫瑰的香味,可我却睡不着。久久不能入睡的是那位博学多才的加赖，是过去的加赖。她苏醒了，而且比任何时候都要清醒。她用手指轻轻抚过伤疤，伤疤告诉她，一定要找到那个神圣的地方，它应该就在附近。她迫不及待地要将自己敬奉给那片神地，她知道，那会是场盛大的祭典，是她穷尽一生的追求。

但她必须静心等待着，让我先把那个地方找到。为了在这个巨大的牢笼里生存下去，我要让新加赖保住我的性命，既然要寻找那阵歌声的来源，付出一切都是值得的。

一切。

过去的加赖在等待。我没有将她遗忘，以后也不会。这样的生活十分艰辛。我能时刻感觉到那股力量的存在，它日复一日地呼唤着我，而我却无法回应它的邀请。这场祭典，近在咫尺，又远在天边。主人的内心变得越来越阴暗。当他进入我身体的时候，我感觉自己完全被他所占有，身心俱失。在某种程度上，我竟无力抗拒他。

我向往新的伤疤，新的伤口，我想看见血液从皮肤里缓缓渗出来的模样。但我知道这样做是错的。伤疤必须有所代表。除了献祭，不能留下任何伤疤。我不能为了贪图安逸而去划开一道口子。

* * *

今天主人带着他的母亲、我，还有夫人，一起去花园里散步。这是我们在欧哈丁住下的第一个白天。伊藏妮十分自然地带了三位侍女，分别提着遮阳伞、坐垫和一盒子冰镇饮料。卡比拉让艾斯泰奇陪着，好让她也四处转转。不过卡比拉还是吩咐她提了把遮阳伞，不然的话，伊藏妮一定会批评这位姑娘居然两手空空无所事事。有两名守卫跟在我们身后。他们的身上挂着佩剑。主人显然是想带我们领略一下他的杰作，他喜欢沉醉在我们崇拜的目光里。他也有理由骄傲。

花园十分精致。主人叮嘱过，在王公搬来之前，这个地方必须竣工。他和我们解释道,因为这个原因,这座花园完工得要比其他房间早一些。要让王公耗费巨资打造这座宫殿,还要让他搬过来住,他打算用这些巧夺天工、富丽堂皇的建筑蒙蔽王公的双眼,这样才能说服王公。西边坐落着三栋房子,那是我主人的官邸太平殿,里头是他自己的房间、浴室以及藏书室;永元殿是他工作的地方,他在那边和达官贵人进行会晤和商谈;最后就是我们女眷们住的红袖殿,那里还住着他的母亲和众多仆人,里面还包含着厨房。穿过花园,从西北角到东南角有一泉事先挖凿好的小溪,小溪旁还有迷你的喷泉,溪上驾着几座桥。东边则是王公的三栋房子,恰和主人的三栋房子形成对称。除此之外还有许多新房子要盖,王公的架势可一定不能输给维齐尔大臣。

"这里的建筑物全都是凯伦诺克的最高水准。"当我们走到王宫的宫殿前,主人停下脚步说道。伊藏妮走在他的一侧,夫人在另一侧。我恭敬地跟在他们身后,隔着几步子的距离。那天一大早,各个屋里传来嘈杂的声音。整个家都要打包整理,一定有许多东西要准备。家具和仆人都已经早早运过去了,现在就等住户各安其位了。"我从南边的一座大岛取来了一些异域的木材,"主人说道,"那个岛叫做特拉苏。你们看见这些柱子了吧?看到有多黑了吗?这可是万里挑一的木材,难得这么硬实,在我们这儿长不出这样的木头。它不需要涂漆加工,刨起来硬得和石头一样。"主人轻声笑着,样子令人有些不自在。"我带回来的洋气玩意儿,可不止这一样。你们就等着欣赏吧。"

皇宫总共分成两层楼,底层是在一个大平台上面建造的,好保护屋里的隐私。平台是用色彩鲜明的瓷砖铺制而成,上头刻着花朵和绿叶,看上去相当真实,简直可以和花园里的真花真草相媲美。屋顶上金碧辉煌,早晨刺眼的阳光照得它闪闪发光,伊藏妮抬起戴满戒指的手,挡住光线。主人看到这一幕笑了。"这个设计的目的,就是要让所有城墙外的人看见这尊宏伟的建筑,我要让他们感到惶恐和颤抖。没有人再会对凯伦诺克的权力中心存有质疑。也没有哪位诸侯的宫殿可以和它相提并论。很快,所有人都会对它弯腰俯首,哦不,他们应该是四肢伏地,跪倒在欧哈丁的权力之下,我的权力之下。"

"儿子,你这次的表现让为娘眼前一亮。"伊藏妮自豪地拍着儿子的肩膀说道,"卡比拉你觉得呢?"

她称呼媳妇的口气,突然变得尖锐起来。

"在我看来,就算找遍所有能排上号的国家,都没有哪座宫殿能与之匹敌。"卡比拉淡淡地说道。她的声音中没有丝毫的情感可言。

"已经认不出你父亲的老庄园了,是不是?"伊藏妮看了眼自己的媳妇说道。

"确实,我完全认不出来了,琦。这里的一切都已焕然一新了,真不可思议。"

我听出了她话里藏着的悲伤,但主人对此充耳不闻。或许他根本不在乎。

我们在开满鲜花的果树下继续走着。一群蓝红色羽毛的鸟儿在一只巨笼里唱着歌。

"我已经派人把各式各样会唱歌的鸟都带到这里来了。"主人一边说一边给我们看这只笼子,"有些可以在花园里自在地飞,另一些我就把它们关在笼子里。王后和她的女儿对鸟儿情有独钟。我们已经雇了一些小伙子在花园里巡逻,他们有弹弓和弓箭,看见肉食鸟就当场射杀。宫殿的城墙外已经有人在卖昆虫和胚胎了,都是给鸟吃的粮食,生意如火如荼。"

花园里全是浇水、清洁、打扫的工人们。一切都保护得完美无瑕,一片枯叶也不能有,任何枯萎凋零或是衰败丑陋的东西都不允许出现在这花园里。

"你能带我们看看药草园吗,珍?"卡比拉极其尊敬地对着自己的丈夫问道。

伊藏妮哼了一声，不过主人却是点了点头。"当然了，琼。"他夸张地抓起夫人和母亲的臂弯，带着他们沿着蜿蜒的小径，往香气四溢的灌木丛中走去，周围有些星星点点的亮粉色花朵。碰到枝条的时候，花瓣顺着枝条轻轻跌落在他们身上，我跟在他们后面，花瓣在凉鞋底下被踩成碎片。小河之上有一墩拱形桥，桥上柱子的装饰十分繁琐。桥下的溪水清澈无比，金色的鱼儿嗖嗖游过。穿过桥，主人手指着水坝给我们看，那是小溪和其他河流汇聚一堂的地方。杨柳树的枝条弯弯地垂在平静的水面上，莲花的叶子像一枚首饰安然地休憩在一面黑镜上。

"我在水里养了鲤鱼，供我儿子们喂喂食。这里还有几艘小船，我琢磨着，酷暑季节他们可以去水里随意滑滑。这儿可以给王公的妻妾们组织音乐会——在那边远一点的地方，第二个河滩那儿，有一处可以升起的舞台，坐在上面，脸朝落日方向，乐师们便在灯火摇曳的小船上演奏起来，这是宫廷的消遣项目。我把它称作永宁花园。"

"了不起啊，儿子。"伊藏妮点点头说道，"你一定要邀请诸侯携家属来这里看看。要是他们得见这般洋洋大观，碧瓦朱甍，他们还敢不给你磕头弯腰吗？"

她似乎没注意到自己刚才说的话越了界，毕竟他们要磕头弯腰的对象应该是王公。伊斯坎知道母亲有些夸张，他笑了。"对了，水坝的这一侧，靠近红袖殿的地方我差人盖了你想要的东西，夫人。我派人打造了一个玫瑰花园，玫瑰园的前面，是给你的惊喜，药草园。"

一路上我们经过各色的玫瑰，走到底是一堵矮矮的墙。主人打开一扇篱笆门，让我们走进去。他母亲皱着眉头站在门外，吩咐仆人撑开遮阳伞，给她扇扇子。艾斯泰奇也等在门外，为了和维齐尔大臣保持恰当的距离以示敬意。

药草园里有细长型的花坛和一些大小不一的圆形花坛，上面种着形形色色的草药和香料。我弯下腰，摸摸叶子，闻闻味道，香气有点儿刺鼻，清甜、新鲜而又略带点儿苦涩。我认得的药用植物这里都有，还有许多是我从未见过或听说过的植物。我可以到这里来研究、采摘、晾晒、临摹，总之可以让我学习。我往深处继续走，我发现植物摆放的位置都极其讲究，有些摆的位置其实不太合适，不是光线暴露得太多，就是周围的空间太过拥挤。种植物、搬植物、养植物，忙完一通，手指痒痒的。

我转过身来，夫人就站在我身后几步路的距离，她正端详着一株鼠尾草。主人和她的母亲站着聊天，伊藏妮看起来有些不耐烦。我思忖着，她应该是因为主人对卡比拉有求必应而不满吧。伊藏妮就是不愿意让卡比拉称心如意。

我跪倒在夫人面前，这并不是我存心演戏，是过去的我，过去的加赖愿意这么做的。新的加赖只有为了苟活、讨好别人才会刻意对人如此敬重。

"尊贵无上的夫人，"我小声地说着话，好逃过主人的耳朵，"谢谢。"

"你给我起来！"夫人尴尬地大声喝道。我站了起来，再一次弯下腰鞠躬致谢，这一次我的腰弯得更低了。

"谢谢。你们对我真是太好了。我非常明白这些东西要花多少钱。"我深深地看着伊藏妮说出了这番话。

"是呀。你送来的汤剂，把我去年冬天的顽疾给治好了。索南也说，喝了你给他泡的茶，他的咳嗽也渐渐好转了。应该就是这些事说服了我亲爱的丈夫吧。这并不是我的旨意。他的儿子们才是他最宝贝的心头肉。"

主人一个女儿也没有。他也没再光临过卡比拉的卧房，而我则一直注意着，不让自己有身孕。主人以为我不能生育了，但他也并不在乎，因为他要的儿子已经都有了，他说过。他们分别是十岁、九岁和七岁了，个个身强体壮，性格任性、刚愎、叛逆不羁。我写字的时候常听到他们在屋外玩耍。我从来没和他们说过话。我也没这个身份和他们说话。好几次他们看望母亲的时候,我都把自己关在房里不出门。看到父亲的妾室,应该不能算是污点的事吧。我不知道是谁定下着规矩的,是主人还是夫人。或许这么想的只有我自己。

孩子们和伊藏妮住在一起,没有留在母亲身边。他们会去看她,也只是偶尔看看,只有伊藏妮同意的时候才行。每次看完孩子,好几天我都会见不着卡比拉。过一阵子她又会到厅室里来,我坐在那儿画花,艾斯泰奇则忙着刺绣,偶尔会有一两位弹奏辛那琴的琴师给我们助兴,大理石坛上的小型喷泉在一旁默默地伴奏着。这时候的她比以往都要安静。但过不了多久,她便又和我们说起话来,一会儿吩咐侍女们工作,再来就是批评我的穿着。随后她命令侍女端上几份新烤好的饼干,让我挪一个灯罩过来,这样画作上的光线更柔和。她常常拿出书卷教我诗词历史。一切就和过去一样。

此时我不知道我该对她说什么好,任何言辞都不足以表达。她或许是故意装作没什么事,但我清楚,药草园的礼物可不是一般的贵重。刹那间,我突然对卡比拉有了更深的了解。原来,她并没有轻视我,相反,我是她唯一的朋友,她其实非常喜欢我。

我又朝她鞠了一躬,我抓着她的手,急忙啄了一口。刚放下手,卡比拉便吃惊地望了过来。

"动作快一点儿,伊斯坎还有别的东西要带我们去看。"

我不知道自己应该怎么做,但我一定要做些什么来报答她的恩惠。报答卡比拉送我的这份如此珍贵的礼物。

伊斯坎带我们穿过花园,回到了北边。当我们到达红袖殿,踏上雪白的大理石台阶时,他停下脚步,轻轻地吻了吻母亲的脸颊。"你要不就在这儿留下,伊藏妮·琦。我看出来你已经很累了。很快天气就热得透不过气来了。我还有一个很小的惊喜想带我的夫人去看看。"

伊藏妮面露不悦,但除了遵命她也别无他法。她气势汹汹地走进宫殿里，身后跟着一串侍女。艾斯泰奇跟在卡比拉和主人的后头，我驻足了一小会儿，犹豫该不该跟着一起去。最终我还是决定过去，便快步跟了上去。主人提到惊喜二字的时候，语气中透露着异样的感觉。我揣摩着，卡比拉心头可能有些紧张了。她对我那么友好，我不想抛弃她。侍卫们跟在我们身后。

我们朝北边的墙走去。一片基斯米尔树林出现在我们前面，主人小声对侍卫说了几句，便命令他们在树下等我们。欧梦妮山的山坡上也长有基斯米尔树，我认得这股香气。这种树生长的方式挺有性格的，细细的枝干有些弯曲，薄薄的树冠冲向天空。它的生长速度也很快，在大部分植物都还没成熟的时候，这种树没过几年就和人的个子一样高了。我看到卡比拉攥紧着拳头。她的步子变得仓促起来。基斯米尔树挡住了我的视线。我看不到我们的方位，但我能感觉得出来。自从踏上欧哈丁的土壤，萦绕在我耳边类似嘶嘶声的歌曲就不绝于耳，此刻这种感觉更加强烈了。我也急急忙忙跟了上去。很快我就能看见它的源头了！很快我就能知道这种声音是从哪里发出来的了，我可以准备我的祭典了！

卡比拉在我前头，先一步出了树林。突然她停下脚步抬起头。接着是一声仰天长啸。

我们来到了一座小山丘的山脚处，这座小山就坐落在保卫欧哈丁的城墙里。这里有一条小径可以笔直通往小山丘，夜黑石点缀着小径的两旁。小径的尽头是一扇镶嵌在高墙上的门，这堵圆墙把小山的一侧给围了起来。墙上砌着血红色的顶，一部分搭在墙上，一部分搭在小山上。

伊斯坎转过身看着夫人，露出了自信的笑容。

"这扇门是用最坚固的金属打造而成，夫人。烧也烧不坏，砸也砸不破。安吉是我的，是我一个人的。除了我，没有人有资格得到她。"

卡比拉脸色惨白。"坟墓呢？山顶上的坟墓呢？我家人的坟墓呢？"

她发现她的喉咙像是卡住了一般,说不出话来。

"我把它们给移走了,否则没地方盖屋顶。"主人漫不经心地耸了耸肩。他对死者没有丝毫的尊重。这里的人虽不祭天祭地,但是他们会祭奠死者,就连我也跟着他们在神圣的日子里,点上蜂蜡油的灯。一盏点给我所有的姐妹们,一盏点给我的母亲。我不清楚她们现在是活着还是死了。但我想证明自己并没有忘记她们。所以我明白,他把这些坟墓迁走算是不可饶恕的罪行了。

卡比拉纹丝不动地站在原地。

"我会偶尔放王公进来。让他在井水里沐浴。偶尔让他用好的水,这样他在一段时间里身体变得更加健康。当我想要按自己的意志来统治的时候,当我需要一个虚弱的傀儡君王的时候,我会给他用坏的水。"

主人面对我们的时候,说话完全不避讳。在他心里,叛国的罪行暴露在女人面前,一点也不危险。我们什么也不是。我们的价值就和地上的小草差不多,可以随意交换。

"你不可以把安吉这样关起来!"卡比拉死死拽住他的手臂,"这样做是不对的!"

我从未见过她这么激动,也从未见过她对主人如此任性妄为。

主人用力甩开她的手臂。他还在笑,她的愤怒似乎对他一点儿也没有影响。他完全不理会她的要求,只是轻盈地穿梭在基斯米尔树丛中,渐渐消失。

我领着卡比拉回红袖殿。侍卫跟在我们后面,隔着几步的距离。阳光十分毒辣,空气里弥漫着黏土和基斯米尔的松香。

现在,卡比拉的心事我也略知一二。我尝试着让她把一切都说出来,但她并不愿意。她转过身走进自己的房里,和我说了点别的事情。但我知道,她嘴里说的那一些只是冰山一角罢了。或许我们可以联合起来帮帮她?她说得对。人类不可以为了一己私利,把大的力量之源给囚禁起来。伊斯坎却违反了这一点。我现在算是意识到了,他的权力就是从那里来的,他内心的黑暗也是从那里来的。我也明白了,他是如何抽取那里的能量来透视我的内心、操纵我的思想的。知道这一切后,我感到一片释然。这种力量我很熟悉,我以前有系统地学习过。既然我现在都搞清楚了,我就能更好地保护我自己,免受他的侵扰。

我披上新加赖的外衣,现在的她只是一层皮囊,除此之外什么都不是。在我内心深处,那个真正的我正在慢慢复苏,虽然我现在还无法企及她的力量。但有一天,终有一天,我会成为——

> 睿智聪敏的加赖
> 舌苔细腻的加赖
> 小心隐藏的加赖
> 静静等待的加赖
> 她终将苏醒过来

我从昨天最后走过的地方开始继续走。我发现红袖殿里不只是我们几房妻妾。整个二楼都是伊藏妮独享,主人的儿子也住在那里。最里头是仆人们的房间。不过在黛拉和辛只有我的小厢房和夫人那间又大又豪华的房间。苑里还有阳光房、避暑室、几间卧室,我猜应该全是空关着的。不过有次我从自己房里走出来的时候,我看到一个姑娘在大厅里背靠着喷泉,她盘着腿坐在垫子上。我停下了脚步。她一看就不是侍女的模样,我从未见过有谁长得和她一样。我想起来主人曾经说过,他从特拉苏带回来的奇珍异宝还不止一件。姑娘个子高高的,皮肤比较黝黑,背挺得很直。她把脸转过来,她很漂亮,比我卖身为奴的时候还要年轻。卷卷的头发上插着一把梳子。也是个奴隶,和我一样。

"你是谁?"我问道。这句话有些失礼唐突。不过卡比拉不在场,否则她一定会责备我的。

她那双炯炯有神的褐色大眼盯着我看,似乎在努力理解我的问题。

"奥尔索拉。"她阴沉地回答道。她身上披着一种异域的金色布匹,紧裹在胸部上方。我终于明白了,他是主人新纳的妾!我终于自由了!这一整天我都为此欢欣雀跃。我自由了!

"我叫加赖,"我微笑着对她说道,仿佛整座宫殿和花园,还有宫里的一切都归于我加赖的名下,"欢迎来到欧哈丁。"

第3章　奥尔索拉

我们过去住在树上，就在三角洲边上。土地既松软又潮湿，盖不了房子，所以我们就在树冠上造房子。特拉苏里生长的树木是身处凯伦诺克的人做梦也想不到的。

我这么肯定，是因为我看过他们的梦。我试过在他们的脑海中把我的树编织进去，那种树的枝干粗得像栋房子，树冠大得可以拥抱天空。但我失败了。那里的人们想象不出如此庞大、如此特别、如此永恒，而且还生机勃勃的东西。

在这种树上可以造好几栋房子。树与树之间连着桥。桥是祖辈们用芦苇和莎草混编的。大桥上织着富有艺术气息的图案。根据这些图案，你能知道这座桥从哪儿来，到哪儿去，又是谁编的这座桥。我父亲的标志是深褐色的波浪纹。

树的枝条上荡着绳梯。到了庆祝的时刻，孩子们会用花朵装饰这些绳索。几乎所有的事情都可以在树上面完成，就连钓鱼也不例外。但要是想生火或者采花的话，那我们只能下地了。我们这些孩子会跑到城市的边缘下水，坐在莎草船上划桨，一直划到种有花草的小岛为止。那些花像这里种的柠檬树花一样，有粉色的、白色的，花盘和孩子的脸蛋一样大。

我们喜爱花朵，也喜爱摘花朵，喜爱用花朵做成花环。要是我们的莎草船满载着花朵回去的话，母亲就会很高兴，那种时候我们自己也会特别喜欢这些花。

绳梯装饰上花以后,看上去就像矗立在花蕊上的一棵树似的。

哥弗利是一座完全建造在树冠上的城市,它比阿雷克还要大。除此之外还有一棵集市树,一棵用来办事工作的树。富人们的树上盖着好几层楼的房子,穷人们只能在树枝间挤着许多间小棚屋。有种树是幸福之树,有种树是悲伤之树。幸福之树上住着无父无母的男孩女孩们,他们出卖肉体交换食物和衣服。悲伤之树上挂着纪念死者的花环,还有在皮子上刻着他们名字的水果。这些东西最后会慢慢腐烂或是进入动物和昆虫的肚子里。悲伤之树闻起来甜甜的。它们坐落在哥弗利的东郊边。

家庭树是神圣的树,不管是有心还是无意,我们都不允许它受到伤害。最神圣的莫过于市中心的女王之树了。女王和她的宫廷都在那里。这棵树比哥弗利随便一棵树都要古老,老到没有人清楚它的年纪。

城里头有小丑、乞丐、拉小提琴的人、江湖医生、预言者、算命的人,还有占星师、歌者、游手好闲的人、渔夫、执法者、收破烂的人、编织者、裁缝师、木匠、雕刻师、造船师、水手、按摩师、做首饰的人、驯鸟师和昆虫收集者。

那儿没有铁匠,也没有士兵。

我的祖父是一名织网师,我的父亲会用坚果木造琵琶和齐特琴。

我的母亲是一名织梦者。

我记得——

树木会因为年纪大了突然死掉。有一天,叶子先开始掉落。这就提醒着我们,树干已经里里外外都烂掉了,继续住在上面会有危险。树上的人们会收拾包袱,用一块厚木板接着另一块,沿着桥传送出去。执法者会分配一棵已经起好了名字的新树,然后人们就可以在这颗新树上盖新房子了。新盖的房子从来不会和过去的一模一样,因为房子的形状得取决于每棵树木的枝干。新家的房间小了点儿,地板抬高了点儿，进门后还有一条过道。

树死了以后要举行三天的丧礼。枯树的树皮上刻着感谢的字眼，这也是唯一能用刀在家庭树上留下痕迹的机会。树皮上还会刻上所有住在这棵树里的人们，从房子落成开始直至最后一位离开房子的人。执法者会把每位住户的信息都记载在长长的卷轴上。我们身戴干叶项链，在丧礼的三天里，我们不可以游泳，也不可以唱歌。干叶项链戳得身上很痒。枯叶的碎屑稀稀拉拉掉落在衣服里。沉沉的家居摆设从桥上运出去，把桥压得发出了嘎吱嘎吱的声响。

丧礼过后，就到了载诗载舞庆祝新家庭树落成的时候了。父亲很擅长吟诗。我记得他背诵诗歌的时候，洁白的牙齿在黑夜中闪闪发光。他坐在树冠的最高点，拿着蜂蜜酒的旧罐子，荡着双脚，诗歌从树上飘向整座城市，汇入大海。

我记得我们当时吃的早饭。发酵的羊奶里加了榛果、胚芽和蜂蜜。我们用的碗是干净的萨欧瑟碗，父亲在上面涂了白色和红色的波浪图纹。母亲织梦的那些晚上，都会很晚回家，白天的时候会睡在我的床上。父亲喜欢待在树干最下面的工作坊里，一大早就能在那儿看见他。他专门在那个地方做琴，打扰不到任何人。我常常负责给弟弟妹妹们弄早餐。我们往往坐在门廊那儿，吃早饭的时候，正是整座城市慢慢苏醒之际。坐在家庭树里能听到别人交谈的声音、婴儿哭啼的声音、羊儿在房顶上吃草的咩叫声。五颜六色的鸟儿在周围飞来飞去，一会儿停在门廊的杆子上，一会儿立在枝条上鸣唱。每年夏天，昆虫的嗡嗡声几乎让人震耳欲聋。我们小孩的身上要抹些黏土，好防止昆虫咬我们。我们喜欢赤脚踩在铺好的木板上，到了夜里木板会变得很凉爽。扔一颗榛果当零食吃，坚果在我的齿缝间嘎吱嘎吱作响。

吃过早饭以后，我会把碗刷好，再把它们搁在大房间的架子上。我们的家一共有三个房间。一间是用来吃饭消遣的，一间是给父亲母亲睡觉用的,还有一间是我们孩子住的。我们有两条门廊,一条朝东,一条朝北。我们在屋顶上养了头羊,名叫巴尔克,有了它我们就能有羊奶,有羊奶我们就能做成奶酪和其他乳制品。时间充裕的话,父亲会谈琵琶和曼陀林给我们听,母亲则唱织梦曲、庆祝曲和神话曲给我们听。我在家中排行老大,理应负责照顾其他弟弟妹妹。但母亲只要一醒,我就会立刻溜出去,然后偷偷跑到屋顶,躲到枝条当中。我过去有很多朋友,要是发现了什么有趣的东西,我们会一起玩。我们还会一起唱歌,唱自己的故事。有时我们会用空的榛果壳和果皮做成玩具。天气很热的时候,我们会到海里或者河里游泳,游得和鳗鱼一样快,游好再爬到高高的树上,上面的风最大。

我的其中一名朋友叫奥雷罗。他长着一张宽宽的脸,总是一副高兴的模样,乌黑的头发在头的正上方扎成一个髻。我们经常比赛,看谁绕城市转圈的速度更快;看谁能趁别人卖水果的时候,从集市树上偷一个水果出来;看谁敢从最高的枝条上跳到水里去。我们什么都比,但要是跑累了、饿扁了,我们会把偷来的水果放一块吃,如果有大个子过来挑战我们的话,我们会合而为一,变成一头速度迅猛的四爪野兽,张着两只血盆大嘴。叔叔婶婶把我们叫做哥弗利的飞恐队,因为我们总是在树木间无所顾忌地荡来荡去,好像在飞一样。

当然我们也有摔下去的时候。擦伤是难免的,肋骨也痛得厉害。有一回,奥雷罗摔断了胳膊,好几个月都不能爬树了。那段时间我就找了别人玩,孩子就是这么喜新厌旧。不过等他恢复以后,哥弗利的飞恐队又回来了,没有什么能把我们分开。

除了,除了他做的那场梦。

* * *

我记得我第一次进入别人梦中的情形。那晚很热。皮肤上黏糊糊的,空气也闷闷的,非常压抑。我躺在睡毯上,弟弟妹妹们热乎乎地躺在我左右，我努力让自己睡着。树上一丝风也没有，一丝凉意也没有。我弟弟欧巴惹在睡梦中叹着气。我突然发觉自己会飞了。我重重地撞在地板上，接着身体便腾空起来。我模仿游泳的姿势在空中飞翔。我飞出窗户，飞到房子的上面。很快，叔叔家的房子出现在我眼前，我再往上飞一飞就能到他们家。我继续翱翔，底下的人们沿着树干、树桥和陆地的树跟着我奔跑。我朝高高的树冠丛中飞去，在枝条间横冲直撞，经过的树叶撒落在我身上，我宛如一只鱼鸟。我看了看那双在空中滑翔的手，确实是我自己的手，但手掌似乎比平时要小一些，颜色偏棕了一些。准备着陆的时候我也几乎没花什么力气，最后我轻轻松松地在小孩子堆里降落，他们既兴奋又崇拜地看着我。

"奥尔索拉。"母亲一边轻轻晃着我一边说道。我看着她，她嘴里叫的并不是我的名字。我好热，我好想再次起飞。我慢慢把身体浮起来，可是四肢却感觉非常沉重。我要自由，我要把一切甩在身后。我游了几下，便从窗户里跃了出去。

我摔在了地上。

这一次我摔得很痛。为了照顾我，我们家头一回住进了理疗室。我的左手永远也不能恢复原样了——我不能完完全全地伸直它了。母亲说我发烧了，所以晕晕乎乎地看到了一些东西，才从窗户跳出去的。母亲为我编了好长一段时间安神梦，让我免受疼痛的困扰，所以我睡得特别好。也有一大部分的原因，是因为我知道她坐在我身旁的小凳子上守护着我。我从来没有感到这么安心过，母亲也从未像现在这样关心我、照顾我。当母亲不得不去照料家务、帮我们烧水煮饭的时候，父亲会接替她陪着我，他会弹着琴唱歌给我听，还会给我讲故事。

奥雷罗时不时会来看看我。他比我在他生病时的表现要忠诚许多。他会把偷来的水果带过来给我吃，虽然也有别的亲戚好心地带水果来，但他的水果尝起来更美味，他还会和我说城里头的奇闻逸事。他的皮肤散发着冒险、阳光和盐水的气息。他习惯坐在我的睡毯上,那时候会感觉整个房间缩小了,变得挤挤的。他有一回问我,我为何要跳窗。我把母亲的话重复了一遍说给他听,我解释说是我发烧做梦的缘故。

坦白来说,我其实知道这不是真正的原因。可真正的原因是什么,我心里也没底。只是那一刻的感觉太过清晰、真实,仿佛一场清醒之梦。

在我完全康复前,这样的事情又发生了一次。一天晚上,我坐在西走廊的外侧。最热的季节已经过去,西边吹来凉爽的风。弟弟妹妹都已经睡了,剩我一个人坐着。母亲在大房间里准备酸羊奶,父亲到某个定曼陀林琴的人家去了。

风刮在树叶上,发出叮叮当当的响声。风的声音从很遥远的地方就能听到。我爬到广场的树上,感受风的力量。树的前面立着一根柱子,上面有好多水果和甜食,我把每一种都尝了一遍,路过的人非但不拦着我,还对我点头微笑。我在同一时间里出现在两个地方,我坐在门廊的凳子上,任由西风吹拂我的头发。我的嘴里弥漫着甜食的余味,令人有些反胃。我静静地坐在凳子上,因为不停地往肚子里塞东西,身体已经动不了了。渐渐地,我开始窒息,最后我把吃的东西都呕了出来,正好都落在膝盖上。

母亲急忙冲过来,她非但没有骂我,还把我背进房里,帮我擦洗身子。她用一种刺鼻的草药让我把残余的食物从嘴里吐出来。虽然肚子已经清理干净,但那股甜甜的味道却没有散去。她把我安稳地放在睡毯上,旁边是弟弟妹妹睡觉的地方。妹妹奥尔拉正巧在睡梦中发着咔嗒咔嗒的声音。

我好害怕自己还会再发疯。我一点儿也不明白到底发生了什么事情。在我闯进奥雷罗的梦之前,这件事情我没有和任何人提起过。

我恢复健康后，便和奥雷罗回到我们最喜欢的树上玩耍。那是一颗栽种在水边的卡欧拉树①，树干虽小，但树冠很密，隐秘性非常好，外面的人根本看不见我们。那天我们先是游了一个上午的泳，身体已经好久没能这样活动了，感觉真好。游完泳之后，我们吞了点牡蛎和卡欧拉果下肚。饱餐以后我们便在各自的树叉上躺下，凉风轻轻地打在疲倦而又燥热的身体上。奥雷罗透过浓密的睫毛偷偷看着我。

"你生过病以后人变瘦了，手臂也没我的那么结实了。"他指了指我，"看，全变成圆的了。"他扫了一眼我的身体，"你身上所有的地方都开始变圆了。"

我把卡欧拉果的果核朝他扔去，正好打在他的额头上。"扔东西我还是比你准。"我侧躺在树杈上，闭上眼睛，四周的声音让我很安定。天气很热，我觉得有点困了。我在想外婆的事情，很快我们就要划船去看望她，她住着的那座白色小岛是我最喜欢的地方之一。我记得她的烟斗呼在我鼻孔上的味道。

我记得那股充满阳光气息的皮肤的味道。有个人出现在我前面，四肢舒展地躺在树叉上。那是个女孩，她的屁股很圆，胸部微微隆起。我伸出一只手，摸了摸她的肚子，软乎乎的。奥尔索拉在冲我微笑。她抓起我的手放在她的胸前。我的身体突然开始发烫，我弯下腰，把她的胸含在嘴里。

我强迫自己清醒过来。这花了我好大的力气，心扑通扑通地跳。我坐起来，发现四周的世界在打转，我只好紧紧抱住树干不让自己摔下去。奥雷罗躺在树叉上继续睡。我明白了，刚才我所看见的一切，其实是他梦中的画面。他的眼睛注视着我的身体，手在我的身上抚摸。我竟然出现在别人的梦中，从别人的眼里看着自己，这样的经历着实

---

① 卡欧拉树在书中原名是 kaora，是作者自创的一种树木。

有些瘆人。我分不清哪些是真实的，哪些是虚构的，总之，一切都像雾气一般在空中漂浮着。每到冬天，这股雾气就会笼罩在哥弗利的上空，好几天都挥散不去，有时候长达数星期。我用力咬了一口树枝，树皮的味道尝起来像灰尘，绿色的表皮下竟藏着苦涩。这一口很真实，并非梦境。

我没有叫醒奥雷罗，我沿着树杈爬到一棵更大的树上，再从那棵树走到城里，朝家的方向走。母亲在家，她坐在大房间里打芒果泥，这是喂给奥尔拉吃的东西。欧巴惹在玩自己的树皮船。阳光从窗户里透进来，空气里飘来酸奶和过熟果实的味道。我小心翼翼地提防着。这一切可能都只是假象，是别人的梦境而已。我努力回想奥尔索拉的秘密，比如她的第一颗牙齿藏在哪里，她第一次偷水果的地方，最后一次她是和谁打架。但我又怎么知道这些回忆是真的还是假的呢？

"妈妈。你是什么时候开始织梦的？"

母亲舔了口勺子，把它挂在墙上，她抱起奥尔拉把她放在地板上。奥尔拉爬到欧巴惹的身边，拨弄起他的小船。

"自从我成了女人开始。"母亲慈祥地回答道。她伸了伸懒腰，背脊咯吱咯吱地发出响声。夜里的大部分时间，她都在宫里工作。"比你现在再大一些吧。我的母亲给我考了试，我们家族的女人们都要通过考试。她让我坐在一个睡着的人床边，然后问我看到了什么。"她在朝窗外看，但我知道她所看到的，并不是轻轻飘动着的枝条，而是发生在很久以前的事情。"那个人的梦里有一片大海和一艘小船。我看不清坐在船里的人。起初，我织梦的能力还不够强。"

"你是怎么学会织梦的呢？"我的脑袋发着嗡嗡的声响。那只手，那只在我胸脯上抚摸的手，始终在我眼前挥之不去。

母亲发着哼哼的声音站了起来。"你知道你外婆是什么样的人嘛。她不像别的师傅把功夫和手艺全传给徒弟，哎。她叫我自己摸索，不惜让我走弯路。为此我浪费了好多年的时间。这一段路你不用走。等你长大了，我会亲自教你的，你没必要和我一样，犯那么多无意义的错误。"

我走进房里，这是母亲头一回这么认真地打量我。"你难道看见什么了吗？"

我点了点头。母亲迟疑地歪着脑袋。

"这么小就……你是不是给吓到了？"

我又点了点头。我不敢看她的眼睛。我怕她可以从我的眼睛里，读出我所看到的东西。我之前听说，最差劲的织梦者总是不请自来地闯入别人的梦中。

她笑了。"我能理解。"她走到我跟前，把我搂进怀里。"我还没来得及为你做准备呢。我没料到，做梦的人会这么早就来到你身边。但我要郑重地告诉你，你有这份能力，我为你感到高兴。我一直都盼望着，你们姐妹中可以有人能继承我们家的衣钵。现在我可以放心地把我学到的本事传下去了。"她抚摸着我的脸颊，速度很快。"我们今晚就开始吧。今晚我没什么任务，等弟弟妹妹睡了以后，你到屋顶上来见我。"

我突然不紧张了。母亲要教我织梦了。她会亲身给我示范，怎么分辨梦境和现实。我可不想再从窗户里跳出去了，我也不想突然在别人的眼里看到我自己。这种经历实在是耸人听闻。

我和母亲在谈论做梦者的时候，用的是不一样的语言。我听不懂她的，她也听不懂我的。她让我坐在父亲的床头边。父亲已经睡着，她教我体会入梦的感觉，并在梦中加入新的元素。但要完全照着她说的做，对我来说还是有些困难，而且做起来有点儿古怪，我感觉不太对劲。但如果我用自己的方式织梦，母亲就会急忙用手指戳我，她小声说道："要尊重做梦的人！"这下父亲醒了。母亲两手一摊。"如果你不按照我说的去做，那我教你还有什么意义呢？"母亲嘀嘀咕咕地朝门外走。她大步流星地走出树屋，吊桥被她的分量压得嘎吱作响。我愿意让她教我，也愿意让她教我怎么从陌生的梦境里回到现实，但我每次开口，她都没法明白我的意思。后来我只能听她的话，跟着她的动作一步步做，梦在我眼前慢慢呼吸，渐渐苍白，最后消失不见。母亲很满意，她点点头，给我纠正了一些小的细节。她好像看不见我能看见的东西。梦里的色彩和力量仿佛在她面前都隐藏了起来。对我来说，梦最开始是一种强烈的感觉，可以将我淹没，随后才是画面。当我看见别人的梦境时，我能感觉自己也仿佛身临其境。织梦后的几天里，这种强烈的感觉一直压在我的身上。碰上噩梦或是梦里出现鬼魅和恐怖的东西时，我会很害怕，好几天都惴惴不安，没法将它们从身体里驱赶走。有时就算不是噩梦，那种感觉也很沉重。最痛苦的莫过于，让我一个孩子毫无防备地去体会成年人的梦，体会他们的懊悔、痛楚、期待和欲望。

我和母亲渐渐变得合拍起来。她想要一个听话顺从的学生和女儿。而我也确实很听话，但我同时向往母亲传授给我的以外的知识。我为自己感到愤懑，什么都得听母亲的，这会令人发狂，虽然我会照着她的意思去做，但这种教授的方式越来越难以为继。我变得很难入睡，我很害怕睡觉的时候，会有梦闯入我的脑袋里。我开始逃夜，逃到城市边缘一棵孤零零的树上，这样凭我的能力就感受不到那些人的梦了。由于缺觉，我的眼窝开始凹陷，身体软弱无力，胃口也变差了。我也不再同奥雷罗一起玩了。我很怀念和他之间的友情，他离开之后，仿佛有人从我的脑子里用勺子挖出了一个洞。但那次的梦，我没法当作不存在。我没法忘记他眼中的我。就算我知道人不能控制自己做的梦，我也放不下这件事。

有天晚上，母亲和我坐在父亲的床头，屋里很昏暗。母亲坐在她的织梦凳上，我坐在自己的枕头上，母亲让我给父亲织梦，但连最简单的任务我也完成不了：编一条鱼、下一场雨、朝高处爬。过去比这复杂的东西我也能办到：从暴风雨中逃出来、烧一顿好吃的、和人挥泪告别。我不仅疲惫，而且还很害怕，我怕我什么事情都做不好。我的手在发抖，眼泪往肚子里咽。

到最后母亲把手放下，往后一靠。她看着我叹了口气。我在父亲的梦里，加了一段制作女娃娃木雕的场景，然后梦便醒了。

"是时候带你去我母亲那儿了。"母亲冷冷地说完，站了起来。

第二天我们就启程出发。

* * *

母亲打包了一些东西：少许衣服、晒干的鱼，还有一些饮用水。去外婆家的行程要一天的工夫，说起来挺长，但这些东西足够了。不过到底是出海，暴风雨这类东西可要时时警惕着。我们还给外婆带了份礼物：捕梦网。那是一位姨母用马毛、珍珠和晒干的莓子做成的。

我们很少探望外婆。每次去的时候，都是全家一起去。母亲和外婆总是意见不合，我也不明白这是为什么。只有到母亲觉得不得不探望一下的时候，她才会带上我们这些孩子去外婆家，不知是为了给外婆看看我们，还是拿我们做挡箭牌。这次只有我和母亲两个人过去，船感觉空荡荡的。母亲话不多。从安置桅木，到解开船树上的锚，再到用撑杆把船推出三角洲，她一直在叹气。

船一驶入开放的水域里，光线就变得刺眼起来。在树林里生活的时候，阳光有叶子和枝条遮挡，突然变得这么亮，我的眼睛不太适应。我坐在船头，眯着眼睛。这儿的空气和树林里的不同。这里的空气很轻薄，味道有些咸咸的。哥弗利外头有好几座岛。在一圈圈光晕的照射下，小岛看上去像蓝色的魅影。渐渐这些岛屿变得清晰起来，它们很高，岛上的石头很多，和苍翠繁茂的三角洲简直天壤之别。大一点的岛有几个小镇子，小一点的只剩下几栋房子，星星点点，像飘在岸上的浮木。岛上的人们不住在树上，他们的房子是用石头盖的。我很好奇,没有风吹树木的催眠声,那里的人究竟是如何睡着的。看来住在岛上的老百姓也和我们不同。他们的世界观和我们不一样。

外婆住在最远的一座岛上,就她一个人住。她的小房子坐落在小山的半山腰上,山坡挺陡的,山下有片铺着小石子儿的沙滩。太阳西斜的时候,我们到了。外婆的小岛叫做阿斯普利斯,意思是白色的岛。岛上没有树木,只有几片矮矮的灌木丛和给外婆家的羊吃的草。我们上岸的时候,那些羊站在峭壁的背上,它们在最高处俯视着我们。灰蓝色的天空下,探出一个个或白或黑或棕的脑袋来,头上还长着角。我有点怕它们。它们和巴尔克羊简直天壤之别。它们不仅狂野,还很危险,连名字也没有。

外婆站在岸边的高地,等我们把船泊好。她比我印象中的个子还要小一些,一头白发,身体喜欢驼背,穿的衣服黑不溜秋,没有形状。很难想象,个子和孩子一般大的妇女居然能生出四个女儿和一个儿子来。母亲恭敬地亲了亲外婆光着的脚丫子,脸上面无表情。外婆递过来一只碗,里面盛着岛上的井水。母亲喝完再把碗递给我。水很好喝,和我们在家里喝的完全两样。随后我们各吃了一块硬硬的羊奶酪。三个人一句话也没有。外婆几乎都不往母亲脸上看。但她倒是仔细地端详了我。太阳下山了,影子一起消失了。奶酪很好吃,含在嘴里咸咸的。外婆犀利地盯着我的皮肤。

"你在教她?"

外婆这话虽然是在对母亲说,但眼睛却一直停留在我身上。母亲点了点头。

"她很优秀。技巧方面还有点儿笨拙,但是她看得挺清楚的。"

"看得挺清楚,"外婆哼了一声,"那你为何要把她带到这里来?"话虽短但却掷地有声。母亲把重心从一只脚换到另一只脚上。

"我们能不能坐在屋里说?我把莱拉和伊曼达准备的礼物带了过

来。我们……"

外婆完全无视母亲的话。"它们是自己进到你脑子里的吗？那些梦？"

我愣了一秒，才明白过来外婆是在对我说话。

"嗯。"

"你分得清现实和梦境吗？"

母亲狠狠地瞪了我一眼。那些事情我都没敢和她说。我曾经期盼她能猜出我的心思来，期盼她能理解我。我快速地摇了摇头。

"你当然可以的，奥尔索拉。"母亲有些不耐烦了，"那些梦你都看得很清楚。但你就是不按我说的去做。"

外婆叹了口气。"来，一起吃饭吧。"

到了夜晚，外婆给我在地板上铺好了床。母亲有睡毯，外婆拿了条毯子和地毯，睡在岸上，抬头就是星空。我躺了很久，耳边是母亲均匀的呼吸声。外婆的房子非常小。屋顶上挂着几百根捕梦网，有灯芯草、马毛、头发、羽毛、珍珠、骨头和榛果做的。有些网缓缓地绕着圈打转，发出叮叮当当的声音。我睡不着。我想念树木摇摆的声音。那种规则的韵律好像虫儿在我的皮肤上爬。

我蹑手蹑脚地钻出毯子。开门的时候没有那种嘎吱嘎吱的响声。屋外的天空月朗星稀。外婆看上去就像沙滩上一块褐色的大肿块。我跨过那些咯咯作响的小石子儿，走到外婆面前，坐在她地毯的角落上。

"如果进入了别人的梦里，你会怎么做呢？"

外婆静静地躺着。夜晚的大海对着这个世界喃喃自语。我不确定她是不是醒着。外婆的肩膀突然在毯子底下动了动。

"你知道我为什么偏要住在这里，不和大家一起住吗？"

我在沉思。没有人和我提过这件事。外婆是三角洲的老百姓，和我们一样。我不知道她在小岛上住了多久。是什么东西让一个人甘愿放弃树木、水果和城市,而选择了孤单呢?

"梦。你在逃避梦。"

外婆坐了起来。她从衣服的领子里抽出一根烟枪,忧伤地放在嘴里。烟叶很新鲜,闻起来很香,母亲带了一大袋子来。当烟雾袅袅升起的时候,外婆深深地抽了一口烟,若有所思。

"它们一刻也不让我安静。就算我已经把这份职业交给你母亲,再也不织梦了,那些梦还是成群结队地向我涌来。我只好躲到远离人群的地方,这样它们就没法靠近我了。"外婆心不在焉地把烟枪递给我让我抽一口,我摇了摇脑袋。"我留着这些捕梦网就是为了圈住那些迷惘的梦,让它们找到这里来。"

"那你怎么处理那些梦呢?"

外婆斜睨着我。她的眼睛在星光下一闪一闪。

"我会把它们放进水里淹没它们。"她简短地回答道。

"那你自己的梦呢?"

"我已经很久不做梦了。"

"怎么办到的呢?"

"这个要靠自己参悟了。这一点你母亲理解不了:与梦有关的东西是没法教的。每个人欣赏梦的角度不一样。梦对我们的影响也不一样。你母亲很出色,也很有名望。但是她的方式过于具体,而且太讲究实际。你和我……"她从舌头里挑出一根叶子,"梦会自己来找我,不管我们愿不愿意。难道不是吗?"我点了点头。她从烟管里深深吸了一口。"说吧,发生了什么?"

我把那些飞翔的梦和其他的梦都说了出来。在黑暗中,我不会觉得害羞。我知道外婆不织梦了,但她也有类似的经历,甚至比我更糟。我把心中的恐惧感,把我很难分清现实和梦境的事情,通通解释给外婆听。她点点头,一点也没有惊讶或是害怕的表情。

"你和我啊,我们能从内心感觉到梦的存在。这你一定要小心了,别随随便便就让梦进来。它们会占据你的内心，擦掉你的界限。不用那么不安，你可以保护自己的。只是需要点儿时间，花点儿力气。你年纪那么小就遭遇了这一切，比我当时要早得多。擅自闯入别人的梦中是不正当的。这你知道的吧？"

我点点头。这句话母亲一开始就交待过我。

"我们身上发生的事情和擅自闯入也差不多。虽然我们不是自愿的，但这么做也是不允许的。这事情不要和别人说。"

她沉默了一会儿。海边的低地非常凉爽，我打了个寒颤。她若有所思地把我裹进毯子里。毯子毛茸茸的，有一股羊的味道。

"睡吧，奥尔索拉。你就睡在我这里做梦吧，我会在你的梦里告诉你理由的。等你年纪大一点儿，很多事情你才会明白。今晚的梦会一直伴着你成长，以后你有需要的时候就能派上用场了。"她微笑的样子不像一位外祖母。"我织的梦，别人从来不会忘记。"

"但是外婆，你已经不再织梦了啊，外婆。"我故意说了两遍外婆，希望她能给出确定的答复来，别再有那些危险的东西出现。她咯咯地笑了起来，又变成了原来的外婆。

"我的血可以打破这份禁忌。来，把头躺在我的膝盖上。明天我会教你盘捕梦网。你练习的时候可以稍微放松一下。"

我把自己的头靠在外婆瘦骨嶙峋的大腿上，身体挺得很直，盖着毯子。我的耳边传来大海潮起潮落的声音，听上去就好像风吹在树叶上的沙沙声。鼻子里弥漫着外婆烟枪里的烟味。我做梦了。

这是个精心编织的梦，充满了艺术气息。这和母亲给我编的梦不一样。比起母亲织的梦，这个梦要真实得多，更有活力和力量。这一晚上我经历的梦，比母亲教给我的内容丰富多了，我看到了更多有关梦和织梦的东西。我仿佛能与我内心深处那片藏着梦的地方，有了直接的交流。有些内容等我长大以后才明白过来，成熟以后，不仅在织梦方面我懂得更多了，织梦的能力也有了提高。

但有些内容,至今我也没明白。

* * *

我离开特拉苏的那一天,正好是雨季过后的一个晴天。哥弗利的空气回荡着鸟儿的欢鸣声,它们在庆祝太阳的回归,天气回暖后,羽毛终于可以晾干了。雨季的时候,我们在自己的房里被关了好几个月。雨滴敲鼓似地打在屋顶上,只有树叶与我们作伴。小孩子们吵吵闹闹。父亲经常搬到工作室里做乐器,有些是客人订的货,有些不是,一忙就忙到夜里。我和母亲不怎么吵架了,相反,我们对彼此很客气。不管是家里的琐事,还是她教我织梦的事情。可惜跟着她学织梦,我没有什么进步。这点她和我都很清楚,而且我们也不掩饰这一点。我们会坐在一起给父亲织梦,有时候家里会来客人,他们顶着大雨穿过滑溜溜的吊桥,求母亲帮帮他们。我会顺着母亲的意思去做,但她的方法很死板,很机械。母亲一直希望通过织梦拉近我和她的距离。但现实却恰恰相反,织梦将使我们渐行渐远。

我在床上挂了一些捕梦网。母亲看到之后,眼里充满了怒气,嘴巴闭得紧紧的,什么也没说。捕梦网对驱梦有一定的效果,但没法赶走最强的梦。所以我只好继续练习。许多个夜晚,我躺在自己床上不眠不休,努力让自己保持清醒。我要和梦对抗。我拼死守住自己的身份,守住自己的界限,我要把那些冥顽不灵的梦阻挡在外,不让它们闯入我的世界里。我已经比过去厉害多了。外婆给了我一个护身符,那是条用核仁做的项链,我一直戴着它,从来没拿下来过。当我无法分清现实和梦境的时候,我就会用手指摸一摸项链。我能认清每一颗核仁的形状。如果项链摸不到了,或者核仁的形状大小错了,我就知道了,我看到的东西一定就是梦了。我还学会了如何从梦境里偷偷逃出来。要是碰到些简单的、很小的梦,我基本都能成功,如果是噩梦,那就有些难了。

有天晚上，大家都睡着了，尽管我也很累，但是我却一直醒着。我听着风吹拂在树上的声音，似是表达着对雨的思念。雨季终究是过去了。我感觉到了睡意慢慢席卷而来。

突然我的怀里出现了一个小包。我不用打开就知道这里面装的是我的所属物品。我正准备偷偷离开我的丈夫，还有我的孩子们。为了不吵醒他们，我静静地站起身来，偷偷溜了出去。我赤着脚在桥上奔跑。心脏捶打着我的胸口——他们会不会发现我逃跑了？我背后有脚步声。我转过身去。大女儿瞪着眼睛生气地看着我。我不能让她对我起疑。

"我有位客人，"我说道，"回家，躺下睡觉。"

她没有听我的话。她从来不听话。她张开嘴想要尖叫，想要拆穿我。我突然怒火中烧，没等到她发出声音来，我冲到她面前，把她举过桥的扶手，她很重，在我怀里挣扎着，她温热的呼吸打在我的脖子上，她在无声地抗议，脖子上那串项链刮擦着我的脸颊。我把她从身上推开，让她自己跌下去。水淹没了她的身体，慢慢地消失在我的视线里。

我用手在自己的脖子上摸来摸去，脖子上没东西，没有核仁，这一定不在现实里，眼前的这些不是真的，我必须在别人醒来之前逃出去。我的手指摸着在最外侧的树枝，让树抓着我。我把树枝折断，身体便掉了下来，掉进了水里。

我挣扎着不让双脚浸入水面，拼命地挣扎着，我不停地爬着，终于稳住了身体。

反反复复之后，我终于在水把我淹没之前醒了过来。

我坐起身来，蹒跚地走出屋子。我扶着走廊的扶手，仍觉得有些恶心。我在屋外停了下脚步，呼吸着外面的空气。鸟儿早已苏醒。很快大家都要起床了。

我偷偷潜入浮木的房间里。母亲躺在里面睡觉，一动不动，眉头倒是皱着。她的胸脯伴随着均匀的呼吸起起伏伏。一只手在睡梦中微微抬起。

她把我丢入过水中。她曾想过离开我们。我的身体里还留有她激动的感觉。

我努力提醒自己，梦并不是人真实的愿望。人不能控制自己做什么梦。

但我仍然能感觉到，当我站在桥上时，她看我的眼神里，流露出的那种厌恶感。她一定非常恨我。一定是我让她伤心了。她交给我的任务，连最简单的我也完成不了。

我朝前挪动了几步，试图进入她的梦乡。我轻而易举地就进去了，这是我第一次如此轻松。刚才我还在她的梦里待过，我的体内还留存着那里的香气和感觉。我让悲伤涌入母亲的梦中，心中所有的悲伤，都通通被我引入她的梦中，悲伤逆流成血河一般。她的身体开始发颤，一动不动，嘴里在默念着什么。父亲在睡梦中的呼吸很沉。她得为了杀子弑女而感到哀伤。我在梦里织入有关自己的一幅场景，当时的我身上沾满了三角洲的黏土，湿答答的头发上滴着水。我的眼神在向她控诉。我对着她张开手臂。

你可以把情绪和画面，甚至经历都植入梦中。但你却无法操纵做梦人的反应。

母亲没有回应我的拥抱。

一怒之下，我用手臂抱住母亲，我把她和我一同带入海里，让海水淹没她的口鼻。如果她不爱我，那她就得学会畏惧我！

母亲的身体在床上翻来覆去，拉拉扯扯。

我用捕梦网把她的梦圈住，我自由了。一切的反抗也停止了。

此时的母亲躺在床上，一动不动。

我快速冲到她的面前，拼命地摇晃着她的身体。但她的身体已经发冷，没有了生命的迹象，我大声叫喊着她的名字。这时父亲坐了起来,他被我吵醒了,但有点儿晕晕乎乎的,还没反应过来是怎么一回事。我哭了,我一次又一次,用手拍打着她的脸颊。

突然传来一声大喘气,接着又是一声,她动了,她从床上坐了起来,两个眼睛睁得很大,她盯着我看,我感受到了一股从未有过的厌恶感,无论是从她的眼里还是我的心里。

"她给我织了一个梦,"母亲对父亲轻声叹道,父亲正惴惴不安地抓着她的手。"我没有邀请过她。"

父亲怔住了,身体显得有些僵硬,两个人齐刷刷地看向我。我迅速站起身来,想要逃跑,我要逃离自己所犯下的这令人恐惧的错误,逃离这件让人难以想象的事情。但母亲比我更快,她逮到了我。她噌地朝前冲了一步,抓住了我的手腕,力气很大。我的个子已经长到和她差不多高了,但她还是比我更强壮一些,我挣脱不了。

母亲一句话都没说就把我拖出了房子,父亲把弟弟妹妹抱在手上,扛在肩上,跟了出来。我不再反抗,任由母亲把我拖着走。越过一座又一座桥,径直来到城市的中心。一阵微风吹起了树叶,雨后的这些日子里,桥上的木头依然有些潮湿,和每次雨季过后一样,木头散发出粘湿腐烂的气息。许多户人家都已经醒了,一双双好奇的眼睛跟随着我们急匆匆的步伐。人们跟在我们后头,想看看究竟发生了什么,我听见身后的桥梁嘎吱嘎吱发着响声。

母亲径直把我带到女王树下,树前有着一片宽阔的平台,她停了下来。

"我带来一位要起诉的人,请求女王判决。"她大声说道。

"此人所犯何罪?"站在女王官邸前台阶旁的其中一名侍卫问道。

"她在梦里羞辱我。"母亲高声说道。一名侍卫立即转身爬上阶梯。

"你要清楚你在做什么。"父亲低声说道。

"必须让她长长记性,"母亲坚决地说道,"她不懂事,必须给她立点儿规矩。她有很好的天赋,但是同时也必须承担起相应的责任,我不能把一个罪犯当自己的徒弟。"

关于我是她女儿的身份,她只字未提。她眼中的我是一个只会犯错、只会制造麻烦的学生罢了。

"对不起,妈妈,"我轻声说道,"我不知道……不知道我可以在梦里伤害到人。"

她仍然紧紧地抓着我的手腕,看也不看我。"或许你是不知道。但你要知道,你不可以随随便便进入别人的梦境,你不可以在做梦的人不知情的情况下,给她织梦。这一点我最开始就教过你了,这是我们这个行业最基本的立信之本。如果我们违背人们的意愿,随意进入他们的梦境,很快他们就会不相信我们、害怕我们,甚至会追杀我们的。"

她在梦里对我的恨意还没有从我的身上解开,我很失望。我的体内燃烧起一股仇恨之火,我不止恨她,我也同时恨我自己。我的身体里好像有一股热量,一直找不到出口可以宣泄,它在不断地燃烧。

女王走下了台阶,她的身边有两名侍卫和两名女仆领着路。我从来没这么近距离地看过她。她比母亲年长,头发灰白,眼角也有很多皱纹。她穿着一身绿色的短束腰上衣,显得非常简单,没有一点儿刺绣。我们一定是吵醒了她。她转身面向母亲,一名侍从递给她一把黑曜石打造的刀,每次她判决的时候都会带着这把刀,以示其善善恶恶。

"什么罪?"

"女王大人!我女儿,她现在还是织梦学徒,她没经过我同意就闯入了我的梦境,"母亲回答道,"这在我们行业里是最严重的罪行了,她必须受到制裁!"

"你是她的母亲,你有权利自己定她的罪。"女王沉思了一会儿说道。一名侍卫取来一把雕刻精良的椅子,女王坐了下来。

"您说得对!"母亲点点头,"但这可是大罪,这么做会破坏我们行业的立足之本的,我希望您能够公开审判定罪!"

好丢人，我真想一走了之，我受不了那么多人的目光盯着自己。我试图挣脱母亲的手，但是她始终紧紧地抓着我的手不放。

"好，那我就站在你的位置上，像对待自己的孩子那样，替你审判。"女王转过身看着我。我不敢看她，我的眼睛死死地盯着那把刀，刀刃暗暗地发着光。

"你的罪行，伤害的不是你的行业，而是你的浮木，我判你，一个月内你降为平民之下的身份，不管是谁要求你，都必须完成他们所嘱托的事情。例如清理公共厕所，清洗打捞上来的鱼，以及宰羊之类的事。你将成为所有人的孩子，这样子你才能学会，如何去尊重自己的父母。"

母亲吐出一口气，松开了我的手。过了许久，那段时间的记忆对我来说已经很模糊了，她可能是害怕女王会定下更重的罪行，害怕会把我当作违背行业行规的人，而不只是当作一个不听话的孩子来处理，这件事情可能会给我带来更加严重的惩罚。

可我的身体里却有着成千上万的羞辱感在不停地蹿动，而我却无能为力。我眼里看到的满是母亲对我的仇恨和蔑视。我对她的爱已逐渐转化为憎恨，彻底消失。我在所有人面前受了这般耻辱，所有人都知道我干了什么。我愤怒到了极点，母亲为何对我如此的冷血？她为什么要让我如此难堪？我多么希望她的心里能有所触动，不管是什么感觉都好！

女王手中的刀呼唤着我。它吸引着我。

没等任何人反应过来，我快速地冲上去，一把夺过那把黑色的刀，我把刀藏在自己的胳膊下面，双手笨拙地在身上摸索着。我深深地刺了一刀，一直刺到刀柄为止，刺进了女王树柔软的树干里。

周围的世界仿佛静止了，我看见人们张大了嘴难以置信地看着这一切，他们在尖叫，但我却什么也听不见。这一切发生得很慢，非常缓慢。我体内的热度消失了，身体感觉被掏空了一般，彻彻底底地空了。到处都是晃来晃去的人,我看见一名侍从抽出刀,另一名侍从护着女王陛下的双臂,还抓住了我的手。在骚动的人群中,有一个人和我一样,站在那一动不动。

母亲。

她的双手无力地垂着,她看着我的眼睛,这是她唯一一次看着我的眼睛。此刻,在她的双眼里,剩下的只有绝望。

虽然我什么都听不见,但是我知道接下来会发生什么。树不得不砍掉了,并非无意,也并非无理,这应该是最糟糕的一种情况了。我砍的是女王树,等待我的不是流放就是死亡。

女王开口了,母亲跪了下来,她亲吻着女王的双脚,不停地向女王求情,嘴巴不停地蠕动着。我已经什么都不在乎了,该怎么样就怎么样吧。

我知道母亲一定是在请求女王放我一条生路。有人扔给了我一件束腰上衣,我被带走了。走下阶梯以后,我被带到了船树上,然后把我扔进了一艘船里,身后又扔下来几个包袱,和一个用来喝水的水壶,其余不必要的东西都被拿走了。船被推了出去。

我没有再见到母亲或是父亲,只在树枝的间隙里看到了几张目瞪口呆的脸孔。一颗石头嗖地飞了过来,我朝石头飞来的方向望去,隐约看见奥雷罗的蒜头鼻。

我背靠在船上,乘着湖水朝开放的海域游去。

* * *

这是我做过的最愚蠢的一件事,我太任性了。这份回忆成为了我记忆中最苦涩的部分,本来一切都可以不是现在这副模样的,这也只能怪我自己。

小船慢慢飘过我所认识的那些小岛,我可以划到阿斯普利斯去。去那边的路很简单,在流放的命令撤销前,外婆可以收留我,或者我可以住到她的岛上去，陪伴她度过简单枯燥的生活，和她一起变老。

但我不想用自己的梦去伤害她，我已经知道那些梦的样子和其中的内容了。我怎么能让她知道我闯入了别人的梦中，并妄图杀死我自己的母亲？

我知道他们给我打包了食物和水，但我并没有动过那些东西。我躺在船底，任由太阳晒黑我的皮肤，嘴唇也干裂了，水面的波浪荡着小船，那感觉就和躺在枝条上一样。风也是一样的，这感觉就像家里的风一样。我这般想着。

我没有家了，我的家人也不想收到我的消息，我的生命失去了价值。

我就这么躺着，躺了很久。我的身体逐渐变得虚弱起来，它不愿就这样死去，我的身体慢慢爬了起来，想要找水喝，想要吃饭。我环顾四周。

除了波光粼粼的海面之外没有任何东西。没有岛，也看不到海岸线。

我以前从来没有离家这么远过，这里什么人都没有，没有任何声音，没有任何的人，除了海浪击打在我船上的声音之外什么都没有。周围的事物也变得截然不同，我发现自己已经在船里睡了一觉，没有任何干扰地睡了一觉。

我现在和其他人之间的距离已经远到不会受他们梦的侵扰了。

喝了一点儿水，我决定要活下去，无论如何，我现在还不能死。我要暂时抹去那段记忆，暂时遗忘那种羞辱感。我找到一根钓鱼线，特拉苏的船上永远有这类玩意儿：钓鱼线、塞子和小刀。

这把刀不是黑曜石材质的，只是把普通的水果刀罢了。

就在第二天，第一条鱼上钩了。

有时候我会回想在海上的那段岁月，那是我一生中最简单的日子，却并不是我最美好的一段，那种羞辱和负罪的感觉从未真正远离过我。

我希望自己能一直沉浸在别人的梦中，因为自己的梦并不那么美好，而海上的一切是那么的简单，我只有一个念头，就是活下来。我用其中一个麻袋做成遮阳的东西，我吃生鱼，有时会有海龟在船底咚咚地敲，我可以徒手抓起最小的那种海龟，扔到船里。水喝完了以后，可以拿它们的血来止渴。有一天下起了雨，我就把水积在船底，用来补充水分。我船上带着的榛果和晒干的水果够我吃好一阵子了。

我在船上划行的时间不久，就过了个把天而已。船上进水后，我给船上滤水，这时候的我依然很坚强，我并没绝望。我更多的是好奇，好奇那是谁。前面来了一艘大船，这种船特拉苏没有，我过去从未见过如此庞大的，用人手工做出来的东西。我想，这船一定能装下好多人了。

我可以让它就这么从我身边驶过去的，如果当时是晚上，我就会这么做。毕竟晚上的时候我可以看到它们的梦，那样我就能知道了。

而当时我却举起手挥舞着，有人站在甲板上挥手回应了我，人头骚动起来，有好几个脑袋伸出了船舷，

有人叫了一声，但他们说的我听不懂，于是我也回应他们叫了一声。

"我能上船吗？"

他们一会儿说话，一会儿又大叫，完全不明白他们在说什么。不过，他们放下了一个阶梯，我便用船桨把小船划过去些，然后抓住阶梯往上爬。

我想，我选择了生命，我把我的小船抛在了身后，把独自一人在海上漂泊的生活抛在了身后，海里到处是鱼鳞和海龟。

船舷上的人伸手把我拉了上去，有好多男人的眼睛盯着我看，他们看上去有些凶狠，手臂很粗糙，身上佩带着发着微光的钢片刀。我只有在女王的庆典上看到过钢刀。特拉苏的人不了解钢铁的奥秘，这一瞬间我有些害怕。

一位衣着华贵的男人走到我面前,他仔细地打量着我,然后他笑了,他把手放在我的肩膀上,说着一些我听不懂的话。但他的声音既温暖又温柔,其他人往后退了退,看来这里做主的是这个人。他用手指轻轻地抚摸着我干裂的嘴唇,在我的耳边轻声说着什么,然后便带着我穿到一扇门背后,那些身上佩带着武器的男人被我们抛在了身后。门背后很黑,我的眼睛什么也看不见,好像有东西都被太阳烧焦了似的。他友好地把我往里推了推,我倒在了一张床上,身子立刻软了下来。他能看得出我很疲倦,需要好好的休息,我沉沉地睡了过去。在船上度过了那么多个夜晚,此时此刻,躺在床上的感觉是如此的柔软。

"水,"我对男子说道,"我好渴。"我做了一个喝水的动作。他点点头,明白了我的意思。

他探过身来,把我推到床上,一下子进入了我的身体。

直到第二天他才让我喝上水。

* * *

人求生的欲望真不是一般的强烈,即使心里想死,身体却还是在努力挣扎着,继续呼吸、吃饭、睡觉,还有爱。我不知道,因为我从来没爱过,每次当我想死的时候,身体总是背叛我。

上船后的第一个晚上,我就明白了自己的处境,我落在一个暴虐的死亡之神手中。这个微笑的男子做的都是极为可怕的梦,我从未经历过这种梦,也没有捕梦网能帮我挡住他的梦。

数周以来,他都把我关在这个小小的船舱里,我没法看到阳光,梦境和现实交替穿梭。我知道了他的能力,我看见了他的恐惧、他的欲望、他的要求、他的罪恶,还有他的计划。一切的一切都钻进了我的脑子里,我不得不日日夜夜面对着那些画面,一步步走进他滴血的内心。他经常与我同房,每次到这个时候,我身上没有一丝力气可以与他对抗，我不知道这些事情是真的，还是只是他扭曲变态的想法罢了。我也分不清，每个晚上来我房里的人是他，还是别的男人。

我们就这样日复一日夜复一夜地行驶在海上。

从他的梦里，我得知了他的身份，也学会了一些他说的语言。

他从来不和我说话，也不说名字，我融化在了他的身体里，忘记了自己。

房里时不时传来夜壶里污秽物的臭味、盐味、柏油味、鱼腥味，还有人体液的味道，我觉得自己想死。但我的头脑背叛了我的心，我唯一清楚的是他心里的想法和他的欲念。

突然传来一阵声音，这个声音和其他的不太一样，这并不是海水打在船身上的涟漪声，也不是大风在外面呼啸的声音，更不是打湿的绳索发出的咯吱声。是鸟的声音，各种各样不同的鸟。

我用手肘把自己撑起来，我很肯定，自己很快就能上岸了。

突然有人打开了船舱的门，刺眼的光线透进来。我转过头去，有一个男人走了进来，不是他，这个人对我说了些话，我能明白他说的内容。

"起来。"

我虽然想听从他的话，可我的身体已经习惯了这种动弹不了的姿势，我的身体已经被那个人掌控，不再受自己的控制了。这个人大步向我走来，他厌恶地走到床边，把我抬起来，将我带出门，放到了外面的甲板上。

一开始我看不见任何东西，外面的光线十分强烈，我的眼睛已经习惯了黑暗，这样的光线对我来说太过刺眼。靴子在甲板上来回摩擦着，我听到有人在大声呼喊，现在的我可以听懂一些他们的语言了。空气中充满着鸟叫声，弥漫着松针和蜂蜜的香味。当我的眼睛适应了光线以后，我发现，我们的船正滑过一座座岛屿，岛上的植物和家乡的品种完全不一样。太阳还是和以前一样，但热度有所变化，空气比较干燥，气压也更低一些。

有个人蹲在我旁边，我有些疑惑，猜想着这个人可能是来扶我的，随后我感觉到有什么东西缠在了自己的膝盖上。是绳子，有人把我的双手向后绑了起来，我被牢牢地捆住，仿佛把我看成了不得不驯服的敌人一般，我的心扑通扑通地跳着。

我看到了他，他走上甲板，身上穿着嵌着银丝的海蓝色衣服。他停下脚步，站了一会儿，然后对站在我身边的人吩咐了几句，我能听懂其中的一个单词。

海。

说完他就走了，对他来说我只是个不值得让人浪费时间的东西罢了，他还有别的事情要去做，之前他同另一个人说过关于绳子之类的话。

站在我身边的男人把我推到船舷边上，他死死抓着我，想把我举起来。

死亡在海底等我，我的身体在努力地挣扎、反抗。我不想死，不想就这样断送了性命、受人亵渎。我发出嗞嗞的声音，人拼命地在扭动，这个男人的嘴里吐着咒骂我的字眼。

我的嘴唇终于说出一个词来，我大吼。

"安吉"，这就是那个词。

我在他的梦里听到过这个词，我知道这是一个象征权力的词，这个单词充满了他的期待和恐惧。

他不说话了，跨了几步，走到我们跟前，把我从抱着我的男人手里抢了过来，抓着我的下巴，对着他自己。

"说！"

他的微笑不见了。

我绝望地回忆着我唯一会的这几个词，我必须让他相信我的能力，相信我能为他所用。

"梦。我给的。"

我说了一连串的词，我自己一个也听不懂。他用力抓着我的下巴。"睡觉，我给，梦。"

他沉默地站着，看着我的眼睛，这是我第一次凝视这个赐予我一切的男人的眼睛。我只能祈祷和期待，他的眼神里闪过一丝光彩，似是好奇，似是贪婪。

他快速地往身边看了一眼，他在犹豫，随后对着那个绑我的男人迅速交代了几句，我一个词也听不懂，交代完之后他便朝甲板上大踏步走去，消失在人堆里。我被扔到一个角落里，好似一件被人遗忘的东西，静静地躺在原地。船继续前行，船上的男人都在拼命干着活，在他们身上我看到了轻松和期待。他们的旅行很快就要结束了，很快他们就可以回家了，他们在思念着等待他们归家的亲人，并没有想我的事情。

太阳顺着自己的轨迹爬上天空，我静静地躺着。我看见了周围所有人的梦，在他们的梦里我看到了属于自己的一份等待。

夜晚来临的时候，船就快要接近陆地了，这我能感觉得到。船舶停靠在一个小型的海湾里，他们想在白天的时候开进港口。我有一个晚上的时间可以证明自己的价值，否则的话，天亮之前我就会沉入海底溺水身亡，没有人想把我这个能证明船上发生过什么事情的人带回家。

当所有人的绳子都绑上以后，有个人走了过来，松开了我的绳子。我被带进另外一扇门的背后，这个船舱很大，各种灯具将房间照得很亮。这个微笑的男人坐在一张桌子旁，他应该刚用完晚膳。晚宴上的鱼香味唤醒了我的胃，原来他们一整天都没有给我吃过东西。我进去的时候他抬头看了一眼，他挥手让我过去。

"来。"

我摇摇晃晃地往前走着,在桌子的另一侧坐了下来。

他的意思是我可以把桌上剩下的这些食物都吃了,他一边大笑一边对看着我的人说了几句,我听懂了两个单词,"强壮"和"饱"。他可能以为,我需要吃点东西恢复我的能力。我一边大口把面包边、鱼虾饺吞进肚中,一边喝着红酒,一边又从刘海下观察着他在房间里的一举一动。他走出去方便,又走了进来,在水槽里洗了洗手。看守我的侍卫帮他脱下靴子、外套,他就这样赤身裸体地暴露在我面前,却一点儿也不觉得害臊,还一脸流氓般的朝我笑。像个孩子一样,一天天的,他好像对我越来越下流。我用布把黏糊糊的手指擦干,他身上穿好了睡觉用的衬衫,看着我,问道,"现在要干嘛?"

我示意他躺到床上去。

"睡觉,"他一边笑一边躺了下来,"做梦,是吧?"

他一开始并没有理解我的意思,他挑眉看我。

"我可以许愿吗?"

我严肃地点了点头。

"飞!"他解释道。他说的话速度很快,我打手势告诉他,他必须说得慢一点才行。他张开双臂,清楚地展示给我看,我顿时明白了,他最喜欢的梦,就是能让他飞起来的梦,他要站得比所有人、所有东西都高。我之前还很害怕,我怕他许的愿自己不明白,不会织。但飞翔的梦,是我觉醒以后第一个会织的梦。我在船上的这几天里,也进入过一次他飞翔的梦,我知道在他的梦里飞翔时大致的样子。这一刻我彻底松了口气,我能办得到。

侍卫坐在门口的一个凳子上瞪着我,好像我是一个多么大的威胁一样,所以这个男人才对我寸步不离。我把所有的灯都吹灭,正准备吹灭最后一盏灯的时候,侍卫阻止了我。他必须看看,我这个危险的小姑娘要做什么。我对自己笑了笑,双腿跪在床头。

我在等,侍卫也在等。大船摇摇晃晃,嘎吱嘎吱地向前开着。我能听到很远传来的人声和呼唤声。灯光在闪烁，我的嘴唇品尝着红酒的滋味。

躺在床上的男人睡着了。

我已经很久没有织梦了，但没有关系，我身体向前舒展，开始织梦。

我让他在他所住的宫殿屋顶上腾飞起来。这一幕，我在他的梦里见过好多回，他的身下，好多男男女女都在奔跑，这些人的脸我已经十分熟悉了。我让他们在他身后伸出双手，拥抱空气，高声呼喊。他们在祷告，希望他下来，但是他就像凯旋一般，在天空中飞翔，越飞越高，他已经跃过宫殿的上方，飞到了所有人的头顶上。他自由了，他在空中滑翔，经过了一片花园，又与一座小山擦肩而过。在小山的山脚旁，工匠们在造楼，那里到处都是人，手里拿着木材、工具和大石块。楼的当中有一口井泛着微光，井很暗，却很吸引人，它的四周正围起一圈高高的墙。我让他往井的地方俯身飞去，让他看见一切都井然有序地在进行着。然后他又往上飞，越飞越高，直到一切的一切都沉在他的身下，让他独享整片视野。

这不是什么难度很高的梦。我只是用了一些曾经在他梦里见过的画面，但我知道这样的效果很好，这就是他孜孜以求的感觉。完成这些之后，我身子向后倾，靠坐在脚跟上，让他继续睡。如果他醒来能记住这些的话，我就能继续活着。

那个时候我可以让他死，可以让他撞到地面，让他折断脖子，但我没有把握，我不知道他有多坏多邪恶，不知道他还有什么本事，也不知道落入他手中，会变成什么样。

我害怕，但我不怕审判之类的事情。

如果我伤害了他，他们就会杀死我，即刻处死。但当时的我想活下来。

现在，我倒希望我当时选择的是死亡。他的死亡，我的死亡。

侍卫在角落里打起了呼噜，我在静静等待。
天破晓了。

我不仅有了水和油可以洗澡，还有人送来一套藏红花黄的丝质衣裳，那式样与众不同，衣服旁配了双羊皮鞋子，皮质极其柔软。这些东西不是他们买来的，就是一路上抢来的，可能是带给在家中等待他们的女人们，也可能是用来做点儿小买卖。在家的时候，我除了树皮衣，皮肤上从来没穿戴过其他的东西。他亲自在我脖子上套了三圈的珍珠项链，珠子闪耀着绚烂夺目的光芒。

我把果核的链子藏在衣服里面，这是我身上最后一件有关特拉苏的东西了，也是最后一样能帮我分辨真假虚实的物品了。

我成了有价值的人，对他来说算是有点儿用处，而不只是满足他片刻兴致的玩物而已。他醒来之后，对待我的态度也变得截然不同。他在仔细掂量我的利用价值，琢磨着怎么样能充分利用我和我的能力。他企图从我嘴里问出些他想知道的东西来，但我的词汇量还不够，听不懂他的问题。他看上去很不耐烦，但过了一会他对自己点点头，似乎是做了什么决定。他整了整我的头发，往后退了一步，看上去不是很满意，于是他又在床脚翻箱倒柜，突然他找到一把梳子，梳子是金属做的，上面闪着金光，他把这把梳子插在了我的头发上。这下他满意了，我的样子应该足够华贵了。

我有一大碗酒可以喝，船开了这么久的路，剩下的食物自然是没有一开始丰盛，但我吃的已经是剩下的东西里最好的了。然后我从他的船舱里退下，船只正驶过最后一片群岛，通过圆圆的窗户，我看到一座港口正从视线里经过，许许多多的船，有大有小，挤进船坞和码头里。港口的城市里鳞次栉比地排列着平房，有点和哥弗利外的小岛相似。在城市的外面坐落着广袤无垠的田野，田野的尽头连着向上的山路，山丘们坐落在远远的北方。田野上到处都是小小的森林果园，我看到的树没有一棵长得和家乡的相似。

我已经走了离家很远的路程，但我既没有觉得慌乱，也没有任何其他的感觉。我是一个内心被掏空了的人，至少对我自己而言，做梦人的感觉、画面、噩梦，乱七八糟的在我的脑海里飘荡。港口的城市里也有睡觉的人，他们的梦像团火焰似地寻到了我的身上。我伸手去摸核仁链子，用大拇指一个个摸过来。一遍又一遍地摸。在哥弗利，只有固定的几个梦会钻进我的脑子里。我不知道为什么在陌生的土地上一切竟会变得不同——或许是因为梦的景象对我来说很陌生；或许是因为在他对我做了这些事以后，堵住梦的围墙被丢进了废墟里；又或许是因为我不再清楚自己的身份，不清楚他会将我变成什么样的人。

面对死亡，我不再害怕。面对肉体所承受的一切，我也不再有任何畏惧。我能感觉到的，只是一种近乎暴走的错乱感，这一点也吓不倒我。我好像已经失去了任何感觉，但我不想对此做出改变，因为我要看一看，这样的我可以坚持多久。

我们在码头外附近的地方抛锚，小船开始把人和货物运往陆地。我的大拇指顺着核仁锋利的边缘抚摸，这轻轻的割痛感让我回到现实，也回到自己的身体里，兴奋感、饥饿感、害怕感和无力感一涌而过。我在舞会上看见一个女人，除了她，其他人都没有脸。我看见一个男人穿过黑暗潮湿的巷子，他在追着一位大笑的年轻姑娘。我看见一位正和一条大鱼对抗的男子，这条鱼比男人的个子还要大。男子身旁的山上，闪烁着青苔绿和木槿红的光芒，鱼儿大大的眼睛直直地盯着我看，目光相当冰冷。

我的大拇指继续触摸着核仁的边缘。

船舱的门开了，他走了进来，简短地鞠了一躬，示意让我跟着他。我把藏红花黄的衣裳收拾了一下，缓缓地步入阳光下。他无声地扶我走下绳梯，我走进一艘小船里，那里有几位水手接我。他们没和我打招呼直接就往岸上划。我看见一个箱子，箱子的下边有包袱，还在周围打了结。当中有一个小小的包裹。

码头上有几个壮汉搀扶我上岸，船上卸货的时候，我就站在一旁，船上留下了几个人，看管货物，小船则要划回去继续运货。码头脚下聚集了一堆好奇的人，他们的手指来指去，一副惊奇的样子。他们的肤色和我不同，头发又黑又直，所有人都比我矮至少一个头。"宫殿，"我听见他们在轻声地说，"欧哈丁。"

我没有看他们的眼睛，我挺直背脊站在那里，望着海面。海浪外面的某个地方坐落着我的家，但那里的人已经将我驱逐，我不再属于那个地方。

我的大拇指继续触摸着核仁的边缘。

第4章 加 赖

长久以来,这个新加赖让我得以安身立命,也让主人感到满足。但主人的内心已经渐渐被黑暗所吞噬,要满足他的欲望,也变得越来越难。有时候他会对我使用暴力,这是最近才有的事情。对我来说,遇到身体上的暴力,我可以乞求他,甚至接受他,这比他朝我的内心,对我的灵魂使用暴力要好过得多,因为要阻止这种情况的发生很难。白驹过隙,一年年过去,我,那个真实的我,还在等待。我会尽量去探望井水的状况,在锁着的大门外跪着,倾听她的力量。有时候我会撞见卡比拉,但她从来不和我相视,像是假装没看见我,假装自己心如死灰。

她的儿子们在慢慢长大,科林很快就要步入成年男子的门槛了。我知道,儿子们对她的冷淡,让她备感伤心痛苦,但她却将这些情感掩藏在看似无所谓的面具之下。

不过,情况变了,我等这一幕等了好多年了。一直以来,我们对即将发生的事情一点儿也没有头绪。过去,我每天早上就坐在大厅里,临摹花朵。卡比拉会从精装的卷轴里抄几首诗。现在是冬天了,尽管屋子里点了好几个火盆,却还是觉得有点儿冷。奥尔索拉这天早上和我们在一起,她前天晚上没有给王公织梦,但也没有睡觉,她奇奇怪怪地在胸前捯饬着什么东西。原来,她是要用芦苇草编织一个圆圆的草圈,前一天我看见过她在水坝附近摘芦苇草。她时不时地从褐色的头发里拔出一根发丝,然后织入草圈里。我对她的出现还是没有适应。这么多年来,我和夫人相依为命,奥尔索拉的到来打破了这种平衡——尽管主人从不在她那儿过夜,可王公却赐予她价值连城的礼物,作为她织梦的报答。她很快就学会了我们的语言,但是她说出来的话和我们的音调有些许不同,她说的话也不多。有一回我发现她待在花园里的一棵树上,她坐在最高的位置。我从她身边经过,装作没看见她坐在那里。我不禁开始思考起她真实的年龄来。她比我进宫时的年纪还要小一些,她应该还是一个孩子,不过很快就要跨过女人的边界线了。这之后我试图对她友好一些,但说起来容易做起来难,她能看见我们的梦,却还能和我们说说笑笑,仿佛玩笑一般。但我觉得,事实并非如此。

她在我的梦里究竟看见了什么?她看见我是如何穿越梅瑞木沙漠了吗?她看见我在月光下和妹妹们跳舞的样子了吗?她看见我是怎么穿过满是利石的沙漠进行捕猎的吗?她看见我的双脚流着鲜血,寸步难行的样子了吗?

黛拉和辛的大门被人重重摔了一下紧紧锁上,我们三个人都放下手中的活儿,齐刷刷地抬起头。有两个侍卫走了进来,后面还跟着仆人,他们抬着一口大箱子和几个包袱。走在最后的是一个黑发的年轻美女,我可以想象得出,卡比拉十五年前和她长得几乎一模一样,她身上套了一件黄色的外套,上面绣着玫瑰色的图案——针线活儿并不是很惊艳,但是料子非常上乘,她的手上和脚上戴着许多首饰,打扮得宛如一位新娘,不过还是差了一点儿。她站在血精灵红色的地毯上面,双臂下垂,看着仆人们的一举一动。侍卫们吩咐仆人找一间空房把箱子搬过去,再把包袱卸下来,动作要麻利。艾斯泰奇也跟在仆人的队伍里。下人递来了长枕、坐垫,还提了一盏灯。

侍卫没有和我们打招呼,卡比拉放下毛笔,用手按着肚子,她的脸上没有一丝表情。我转过身去,继续涂我的画,我知道这些意味着什么,但我不清楚自己的感受。高兴吧!我就要自由了!我再也不用害怕甩不掉自己的任务了。

我画着画,背后传来一些脚步声,他们穿着拖鞋勤快地在石板上奔跑着。侍卫们继续发号施令,黛拉和辛的大门开了又关上,我身前的花朵在画纸上变了形,和桌上花瓶里的样本一点也不像,我得重新画一幅才行。

卡比拉缓缓站起身来,我转过头扫了一眼屋子里的情况,那个黑发的女孩仍旧站在原地,艾斯泰奇杵在门边,听候差遣。奥尔索拉已经回去工作了,她看上去好像一位跟随音乐律动的女孩,曲调只有她自己听得见。卡比拉在新来的女孩周围绕了一圈。

"她看上去挺健康的。不错。你几岁了,小姑娘?"

"十九岁。"回答的声音非常轻。

卡比拉端起她的下巴。"张开嘴巴。"

女孩子遵照她说的去做,不过她倒是朝卡比拉还有我们所有人都望了一眼。

"所有的牙齿都在,正当年。"

她放下女孩的下巴,用大衣擦着手,漫不经心,无比自然。

"是他把你买下来的吗?"

这个黑头发的女孩子抬起下巴,只是微微抬起,然后摇了摇头。

"是父亲把我送到这里来的,他希望我能讨维齐尔大臣的欢心。"

"那你可得保证让父亲心想事成。艾斯泰奇!到我的首饰盒里拿两把梳子来。"

艾斯泰奇微微鞠躬,随后冲进卡比拉的房间里。我慢慢地卷起自己的画作,两把梳子要比一把多,再怎么说都比奴隶的地位高。

女孩似乎想回自己的房间里,什么话也没说就被卡比拉挡了下来,一步都没来得及动。艾斯泰奇拿着梳子回来了,就像当初对待我一样,卡比拉娴熟地在姑娘的头发里插上两把铜梳。

"戴着。"

过了一会儿,夫人拖着衣裳走出了房间,她没再说什么。姑娘继续站着,一脸茫然地看着我和奥尔索拉。我们当中没有人说话,突然她撅起嘴唇,挺起胸。

"我的名字叫梅丽巴。"空气中回响着她干脆的声音,随后她朝着自己的房间走去,手脚上戴的各种环发出叮叮当当的响声,她回到房里关上了门。

自那以后,我大部分时间都守在自己的房间里,我没有理由出去,主人也再没有传来宣我过去的消息,他让梅丽巴代替了我的位置。我把自己的植物分门别类地放好,因为主人再没送来任何纸张笔墨,要完成工作也就变得有些艰难了。我在原本已经扔掉的一幅画的背面写上了这段话,这已经是我的最后一张纸了。

艾斯泰奇给我送来了吃的,菜色要比过去简单许多,我终于明白了当初的我是多么得宠,所以他才会给予我如此多的特权。现在,他有了新宠。我不介意食物清淡,我把所有的肉和鱼夹到一边,只吃蔬菜、米饭和扁豆。所有食物都索然无味,只有纸张是唯一让我有感情的东西了。

我没有开窗,我对刺眼的光线有点儿敏感,为了补光我在房间里点上灯,不分日夜。卡比拉偶尔会来敲门,她以为我在伤心抽泣。艾斯泰奇会带一些晒干的维迦,撒了糖的杏仁和甜米饼给我吃。过去,这些东西我可以尽情挥霍享用,但是现在,这些食物却是卡比拉从自己的份额里分给我的。作为夫人,她仍然享有至高无上的地位,依旧受众人尊敬。不过,我并没有动那些吃的。卡比拉想错了,我不需要安慰。

我没有伤心抽泣,因为我的心里已经装不下这些东西了。我开始蜕皮了,老皮的底下长出一层更老的皮肤,又硬又糙,可这样的皮肤更耐久。我的手腕上有一排疤痕,每一个疤痕都代表了一次献祭。我给自己制作了一根小棍子,加上之前晒干的药草,靠这些东西,我可以让主人睡得久一些。等他睡死了,我就可以拿到井的钥匙,然后趁着夜色跑到井水那儿,一个一个地打开门锁。这一切要在满月的夜晚进行。凭借我体内的这股力量,我要用自己的鲜血给大地献祭,任何围墙也无法阻挡加赖的决心。

可主人再也没有来我这儿,出了屋子周围还有侍卫看着,到处都是。

加赖不会让别人成为她的阻碍。终有一天,她会找到新的办法。新加赖被我埋葬起来。我已经不需要这副面具了。现在的我,是纯粹的我。

感谢大地,感谢你的力量,是大地让我找回自己,没有完全迷失自我。经过这么多年,这简直是一个奇迹。

> 沙漠之女加赖
> 血祭的加赖
> 力量的加赖
> 歌声的加赖
> 复仇者加赖

梅丽巴成了最得宠的女人,她的房间里摆满了鲜花、花瓶、名画、镀金的灯盏和烛台。她的床上铺满了靠垫、皮草,还有镶丝的被子。每次伊斯坎送我礼物,我都表示感谢,因为这就是他所期待的回应。但我一直没有搞明白,为什么他要送我这些一点儿用处也没有的东西。可梅丽巴喜欢这些,她就是为这些东西而生的。她会每天打理好几次花朵,换好几次首饰。她会随着季节更换衣服的颜色,会在眼睑上抹一把碳黑,还会把小小的嘴唇涂成红色。这样的她在主人的眼里,美得让人无法抗拒。

她不做什么活儿,她最习惯的就是半眯着眼,坐在最大最好看的血精灵坐垫上,双手耷拉到膝盖,看着我们。她的身旁始终围着一群仆人,帮她递枕头、挑灯、拿吃的喝的,梅丽巴几乎动也不用动,觉得冷了,下人会帮她取皮草,她要是想点香,他们就去取香。艾斯泰奇不在这堆人之中。梅丽巴当即就说过,她不想看到她那张丑陋的脸孔。能和梅丽巴一起没心没肺,轻声说话的都是年轻貌美的姑娘。

这几天晚上我们都坐在一起,我现在已经能走出自己的房间了。我的皮肤已经脱落完毕,一切都准备就绪。现在是冬天,冷风呼呼刮着,我们很少到花园里走动。寒冷阻止不了我的脚步,黛拉和辛的人总是一起行动。可梅丽巴不想出去,那我们大家就只好坐在屋里。她心情很不好,一定是和主人吵架了,要不就是主人没送她想要的东西。她让姑娘们给她点了好几个火盆,但是过了一会儿她又嫌弃起那股味道。

"那边那个离我太近了!"她朝其中一个侍女吼道,"我的皮肤很敏感的,这样我会烤焦的,我受不了!"她边说边用拖鞋抽了侍女一下。"把它给我移开!"

侍女们睁大着眼睛,害怕地四处乱蹿。奥尔索拉躺在几个大靠垫上,打着盹儿,这会儿她睁开了一只眼。她已经连续给王公织了好几天的梦,她一不去,王公就会做噩梦,黑暗会把他拽入恐惧和无名的深渊里,艾斯泰奇是这么说的。她经常从皇宫的仆人那儿听到一些传闻,当然也会说给我们听。奥尔索拉这会儿把丝巾罩在自己的脸上,转过身去。她仿佛从来都没有真正地好好睡过。大部分时候,梅丽巴都无视她的存在,她不清楚奥尔索拉在宫里排什么位置,她用眼角瞥了一眼奥尔索拉,生气地啐了口唾沫。

"睡回你自己的厢房去!睡在人堆当中真让人反胃!"

"对我们这种人来说,"奥尔索拉面对着墙壁低沉地说道,"睡觉永远都孤单不了,总有别的人在周围。"

"你已经脱离了你们族群里的那帮野人,"梅丽巴突然厉声说道,"你现在待的地方,是凯伦诺克。这儿的老百姓不在地上睡觉。"

奥尔索拉转过身去看着梅丽巴。她的双眼分得特别开,望出去的眼神像是梅丽巴身后站着个人似的。"白色的人影儿晚上会再来的,他会先吃了你的脸,然后再拔了你的头发。"

梅丽巴脸色苍白,抿着嘴。奥尔索拉站起身,把坐垫和丝巾收拾了一下,然后朝卡比拉鞠了一躬,又朝我微微点了点头,就回自己的房里去了。

梅丽巴安静地坐了一会儿,然后深吸了一口。雨点打在窗台上,火盆里噼啪作响。我坐在原地捧着卷轴,一字一句地念着凯伦诺克的历史,这捆卷轴是我从小图书室里拿来的。我去那儿是想了解更多有关安吉的事情,书里或许有对安吉的记录,说不定还有其他的力量之源。有关神力的故事,我们氏族会通过讲故事和唱歌的方法一代一代传承下去。自从我将新加赖抛弃后,那些故事和歌曲在我脑海中越来越清晰。有一首歌这样唱道:

> 石头旁的撒努尔树
> 孤孤单单遗世独立
> 海滩的外围
> 是最大的海
> 向你诉哀肠
> 赐予你力量
> 洒下红色
> 鲜血祭奠
> 品尝力量的味道
> 感受大地的精元

我很好奇，这是不是第一次有人把这首歌给记录下来，刻在纸上？突然，我感到一阵深深的不安。有些事情不应该记载下来，不然随便谁都能发现这些隐秘的知识。或许我应该把这些东西划掉，至少就不会有人知道撒努尔树在哪儿了，也不知道最大的海在哪儿。但这些名字和故事只有我们氏族里的人才看得懂，所以我才没去动，不过以后我可要多加小心才是。

卡比拉坐在一张矮桌前写信，桌子是几个仆人带过来的。我不知道她的信是写给谁的，可能是写给住在这些高墙外的亲戚、表兄弟或是朋友。除了她的儿子，我从来没见过有人来探望她。梅丽巴紧张地撩起外衣的袖管，卡比拉的笔在纸上沙沙作响，我看书的时候，卷轴窸窸窣窣，梅丽巴手臂上的首饰轻轻地摩擦着她的皮肤。

大门边上传来撞击的声音，门关了又开，伊斯坎迈着步子走了进来。我猜想，这是他第一次拜访黛拉和辛的大厅，我们三个女人立刻向他磕头下跪。我斜眼看着他，我已经有一阵子没见他了，他的胡子和头发始终都修剪得那么整齐。深蓝色的外套，雪白的裤子，手指沉甸甸的，上面戴着各种金属制成的戒指，他环顾一圈，笑了笑。

"你们几个处得这么融洽啊。"他走到卡比拉坐着的桌前，斜睨着她写的信。"我的夫人喜欢写字？"卡比拉听闻，便站了起来，依然是面无表情。

"是给我表姐内卡的，老爷。你见过她一次的，她刚做上外婆。"

"这么年轻？她应该比你大不了多少啊，夫人。"

"她的女儿很早就嫁出去了。"卡比拉回答道。

"也是。科林出生的时候，你年纪已经不小了。"伊斯坎拾起了卡比拉的笔，若有所思地用手指转着，"那……你就不打算对你的丈夫稍微客气一点儿吗？"

卡比拉打了个响指，艾斯泰奇连忙走上去接过她的指令，随后她拿来了几个大靠垫,放在桌子旁让伊斯坎坐下,再把笔墨纸砚都收走。伊斯坎对我和梅丽巴打了个响指,我们俩便坐起身来。梅丽巴的脸上布满疑惑和不安,如暴风雨前夕的天气一般。如果她的主人到这里来不是要带她走,与她享乐的话,那他为什么会在这里出现呢?而卡比拉是女主人,她始终一副泰然自若的模样,她吩咐仆人让火盆离伊斯坎近一些,再多点几盏灯。艾斯泰奇拿着红酒、水果和饼干进来,卡比拉亲自给丈夫的酒杯里倒酒。

"谢谢夫人!"他小酌了一口红酒,"你的酒量不错。我应该给你多送点儿酒来。"

卡比拉低了低脖子。

"我也会给你表姐的女儿送一大桶去,这个礼物挺合适的,不是吗?家里多了个孩子,一定会有很多宾客上门祝贺的,她也正好有东西好招待。"他对卡比拉微笑着,过了一小会儿,她的眼里闪过一丝不知名的情绪。困惑?恐惧?希望?我还没来得及多看几眼,她就收起了情绪。

伊斯坎转过身看着我。"小蛮妇,过来尝尝,不过你年纪也已经不小了。"

我立刻听从他的指示,坐在他的右手边。他把袖子甩下来,伸手把一小块西瓜塞到嘴唇里,他仿佛是第一次这么仔细地端详我。"你个子好像变小了,脸上圆圆的一圈肉没了!"他微笑着,"你是刻意让自己瘦下来的吗,我的小野妇?"

我不知道该如何作答,我已经没有新加赖的本领了,我找不到合适的词语来取悦他。我做了和卡比拉一样的动作,眼睛朝下看,低着脖子。伊斯坎以为我是默认了。他用手抚摸着我的手臂。

"那么,我应该会很快再来看你的。"我尽全力咬紧牙关,我从眼角瞥到梅丽巴朝我投来的眼神,她看上去就像一只逮到的猎物被秃鹫叼走的卡沃尔猫。"在此期间,有什么东西需要我送给你吗?就当是对你的安慰?"

我没有抬头。"纸,主人。如果您高兴的话。"

他低声笑道:"永远都是这么没趣,"接下来这句话明显是说给梅丽巴听的,"那就这么办了。"他挥手示意艾斯泰奇过去,在她耳边小声嘀咕着什么,随后她鞠了一躬离开了大厅。

伊斯坎又饮了一口红酒,往后靠了下去。他满意地环顾了一下四周。"这里真是舒服啊!你们女人就是有本事,这里打理得很漂亮。还有这些花花草草的。我的仆人在这方面一窍不通。"

"主人,这些都是梅丽巴布置的,"我说道,"你看到的这些都是出自她的手艺。"

他没理会我插的话。"夫人,再倒一点点酒,你待会儿能不能给我们背诵几首诗听听?就背你曾经很拿手的。"

卡比拉又恢复了女主人的姿态,她的表情波澜不惊,倒完酒便站起身来。过了一会,她静静地坐着,观察着大厅宁静幽暗的气氛。梅丽巴往外坐了一点儿,身子下面垫着枕头和毛毯。伊斯坎没请她坐到桌边。她挣扎的模样我看得一清二楚,她努力克制着自己的情绪,但是她的表情把她所有的感受都反映了出来。怒火、醋意、仇恨,还有害怕。

那天晚上卡比拉选了一首爱情挽歌,是什么东西促使她选这首诗,我不得而知。或许是伊斯坎多愁善感的语调,或许是她内心深处的某个秘密,又或许是别的因素。这首诗很长,讲述两个偶然相遇的年轻人,又再度重逢的故事,诗的结尾两个人都死了,两个人的中间隔着一堵墙,最后未能相见。这首诗非常感人,这种爱情我从来都没有经历过。我在氏族里,还有和伊斯坎相处的些许时间里,感受过对异性的欲望,我也爱我的妹妹和我的母亲。但是为爱而甘愿去死?我怀疑,这种爱情是否只有在诗歌里才会出现。

卡比拉念完以后,伊斯坎看上去似乎在思考着什么。他礼貌地对她表示了感谢,拍了拍我的脸颊,然后离开了大厅。他对梅丽巴一个招呼也没有打过,我有种预感,这个夜晚让她开了一番眼界。这是她要学做的作业,也是一种威胁,告诉她,没有我的宠爱,你什么都不是,你也什么都没有。

梅丽巴明白了,她领悟了这层意思,现在的她不仅恨我,也恨卡比拉。卡比拉在排位上比她高,所以她没法报复。但我的地位不如她高,所以我很危险。

我在泡澡的时候,她把我所有的植物标本都烧光了,我那么多年辛苦做的标本,所有我亲手做的压花,所有图纸,所有记录,都无一幸免。只有那些我藏起来的私密记录保存了下来。当我回房的时候,火盆里只剩下炭黑色的残余物。艾斯泰奇坐在旁边哭泣。她的衣服被烟熏成黑色,双手也彻底黑了。

"我想努力护住标本的,加赖。我尽力了,可是直到她通通烧干净了才放我进来。"

我走到她跟前,把她的掌心向上翻,手都焦了。我取了点儿水,小心地清洗着,再用芦荟抹在上面。艾斯泰奇继续抽泣着,但是没有再说什么。我感觉到有东西在我心里慢慢松动,一个长久以来扎根在我心里、扎根了许久许久的东西,开始松动了。

我走到花园里,因为梅丽巴还处于失宠的阶段,我得到允许可以去花园走走。两名侍卫跟着我,但过了一会儿他们就让我自由地散散步。这天很冷,虽然没下雨,但空气里弥漫着湿气。我走到小树林那儿,那些是长在安吉山周围的基斯米尔树。我知道这些树的树脂、叶子、果子以及根都派什么用场去了,不用记录我也知道。我心里积攒的知识破坏不了。

我平躺在树下,也没人看见我。花园里万籁俱寂,鸟儿的头蜷在湿漉漉的翅膀下睡着觉，昆虫们在青苔和树干上寻找庇护所。外套下的土壤非常湿润，我把手指插在湿润的黏土里，感受树枝和叶子被压碎的感觉。腐烂和新生的味道都很强烈，我闭上双眼，倾听枝条上水珠滴落的声音。水汽慢慢笼罩在我的颧骨和眼睑上。一阵微弱到我几乎感受不到的风飘过，基斯米尔树的树冠沙沙作响，我的呼吸平缓、均匀。血液在身体里哗哗地流动，我全身放松下来，整个人感觉无比的自由，没有东西可以将我捆绑在这个地方。我的精神非常放松，它飞了起来，我看见自己的身体躺在地上，渐渐被树冠遮住，隐隐约约。我看见南方的海，还有东方的阿雷克，南面和西面是田野和香料森林。绿色的风景里有几条窄窄的小路，一群鹅在天空里扑腾着黑色的身体，好像洒下的胡椒粉，我跟着它们朝北面飞去。大山、湖泊，还有河流都沉在我们身下。风在我们的翅膀下吹过，我朝东面弯了弯翅膀，离开了鹅群，我要找寻我的妹妹们，我相信我会找到她们的，她们就像光源一般吸引着我前去。我游了很久，所有的东西都尽收眼底，大地的力量之源在我眼前像烽火一般燃烧着。大山、井水、湖泊、河流。还有大地的血管。我找到了我的妹妹们，一个接一个，她们过着各自的生活，有好有坏。只有一个人我找不到，我最小的妹妹，最年轻的妹妹，古埃拉。她的手臂非常纤细，任何地方都找不到她。

  突然有人摇晃着我的身体，我的灵魂返回了身体里，我睁开眼，两名侍卫弯着腰站在我身前。他们的身上传来汗渍的味道，表情十分严肃，他们的腰带上都束着刀。我像卡沃尔猫一样，敏捷又迅速地顺过一把刀来，滚到他们够不着的地方，他们俩还没来得及阻止我，我便在左手臂上切开了一道口子。血液慢慢滴落在基斯米尔树的树根里，树根深深扎在土壤里，这就是基斯米尔树的特质：它可以生长在过分干旱的土壤里，而它的根则能钻到藏在地下深处的水源，很少有植物可以吸取到地底的水。树木接受了我的祭祀，树冠婆娑作响。侍卫们把我拖走的时候，我感觉得到血液在和树根对话，树根将我的血液带到泥土之下，在那里汲取力量。树根深处是井水流过的地方。

安吉尝到了我的血。力量在我身上蔓延。基斯米尔树是我的祭坛，我会在条件允许的情况下过去看看，树木会在我耳畔轻声告诉我一些事实，并给予我能量。我只穿棕色的衣服过去，不洗头发。一切的一切，包括卡比拉，我都不予理会。梅丽巴以为自己粉碎了我的知识，但她并不知道，她这么做反而解放了我。我现在唯一剩下的就是那些秘密记录了，还有梅丽巴失宠的时候，伊斯坎送给我的纸。

她已经恢复了专宠的地位，主人宣她侍寝后，还送了她用黑珍珠和象牙制成的发饰。他现在出远门去了，东部又发生了战乱，王公派他处理这事。他已经出门两个月了，王公的儿子该镇压的没镇压下去，该杀的人也没有杀，虽然我也不知道是哪些人。过往的岁月在我的记忆里变得豁然开朗，我们会在神圣的日子里进行斋戒，唱圣歌，跳圣舞。有些舞要挑在晴空无云的夜晚跳，而我偏不能在晴空的夜晚出门，所以我就在自己的房里跳。卡比拉今天一早把我拉到一边问话。

"加赖。"她的嘴里不太会叫我的名字。她看着我，眼神很严肃。我看着她的手，她的手上出现了岁月的斑痕，斑很小，却泄露了她的年岁。我在这里待了多久了？索南是我来这里不久之后，夫人生下的最小的儿子。他现在已经九岁了。日子居然过了这么久，实在太令人费解，我也不再那么年轻了。

这样好，一个有知识的老女人要比年轻的女人更有力量。我越老，我的知识储备就越多。

"加赖，你在听吗？你必须停手了，梅丽巴会向伊斯坎汇报你现在的样子的，他一回来就会知道。"

我抬起头，好奇地看着。

"他是不会容忍这种事情发生的。你明白吗？他不允许他的黛拉和辛以及他的家里出现疯子。"

"疯子？"

她不耐烦地摇了摇头。"你没日没夜地一直唱着歌,歌词我们都听不懂,而且你还不洗澡。我在晚上的时候,还从你的房间里听到可怕的声音,如果他回来的时候是新月的话——你可要小心了,你明白吗?"她转过身慢慢走开,暗褐色的头抬得高高的。我转过身,看着坐在那儿补拖鞋的奥尔索拉。

"疯子?"

"所有人看到这棵树的时候,都认不出它的智慧所在,"她边说,边咬住一根线,"也可以说是它的邪恶所在。"她叹了口气,"王公又病重了,我猜是因为维齐尔大臣不在的缘故。他应该是在出发前往王公身上做了什么,所以每当维齐尔大臣不在的时候,王公就会变得体弱多病,优柔寡断,而且还做了许多噩梦。"她的身体颤抖了一下,"挥之不去的梦。"

"水。"我在自言自语,奥尔索拉倒是坐起身来,她褐色的双眸越睁越大。"对,在水里!为了健康,王公一直喝那井水,维齐尔大臣是不是在里面掺了什么东西?"

"月亮正巧渐亏,他没必要掺东西。"

"那就解释不通了,这是个谜。"奥尔索拉站起身来,动静有点儿大,刚准备迈出步子。

"停!"我举起一只手,"有问题的是那水本身。你说的那口井,是不是锁在门后面的那口神井?"我往花园的方向指去,"它有的时候是好的,有时候是坏的。这口井是有神力的。维齐尔大臣可以随心所欲地利用井里的水。"

"我必须警告王公才行!"奥尔索拉看上去像失了魂一般。

我看着她摇了摇头。

"你不能这么做,你只是一个织梦师,一个奴隶。王公会向伊斯坎质问的,到时候逼他供出原委。凭借井水的神力,他可以立刻消除你的影响。"我看着她疑惑的神情,"杀了你!他担任王公的维齐尔大臣已经有很长一段时间了,王公的神智和身体都被他削弱了不少,王公是不会相信你而怀疑自己的谏臣的。你这么做一点儿好处也没有,等待你的只有死亡。"

我看到她一副犹豫不决的样子。死亡并不是一条可以凑合的出路。

"不过你不用担心,维齐尔大臣是不会杀死王公的。他想他活下去,这样子才能继续做他的傀儡王公。他喜欢站在阴影里,看着所有人被自己玩弄于股掌之间的样子。"

* * *

伊斯坎还在出远门,梅丽巴的肚子却大了起来。她的要求比以前更过分:她非要挑奇怪的时间,吃上为她特别制作的美味佳肴,还要给鼓起来的肚子抹油。她的脾气非常暴躁,所有的侍女都怕她。她想要怀一个儿子,这我知道。这样就能提高她的地位和待遇了。卡比拉的儿子们永远都会走在其他妾室的儿子前头。但儿子终究是儿子,可以提高主人的尊严,不管是谁生的。儿子可以在宫廷的尔虞我诈里起到重要的作用。

梅丽巴身形的变化,卡比拉都观察入微。我常常会突然撞见她正沉思研究着梅丽巴的肚子。她是否切实感受到了生儿子的威胁?作为夫人,她的地位很安全,即使她和伊斯坎鲜少有交集。

我对此一点儿也不关心,真的。黛拉和辛发生的一切再也和我没半点关系了。随着时间流逝,我对旧加赖的感觉进一步加深。树木会回应我。我去的时候,它们会把枝条转过来面对着我。肌肤下的力量随着脉搏跳动,此刻的伤疤散发出冰雪般的白光。昨天一早伊斯坎回来了。我们听到他骑马进入西马厩时,马儿们发出的惊恐声。梅丽巴拖着步子,从一个窗户不耐烦地走到另一扇窗户前,等着主人召唤她。但是时间一点点过去,却没有传来他的任何消息。她常常会走到自己的房里,换上衣服首饰,仅仅为了出去散个步。自从她怀孕以来,我就没有见她下过地。

奥尔索拉一个人坐在角落里，喃喃自语。有时候做梦的人对她来说太多了。我也习惯了给她煮一壶苏瓦尼和奥柳姆茶。这种茶可以帮助她进入深度睡眠，不做梦。但是她醒着的时候我帮不了她，那些人的梦还残留在她脑子里，折磨着她。她尝试过和我解释，她是如何在看见王公梦境的几天后，又不知不觉进入王公梦里的。有时是我们的梦。如果晚上有仆人在旁边监视她或是在一旁睡觉的话，她要甩掉那些做梦的人入睡很难。她的捕梦网没什么大用，在欧哈丁里做梦的人实在数不胜数。网没法把所有的梦都捕进来。有一回，我建议她在自己的额头上文一个捕梦网，不过当时她发出了绝望的笑声。

"那我要怎么处理那些捕捉进文身里的梦呢？一辈子带在身上吗？"

她把捕梦圈换了种方式带在身上。戴在脖子上。放在衣服里。但是捕梦圈始终太少了。

那夜很晚的时候伊斯坎来了。现在已经到了夏天，夜里很温暖，窗户都朝外开着。卡比拉扮演着夫人的角色，命人备好了一大盆冰镇水果和冷茶茶壶。伊斯坎大步流星走进来的时候，窗外飘来一阵风，灯光摇曳。

他出门后，人变得有些憔悴了。左腿有点儿跛，左手上也缠着绷带。头发有些发灰了，嘴角旁的纹路也加深了些许。我想，这应该是他远离井水的缘故。没有井的力量，他的身体垮得好快。我往他的眼睛里看，他的眼神洞察一切，牵动着别人的内心深处。他出发前一晚喝了井水。当时的月亮是渐亏的。

他当时心情不错。还让卡比拉给自己倒茶，吃了几口水果。

"这个冬天挺难过的。"他边说边舔了舔手指，"但是我达成了我的目标。阿雷克和马伊科沙漠之间所有的城邦都愿意效忠我们，而且他们会向王公纳税。凯伦诺克再也不是小国家了。我让王公坐上了世上大帝国之一君主的宝座。很快,没有人可以与我们相匹敌。"他放声大笑道,"去了趟田野也有别的收获。哈雷拉有个人知识渊博。他会非常难的黑魔法。现在这魔法是我的了。我把它放进了图书馆里。我在科亚马偶遇上几块那边圣山上的石头。它们拥有一股强大的力量。我要用它在欧哈丁的外面造一圈城墙,万一这块地区有人造反,我不会让任何人入侵我们的宫殿。"他把几颗裹了糖衣的杏仁塞进嘴里。

我在想那些住在欧哈丁外面的人,那些住在阿雷克和乡下的人们。如果东部地区出现暴乱,有人报复我们的话,他们依靠什么来保护自己呢?不过这些想法我只字未提。

"美得和花一样的梅丽巴,来靠近点儿,"伊斯坎边说边挥手示意她走过来,"怎么样……"

他看到她肚子的时候,话突然停了下来。她已经有差不多七个月的身孕了,肚子已经很大了。

"我肯定是离开家很久了,"他缓缓说道,"你这朵花已经结出果子了。到这儿来。"

梅丽巴羞答答地大步走到主人身边。他一只手放在肚子上,脸红的样子很迷人。卡比拉双眼无神,她的双手紧紧地扣在膝盖上。伊斯坎发出了一丝轻轻的声音,有点儿像叹气又不是叹气。梅丽巴打了个寒颤。他挪开了手。

"跟我来。"他起身向门口走去,"我们去花园里散个小步。就你和我。"

她满脸困惑,但仍然红着脸跟着主人后头走了过去。门在他们身后乓的一声关上,灯里的火苗闪烁摇曳。卡比拉快速站起身来,冲到一扇窗前。她在黑暗中搜寻着什么东西。过了一会儿,花园里窸窸窣窣的声音传到我们这儿,那是梅丽巴紧张的嗤笑声和伊斯坎低沉的声音。这是一个格外安宁的夜晚。我走到卡比拉站着的位置旁。要在黑暗里分辨清事物不太容易。伊斯坎离开的时候身后没有跟着提火把的人。月光将树影和灌木丛的轮廓勾画得特别清晰。

随后便传来了那样的声音。我仔细倾听着。在这安静的夜晚，我听得格外清楚。我听见门锁转动的声音。一扇金属门被轻轻地打开了。卡比拉迅速转身离开窗边。

"这是阻止不了的，"她一边自言自语一边转着双手，"我什么都做不了。不！"

我很少看见卡比拉这么激动。她匆匆赶到自己房间，关上房门。

奥尔索拉在王公那儿，所以只有我一个人留在大厅里，我望着月光思考。外面又恢复了平静。一丝风也没有。刹那间，基斯米尔树的树冠猛烈地抖动了一下。这种婆娑作响的声音我不可能漏过。它们在向我诉说着什么，我的血液用歌唱回应着它们，但是我不明白它们的讯息。

今天早上，我被长长的尖叫声给吵醒了。是梅丽巴的声音。分娩已经开始了。一大清早就来了。我把能想得起来的药草和汤剂都带在身上。艾斯泰奇已经在梅丽巴的房门外等我了。没有一个母亲或是老妇人关心这场分娩——她不是夫人，生的孩子也继承不了家业。她只不过是一个妾室罢了。我们走了进去，让我感到惊奇的是，卡比拉站在梅丽巴的床边，周围全是花瓶、罐头还有屏风。她的皮肤非常苍白，嘴边的纹路也深了。

"她已经疼了很久了，不声不响的，"她简短地说道，"她的力气已经用尽了。"

我一看，确实如此。梅丽巴的眼睛深陷在眼眶里，脸上的皮肤紧绷。她的呼吸很浅，而且很喘。我把被子抬到一侧，按了按她的肚子。所有的症状都不吉利。

她睁开双眼，我倒吸了一口气。她的眼睛已经彻底发黑，瞳孔周围完全看不见眼白。她的体内已经有了裂口。我看着卡比拉，她突然咬紧嘴唇，然后不情愿地开了口。

"是他干的。只要怀着的是女孩。"

我突然明白了许多事情。卡比拉的儿子们，还有为什么她从来不直接回答她怀孕过几次。梅丽巴和伊斯坎昨天散步的地方是井水那儿。仇恨从我心里涌上来，强烈地腐蚀着我。居然用这种方式采用大地的力量！肆意按照自己的意志操纵生死，为了香火剥夺女孩们的生命，仿佛她们是一文不值的东西。滥用原本可以造福人类的事物！

我尽我所能帮助梅丽巴。因为痛楚，她几乎失去了神智，话也说不出，我也没法帮她减轻很多痛苦。但是分娩的过程已经过去大半了，孩子很小，最后在一团血水里出生了。我用手托着她，她依靠小小的肺挣扎着呼吸。小小的身体上一切都完好无损，手指头还有小小的指甲，曲着的双腿，还有软软的脚底板，眼睑像树冠上的叶子。

这是我这一生经历过最艰难的时刻了。她想活下去，可是她太小了。我把她放在母亲的胸上，她吐出了最后一口气。那一刻，我不忍去看。我看向窗外。我从未觉得自己如此无力过。

梅丽巴之后就没有了意识。黑水侵蚀了她的内里，她在抽搐、颤抖、呜咽。她死得惨不忍睹。卡比拉、艾斯泰奇和我都坐在她的床边，陪她走完最后一程。卡比拉握着她一只手，我握着另外一只。我对大地念着悼文，希望大地能接受她的身体，赐予她新的生命。凯伦诺克的人有别的信仰，但是作为有知识的女性，我有义务将死者带到另一个世界去。而且，我们共享着同一个男人，梅丽巴和我。这份纽带，无论如何，我也无法否认。

当她终于离开充满痛楚的身体时，我们静坐了好一阵子。太阳将光线洒进窗里，我们听见孩子们在花园里玩耍的声音。卡比拉的孩子在门外嬉戏。我合上梅丽巴黑色的双眼。艾斯泰奇将两具身体上的被子盖好。卡比拉点上三盏灯。我不能说,我为梅丽巴感到伤心。但是我为她的女儿感到伤心。她的父亲选择了剥夺她的生命。她小小的身体在被子下几乎看不出隆起的模样。她头顶上的黑色毛发挺浓密的。

我们离开了房间。卡比拉派艾斯泰奇传死讯出去,命她给我们端茶送汤,我们需要吃点东西恢复元气。我们一起在避暑室里吃东西。她吩咐下人给我们煮蔬菜蘑菇汤,汤没有肉,这点我很感激。

我吃完后看着卡比拉。

"你活了下来。"

卡比拉盯着面前涂着红色亮漆的碗看了很久。

"三次。"她沉默了一会儿,"我想,我活下来是因为我从小喝安吉的水长大。我习惯了她的水,即使我从来没有喝过她的黑水。我的身体已经习惯了她的力量。"

"所以,你才对她怀孕的事情那么不安?"

卡比拉缓缓地点了点头。"但我不知道她居然会死。"

大厅的门转了开来,伊斯坎猛地摔门走了进来。他一言不发地慢慢走到梅丽巴的房间。只过了一小会儿,他便回到大厅来。我们攥紧双手看着他,静静地看着。他的眼神盯着我们。

"她死了!"

"这不能算是意外。"卡比拉回答道。我被她的勇气给震惊了。伊斯坎的眼神里透露着疯狂,漆黑的眼珠几乎和梅丽巴一模一样。

"我不想她死的。你!"他指着我,"你用你的毒药把她给杀了!你嫉妒她,你一直都嫉妒她!"

"你给她喝了安吉的水对吧,伊斯坎?"卡比拉的目光里透着熊熊烈火,"如果你真的这么做了,那杀死她的人是你,不是加赖。"

"闭嘴,你个死女人!"伊斯坎走到她面前,扇了她的嘴巴。"侍卫!"他用手指着我说,"三十鞭!"

我的惩罚被立即执行。就在那儿,在大厅里,侍卫刚要拽下我的外衣便被我制止了。我自己脱下了衣服,连底下的背心也一起脱了。我把衣服叠好,放在枕头上。然后我弯下腰。

每打一鞭子,我的身上就流出一行血来。献祭。三十条新的伤痕,我将它们祭祀给安吉、祭祀给梅丽巴和那刚刚出生的小姑娘,祭祀给所有卡比拉的女儿们,还有我的妹妹们。

他真要觉得是我杀了梅丽巴,一定会连我一起杀了的。他心里清楚这到底是谁的错。但他只是不想承担这份罪恶罢了。

* * *

他又纳了四个妾。年轻、漂亮、好掌控。我都分不清她们谁是谁。她们的长相相似得令人抓狂,这一点也是他故意的。他不想再迷恋上任何人。他曾经迷恋过梅丽巴,我能从他的眼神里看出来,他从未对谁如此迷恋过。新的妾室有一人已经怀孕了。我猜想不管是男孩女孩,他都会让她把孩子生下来的。

卡比拉变了。她一直在苦思冥想着什么事情。我不知道是什么事情,但是我畏惧她。她的内心有一片灰暗地带,我进不去。我们不再谈论这种事情。但是我们却越来越依赖彼此的陪伴。奥尔索拉还是单独过日子,但艾斯泰奇同卡比拉和我经常坐在一起,画画、素描、写字、喝茶。我也在冥想。因为现在,我要做的不只是献祭而已了。也不再只是复仇。我要解放安吉,但我还不知道怎么样才能把她解放出来。

第 5 章 卡比拉

有天晚上，艾斯泰奇叫醒我，她带来了一个我期盼已久的消息：维齐尔大臣的母亲快不行了。作为伊斯坎的夫人，我有义务守在死者床头，会有两名侍卫护送我，艾斯泰奇也会陪着我一同穿过黛拉和辛的金色大门。自从新宫殿建造以来，这是我头一回得以参观伊斯坎给他母亲建造的房子。她在那边抚养我的儿子们，不让他们靠近我，并把他们塑造成伊斯坎的样子，至少最大的几个确实很像。他们在一起睡觉，我已经吩咐下去不准别人吵醒他们。现在还不是时候。

我们走过几间宽敞但装潢简约的房间。厅里铺着玫瑰红和白色相间的大理石，还有许多涂了红色亮漆的柱子，除此之外只有一个神案，上面点着香和蜡烛。神案前的地板上撒着玫瑰花的叶子。这一定是祭拜伊斯坎父亲用的。

老人还不知道，杀了她的丈夫的人就是她自己的儿子。

我们匆匆经过房间的时候，能听到脚步的回声。艾斯泰奇给我们指路，我突然想到，她之前一定来过这里。她，一个普普通通的下人，却比我这位维齐尔大臣的夫人，在宫殿更活动自如。我看着她骨瘦嶙峋的身影，长长地拖在地板上，这一刻我恍惚感到一丝嫉妒。仿佛像是月光洒在安吉里的倒影一般。不过很快我就恢复了理智。

老人躺在一间满是阴影的房间里，火光在房里摇曳。有几位送葬者坐在她的脚跟旁。她们的脸涂成了白色，双手捧着铜钟，她们一边唱着哀悼的曲子，一边敲着钟，这些曲子是引领死者的灵魂离开身体的。床边有一张桌子,上面摆着碗和盘子,里头是送伊藏妮·阿克·奥希米·琦最后一程需要的所有东西。金币、银币、香、烟草和红酒,给七条鱼的七个贝壳。我看着这些物件想,我的父母走的时候可没有这些礼物。我的兄弟姐妹上路的时候没有这些送葬的人帮忙。

伊藏妮躺在一堆像山高的丝质坐垫上,支撑着自己。她床边的帘子都拉了起来,但是她躺着的地方看上去还是很暗。艾斯泰奇跪在门口。我缓缓地迈着崇敬的步子,走到了婆婆的床边。

她一开始没有注意到我。那薄薄的嘴唇紧张地蠕动着,像是要说话,又像是在呼吸。凹陷的眼睛东张西望,她的双手一动不动地放在被子上。我弯下腰,径直看着她的双眼。

"我在这儿,亲爱的母亲。"我心中激起的所有恶意都藏在了我所说的话里,但是我说得很轻,那些哭丧的妇人们听不见我在说什么。"我过来是为了确保你好好走完你活该的最后一程。"

她躲躲闪闪的眼神突然转向我,双手在颤抖。

"伊斯坎,伊斯坎。"

"他不在这儿。他在阿雷克。我已经派人传消息了,但是恐怕,他应该来不及准时赶回来了。消息可能会有时间延误。"我对她笑着,那个微笑是我从伊斯坎身上学来的。

"但是我们可以聊一聊伊斯坎,如果你愿意的话,亲爱的母亲。"

"是的。我的儿子。我了不起的儿子。"她的呼吸开始变得一喘一喘的。她有点儿不安,但还没有害怕,还没。

"关于他我可以说一说。你想听吗?我可以从一开始说起。就让我从你喜爱的珍贵的儿子杀掉的人开始说起。"

她倒吸着气,她试图说话,但是我不让她说。我把所有事情都告诉了她。所有死在伊斯坎手里的人。我从头说起。我一点儿细节也没有错漏。我向前弓着腰坐着,脸靠在这位奄奄一息的老妇人面前,我不带一丝怜悯地讲述着每一个人的名字,每一个垂死挣扎的人。所有的一切我都能举出证据来。我把其中的关系也讲给她听。最开始她不相信我。她咬紧嘴唇，眼睛瞥过去不看我。但是她没法堵住自己的耳朵。她也没法把我赶出去。当我讲到伊斯坎是怎么杀死他自己的父亲时，还有他之后说的话时，太阳升起来了。她当时尖叫了出来，我抓着她的手，对送葬者做了个手势，让她们不要唱歌，她快要走了。

"你这个骗子，"她惊慌失措地说道，"给我喝点儿东西。"

"你渴了吗？"我在她的耳边小声说道，"你儿子做的那些缺德事儿，你听厌了？"我从边上的桌子上举起一只空碗，把碗盖在她的嘴上。

"来，多喝点凉水吧。让你恢复一下精神，就像我找不着儿子的时候，你对我做的那样。就像我为伊斯坎杀了我的女儿哀悼的时候那样。我希望这点水能带给你同样的慰藉。"

送葬的人继续敲着钟，日子迷迷糊糊地过去，伊藏妮还没死。我开始担心，伊斯坎会不会真的在她离世前赶回她的病床前。我已经收买了传消息的人，让伊斯坎不用着急——我拿了一件首饰作为给那人的报酬。我冒的风险挺大的。万一伊斯坎清楚我做的事情，我会是什么下场，我选择不去想。

我把所有我知道的，伊斯坎做的伤天害理的事情都倒了出来，或许我还添油加醋了一些。伊藏妮好似一条蠕虫在床上蠕动着，她的呼吸闻上去酸酸的，像腐烂的味道，但是她的灵魂还不愿意离开身体。她想见自己的儿子。不过这是我所不允许的。她不可以把我出卖，在她死之前，我是不会让她舒坦的。

"他从来不会祭奠父亲的灵魂，"我贴着她的耳朵，轻声说道，"他也从来不悼念他。我还知道，他以后也不会来悼念你的。"我笑着，我知道就算她没有看见我的笑，她也能从我的声音里听到我在笑。"不过，一位好媳妇是会悼念婆婆的忌辰的。她会在对的日子里祭奠。她会关心，不让婆婆的灵魂两手空空，饿着肚子地飘荡在阴间里。你很幸运，你有一个好媳妇。她会报答你当初对她的爱和尊重,你怎么对她,她也会怎么对你。我一定会有恩必报的,你这位把儿子从我身边抢走的婆婆,用谎言和欺骗在他们的耳边和心里树立母亲形象的婆婆,我会让你享受你应有的待遇的。"

她瞪了我最后一眼,眼神里透着可怕的光。我用我长长的指甲掐着她干燥的手掌心,她毫无防备。这一瞬间,我仿佛看到了她的死亡,她已经离死不远了。我竭尽我所有的力气,让她的死亡早一点儿来临,我的耳边能隐约听到沙沙的声音。或许我的体内还残留着少许安吉的黑水。

"在我的照顾之下,你的死不出一个月,就没有人记得了。"

她低声地哀鸣着,但对我而言没有作用。很快,她便咽下了最后一口气。

伊斯坎很快就回来了,他在床的另一边坐了很久,头压在她的胸上。我的手里仍然握着那只已经渐渐变凉的手。她当时应该知道,我就在那儿,她的灵魂是不会忘记的。

我感到心里涌上一种希望,虽然不多,但有可能。我有足够的时间,可以准备我的计划。梅丽巴死了好多年了,黛拉和辛住进来新的女眷和她们的孩子,有男孩也有女孩,但我不能操之过急。我有一次机会,只有那么一次,如果我失败了,不会再有第二次。岁月不饶人啊,我已经老了,被嫌弃了,被人遗忘了。在我生命消逝之前,我还有最后一个机会向前一步,争取这一点点的幸福。

这一天我迈出了第一步,在伊藏妮死去的床前,我伸出放在被子上的手,抓起了伊斯坎的手,而我的另外一只手仍然握着伊藏妮的爪子。

"伊斯坎·红塔·珍·凯伦诺克和所有附庸国的维齐尔大臣,王公的左膀右臂,我的丈夫。请让我陪你度过这段艰难的时间吧!没有人比我更了解你了。"

伊斯坎抬起脸看着我，他的眼圈红了。在这短暂的片刻里，让我感到惊讶的是，他居然也有悲伤的一面。但他的悲伤并不是因为失去了他所爱的母亲，他只是失去了唯一一个认可他的人，在她的眼里，他没有过错、完美无缺，总是受人反抗、被人误解。

"谢谢，夫人。"他一边简短地说，一边按着我的手。

那时候的他，就和过去的他一样，从来都看不出，我有多么地恨他。他太过膨胀了，对他来说，他不会明白，他对别人做的这些事情会造成怎样的影响。我是他的妻子，这么多年来我一直安分守己，顺从他的意思。我当然是对他忠诚的了。

而我的内心也并非充满了仇恨。我曾经拼尽全力将其他情感都藏匿起来，剩下的只有耻辱。但我爱过他。这份爱还留有余香，挥散不去。为此，我至今都看不起自己，但这一刻我原谅了自己。没有这份余香，我不可能做到这件我必须做的事情。

我松开老人的手，把我的丈夫带出房间，送葬者唱完最后一声哀鸣，敲完最后一声钟。所有的子嗣都能听到，有一个新的灵魂上路了。

我把伊斯坎带到我的房间里。我已经安排艾斯泰奇将房间布置得尽可能地舒适惬意，我把我所知道的伊斯坎喜欢吃的美味佳肴，还有他吃完饭爱抽的烟枪，都安排妥当。我刻意让他坐在最好的位置上，保证他坐得舒服，并吩咐小侍女用扇子给他扇风，这天虽然还没到太阳高挂的正午当口，但天已经挺热的了。

伊斯坎已经坐了下来，他喝了点儿红酒，脸上浮现出男孩般困惑的表情。太阳穴边上的头发有点儿泛白了，但他看上去仍然很有魅力。他的眼睛周围有一些深邃的纹路，我把这称之为安吉的标记，这些标记让他显得不再那么英俊。

"对一个男人来说，失去了双亲，是很大的损失。"他说道。我低着头，这样他就看不见我的脸了。

"是这样的,伊斯坎·珍。但或许有一天,他可以从自己的儿子身上获取一些慰藉呢?"

伊斯坎笑着对我说:"你确实是比较了解我,卡比拉·琼。传令下去,我要见他们。"

我已经有好几个月没看见他们了。提议见孩子们是为了我自己,我已经安排好服侍他们的下人,让孩子们穿戴整齐,准备好悲伤之词,安慰自己的父亲。

他们走进来的时候,我的胸前有如百爪挠心。科林已经是个年轻小伙子了,他的肩膀很宽,身材挺拔,穿着白色的丧服。他把手放在额头上恭敬地对我鞠躬,并真诚地拥抱了他的父亲,还亲了亲他的脸颊。伊农如同他哥哥的翻版,但是他的胡子还没长齐,肩膀也更瘦削一些。他害羞地对我笑了笑,还亲了亲我的脸颊。我深深地吸了一口气,闻到他身上汗水和玫瑰水的香气。我只好将表情吝啬地收在心中。

小索南也不小了。他刚刚过完十四岁生日,拿到了自己的佩剑和专属的座驾。他各个方面都爱模仿两位兄长。但和他最像的人,是我弟弟,提荷。他们俩都是爱笑的乐天性子,和他们待一起总是能开怀大笑。索南受所有人的喜爱,不管是下人、来做客的达官贵人、王公,还是伊斯坎专用的厨子。

他有点儿迷茫,不知道自己该学科林还是伊农,他鞠完躬后一脸茫然地站在我面前。我示意他拥抱自己的父亲。我的双臂渴望抱一抱他纤细的脖颈,将他单薄的肩膀搂进怀里,但我很清楚,他要是让我这么做,肯定会被科林劈头盖脸一顿骂的。伊农已经到了年纪,他可以按自己的意愿行事。

三个小伙子脸上都挂着伤心的泪水。他们的奶奶一直以来就像自己的生母一样亲。她取代了我的位置,帮我抚养他们长大。她为他们挑选了奶妈、老师,并教他们怎么做一个男人,做一个像自己父亲的男人。他们坐着和父亲闲谈,聊到死去的奶奶时,会干杯为她祈祷,祝她安息。就连索南也喝上了红酒，脸颊上很快就出现了红晕。两位兄长和伊斯坎聊得正酣时，他慢慢向我靠近。

"琼？"

"嗯，怎么啦，我的孩子？"

每一次我将这几个字说出口时，我的心就会跳得更快。

他转了转手中的杯子，没有看我。即使我再怎么想把他拥入怀中，想紧紧地抱在胸前，但我还是决定按捺下来静静等待。

"现在，伊藏妮·琦去世了……"停顿了一下，他在犹豫。"那我什么时候可以到你的房里来？这样做会给我带来很多困扰吗？"

如果那个臭老太婆不死，我当时一定会用自己的双手掐死她。我只好等自己的声音平稳了下来，才开口说话。索南抬起头看着我，他大大的眼睛显得有些焦虑。他是我儿子中最敏感的一个，他在伊藏妮的管束下一定很难受。他和他的哥哥们不一样，和他的父亲也不一样。

"我的好儿子索南。不管从前、现在，还是以后，我都很欢迎你来我的房里，你想什么时候来都可以。"

我握着他的手看着他的眼睛："我永远不会对你关上大门。我喜欢的孩子来看望我，我从来都不觉得这有什么不合时宜的。"

我话说得很轻，这样伊斯坎就不会听到了。索南看着我，既惊喜又释然。我看得出，他在思考那些伊藏妮自他出生起就给他灌输的各种谎言。她肯定说他的母亲不爱他，不想知道他的事。他被教育得很有教养，这些话是不会说出口的。伊藏妮是唯一灌输他思想的母亲。我没有任何办法清除掉堵在我们之间的这十四年的遗憾。但是，我或许还有机会，至少可以要回我其中一个儿子。他那又大又宽的双手握住了我的手，显得有些局促。

科林猜疑地看着我们，我立即低下了头。我一定要扮演一个谦卑妻子的角色。但他看见我握着索南的手，皱起了眉头。他站起身来。

"我们要先离开了，父亲。您说得对，我会考虑成家一事的。"他的声音十分冷淡，我吃惊地瞥了眼伊斯坎，他的嘴唇划过了一丝不快。

科林简单地朝我鞠了个躬。"索南。"

我最小的儿子不情愿地站起来，松开了我的手。我不敢说什么，也不敢提醒他来看望我，我怕科林或伊斯坎会阻止他这么做。科林离开了房间，索南跟在他的后面。伊农抱歉地耸了耸肩，亲了亲父亲的脸颊，匆匆忙忙地亲了我一下就走了。他走后房里还留有一股淡淡的玫瑰水香。

伊斯坎继续愁眉不展地坐着，生气地瞪着墙壁。假如他的心情不愉快，那我精心策划的计划就要泡汤了。我把身子挪到他面前，小心翼翼地帮他脱下鞋子，开始按摩他的脚。他没有反抗，同意我继续帮他按摩。我的手能感觉到他的皮肤。他对那么多人的死都有责任，自己却这么好端端暖洋洋地坐在我面前，我好恨。

"伊斯坎·珍，什么事儿让你这么的无精打采？"

"科林。为父表达得一清二楚，他就是不听。"伊斯坎叹了口气身体往后倒去，他伸出脚好让我更轻松一些。"我想让他娶埃拉邦·阿克·乌斯提·珠的女儿。"

"阿姆杜拉比的王公？"

伊斯坎哼了一声："他当自己是王公。但对凯伦诺克的王公来说，他至多只是一个总督罢了。他上个月去世了。"

"他那时候没来这里做客吗？"我把伊斯坎的脚搁在自己的膝盖上。他对着我开怀大笑。

"当然来了。他当时一定是吃了什么他不能吃的食物，所以他一回家，头发都白了，之后也没过多久就过世了，一点儿中毒的迹象也没有。"

我知道伊斯坎做了什么，但我仍然面无表情，一点也没有暴露自己。"现在你想让科林娶他的女儿？"

"他的大女儿，嗯。他连儿子都没来得及生。他的大女儿和伊农一般大，是阿姆杜拉比唯一的继承人。如果科林和她成亲，他就是总督了，这样阿姆杜拉比也成了凯伦诺克真正的附庸国。就和巴卡拉特和内尔奈一样。自从我掌权以来，凯伦诺克的版图扩大了三倍，地方官也多了三倍。阿姆杜拉比现在伤痕累累，若是女继承者登基，无论是谁都能轻而易举地颠覆政权。但从凯伦诺克的利益出发，阿姆杜拉比最好是太平一些。这个区域要是有战乱，会威胁到我们的安全。在我的指点下，多亏了香料生意，我们的经济才会这么欣欣向荣。"他叹了口气，放下一只脚，把另外一只伸过来让我按摩，"但是说到粮食，这一点是我们的弱项。工人们开始抱怨了，我之前让王公颁布了一项法令，不允许他们在种芸香的田块上种自己的东西。我现在没空镇压这种暴乱，所以我必须保证有足够的粮食供应给他们，好平息他们的怒火。"

"科林难道不想娶埃拉邦的女儿吗？她是长得难看，还是什么地方有残缺？"

伊斯坎的眉头又皱了起来。"一点儿也不丑。虽然不是最漂亮的，但没有残缺，也不让她的家室丢脸。这是我能为他想到的最合适的人选了，就算不是联姻，就算那地方在另外一个省。但是他有了自己的主意，他要娶他自己挑中的人。他那脑袋里只有丰满柔软的胸部，还有一张漂亮脸蛋！"伊斯坎吞了一大口酒。他已经喝了很多酒了，够了。我赶紧给他添酒，把酒杯端给他，然后继续按脚。

"你的妻子也是你自己选的。"

伊斯坎笑了："是啊，还真不是因为你的美貌才娶你的。就和娶埃拉邦的女儿如出一辙，算是政治联姻。科林必须明白一个道理，他之后还是能得到令人垂涎欲滴的身体的。婚姻的缔结需要考虑其他的因素。"

他的话刺痛了我的心。过了这么久，还是会痛。我曾经以为他爱过我。曾经，我以为他觉得我漂亮。

"你是一名睿智的男人。科林应该听他父亲的话。"

伊斯坎叹气道:"他一直以来都很固执,脑子里全是自己的主意。伊农就好管多了。"

"要不你试试看给他发点儿糖衣炮弹?"我把怀里的脚抬起来,端坐到枕头上。"你把能找到的最漂亮的姑娘都找来,让科林自己选几个做妾好了。就当是结婚礼物。"

对我来说,我能想到说这番话实属不易。我云淡风轻的几句话,就能操纵那些女孩的一生,还有科林的一生。我的一生没有什么价值,我对待别人的生命也同样不会特别尊重。

伊斯坎微笑着,把玻璃杯举到我面前。"卡比拉,我的智慧也稍微感染到了你嘛。我会这么做的,为了我的颜面。凯伦诺克的权势会日益壮大,我的权势也会跟着膨胀起来。"

他的心情又好了起来。就在这个夜晚,他的好情绪让他对我稍微有点儿另眼相看。我故意让酒精影响他的头脑和判断。虽然我也喝了,但要完成我的计划,也必须微醺才行。因为我害怕。但是这其中也有别的考量。我好寂寞。这么多年,没人碰过我。我曾经爱过这个男人。我曾经渴望过他的温暖。

要完成这件事对我而言并不难,和我之前想的一样。

我对伊斯坎的了解可不是一朝一夕的了。我知道他喜欢什么。我要表现出恰到好处的温顺和卑微,再融入一点点少女的崇拜和羞涩。伊斯坎唯一的弱点就是经不起灌迷汤。对他的溢美之词,他一辈子也听不腻。我终于把他带到我要他去的地方了。

那个地方就是我的两腿之间。我要他在我的子宫里播下种子。

* * *

我知道我怀上的是个女孩子。所有的妊娠反应都和当时一样,当时伊斯坎从安吉那儿得知,我怀的是女孩后,就把那些女孩的性命都给扼杀了。我害怕得要命，我害怕他发现我有了身孕。我一定要把这个女孩保下来。我一定要有一个自己的孩子。要一个能让我爱，并且只属于我自己的孩子。我生女儿的念头，是从梅丽巴死后开始的。自那以后我就盘算着这件事。我一直在等，等伊藏妮去世。只要她活着一天，我的计划就不可能实现。

要瞒着他怀孕比我想象中来得简单。伊斯坎也是有缺陷的，他竟然让自己被我诱惑。被我，这么一个又丑又老的女人诱惑。他有这么多美貌的妻妾可以传唤、侍寝。我想过他或许……我不知道。我愚蠢地以为一切会有变化。但是他却回避我。他过去从没有来我房里的习惯，我只好守在房里，安安静静地守着。伊藏妮不在了，她不能再监视我，不能再给她的儿子打小报告了。那几天，我确信伊斯坎不在宫里，才敢到花园里走走，可日子还是过得很慢。黛拉和辛的大厅我也不敢去。我在为小生命缝衣服，这些衣服我都藏得好好的。我把诗拿出来读一读、抄一抄，把画拿来画一画。但过了一段时间，就觉得腻了。我估摸了黛拉和辛里的人都在什么地方后，选对时机偷偷到小图书室去溜达溜达，我开始翻阅那里的书卷。那里的书大部分都是经典名著，过去我已经读过好多遍了，但是现在可以帮我打发时间。读完书之后，虽然头脑筋疲力尽，但我对阅读却兴致大增。好像那个在肚子里横冲直撞的小姑娘还要继续读，光给她吃我身体里的养分还嫌不够。她渴望知识。

我知道伊斯坎有一间私人的大图书馆。那里有他从全世界搜罗来的书籍，很多书用的语言他也不会，他只是不想让别人夺去书里蕴含的知识罢了。这一刹那，我感觉自己就像痴迷书本的饿狼一样。

我选择把自己关禁闭的这段时间里，唯一来探望我的就是索南。他是个遵守诺言的人。他偶尔会来看望我，虽然没我期盼的那么频繁，也没有他自己想的那么频繁。但只要他能躲过伊斯坎和科林的监视，他就会找机会过来。科林快要结婚了，对方是阿姆杜拉比总督的女儿。

除了这桩婚姻，他还纳了四名小妾，一个比一个漂亮。他和伊斯坎都忙着婚礼的筹备，索南趁他们不注意，时不时地溜进我的房里来。除了伊斯坎之外，男性中只有我的儿子们可以出入黛拉和辛。

他对我的状况一无所知，他是那么的年轻、不谙世事。我穿着松散的外套坐着，他对孕妇一点儿也没有经验。我们经常坐在我最喜欢的桌子旁，我会提早吩咐下人把他最喜欢吃的美味佳肴都摆在桌上。有点可惜的是，我没法亲自给他烘焙或是烹饪食物，但是我把各个菜的具体做法都详细地交待给了下人。和我的小儿子面对面坐着吃东西，没有人监视我们，没有伊藏妮尖锐的评论和厌恶，也是人生一大乐事了。没有人可以挡在我们俩之间，我可以好好地欣赏他美丽的眼眸、圆润的下巴，还有他那乐天的笑容。如果我愿意，我可以握起他的手，在我的手心里感受他温暖的肌肤。

十四年的分离，他心中自然是有一些拘谨的。他用自己的方式表达对我的友善和尊重，但是我们之间没法马上亲近起来。伊藏妮和他说了太多关于我的谎话，他的父亲和大哥一直以来都压制他的能力和直觉，让他变得不自信。他想去相信我，相信我是一位慈爱的母亲，但是他不敢。至少现在还不行。尽管这很难做到，但我不急，顺其自然就可以了。月份一点点向前走着，我的肚子也一天天大了起来，我们俩会谈一些无关紧要的事情。谈他对绘画和捕猎的爱好，谈他为什么不喜欢打仗和格斗。谈他怎么把老师要求背诵的诗歌艰难地背了出来，谈他又是如何擅长临摹字迹和画作的。他喜欢游泳，喜欢在湖里划船，还在宫廷里交了好几个好朋友。

"我非常喜欢读书，"有一天我和他说道这个，夏天最酷热的时候已经渐渐隐去。我们坐在我的避暑室里，他刚吃了很多冰镇的维迦，吃得很饱。鸟儿在屋外歌唱，房间里飞进来几只迷了路的蝴蝶。索南饶有兴致地看着蝴蝶飞舞的动作。"我已经把我们图书室里所有的书都读遍了。"

"父亲在太平殿里有一间很大的图书馆，"索南一边回答一边抹掉下嘴唇上的糖。我探过身子，把最后一粒糖轻轻抹去。他吃惊地看了我一眼，眼神很温暖，我的心儿也跟着歌唱起来。"我可以给你拿几卷书来。"

"我太高兴了，好儿子，但我不想你因为我，让你父亲不开心。"

索南做了一个不屑一顾的手势："他和科林启程去阿姆杜拉比了。婚礼将在那里举行，一定要让人们看见科林和哈奈在一起了，这样他们就知道谁才是新的统治者了，父亲说这很重要。"

"哈奈，她叫这个名儿？"

索南点点头。我之前都没听说过她的名字。对所有人来说，她只是总督的女儿，而不是一个有名有姓的人。

"反正意思就是，没有人会注意到我给你拿几卷书来的。你最想看什么书，母亲？"

突然我看到一个全新的世界向我敞开了大门。索南把我想要的各种书籍都带了过来。我孜孜不倦地阅读。他把图书馆里的书架描述给我听，我对伊斯坎的图书馆渐渐有了概念。我大致了解了他摆放这些书籍的规律。无论是历史著作还是医术典籍，甚至那些最秘密的作品，那些讲述全世界像安吉这样的神力之井的书，它们摆放的位置我都一清二楚。有关神力的藏书并不多，书中的语言有些对我来说也很陌生。这些书对神力的描绘都非常纷繁复杂，从来都不是直截了当地说，为的就是混淆那些没经验之人的视听。不过凭着耐心，我倒是解出了其中一大部分的文字，明白了不少。有时候，仿佛是肚子里的她帮助了我。她一个转身，之前不能理解的东西突然就茅塞顿开了。她一踢我的肋骨，那些画面就突然浮现在我眼前，栩栩如生。她是伊斯坎种下的种子，而伊斯坎浑身浸满了安吉的神力。我怀着的这个孩子，或许也有一部分安吉的力量。

我几乎很少出房走动,但我仍然能周游整个世界。我跟随着书里的游客们去到世界的东南西北,去到浩瀚无垠的海洋。我从另外一些书里了解到医者关于人身体构造和血液流通的一些说明。我在星际中穿梭飞翔,我在大海的鱼群中嬉戏游泳,我和农民们经历一年四季农作物的变化,我和帝王们坐在他们的王座上,我和犯人们蹲在他们的牢房里。我同陌生的神明搏斗,跟随着他们创造世界。我学会分辨是非善恶,与睿智的老人讨论道德。

这可能是我一辈子最美好的时光,可惜当时的我太害怕,害怕伊斯坎会发现这一切。

那天早上,欧哈丁的气温骤降,宫殿周围刮起了寒风,我坐在秋天的第一个火盆旁看着书。这本书是索南前一天给我拿来的,书原本放在伊斯坎图书室里秘密书籍的架子上。这是第一本讲安吉故事的书,我也是碰巧看到。这本书很老,里面全是编码,还有一些神秘的符号。伊斯坎在书后面附了自己的记录,他一定是想通过安吉的帮助解读出书里的意思,但是他读懂的内容并不多。显然,安吉对他也不是有求必应的。我知道,只要能获取安吉月盈时候的好水,这上面写的字,就会变成我用自己的语言写出来的字,读起来非常简单。我可以轻松顺利地解开上面的图案,子宫里的孩子踢了我一下,符号里的一条线突然发出隐隐约约的光,我看到一条蛇,一只苹果,还有一朵五叶玫瑰——

"你一定是渴了。"我颤抖了一下,手中的书不小心砰的一声掉了下来。加赖垫着丝质坐垫盘着腿坐在火盆的另一侧。我被书里的文字深深吸引,都没听见她进来。我努力把外衣往下拉,好遮住自己鼓起的肚子,但这么做是徒劳的。加赖锐利的双眼早已洞察了一切。

我捡起书卷,担心是不是弄坏了。我把身子往后靠,故意把手往肚子上按着,不服气地迎上她的视线。那双明亮的眼睛,我一直都有点惧怕,那么久了还是没法习惯。

"几个月啦?"加赖问道。我没有回答她,她侧着头看着我,头发上梳子的链条叮零当啷地轻轻发出声响。她光泽的皮肤被炭火烤得红通通。她太瘦削了,外套下的锁骨在火焰的跳动下露出清晰的轮廓。她当时的穿着我记得非常清楚,她穿着鸽子灰的外套,上面没有刺绣也没有其他装饰,亮灰色的裤子松松垮垮的。她头上就插着一把梳子,没有戴任何其他首饰。她的嘴唇周围浮现出几条我之前未曾注意的沟壑,眼睛周围的肌肤也布满了蜘蛛腿般、细细长长的纹路。时间居然在她身上也留下了痕迹,但加赖和其他女人不一样,她似乎一点也不介意,反倒是欣然接受。

她叹了口气,打量着我的肚子。"没几个月就要生了。我猜,还有两个月,对不?是不是没有人知道这件事?"

我噘起嘴巴:"你把我当成什么,没脑子的小妾吗?我一直都是很小心的。"

"伊斯坎最近都会住在阿姆杜拉比。时机很好。但一旦被他发现你怀孕了,如果他想打掉这个女娃,你的日子可不会好过。就算你的身体再怎么适应黑水,也无济于事。你的孕期很长,而且年纪也大了。"

"所以不能让他听到任何风吹草动。"

"那她生下来以后你打算怎么办?"

我有点犹豫。我低下头,看着手上的暗黑色斑点,这些斑点有新有旧,并且开始慢慢扩散。这个计划我酝酿了许久,经过不断的调整才有今天这地步。如果加赖真想出卖我,她现在就可以和伊斯坎汇报。我若是把这个秘密告诉她,应该无关紧要。

"你是怎么猜到的?"我这么问是想为自己争取更多的时间。

"你一直待在自己的房里。除了你的儿子,你谁也不见。我知道伊斯坎母亲去世那天晚上,你陪在他的身边。把这些事情串在一起就不难猜到了。"

"还有别人知道这件事吗?"

"奥尔索拉知道,但和我没有关系。她是在你的梦里看到的。"

奥尔索拉,她有些古里古怪,给人感觉很危险。我看不透她,永远猜不到她下一刻要说什么做什么。"那其他人呢?"

现在轮到加赖迟疑了。"她们根本不关心你。对她们来说,你就和画了画的灯罩一般,只要你别和她们争宠就行。她们对我也是这个态度。她们唯一关心的就是自己在宫里的地位,谁成为了伊斯坎最近的新宠。"她的语气里似乎有些自哀自怜,"这并不是她们的错。她们的生命里除此之外别无其他了。她们中有三个人连字都不识。她们靠什么来打发这么多个空虚的日子呢?"

"现在伊藏妮已经去世了,也没有人再监视我了,我要把这个女娃当儿子一样养。"

加赖扬了扬眉毛。她静静地坐在火盆旁端详着我。过了好一阵子,她才把目光转向火苗。我用力地捏着自己的手。脑海中回荡着炭火噼噼啪啪的响声,还有寒风吹开窗沿的丝丝声,以及天空外鸟儿孤独的叫喊声。我肚子中的孩子蜷缩成一团,她消停了。她在等待。

"我们一定要格外小心。我可以照顾她。这样我们就不用从外面请人进来了。你打算用自己的奶喂她吗?"

我点点头。我的手指不停地摩擦着掌心。我屏住呼吸。

"好,这样风险就小了。我们绝对不能给他任何起疑的机会。我会和奥尔索拉沟通的。她是我们的软肋,但或许我们有一线希望。"她苦涩地对我笑着,站起身来。

我抬起一只手,试图重新掌控谈话的格局。

"你为什么要帮我?"

加赖停住脚步,对我眨了眨眼。那双明亮的眼睛总让人感觉不适。

"我不是在帮你。我是在帮她。"她指了指我的肚子,"你的决定让她别无选择。"

她走之后我必须躺一会儿。孩子往肚子下面踢了几脚,那是我最脆弱最深处的地方。扪心自问,我究竟都做了些什么。

在梦中,莉罕朝我走了过来。她什么话也没说。她只是看着我,然后重重地用手打我,我的身体不停地往下掉。

孩子在一个月后出生了。伊斯坎当时已经从阿姆杜拉比回来了,但是他并没有来我的房间。我躺着不动,一点儿声音也没有,就像一只害怕被猫咪发现的老鼠。我很少传其他下人来服侍我,通常有艾斯泰奇和加赖就够了。艾斯泰奇知道孩子的事了。怀孕以后我的脚很肿,每天晚上她都会帮我按脚,还会帮我在肚子上抹点杏仁油。有时候孩子会把我踢醒,这些失眠的夜晚也都是她陪伴着我。分娩开始了,子宫收缩得让我有点儿喘不过气。因为太痛了,我希望她能大声读一读索南最近从图书馆帮我取来的书卷。我知道她信得过,她是不会和任何人说这些禁书的事儿的。她的声音悦耳、低沉、温柔。但可惜艾斯泰奇不识上面的字。

"叫加赖来,"我疼得只能发出嘶嘶的嘘声。艾斯泰奇鞠了躬,迅速出了房间。等待的时间真是无比的漫长,我躺在床上,努力克制自己想要尖叫的欲望。我不能让任何人知道,这天晚上会有孩子在我房里出生。

她们进屋的动作实在太轻,我丝毫没有察觉。直到她们站到我蜷缩的毯子边上,我才看见。加赖的眼睛映射着屋里的灯光。

"我们差点儿被发现,"她轻声说道,"有一位妃子醒了。希望没人知道我溜了出来。"

我疼得都忘记了害怕的感觉。"读……"我一边喘着气,一边指着书卷。

加赖走到桌前,她饶有兴致地盯着桌上的书看。"你是从哪里弄到这本书的?"

我胡乱地挥舞着双手。一阵新的刺痛向我的肚子袭来，痛如刀割，我没法开口说话。艾斯泰奇替我回答。

"这是从伊斯坎的私人图书馆拿来的。是她儿子帮她找来的。"

加赖缓缓地点着头。她打开书卷，低声地朗读着。这本书讲述了埃利安的神圣植物以及植物的用处。艾斯泰奇蹲坐在我的身旁。

"来，和我走。"

我搭着她的手臂，在房间里踱着步子。加赖念的东西我没有听进去多少，但是我的双脚可以跟着她的节奏在房里走动，每一步都仿佛是在地板上踩下了那些植物的名字。黑叶子、水根、狗藓帽、三叶光、哀乐莓、狼爪、冬痉挛，那是一种疼痛的名称。我拧着艾斯泰奇骨瘦如柴的手，她用硬硬的臀部支撑着我整个身体的重量，让我依靠。

过了午夜，我躺了下来，准备分娩。生过三个儿子后，女儿很快就滑了出来，我几乎没有怎么用力，她便从一摊血和黏液的混合物里降生。加赖抱着她让艾斯泰奇擦干，我蜷着身体躺在床上。我把她放在胸口的时候，脐带仍然连着我们。她的眼睛是褐色的，皮肤红彤彤的，有些泛皱。她活着，她呼吸的声音非常安静。房间里只能听到三位女人的呼吸声。艾斯泰奇和加赖分别坐在我的两侧，看着孩子摸索我乳房的模样，她在吸奶。夜色笼罩在我们身上，我刚刚生下来的这个大家伙，使尽全力找到了我心脏的位置。我看着加赖。她的微笑是我认识她以来最明亮的一次。

"她各方面都很健康，卡比拉。简直完美无缺。"她看出了我的不安，但这分毫不影响她内心的快乐。"她很强壮。天意让她降临在这里。我能感觉到，你感觉不到吗？听听她和大地，和力量之间对话的声音！"

我仔细聆听着，我听见孩子的嘴唇里发出的微弱的吮吸声，还有她努力的呼吸声。她已经从我肚子里出来了，不在里边了。她的身体暖暖的，稳稳地躺在我身上。她身上散发的香气和其他婴儿一样，但又夹杂了一种自己的味道。她的身体圆鼓鼓的,黑黑的,像大地、落叶和水一样的颜色。像安吉的颜色。

我听不到加赖说的那种声音,但我明白她的意思。这个孩子深深扎根在这个世界,这个地方。或许在我塑造她的过程中,我的体内还留有安吉的水分。或许伊斯坎的精子里也带着井水的成分,好坏参半。她是我们俩的孩子,是安吉和欧哈丁的孩子。

"她叫埃西柯,"我轻声说道,"伊斯坎想取什么名随他去。但是我给她取名埃西柯,和我妈妈的名字一样。"

"难道你要她做他的儿子吗?"艾斯泰奇满怀期望地问我。

"她会成为他最小、最宠爱的儿子,"加赖替我回答道,这句话仿佛是一种预言。我亲吻着毛茸茸的小脑袋瓜。只有这个晚上,她是我的孩子,只属于我一个人的孩子。埃西柯不吸奶了,她闭着眼睛,很快就坠入了梦乡。她和她所有的哥哥都不一样。从那时起,她便是一个自成一格的孩子。

第6章 苏兰尼

他们把我抓起来的时候,我一个人干掉了成百上千名敌军。他们拿箭头蘸了蘸红酒蛤蜊的毒汁,然后是棍子和刀。他们把我绑起来,先把我打得满身是血,然后把我带到军营。帐篷的数量至少有五百顶。帐篷是给指挥官睡觉用的,一人一顶,偶尔是两人一顶。步兵的数量要多得多,这些士兵们全副武装,配备着闪闪发光的弯刀、头盔、护胸、护腿,手臂倒是没什么保护。弓箭手不多,好马倒是不少,头部和胸部也都有保护。军营里井然有序,纪律严明。虽然我杀掉的战士只是军队火力的冰山一角,没法阻止他们的进攻。但我还是取得了不俗的成绩,我为大河的居民争取了足够多的时间,让他们打包好家当,逃到下游去。

我要感谢大河之神,谢谢她赐予我的胜利。

我被推搡到统帅的帐篷里。营帐里很昏暗,点着香。很多人都爱点香,为的就是掩盖战场上尸体和死人的味道。统帅坐在桌边,上面放着很多图纸和地图,手里把玩着匕首的把手。他大概中等身材,年纪已经不轻了,平滑的脸上面无表情。他的肩膀很宽,身上有一点儿肌肉,一看就是经常骑马、锻炼身体的人,应该没有太多的实战经验。他的下巴上长着些许皱纹,还留着一条细细的胡子。

在他身边的一个垫子上,坐着一位十岁左右的小男孩。

"是你,带人进攻我的部队吗?"统帅看也没看我问道,"是你,摧毁了我们一路的桥,又在夜晚偷走我们的装备,杀了我们的信使和斥候兵吗？"

他朝我的方向迈了一步。刀还留在桌子上。帐篷里没有侍卫，我用双手就可以掐断他的脖子。男孩可能会喊人过来，但等他呼喊已经为时太晚。我把重心从一只脚调整到另一只脚上。做好准备。

"其他人都在哪儿？"统帅走在我面前，"最近这段时间，你们屠杀了几百个我们的人。"他探过身子注视着我。"我不明白的是，你们为什么要这么坚决地抵抗我们。我想，这块地方在贾弗利应该算是无人区吧？"

我把重心调整完，双手也准备妥当。我伸出手指摆好姿势，干燥的黏土和身上的血滴在地上。

他瞄到了我的小动作，摇了摇头。

"不。你是不会这么做的。"他边说边笑。这个笑容告诉我，他过去杀过人。而且他享受杀人的快感。他的眼神很凶。我不知道他对我做了什么，但我的身体痛不欲生，痛苦仿佛钻进了我的体内，比之前的剑伤还要痛。当我痛到撕心裂肺的时候，我摔倒在地毯上。

孩子歪着头打量着我，他的父亲把我身体里的骨头一寸一寸地折断。

我没有尖叫。孩子也没有发出惊叫声。统帅的双手抚在我的身上，认真专注地进行着自己的工作。营帐里只听到我的咕哝声，从别的帐篷里传来的声音，靴子的踩踏声，马匹的嘶鸣声，还有武器和装备的碰撞声。

我破碎不堪地躺在他的脚边，直到我快断气的时候，他才罢休。他转过身看着孩子。

"你看见了，奥兰诺，我是怎么处置敌人的。你觉得我们现在应该怎么处理这个垃圾呢？要把他扔到大河边上，让其他人看看我们是怎么对待试图反抗我们的人吗？"

孩子弯着腰看我。我的视线有些模糊，只有一团光晕靠近着我。

"她是女的。"是孩子的声音。

统帅探过身子来,沉默了很久。

"儿子,你的眼睛很犀利。你还看到了什么吗?"

"嗯,你难道没发觉吗?她力气很大。"

"大河,"统帅的声音有一些吃惊,"比我想象的要强壮得多!孩子,你真聪明!"

眼前的轮廓线慢慢消失了。男子蹲坐在我身旁,把一碗不知名的东西端到我的嘴边。"喝。"

我的下颚已经碎裂,即使我想喝水,也喝不了。他朝我的嘴里倒了少许水,一动没动地候着。过了一会儿又给我喝了几口。我好不容易终于能咽下去一些了。过了很久,疼痛感才散去。

"看到了吗?"男子不是在对我说,他在对孩子说,"安吉的水这么快就能治愈她的疼痛,比我见过的任何东西都要快。"

"那是因为她本来就充满力量,"孩子说道,"大河和安吉的功能差不多。"

"差不多,但并非一模一样。"我不停地滑着步子,他刚才说的话我几乎听不太见。"我要好好研究这种能量,不过这种力量太庞大了,很难掌控。或许,外面还有很多像她这样的士兵,体内蕴藏着大河的力量。要是再有这样的人出现,那我们就危险了。所以,一定要摧毁这条河。"

我醒来的时候,分不清白天还是黑夜。帐篷和我刚来的时候一样昏暗。我侧躺在地上,脸贴在柔软的地毯上。我的嘴唇很干,身体倒不痛了。我伸出一只手臂,接着伸出另一只,试着慢慢坐起来。脖子上觉得沉沉的。我用手指摸了摸锁骨的位置,原来脖子上系着一条结实的金属链子。链子上牵着一根细细的金属线,紧紧连着地上的大铁圈。

帐篷里有动静。看来这里不止我一个人。我拖着腿迅速地挪到后方，背靠在篷帐的帆布上。

"你为什么要穿成一个男人的样子？"一个爽朗的声音问道。

是那个男孩。他坐在一堆红蓝色的枕头垫子上，身旁堆着许多书卷，桌上还点着灯。他打量着我，并不害怕，小小的脸蛋上没有一丝表情。他的头发又短又黑，眼睛在昏暗中几近黑色。一眼望去，他的父亲并不在营帐里，周围也没有侍卫的影子。

"你为什么要穿成一个男人的样子？"

我做了个手势，指了指自己的服饰，然后摇了摇头。如果我能把孩子诱骗到手，我就有资本让统帅把我放了。或者，我可以杀了这个孩子。我要报复他，他把我们的子民赶跑，剥夺了子民们和我的家园。我是大河的士兵。我要报复，我要泄愤。

孩子仔细地盯着我。"你说得对。你的服饰既不适合男人也不适合女人。你没剪头发。我看见你的时候，我以为所有的野人都把头发留得很长。"他向前探着身子，"以为你们的身上都是贝壳和蛤壳。"

我紧紧锁住着他的眼神，想办法让他靠近我。可他却一动不动。

"只有你，对吧？只有你是这样的。"

我点点头。头发里的贝壳窸窸窣窣碰撞在一起。除了贝壳，还有涉禽的骨头和水獭的牙齿。我向他挥手示意他过来，但他只是摇摇头，一副很严肃的样子。

"不，你很危险，我看得出。非常危险。"他把头歪到一边，"和我父亲一样危险。"孩子边说边点点头。"你见过他，你当时也在。你的骨子里有一种东西，我父亲身上也有。他有本事以身试险，而我没有。"

他低头看向地毯，沉默了片刻后又看着我。

"你可以像男人一样打架。为什么要这么做？这些事情你大可不必亲自上场的。你可以待在家里做做女红，有兴趣的话可以弹弹辛娜琴。"

"我不做,那谁来保护我家乡的百姓呢?大河吗?"这个词汇从我的喉咙里刺耳地冒出来。我不记得刚才我自己说了什么。

"由男人来保护啊,这么明显。"

"为什么是男人而不是我呢?"

小男孩沉默了很久。他的脸上突然露出了表情。他若有所思地咬着自己的下嘴唇,看上去很焦虑不安。

"你难道比他们更强壮?"

"我杀了你父亲的一百多个手下。"

"但你不一样。你是……"他找不到合适的词汇。

"我是大河的战士。我已经将自己的生命献给大河了。她将力量赐予我。她没有注意到我双腿之间的区别。"

小男孩脸红了,他背过身去。我蜷缩在自己的角落里,让额头靠在膝盖上。我必须想办法逃出去。要么逃,要么杀了他然后死去。

又过了一小会儿,统帅走进营帐里。他的打扮像是要出门去。他走到自己的儿子面前。

"她说过什么吗?"

小男孩迅速地扫了我一眼。

"没有,父亲。我怀疑她到底会不会说话。或许她发了不能说话的毒誓。"

"挺难伺候的嘛。我有办法逼她开口说话,不过我们没时间了。我们只能尽快摧毁这条大河了。我已经派人叫索南过来了。他会在井水那儿和我们碰面。按照地图上画的路线,往东走应该没几天就到了。"

"你要怎么摧毁大河呢,父亲?"

"索南会把我的手稿带来的,"统帅一边回答,一边从营帐里捡了点儿东西。"我相信答案就在手稿里。"

一份手稿而已，却好像能把我万能的大河摧毁一样！上游果然是个好地方啊。这样一来，我的百姓们就有足够的时间坐独木舟离开这个地方了，我对着自己的膝盖笑着。这个男人似乎有洞察别人心思的特异功能。他走到我的跟前。

"我想，咱们的这个野人可以帮到我们。让我们一起等待时机成熟。"

他的话让我的心脏突然停滞了一秒。我的人已经献给了大河。他或许会折磨我，逼我说出她的秘密。虽然我并不清楚如何才能摧毁大河，但他或许可以从我说的话中推测一二。

我只有死了才可以不让他得逞。这是我唯一的出路，也是唯一能拯救大河的方法。他的特异功能似乎又起了作用，仿佛看穿了我一般。

"我是不会让你这么快死的。你的生死已经不再由你自己决定了。"

既然他可以碰也不碰就把我的身体里的骨头捏得粉碎，那他自然也有操纵我生死的本事。

* * *

我们和一批小部队往东出发。除我之外，还有统帅、他的儿子、他的左副手，还有将近五十个男人。他们当中有接近一半的人骑在马上，其余人步行。队尾处有几头母马，驮着统帅的帐篷还有一些生活必需品。我被用链条绑在最后一匹马的马鞍上。我也算是战利品的一部分。我很少看见统帅和他的儿子，他们骑在队伍的最前方。

喝了那种神水之后，我身上的伤都痊愈了。就算喝下大河的水，疗伤的速度也没这么快。一路上我们经过了我的国家。很多年前，翁娜用一碗咸鱼和新鲜的面包把我引诱到土庄里，自那以后我就在这个地方生活、嬉戏、干活。当时的我在这个镇子周围饿了好多天，身无分文，我只能偷附近人家的食物吃。但翁娜直接把吃的送给我。她不仅送给我吃的，还送给了我一个家。她分文未取，也不要任何其他的报偿。

四周的灌木丛和树林渐渐隐去,我们来到了第一座山的山脚下。大河就在我们的左手边,但因为隔得太远,我听不见她的声音。自我成为大河战士的那天起,我就能感受到她的方位,再远也可以。山脚的土壤质地很好,踩上去既结实又灵活,而且很好走路。我挺直着背往前走,这才是大河子民的样子。虽然我来这里的时间很晚,但我一直把自己当成他们之中的一员。

翁娜后来告诉我,她起初以为我年纪还很小,可能是看我太瘦削的缘故吧。当时的我受到那碗咸鱼的吸引,勇敢地站到她家门前,原本只是想讨口饭吃,没想到她竟把那么多热乎乎的食物递给我吃:炖蛤蜊、她邻居酿的红酒,还有用黑莓和坚果做的馅饼。我吃得很快,我确信她是想要我为她做什么事作为报偿的。我这些年来,一路上遇到的人,我从来没享用过免费的午餐。从来没有。每一次我都付出了相应的报酬。我想,她看上的应该不是我这副年轻的肉体。她是个老女人。她一定是那种懂得法力的人。或许,她想要我的眼睛。要不然,就是我的回忆。或许我在一边吃东西的时候,她就顺手取走了这些东西,而我还蒙在鼓里。

"拿吧,"我说道,"都拿走吧。"

她水灵灵的眼睛惊讶地看着我。她不声不响地又朝我碗里夹了点馅饼。我小心翼翼地搜索着自己的记忆库,脑海中的回忆完好无损,清晰如初。一天早晨,我在屋外看母猪生产,我发现母猪很细心,她绝不会把身体压在小猪崽身上。看完生产我走回屋里,房间很安静,壁炉里没有生火,桌上也没有早餐。父亲和母亲躺在床上,身体已经开始僵硬。弟弟睡在摇篮里,疼痛让他的背脊弓了起来,他的皮肤绷得很紧,身体也已经发硬。疾病使他们的双手和脸上长满了水泡。

镇子上的所有人家全都死在一片寂静之中。而我,却在猪圈里独活了下来。

我用手掌压着自己的眼睛。但回忆却挥之不去。任何事物都无法抹去这段记忆。

"把它们拿走!"我尖叫道,"拿走!我再也受不了了!"

翁娜不说话,她友善地看着我。

我有时候真希望这辈子都别遇上好人。在我最灰暗、最颓废的时候,我和翁娜说过这句话。她救了我,但我却因此打了她。我咒骂她、向她吐口水、抓她的脸。可每一次,她都执着地用更多的爱来回馈我。

是大河赐给了我翁娜,赐给了我一个家,还有我的百姓。她把原本属于她的一切都给了我。到最后,她又把一切从我身边带走。

在被俘的这段时间里,我受到动物般的对待。有充足的水给我喝——不是大河的水,这我立刻就能分辨出来。如果我能喝到大河的水,我就有力气拆断我的手铐脚铐。每天晚上,等士兵安营扎寨之后,我就有面包吃。我已经习惯了禁食的日子,斋戒的饭菜也不错。后来,这群男人把我的镣铐给解了,他们对我造成的伤害,还不够我活动筋骨的量。他们路过我身边的时候,总要在我面前吐口痰。因为他们害怕我,觉得我恶心。一个女人居然个子比他们高,身材比他们壮,这没人能忍受得了。

有一天,打南边来了一个人,他骑着一匹马,没带任何人随行。侦察兵已经把他的动向做了汇报,如此他便可以直接越过关卡,见到统帅。他一来,我们就把给他休息的营帐搭好,换作平时,我们从不会那么早就安营。我严格遵守部队的纪律。我们做事的时候,会有三个侦察兵一同看守,一个站在队首,一个在队尾,还有一个在队伍的南侧。到了夜晚,会有佩带武器的侍卫轮岗,一个晚上三个班头。其中有两个侍卫负责看守马、生活必需品,还有我。一到晚上,我的手脚又要重新锁上链条,防止我脱逃。这些铜锁和链子的质量都属上乘。我根本没有可能从这些东西里逃出去,但他们允许我稍微走动走动。只要我能偷偷溜走,或是干倒几个侍卫,我就能成功实施我的复仇计划。我其实对逃跑没有什么兴趣，我只是想杀了统帅而已。

可惜的是，这些侍卫个个训练有素，我抓不着一丝漏洞。他们从不会在值班的时候睡觉，也很少和彼此交谈，一刻不停地监视着我。这些男人肯定受过严格的训练，从他们的嘴里听不见有关上级的闲言碎语，也听不见任何的牢骚抱怨。

第二天一早我们就启程了，草上还沾着露水。我的脚被湿气给冻着了。我们翻了好几座山，我能从山上听到白鹭的叫声。白鹭是索尔耶湖的看守者。据说，他们的羽毛能带来好运和幸福。但这世上不存在运气这样东西。

这时传来消息，说我们很快就要到达湖泊边了。那是一个神圣的地方，无缘由不可以随便接近的地方。骑兵在前方开路，没多久工夫，我们就越过了最后一个山顶，面前就是清澈的索尔耶湖，湖里的水很凉。这湖泊看上去并不大，却很深，没有人知道湖底隐藏着什么东西，只有白鹭知道。湖外有座山，雪白的山顶在明媚的春光中闪闪发光。大河谷里的天空从来没有这么蓝、这么晴朗过。

左边就是大河了，统帅命令他的人去安营扎寨，他的声音在寂静的湖面上传来回音。栖息在湖另一边的白鹭抬起头观察我们。统帅骑着马来到我面前，他的外衣和天空一样蓝，他的眼睛和湖水一样冰冷。他一声不响地把我的锁链从驮包袱的马鞍上解了开来，抓在自己手里往前骑。他骑的是母马，年纪不大，我在后面跟着跑，跌跌撞撞地摔倒在了地上。他的后边还跟着三个人，他们都骑着马，但是我看不清他们的样子，我的眼睛必须死死盯着我脚下的路。他策马径直朝湖泊汇入大河的地方而去。他要过去，立刻、马上，不耽误一点儿时间。

他拉住缰绳停下来的时候，我摔倒在地上。这些男人下马以后，大踏步走到我的周围。有人用手抓着我的头发，逼着我抬起头。

"我本来想，我可能需要你帮我把大河给消灭掉，"统帅说道，"但现在看起来，好像不是这么一回事了。"他蹲在我身旁，探过身子来。他低着声音说："我拿到手稿了，你知道的。我把世界上各个角落的知识都弄到手了。我儿子已经把最重要的书带到这里来了，这里面所讲的就是像大河这样的东西。我比任何人都要了解大地的力量之源。很多人以为，这些东西只不过是史前的神话和传说。但我知道，他们是真实存在的，你应该也知道吧？"他低声笑着，他的脸紧贴着我。他的双眼很大，瞳孔几乎撑满了整个虹膜。我体内的大河之力拼命抵抗着他体内的力量。

"很快它们就会成为真正的神话和传奇了，因为我现在已经找到了摧毁它们的方法，我会把它们通通消灭，一个一个。要清除这里的神力，你觉得我需要什么东西呢，小斗士？"

我润了润自己的嘴唇，我并不是想回答他，我只是想为自己多争取一些时间。我的双手已经解放了，倒在地上只是我假装的而已。他松开手，正想好好抓一抓我的头发时，我恰好突袭到他。我用双手掐着他的脖子。我的手很结实，像大河一般结实。我用尽自己浑身的力气掐着他的脖子。

统帅笑了："不。"就这一个字，我的手立刻就从他的脖子上松开了。接着很快就有人拿剑指着我的脖子。统帅松开了我的手，站了起来。

"把她带到这里来。"他转头说了一句。持剑的这个男人抓着我的衬衫，拖着我在地上走，把我带到了大河的岸边。这里是大河的源头，地方并不大。大山小山流出来的几股清泉汇入大河，滋养着她，索尔耶湖是大河最大的来源地。大河的力量来自于索尔耶湖，不过她和索尔耶湖却并不相同。

他们聚集在岸边，统帅、他的小儿子，还有一个长着和统帅一样瘦削下巴的年轻人。持剑的人一路拽着我，把我扔在统帅的脚跟旁。我的脖子流出了血，剑抵着脖子的地方很痛。我的血液缓缓地滴落在大河的地面上。她在歌唱，我的血跟着她一起歌唱。这些男人站在我的周围，他们背着金属和武器踏在这片神圣的领土上。

"我所需要的，"统帅低声地自言自语道，"只有奥奇之力，从别的地方获取的奥奇之力。这条大河不再是原来的大河了。幸运的话，两种神力我都能占为己有。"

他解下挂腰带上的绳索，甩了甩。"这点儿量足够了，不错。"

他拔出软木塞，把里面的东西倒了出来。那东西看上去像是清澈的水，他将整瓶全倒进了大河里。

白鹭突然腾空飞了起来，不停地尖叫着，数十只一模一样的白鹭挥着翅膀在天空中扑腾。我跳到水里。他没有抓紧我的链条，让我掉了下去。水淹没了我的头顶。我在这里游泳过好多次，也喝过河里的水，但此刻的感觉和以往不同。湖里的水像一般的河水那样平凡无奇，没有温度，十分冰冷。大河，我的母亲、我的一切，就这么不复存在了。大河没有反抗，她的灵魂寂静地消失在这个世界上。

没有她，我什么都不是，什么保护也没有。一刹那，四面八方的水涌入我的体内，我的世界一片漆黑。

黑暗中，我的身体在颤抖。我的脑袋很沉，里面全是血。一股马味钻到我的鼻子里，嘴唇干得都裂开来了。

我被绑在马的背上，四周有马的声音，有靴子的声音，还有武器碰撞的嘎吱声。我用力睁开眼睛，棕色的马肚子还有绿色的草坪，在我眼前忽隐忽现，几千双脚踏在草上，扬起尘埃。我再一次闭上眼睛，让黑暗蔓延在我身上。

水很清澈、冰凉，却没有了力量。我尝试喝了几口，但很难灌入嘴里。我努力扬起头，感觉到有人扶着我的后脑勺。我又多喝了几口，试图睁开眼睛，这感觉好痛苦。我什么都看不见，我是瞎了吗？有人拿走了盛水的碗，我的头立刻沉到地上，轻盈的步伐声也消失了。我继续躺在地上，眨巴着眼睛。过了一会，我突然分辨出一道光线，我应该恢复了视力。我躺在一顶没有灯的帐篷里，但是帐篷外闪烁着微弱的光线，或许是月光吧，说不定已经到了晚上。我活动了一下手臂，上面没有绑东西。不过我的脖子上还戴着领圈和链子。我的身子很虚弱，大河曾经赐给我的所有力量都消失了，连保护罩也遁形了。我的身体里听不见她的声音，只剩下我自己的心跳声。我的呼吸，很轻，很微弱。

那些急促的脚步声又出现在我耳边，一个小小的人影走进了帐篷里。是个孩子，他在我身边蹲下，递给我一只碗。我没法马上坐起来，只能用自己的手端着碗喝水。我用手背擦干嘴巴。他接着给我递来一小块面包。我接下面包，在我的手里转了转。面包闻上去有咸味，是燕麦做的。

"我怎么还活着？"

孩子没有立刻回答我。

"我不知道。"他听起来像是在思考的样子，"我以为他会让你溺死在大河里。但他让库兰把你钓了起来，库兰之前跟着你打了很久的仗。你看上去好像死了一样，但是索南说，你还有心跳。所以父亲下令把你捆到马上，带着走。"

"带去哪里？"

"回欧哈丁的家。"

"在南边？"

"嗯。"他仔细地盯着我看，"你身体里的力气已经被抽走了，有什么感觉吗？"

我不想回答，也不想去感觉。我撕下一块面包，塞进嘴里。我的眼珠已经习惯了黑暗。在黑暗中，我能看得更清晰。我看得出这是统帅自己的帐篷。我看得见孩子乌黑的眼睛在朦胧的光线里闪烁，我看得见他注视着我的一举一动,看得见他半张的嘴和一口洁白的牙齿。

"你们为什么要到这里来?到这块土地上来?"

"父亲需要钱。为了打造欧哈丁的宫殿,他已经把金库的钱都用光了。征税也不可行,他说他没有时间对付农民起义。"男孩大叹着气。我很好奇,这么晚了统帅人到底在哪里。"这里的森林和我们凯伦诺克的不一样。我们把凯伦诺克以北的几个小国都给侵占了,看看他们对我们是否忠诚,万一父亲忙着处理其他事务,他们会不会造反。没事的话,我们就会继续行进。有人和我们说过,地图上有些地方没有人居住,所以我们就坐船到这里来。我们用木头做船,顺着大河往南开,开到出海口,然后再航行到做贸易的地方。后来,我们发现这里有银矿,我们在开采的时候,突然有其他人冒了出来,所有反抗我们的人在我父亲手里都只有死路一条,他们现在应该上路了。"

那些上路的人正是我大河的子民们,我们遭人入侵,反抗是我们唯一的出路。但假如我发现情况不妙的话,我会选择保全他人,单枪匹马地和敌人对抗。

"所以,你们所做的一切都是为了这些金子和银子吗?你父亲是个贪心之人。"我吞下最后一块面包块。舔了舔手指上的面粉。味道咸咸的。

"确实。"孩子从口袋里摸出几个干水果来,心不在焉地递给我。我咬在嘴里,干果挺硬的。"倒不是单纯为了金银,他是个有野心的人,钱财只是工具,目的是要实现大一统。"

"他想要一统谁?"

"所有人,所有国家。"

孩子躺在离我稍远一点的地方,他把毯子裹在身上,睡着了。我顺着链条慢慢往下摸,我轻轻一拽,发现链子上有东西卡着。我轻轻地沿着绷直的链条匍匐前进,不巧碰到了帐篷的杆子。原来链条是锁在杆子上的吊锁上。吊锁很结实，链子也是。不过杆子我倒是可以锯断，只要有工具。

突然有人掀开了帐篷，月光洒了进来。我的身体愣在原地，我居然没有听到有人靠近我们的帐篷。以前，我的感觉非常灵敏，现在却变得如此迟钝。统帅大步走进帐篷，声音很轻。

"我的小斗士果然还活着。"他把帐篷的门帘拉下来，朝帐篷里面走了几步。不疾不徐地点上油灯，也不在乎我在他背后，他一点都不着急。点上灯以后，他又往碗里倒了什么东西，接着躺倒在枕头上。他一边品尝着碗里的东西，一边看着我。他的嘴藏在碗的后面。他仔细端详着我，这一刻，仿佛全世界的时间都握在他的手心里。

我朝角落里后退。

"我在琢磨着，我为什么要留着你的性命。"他摸着胡须浓密的下巴。孩子听见他的声音后，不安地在毯子下蠕动。

"我是一名掠夺者。我掠夺土地、资源、百姓，包括人，还有他们的感官。你知道为什么我的部下是几百年来传说中最守纪律的部下吗？他们怕我，小斗士，就像你怕我一样，我看得出来。"

我把头慢慢沉下去。

"你之前觉得你不怕我，你错了，不是吗？所有人都应该畏惧我，很多人不知道原因，只是单纯地怕我。"他伸了伸懒腰叹了口气，摆出一副无聊的样子。"不过这也似乎太简单了一些，我要什么就有什么。或许，我应该在自己的名字前加上掠夺者三个字。"他站起身，朝我走来。我用力挤压自己，我想把自己挤到地里去，让他看不见我。这一刻，我感受到了前所未有的恐惧。大河的力量已经从我身体里消失了，我失去了所有的防备。身体里的所有感觉，释放在我体内，让我无法呼吸。我没有任何反抗，任由他扒掉了我的裤子。

他完事以后用我的衣服擦了擦手。我把头埋在手臂里，蜷成一团，浑身上下都是他的气味。

他熄灯之前我从眼角和双臂之间瞥到一个动作。是孩子,他转过身把毯子盖过头顶。

自那以后,统帅对我的态度有了一些变化。他喜欢用最极端的方式侮辱我,乐此不疲。他会不会用我的血去做黑魔法?我不知道,我也不想知道。

到了晚上,孩子会时不时给我拿点水和面包来。

"你叫什么名字?"有一次,他等父亲找我开心完睡着之后,轻声问我。他父亲留下的味道很浓烈,他只好坐得离我远一些。我贪婪地咀嚼着食物,很快就吃完了。没有人察觉到我们,所以没人会动我的面包。

"苏兰尼。"

孩子犹豫了一会儿。我斜睨着他。他咬着自己的嘴唇。

"我叫奥兰诺。"

我之前听过他的父亲叫他的名字。不过当他回答我的时候,还是犹豫了一下。

"你母亲呢,奥兰诺?"

"她在家。在欧哈丁。那里所有的女人都住在黛拉和辛。"他按着自己的后脖子,"我现在跟随父亲骑马打仗,我已经长大了。他什么都教我,我虽然是他最小的儿子,但是他最喜欢我。"

"那你的母亲教你什么呢?"

"别的东西,"奥兰诺支支吾吾地回答道,"不是很重要的东西。"

"再来点儿吃的。"

他摸着自己的口袋,翻出了什么东西。他伸出手,里面是榛果。

我握着他的手腕,把他拉到我面前。榛果轻轻地滑落到地板上。我把他紧绷的身体按到自己脏兮兮的衣服上,他平常总是面无表情,这会儿好像有些不太对劲。我把他紧绷的手腕转过来,我的力道很粗,但他没有尖叫。

"叫啊你，他醒来正好可以目睹你的死。"

"他会杀了你的。"

"但是我报复在先。我会看着你慢慢死去，让他一辈子背负这个责任，永远也别想回到过去。"

我对着小崽子的脸轻声地说完最后一句话，然后把手飞速移动到他的脖子上。

"叫啊！把你父亲叫起来！"

"不。"同样的场景，同样的语气，同样的回答。只不过，他的语言并没有剥夺我力量的本事。这只是一句简单的回答，但它的意思并不简单。

"不，"他又说了一次，"你不会杀了我的。"

他说得非常坚定。我使出更大的力气掐他的脖子。他的瞳孔开始放大，但是身体没有反抗。

他的脸开始发黑发暗。我多想张嘴尖叫，吵醒统帅。我要在他杀死我之前，完成我的复仇。

时间变得无边无际。孩子的心跳很快，我能从手掌上感觉到他脖子上的脉搏，他急促的呼吸打在我的脸上，小身体的温度慢慢席卷在我身上。

我放开他，把他推开。营帐外的士兵一刻不停地来回走动。我蜷缩起身体，把脸埋在毯子下。只有苏兰尼苟活了下来。

奥兰诺慢慢地从我身边爬开，在离我不远的地方传来一阵乱抓乱摸的声响。

有只手伸到了我面前，里面是一小撮从地上捡起来的榛果。

* * *

我们在黄昏的时候到达了欧哈丁。队伍在城墙外停了下来，随后统帅和他的亲信骑着马往城门里走去。我仍然被链条锁在驮包袱的马上，前面有一名侍卫领路。城墙的另一侧有一栋泛着金色光芒的房子，这种房子我过去从未见过，房子的屋顶是平的。门边挂着灯，光线从窗户里透到了街道的池塘里。里面传来了大人和小孩的声音，羊群的咩咩声，还有几种驯养鸟咯咯叫的声音。空气里弥漫着炊烟、食物和垃圾的味道。我以前从来没见过如此大的城市，尽管我已经很疲惫了，但还是忍不住要朝四周看看。我必须知道自己被带到什么地方去。

我们又来到一堵墙面前，墙上有一扇小门，是为统帅而开的。好多部下都在这里折返，只有统帅和他的儿子们骑马通过。牵着我这匹马的侍卫在马屁股上重重拍了一下，马儿自己往前走了几步。过了墙，有一名浑身穿蓝色衣服的侍卫把马牵了过去，他的头剃得很干净，一言不发地牵着马往前走。

我们置身于一座四周包裹着围墙的公园。黄昏时分，公园多大我看不清楚。东面有几栋红色的大房子，房子上有梁柱，里面有好几层楼。西面的房子要小一些，但仍然非常壮观。公园的中间有一座小花园，夜色渐浓，我看不清里面的植物长什么样，但是我能听到潺潺的水声、鸟儿的歌声、风儿拂过干枯的树叶时沙沙作响的声音。东面的屋子里传来了音乐声和笑声，但西面的屋子却鸦雀无声，屋子里面倒是灯火通明。马儿停在了一处门廊前，我和马儿一同抬起头停下了脚步。

马儿会被带到一个温暖的马厩里。可能是拖进去休息，或是刷一刷马毛吧。

我不知道我会面临什么。

来了两名新侍卫，都剃了头，一个比较矮矮胖胖，另一个身材比较高，蓄着胡子，他们从一扇金色的大门里走出来。胖的那一个把我扣在马鞍上的链条锁解了开来，拿在手里。他把我带上门廊的台阶，穿过大门，高个子跟在我后面。他负责关门上锁。就这样，我来到了统帅在欧哈丁的宫殿。

这漫长的一路上，我经过了好几扇门，转了好几圈，终于走到一个露天的内院里。花园里有台阶可以通往更上面的地方。侍卫把我带上台阶。除了我身上链条的摩擦声，一路上我都没看见任何人，也没听见任何声音。

我们继续向前走，走到一处金色的门道。侍卫把门锁打开，探过身子来。我往后靠。他不耐烦地咂咂嘴，抓着我的项圈，把项圈也解了下来。接着他推了我一下，我跟跟跄跄地进到门里，一转身门就被锁上了。就这样，我来到了统帅府中的黛拉和辛。

我走进一个大厅里，大厅的顶很高。房间中央有一座小喷泉，里面的水和索尔耶湖的白鹭一样白皙清澈。两侧的窗户都敞开着，能看见外头的夜色。大厅里挂着吊灯，桌上还点了台灯，地板上铺着一层厚厚的地毯。房里有两张暗木色的矮桌子，旁边整齐地摆放着许多大靠枕，枕头上躺着一个女人。一张桌子旁都是年轻的女人，她们留着乌黑的长发，衣服颜色鲜艳，身上佩戴着许多首饰。她们个个都长得差不多，我有点儿糊涂了，一下子数不清楚有几个人。她们面前的桌子上放着刺绣、卡牌，还有骰子，盘子里装着水果和其他零食。大大小小不同年纪的孩子在她们周围玩耍嬉戏。

另外一张桌子旁坐着三个女人。其中一位有些老，她的头发都灰白了，她的手就像那种老女人长满皱纹的手。她穿的衣服非常显贵，但款式比年轻的那几个要简单得多。第二个女人的发色很浅。她的裤子和外套都是棕色的，上面不带有任何刺绣。除了白头发里插了一把梳子，她也不戴任何首饰。她的肤色和我还有那些黑头发的女人都不一样，她的皮肤棕里透红。最后一个女人的皮肤是我所看过最黑的，她的头发很卷，眼睛圆圆的。很难判断她几岁，但是从她的眼神中，我可以看出，她比我年纪大一些。她的耳朵上和脖子周围挂着奇怪的编织饰品,是用线穿起来的珍珠和贝壳。

"这是什么东西!"一位黑发女子大吼了一声,"这是哪里来的啊?"她用手捂着嘴巴,挡住我身上的臭味。

"你傻吗?"那位老女人酸溜溜地说道,"一定是伊斯坎把她带到这里来的。我从下人那里听说,今晚他会过来。"

浅头发的那位转过身子看着她。"那就意味着,奥兰诺也会回家了。"老妇人笑了,从那个笑容,我便得知她就是奥兰诺的母亲。

"我已经安排了他最喜欢吃的菜。"她刚想继续说下去,被另外一名年轻女子给打断了。

"难道她就站在那里?难不成她是要住在这里吗?我不要和她睡在一个厅里。"

"你是想违背主人的意思?"那位皮肤黝黑的女人低沉地说道,"你是要告诉他:我不想和你新送进来的女人住在一起?要他给你单独一间房是吗,阿贝拉?"

那群年轻女人顿时安静了许多。白头发的这位却撇嘴笑着。最后,一位年轻的女子站了起来,她的手臂和脚踝上带着许多指环。

"是,真开心我有自己的房间。我先撤了。主人今晚一定会光临我的厢房。"她从大厅里的一扇小门背后走了出去,好多人冲她的背影做着鬼脸。

"她最好小心点儿,"这个叫做阿贝拉的人说道,"她受宠的时间已经很久了。他很快就要换了。"

"说不定换的就是这个人,"另一个人朝我的方向指了指。她们大笑了起来。但是那位老女人倒是认真地打量着我。

"那——我们现在该拿她怎么办?"她低声对着浅头发说道。

她们四周的墙壁,在我眼前开始弯曲变形,我的身体开始前后摇晃,我已经很久没有吃过东西也没有睡过觉了。

有个女人从阴暗的角落里冒了出来,她无声无息地窜到我的面前。

就在我快跌下来的瞬间，一双有力的臂膀支撑着我。我看见一只大鼻子，一头笔直的马尾辫，还有两片丰润的嘴唇，然后我的眼前就变成了一片漆黑。

我醒了，四周的光线好暗，我看见一张床、靠垫，还有贴着我皮肤的丝绸。有人在我嘴边递来一碗水，不是奥兰诺，这不是孩子的手，这只手宽厚、有力。黑暗来了又走，我一会儿醒来，一会儿又睡了下去。我的身体还不愿意苏醒，但睡意已经慢慢褪去。那双手没有离开，它给我喂完汤喝，又朝我嘴里塞去软软的食物。汤剂的味道很苦涩。有时候，我感觉那双手在我的身上徘徊，它帮我清洗伤口，帮我上绷带。动作一直很轻柔。虽然我醒着，但是我依然闭着眼。

有时候我会被送到他那儿去，满足他要做的事。这之后，我身上要清洗的地方就更多了，有更多的伤口要处理。我让眼睛闭着。就在他们的面前，但是他却看不见我。

接着一天、两天，好多天他都没有找我。我睁开眼睛，看见了阳光、有栅栏的窗户、橱、箱子、地毯、枕头。鸟儿在外面的树上唱歌，那是只百灵鸟。我的身体已经没那么痛了，我从躺着的床上坐起来。屋子里有一扇门，门关着。我刚想站起来，发觉腿脚竟没有力气。我往后摔倒，发出一阵呻吟声。门被打开了，她走了进来，正是那位鼻子粗大但却心灵手巧之人。

她立刻走到我的边上，扶我坐正。她用新的压布敷在我的嘴角上，那儿刚被他给划伤了。

"你能吃东西吗？"

我的舌头轻轻触碰着嘴里的伤口。我尝试张开嘴，痛苦地皱着脸。我摇了摇头。

"你想洗澡吗？喝水？"她的声音很沙哑。我喜欢这样的声音。

我点了点头。她咧嘴一笑。"好。那我们就先沐浴。稍等一下。"

她出去之后我背靠在垫子上坐在原地。阳光从窗沿里洒进来，我的腿脚也暖和了一些。我裸着身子，但是我并没有看自己。一直以来，我身上的伤疤是我的骄傲，它们都是我战斗的证明。然而现在的这些伤口并非来自战斗。

她提着一大个蓝色的布包回来，蓝色的裹布把我紧紧裹住。她慢慢地带着我走，她很有耐心。我们一同走出房间，穿过有喷泉的那个大厅时，好几双好奇的眼睛盯着我们的步伐，没有人和我打招呼。跨过一扇门后，我们走下了楼梯。她打开最后一扇门，带我进到一间满是蒸汽的房间里。我被带到下沉式的水池里，热水流过密密麻麻的伤口，我忍不住大声呻吟起来。渐渐地，疼痛转变成享受。陪着我的这个女人卷起自己的裤脚管，帮我从水里淌出来，她用一种香香的气泡泡沫清洗我的头和身体。有时候，她不小心碰到他弄伤我的地方时，我会不自觉地往后靠。但她的手很舒服，把我伺候得很周到。过了片刻，我彻底忘记了那个凌驾在我身上的男人，全心全意地享受她对我的关怀。

要把附着在我身上的所有脏东西搓干净要花挺多力气的。我躺在床上的时候，她就用抹布帮我擦身，但这么擦是没法弄掉所有污垢的。我的头发到处打结，上面还布满了说不出名字的东西，全都风干在我头发上，前前后后刷了很久。有几撮头发，她直接用剪刀帮我整个剪了，轻轻松松。她还不声不响地把我身上的贝壳和牛骨都拆走了。这些都是斗士佩戴的装备，而我已经不再是斗士了。

她小心地帮我擦干，把一种刺鼻的药膏涂在我的伤口处。我静静地躺着，什么也不管，顺其自然。擦完以后，她开始替我裹布。我开了口，这是我第一次和她说话。

"你的名字是？"

她突然将目光对着地面，看来她好像害羞了。

"艾斯泰奇。"

"苏兰尼。"

她抬头看着我。"我知道。"她和我对视后添了一句,"奥兰诺和他母亲说过。我们知道一点儿你的身份。"

"那你？你是……"我不知道我该用什么字眼来称呼她。这里的一切，从金色大门到食物、沐浴、香气、声音，对我来说都非常陌生。"夫人？"

她笑了，咯咯地笑个不停。"我是侍女。我打小就在维齐尔大臣的黛拉和辛里做下人了。在这之前我一直服侍他的母亲。"

"谢谢。"

她明白我的心思，神情变得非常认真。她把裹布小心周到地裹在我的胸上，打了一个小结。她的手不老，但也算不上嫩。她比我年纪大一些，但我说不出她具体多大。我突然一把抓过她的手放到我的手掌上，她的手背摸上去都是骨头。我把手放到我的嘴边亲了一下。

艾斯泰奇怔住了，她看着我，我的嘴唇在她的皮肤上来回摩挲。她害羞得从脖子根一路红到脸上。她嗖地把手抽走了，或许我这么做是做错了。我垂下双手，一动不动等她开门，领我回去。

夜幕降临，我还在惦念她的名字。艾斯泰奇。和我的名字好像。

统帅不喜欢我干干净净、香味扑鼻的模样。我洗过澡后，他对我的兴趣显得有些低迷。不过他还是会宣我侍寝，只是不一定是每晚。慢慢地，他放弃了之前扭曲的癖好。我的伤口也随之痊愈。

我一个人待着，没有交际。其他女人会做一些手工活、做点儿衣裳、一起讨论八卦，还会在花园里听奏乐，对我的状况没半点儿兴趣，我也一样。我后来才渐渐得知，年纪最大的那位是第一夫人卡比拉，我很少在黛拉和辛里见着她。我去花园里四处走走的时候，看见过浅头发的那位，加赖。皮肤黑黑的那位，奥尔索拉，晚上通常都在王公的宫殿里，白天的时候她都在睡觉。

陪着我的只有艾斯泰奇。她一直有好多事情要打理，她是卡比拉的侍女，卡比拉有好多事要她忙。但只要她得了闲，就会到我房里来走动走动，会给我带点儿吃的东西。我的伤好了之后，她帮我锻炼，手脚的力量恢复以后，我便能自由活动了。她会扶着我去花园里转转，还会指着里面的奇珍异宝给我介绍。

　　对我来说，最大的珍宝无疑是她自己。

　　她帮我找回过去的我，重拾我的身体、我的内心。在她的精心照料下，我又重新组合成一个完整的人，一个前所未有完整的我。从我第一次和她在欧哈丁的花园里散步起，她就是我的力量。所有人都把我当成铁金刚，当成他们的庇护伞，可以带给他们安全感。但对我而言，艾斯泰奇是上天赐给我的唯一一个守护神。

第 7 章　卡比拉

伊斯坎的内心被一种新的黑暗所笼罩。他喝不祥之水的频率更高了。那双曾经魅人的褐色双眸已经慢慢发黑，瞳孔和虹膜互相交织在一起。他的外表很平静，还是和往常一样，那么温和、精神。但在光鲜的外表下，他的内在却在发酵。他蹂躏践踏新来的那个女人，那种手段让我难以相信。艾斯泰奇对我和加赖描述过苏兰尼事后的样子。艾斯泰奇有些词不达意，她说话结结巴巴的，手在空中不停比画，最后她放弃了，双手垂着，用无助的眼神渴望地看着我们。可我们也无能为力，我们什么也不敢做，没有人敢吸引伊斯坎的注意力。世界上，一定有一个地方，在欧哈丁外的某个地方，发生着我们不知道的灾难，这些灾难腐化了他的理智，导致他不得不喝那么多的奥奇之水。黛拉和辛是一个封闭的小世界，关于外界的消息很少能传到我们这里。索南已经娶妻离宫了，他娶了王公亲信的女儿。我为他感到高兴，科林和伊农也都和总督的女儿成了亲，他们住在各自的省份里，管理着整个省的事务，鲜少有机会回欧哈丁。尽管索南和妻子住在欧哈丁的宫殿里，但我却很少见他。他有了自己的儿子，他有他父亲派给他的事情要忙。他已经是一个男人了，留给母亲的时间非常少。

在这段黑暗的时间里，唯一不怕伊斯坎的人是埃西柯。她和我住在一起，但是她大部分时间都不待在我的房里。她更多时候像她父亲的小影子，不管他去哪里她都跟着。他离开欧哈丁的时候、他去处理生意的时候、他给那位年迈虚弱的王公建言献策的时候、他去看望安吉的时候,她都陪着。他的秘密在她面前毫无保留。她对我却有所保留。

有一回我洗好澡走进房里,发现她穿着加赖的旧衣裳,这是加赖最喜欢的一件衣服,是她刚来这儿时伊斯坎送给她的。淡蓝色的衣服上绣着繁复的刺绣,穿在埃西柯身上很不协调,这个颜色一点也不衬她的皮肤和头发。但我从来没见过她穿女孩子的衣服,我站在门口僵住了脚步。她细细的手腕上挂着一些我的首饰,脖子上也有。埃西柯在镜子里看见了我,神色有些慌张。

"你在做什么?"我问道。我尽量让声音听上去温和一些。

"我想试试看做女人是什么感觉。"她一边回答,一边若有所思地转动着手臂,"这么硬的布,动也动不了。"

"你慢慢会适应的,"我一边回答她,一边大步流星地走进房间关上门。我不能冒这个险,决不能让别人看到她。

她把手镯丢在地上,一阵叮叮当当的声音,像一只从外套里蹦出来的小白鼬。"还好我不用穿成这样子。"

她裸露的胸脯仍然是平平的,胸部还没有鼓起来。她的臀部很瘦削,没有丝毫变圆的迹象。每一天我都仔细观察她身形的变化,检查她是否有变成女人的迹象。我知道,我要为那一天的到来做好打算。我该怎么向伊斯坎掩饰这一点?我该怎么样才能保护我的孩子?可我绞尽脑汁也想不出好法子。我好想她能一辈子在我身边,做我一个人的女儿,但我不愿对我自己、对加赖承认,时间的流逝是无法阻挡的,她终有一天会有所变化,出卖我们的日子越来越近了。

* * *

我站在城墙的墙头上看着他们在暮色中骑马出城。这是伊斯坎把我从阿雷克带到欧哈丁后,第一次让我离开黛拉和辛,二十年来的第一次。埃西柯站在我的旁边。我的三个儿子骑在前面开路,他们骑着三匹黑如夜色的种马，在凛冽的风中它们迈着轻快的步伐。我靠在高低不平的城垛上。太阳升起，刺眼的光线照在马儿以及士兵的装备上。我看见三位如日中天的健儿，同时也是骑着马慢慢离开母亲的三个小男孩。

他们过去骑过马打过仗，但是从来没去过那么远。埃西柯把伊斯坎告诉她的话转述给我，在西北部有新的势力崛起。伊利安已经越到凯伦诺克帝国的领土上，染指边界上的附庸国。他们已经拿下了两座城邦，巴克拉特和内尔奈。这两座城邦对凯伦诺克的经济至关重要，埃西柯是这么说的。整个凯伦诺克的粮食都是从那里来的。在欧哈丁周围的兰卡地区和其他省份里，现在只种植香料，香料能给国家带来财富。是财富，但不是面包或是米饭。粮食的价格已经飙升了许多，其他的总督现在都对西北面的势力十分忌惮，他们有些担心被伊利安侵略，有些则高枕无忧地打开窗户呼吸早晨的新鲜空气。伊斯坎并不是受人欢迎的摄政王。现在的摄政王是他，所有人都知道这一点。王公已经是一个昏庸无用的老男人了，他的儿子们一死，他的权力就会慢慢流逝。我想伊斯坎不再需要给他喝安吉的黑水了，他已经失去了求生的欲望，连自己的房间也不出来了。他年纪已经老了，没有人指责他。王位继承的事情也没有明确交待，王公的儿子死后到底是由谁掌权呢？是他的私生子吗？可他们没有一个敢站起来挑战伊斯坎的权威。所有人都知道公开反抗他的下场就是立刻死亡。

埃西柯没有和我说伊利安挑衅伊斯坎的原因，但我从艾斯泰奇那儿得知，最大的原因是贩卖奴隶。也就是说，对于凯伦诺克的贸易，伊斯坎又增加了一项出口商品：奴隶。这个点子是他在哈雷拉的时候想到的，很久以前他就是从那儿买下加赖的。贩卖年轻妇女非常暴利，为了满足持续扩张的需求，他确实急需更多的资金。伊斯坎竭尽可能地把这么多力量之源收归自己的麾下，然后毁灭它们。他有一种恐惧感，他害怕别人也获得和他一样能预知未来、操纵生死的至高无上的力量，害怕别人以此来对付他。维齐尔大臣的好部下不仅从凯伦诺克和附庸国附近的穷村子里强抢年轻女子，就连附近国家里也有女子被抢。这些姑娘随后便卖给凯伦诺克内外的买家。这导致在类似伊利安这种贩卖奴隶最猖狂的地区里，许多母亲给自己女儿剃光头，要不然就是在脸上割出口子，烧出印痕，或是打飞她们的牙齿，为的是让自己的孩子丑一点，好不让那些"土匪"看中。一切的一切都是为了保护自己的孩子。那些生下来是兔唇或是有胎记的孩子被公认为献祭的神圣者，她们是安全的。

　　伊斯坎说，他是不得已才把自己的儿子送到部队前线的。他自己自然是不会跋涉过去，他已经太老了。他很重要，但是他却搞不定老百姓。百姓们饿着空空的肚子，他们对他的恨意很深。他也不能用死亡来威胁他们，他们的眼白里充满了死亡的注视。一段时期以来，他通过建立对王公的盲目崇拜平息了百姓的怒火，王公就像是大家仰视的神，永无过失，足智多谋。但是他们已经好多年没有看见过王公了。他们清楚统治着他们的人究竟是谁，起义爆发近在眼前。伊斯坎不想无止境地杀人，百姓是他的劳动力，是必不可少的劳动力，他们可以耕种那些重要的香料植物。他尝试过用哈雷拉拖来的奴隶作为劳动力，填补那些在近几次大灾荒中死去的人们，但结果却并不理想。现在的他企图利用外部的敌人伊利安，创造一种团结一致的集体归属感。凯伦诺克身处危难之中！我们必须万众一心抵御外方的侵袭！他精心地策划，奋力操控百姓对战争的态度，埃西柯描述道。我不知道他这么做成功了没有，但我的儿子们却是队伍里的一员。

　　除此之外，在我看来，伊斯坎除了自己的儿子任何人都不会相信。就连儿子他都不一定真正相信。索南在前一天晚上和我说，他甚至开始病态到连科林也怀疑。他指责科林藏匿了阿姆杜拉比的资源。

　　"你准备把这些金子拿去做什么？"伊斯坎问道，"说不定，你是要为自己的军队招兵买马吧？你准备让他们攻谁的城池？我警告你，要反抗我没那么容易，你听明白了吗？没有人办得到，至少你不行！"

科林低着头，紧握着拳头坐着，他要让父亲相信，他拿这些金子是为了让百姓有粮食吃，没有别的。他是一个听话的好儿子，所有的事情他都愿意听从父亲的旨意。但他仍然婉转地乞求父亲，他想住在阿姆杜拉比的家里，他没有必要参加征伐伊利安的队伍。他的妻子，哈奈，又怀孕了，事实上他应该——

"应该什么，"伊斯坎嘲笑着说道，"难道在她使劲收缩腹肌产出胎儿的时候握着她的手吗？我很清楚你真正的动机是什么，但你不要着急，你会光荣出征的。我现在就任命你为此次战役的将军。"

科林感谢父亲赏给他的荣誉，但当伊斯坎转身之后，他却对父亲的背影投去满是仇恨的目光。科林已经人到中年了，他憎恨被迫接受父亲的指令，仿佛他还只是一个孩子一样，而非已育有六个孩子，并且即将有第七个孩子出生的一省之主。他对百姓的关心虽然不比伊斯坎多多少，但是他并不想像父亲那样，与现实的距离隔得如此之远。如果阿姆杜拉比的人们想对总督进行起义反抗，他没有什么办法抵挡。如果他离开自己的省份，他的地位就岌岌可危了。

那天晚上我和索南聊到很晚，埃西柯坐在哥哥的边上，认真倾听着每一句话。虽然她和父亲之间亲密无间，但我知道，在她面前我们可以畅所欲言。她从没有在父亲面前说过我或是我们的坏话。她只是把他对她说的话，把我对她说的话，都埋在自己的小脑袋里，她脸上永远是一副面无表情的样子，仿佛戴着面具一般。我从来都不知道她在想什么，有时候我真想晃一晃她的脑袋好让她漏一点秘密给我，晃到她的内心深处。面对索南，我一直没能真正走进他的内心。他还很小的时候，伊藏妮就在我们之间制造了相当大的隔阂，虽然近几年来这段隔阂正在慢慢缩小。但埃西柯从一开始就应该是属于我的。

索南很害怕，他没有明说，所有即将出征的成年男儿都不会在前一晚对母亲说这样的话。但是他，尽管已到成人的年龄，却从未参加过一场战争。他刚刚新婚燕尔，养了一个小女儿，他不想离开温暖舒适的家庭。但面对父亲和兄长的命令，他还是照做了。

"我不是什么士兵，母亲，"艾斯泰奇在收拾我们的残羹剩饭时，他垂头丧气地说道，"我也不是什么领袖。父亲指派我做分队的队长，领导塔尼的雇佣骑射手。他们都是很吃苦耐劳的男人，母亲。他们习惯了战场，是这一块的行家里手。他们会看不起我，觉得我没经验。我管不住他们。"

"你可以从射手身上学到很多东西，"埃西柯说道，"你喜欢弓箭，除了塔尼的射手，没有人可以骑在马背上射箭。"

索南犹犹豫豫地嘀咕了几句，没过多久他就准备起身走了。我多想把他留在我的身边，但我想不出能让他晚点走的办法，他往前探了探身子亲了我的脸颊。

"如果我出了什么事的话……我知道你的影响力有限，但请你照顾好我的妻子和我的女儿，因为我到现在也没有儿子，我知道她们对父亲来说，没有供养的价值。"

"别这么说，孩子。"我一边说，一边猛地把他拉进我的怀里，我紧紧地抱着他，抱得比任何时候都要紧。这一抱，仿佛实现了我多年的愿望，我多么渴望在他小的时候也能这样紧紧抱着他，让他远离伊藏妮的恶意。"你会毫发无损地回到这个家，回到我们面前的。"

"我会确保她们的衣食冷暖，"埃西柯平静地对自己的哥哥说道，"你这次出门用不着有那么重的包袱。"

索南轻轻地松开了我的怀抱，他轻轻地在弟弟的背上捶了一拳。"我就知道我可以相信你的，奥兰诺。父亲会听你的。好好活着，弟弟。"

"你也一样，哥哥。"

他们俩热情地亲吻了彼此的脸颊。埃西柯和索南一直以来都很聊得来。

索南快速地亲了我最后一下。"我得走了。我妻子说过要等我回去，我不想让她等太久。好好活着，尊贵的母亲大人。"

他走了，就剩下我们俩了。我双手捂着脸，我不喜欢伊斯坎把我的三个儿子全都派出去，但我希望科林和伊农能照顾一下他们的弟弟。

"父亲运了一大箱子安吉的好水给他们，是用来保护他们的安危的。"埃西柯对我说道。她叹了口气，随即把屋子里的油灯一个接一个都吹灭了。我们已经让艾斯泰奇去睡了。我睁大眼睛，在暮色渐浓的房间里，注视着她的一举一动。她的臀部已经开始变软变圆，这一点我不会看错。新长出来的胸脯倒是还能靠硬质的丝绸外套藏一藏，但是臀部……她整张脸也开始慢慢显露出女性化的轮廓。很快，我们的秘密就要瞒不下去了。我仍然对要如何保护她一点儿头绪都没有。

"很好，那样他们就安全了。"我一边说着，脑子里却还满载着对索南的思念。

埃西柯的手里提着一盏熄灭的灯站在原地。她看着我，那种眼神在我看来，就像是一位年长许多的女孩。

"安吉的力量只能局限在这个区域，局限在兰卡里，"她说道，"你走得越远，她的神力就下降得越厉害。你经过的力量之源越多，她的神力也一样会下降。父亲很清楚这一点，但有时候我觉得他可能忘记了。"

我的背脊感到一阵颤栗，慌忙地站了起来。

"你是不是看到过什么？快回答我，小姑娘！"

"我在安吉的水里瞧了好多回了，从来没看见水里倒映过哥哥们的死。"

"这是什么意思？"我的声音在颤抖。

"意思就是，不管他们在何时何地倒下，反正不会是在这儿，母亲。"

这天早上,我看着我的孩子们从我的身边离开时,我的耳边一直回响着她的那句话。他们不知道我站在城墙上看着他们骑马上路,所以也没有回头看我。很快,他们的身影就被墙外离宫殿最近的那栋房子给遮挡住了,但直到日出时分,我还依然站在那儿。我听说许许多多住在欧哈丁里的军官都参军了。步兵们等在城外,我听见了港口在号角嘹亮的吹奏声下打开的声音,我听见士兵们看见自己的长官骑马出城时成千上万的欢呼声。科林是位受人爱戴的长官,至少比他的父亲好。我看着西北方向的哈里木山,线条柔和的山峰标志着军队的旅程。他们计划在第二天就要到达最高山脉的关隘要道。

当我刚准备转身回去的时候,埃西柯一反常态地抓着我的手。

"你还有我,母亲,"她一边说,一边紧紧握着我的手,"我会一直陪在你身边,等他们回来的。"

但这太迟了。我把手从她的手里抽走,步履蹒跚地走到台阶那儿,黛拉和辛的侍卫们在等着我们。我只有靠脚和手来给自己带路,因为我的眼睛早已被泪水占满,一片迷蒙。

* * *

过了几周信使来了。埃西柯把永元殿的报告带了过来,平日里她每天都在永元殿里坐在父亲的身旁,他所有的会议和商谈她都听着。第一部分的报告是说凯伦诺克的部队抵达巴克拉特的状况,他们在那里受到了强烈的反抗。敌人的力量比预计的要厉害,因为当地的百姓选择站在伊利安这一边。伊斯坎是如此不受人欢迎。

伊斯坎试图多雇用一些士兵,作为补给送到前线,但他却动员不到任何人,埃西柯如是说。她直到傍晚时分才到我们的房里来,因为永元殿发生了太多的事情,她一点儿也不想错过,她说道。她看上去很疲倦,黑眼圈很重,让我照顾照顾她。

"他每天要传许多道指令、禁令,"她说道,"很快就到满月的日子了,他在等待安吉这次要透露给他的信息。我以前从来没见过父亲这般模样,距离兰卡如此遥远的战斗会令他忧心忡忡。"

"从安吉里看吗?你的意思是?但要是敌人太过强大的话,他应该会下令让部队撤回来的吧?"

"你有看过父亲面对什么事情后退过吗?哪怕就一次,他有承认过失败吗?你从来没离开过这些房间,你懂什么是战争吗?战争是讲究策略的!"

我惊讶地瞪着她:"作为女人,作为维齐尔大臣的妻子,我是不允许离开红袖殿半步的,这点你是知道的。"我想换个话题聊。"你很累了,孩子。你不应该在永元殿待这么久的。"

"我是父亲的左膀右臂,"埃西柯说道,"我的哥哥们都不在的时候,他不能再没有我了。"

我的背脊一阵冷汗。我是父亲的左膀右臂。我第一次遇见他的时候,伊斯坎就这么说过。我的双手垂在两侧,收拾东西,整理整理。我看着埃西柯,她的下巴和她的父亲一样消瘦。他标志性的美貌、他的尖鼻,都遗传了去。她在好多方面都像是她父亲的翻版,这样她的性别也能多隐藏一些时间。但有一点她不像她父亲,她很少笑。

"我睡了,母亲。黎明的时候别忘记叫醒我,让下人把早餐端到我的床边来。我起床以后直接去我父亲的房子那儿。"

她站起来,留我一个人在那儿胡思乱想。

第8章 克劳拉斯

我在港口工作，每天晚上我要接待好几个男人。最穷的水手，没钱找漂亮姑娘的人，或是那种没老婆的人。我这张脸开不了很高的价格，没人愿意付这么多钱，连我也不愿意，你永远猜不出他们究竟付不付得起钱。他们身上散发着臭味，缺牙断指，年纪又大。没人会相信，那种穿着名贵的衣裳，头发上喷着香油的男人，愿意花钱买我一个晚上，这种事在我身上是最不可能发生的。

但他不想要那种漂亮娇媚的女人。长相丑陋、面容残缺的女人反倒能吸引他，比如我。

一个晚上他嫌不够，他想要独占我。

妓院里的其他女孩子都嫉妒我，她们打扮得很美艳，努力吸引男人，让男人帮她们赎身，但他花钱出价的对象却是我。我在想，我要过上轻松的日子了吧。我不用每个晚上接那么多客，再也不用为吃的、为穿的、为找一个能让自己被庇护的地方而发愁了。买我的钱，我都寄给了我的父母。于是我就跟着他，除了身上穿的衣服以外，我什么财产也没有。

他把我带到了首都欧哈丁。我从来没去过那里，我从来没离开过大海。宫殿的面积和整座港口城市一般大，房子很高，屋顶都是镶金的，花园里弥漫着香气，我从来就没幻想过能到这种地方来。

穿过大门，我被带到黛拉和辛里，一路上我都伸长着脖子，这里瞥不到大海了。

金色的大门在我身后被锁上，我跑到窗前，侦查外面的世界。我看见屋顶、树木，还有远处的绿色田野，我却一点儿也感受不到海洋的气息。

我虽然是最后一批到黛拉和辛里的女人，却是第一个下定决心要逃离这个地方的人。

男人最大的三个儿子死于一场战役，我就是在这场战役结束后的夏末时分来到欧哈丁的。我想这就是他被我吸引的原因吧，因为我可以让他肆意地践踏、侮辱。黛拉和辛里四处都是香的味道，是夫人点的香，为了纪念她的儿子们。这段时间里，几乎见不着她人。我瞥见她的时候，她总是走得很慢，神情很恍惚，仿佛她都不知道自己身在何处。她的身边一直都是她最小的儿子奥兰诺在陪着她，她的脸色白得如同羊皮纸一般。夫人年纪大了，已经心力交瘁。

黛拉和辛里的女人都假装我不存在似的，她们不愿见到我那张丑陋的脸，她们生怕如果在她们怀孕的时候看见我，她们的孩子就会生得和我一样丑。唯一和我说话的人，唯一好像不在乎我裂唇的人只有侍女艾斯泰奇，以及那位叫做奥尔索拉的黝黑女子。她年纪比我大，但我们的关系却如同朋友一般。

黛拉和辛的日子过得很慢，像黏稠的糖浆。我童年的时候要为家里干活，为了生存，我同父亲和兄长一起在船里工作，一年里从未停歇过。撒渔线渔网、捞鱼、洗鱼、下水捞淡菜和牡蛎，还有用鱼叉捕大鱼。在这样的工作中，我的脸长什么样子一点儿关系也没有。但在黛拉和辛里，我没有任何事情可以做，我的手只能无所事事地放在膝盖上，慢慢地干枯、萎缩。

早秋的时候，我突然发现自己怀孕了。我马上就做了决定，这个孩子不能在圈养中长大，不能成为他的孩子，只能是我的，我的使命就是让这个小生命有生存的价值。

一天晚上我做梦梦到我坐在一艘渔船的舵手位置,微风吹拂着我的头发,空气里有点儿咸咸的味道。我身下的船很小,细细长长倒很结实,船帆是灰绿色的。我一醒来,就立刻去找奥尔索拉。

我在内院的池塘那儿找到了她,她坐在那儿,把织梦网放在水里。她把这叫作沉梦,我不知道她是想表达什么意思。

"是你让我在梦里看到船的吗?"

奥尔索拉摇了摇头,她的手臂因为湿气都发黑了。她没有抬头看我,但是她的手停了下来。

"不是,但是我看见了,这是我到这里以后看过的最美的梦。"她的声音很低沉,没有任何起伏,然后她看着我,抬了抬眉毛。"自由的气息会让我一整天都心乱如麻。"

她就是这样的人,她的心情说变就变,就像夏日的暴风雨一样让人捉摸不定。

"这艘船会是我的,"我说道,"我给她取名叫纳翁岱尔。"

"你要航行到哪里去呢?回家吗,你这条小棘鱼?"

"没错。"我等着她再次看向我的目光。"回到大海的家,你知道的,我长大的那栋房子已经不再是我的家了。"

奥尔索拉摇了摇头说:"一点儿嫁妆也没有,可怜的小棘鱼,多么悲惨的故事啊!哎呀,太悲伤了,逼不得已出卖自己的肉体,你是我们之中唯一一个出于责任感来到这个地方的人。"

我把刚想要说的话咽了回去。"但是,无论天涯海角,只要有海的地方就是我的家。"

她转过头去,撩起一堆织梦网。珍珠和牛骨浸了水以后变干净了,湿哒哒地闪着光。

"你可以帮我找到一艘船,"我说道,"就靠那些跑到你这儿的梦里面找,肯定有人拥有一艘灰色的渔船,小小的但很坚固,船头很结实,船帆是灰绿色的,我知道一定有,纳翁岱尔出现在我面前是因为她就是我的船。"

"这种船你走得远吗?"奥尔索拉问道,但她的眼睛仍然看着别的地方。

"只要有食物和水,想走多远就走多远。"

"在这片南海的外面有一个国家,"她说道,"特拉苏!那里可能还有人活着,那儿的人或许现在已经原谅了我。"

我注视着她,她总是让人难以捉摸,但是她对自由的渴望比黛拉和辛的其他人要大。她偶尔可以离开红袖殿,到王公的宫殿里去转转。如果我请求她帮我找一艘船的话,那她就算是我计划中的一员,我想要逃跑,这点我不能对她隐瞒。

"我们能在那里得到庇护吗,能自由停靠吗?"

她没有回答,她的祖国一定发生了什么事情,我知道一定有,但不确定具体是什么事,也不知道会有什么事在那里等待着我们。

我抬头望着头顶上蓝色的天空,一朵云彩孤零零地从天空中慢慢滑过,它在向我们保证今天风调雨顺、晴空万里。我等着奥尔索拉的回答,我将自己的命运同她系在了一起。

"我们可以把船开到那里去,但是你必须帮我找到船,它一定在某个地方,你好好缕一缕那些从海边飘来的梦。"

奥尔索拉把手从脸上放下来,耸了耸肩,好像整件事和她一点儿关系也没有。"那我们要怎么样才能到海边呢?我们怎么出去?"

"这个我们之后再好好想想。首先,我们必须要搞到一艘船。"

好几天过去了。我肚子里的孩子在慢慢长大。男人知道这事儿,他和我说,我肚子里的是个女儿,他会让她活下来的。他说的话并不重要,决定孩子生死的人不是他,是我。

后来奥尔索拉来找过我，那时我刚刚从男人的床上回来。

"你找到船了？"我问道。

"没，但是我看到了另外一个梦，苏兰尼和艾斯泰奇在预谋出逃。"她看着我。

我摇了摇头。

"不，她们俩是陆栖动物，她们对海洋、暴风雨、水深、航行都一窍不通。"

"苏兰尼识水，"奥尔索拉打断我的话说道，"她懂大河，她身子骨好。她心中的火焰在熊熊燃烧，什么事物都阻挡不了她出城的决心。"

"我也是一样，任何事物都阻挡不了我。"

"艾斯泰奇的活动范围比我们自由，她只是一名侍女，没人监视她，她可以搞到必需品。"

"我不信任她们。"

"你也不信我，"奥尔索拉说道，"但是你需要我，我们还需要一名斗士，和一名侦查员。"

我在思考她刚才说的话，认真地分析其中的道理。我想好了，她说得对，有了斗士和侦查员，我们的脱逃会更容易一些。

一天晚上，奥尔索拉把她们俩带到我的厢房里来。苏兰尼坐在紧贴着门的一个坐垫上。一切还刚刚开始，她就在守护着我们的安危。艾斯泰奇拿了茶水和水果来。她待我一直都和对待其他人一样。因为这一点，我很喜欢她。我很好奇为什么她也想逃。她在这里没有被圈禁，和我们的待遇不一样。

我先让她们各自发了一段誓，发誓不会将我们的逃跑透露给任何人。她们没有异议，照我说的发了誓。苏兰尼以她的大河起誓，奥尔索拉以她母亲的名义起誓，艾斯泰奇以自己的秘密起誓。她起誓的时候我看着她，我想搞明白，她到底隐藏着什么秘密。一直以来她都那么平静，总是一副让人很有安全感的样子。

我以我未出生的孩子起誓。

我们低声交流，奥尔索拉解释，苏兰尼提问、质疑。我们开始慢慢形成计划的轮廓，还列出了需要的物品清单，我把他们不明白的所有东西都加了上去。绳子、船帆、可以用来遮阳避雨。苏兰尼懂得一些食物风干储存的方法，艾斯泰奇懂得东西更多。我们达成一致，决定把所有拿到的可以风干的食物都全部藏起来。我们没法直接从储藏室里拿东西，这样会被人发现的，但是我们可以把自己份额里的食物藏起来。艾斯泰奇知道有一个被大家所遗忘的储藏室，那个房间没人用，我们的东西可以全都存放在那儿。

她们走了之后，我坐在床边，向窗外眺望着大海。我的房间朝西，室内很潮，但要是我把脸贴在窗闩上，晴天的时候，我可以看到南边的一道光线。刮南风的晚上，我可以感觉到海洋的气息贴服在自己的皮肤上。很快，我对自己轻声说，我会回到大海的，回到我的孩子身边，很快。

我不知道，剩下的人当中，有谁会出卖我们，但我并没有因此感到不安。人性就是如此，不可信任、谎话连篇。动物却不是这样，它们不好也不坏，它们只是它们自己罢了。

但我有了一个计划，我做的事情是为了我自己、为了孩子，这才是最重要的。人要有付出的目标，我肚子里的小家伙正在扑通扑通地扭着屁股。

我们几个发了誓的人在底楼的浴室里集合，这样子就没人打扰我们的谈话了。除了我们没有别的人，浴池里的温水和冷水空空的，水面在灯光的照射下波光粼粼，但我还是害怕会有人听见我们的对话。

"我们一定要为自己争取自由，"我小声说道，"用武器。"

苏兰尼哼了哼："你们之中没人会用武器，我们也没武器可用，这太危险了，风险系数太高。"

"我过去以为你是一名战士。"我说道。

"曾经是,我曾经是一名战士。"她阴郁地看着我,"你们三个人都不会用武器。"艾斯泰奇把手放在她的肩膀上,抚慰了她几句,就如同我们对待糊里糊涂钻进渔网的海豹一般。她的手在这条结实的胳膊上放了很久,我也一直看了很久。

我把目光转到别的地方去。

"外面的侍卫不多,"我低声说道,"夜里的时候只有两个人,我们可以想办法把他们引进来,然后把他们打晕,这一步不需要用武器。"

"但如果我们失败了,他们会立即拉警报的。"苏兰尼插道。

"如果他们在睡觉,我可以从仆人住的房间里走上来,把钥匙偷了,"艾斯泰奇说道,"开门,把你们放出去,再把门锁上,这样就没人会注意到你们不在房里。"

"奥尔索拉可以给他们织梦。"我小声说。

"但我没法让他们入睡。"奥尔索拉说。

"这样确实是不行,但是你可以在他们睡觉的时候帮他们织梦。在我们逃跑那晚之前,要是他们在值班的时候碰巧睡着的话,在他们的梦里面……"

我支支吾吾地想找一个合适的词汇,梦里面究竟有什么可以帮助我们。"就是那种很美妙的梦,让他们流连忘返,睡了还想睡的梦。他们睡着的时候你就开始织,我们偷钥匙逃跑的时候,别让他们醒过来。"

"这行不通,我们怎么能确定他们睡得很沉?睡着就一定意味睡得很沉?我们不能等下去,一夜一夜,指望他们有朝一日真能睡着。"苏兰尼小心地靠在墙上,摆了个鬼脸。那男人一定又弄伤了她的身体。艾斯泰奇立刻站起来,拿来一个坐垫,让苏兰尼靠得舒服些,然后她又从汤池周围的壁龛里拿出一个酒瓶子,在手上倒了几滴香味刺鼻的精油,用精油给苏兰尼按脚。苏兰尼嘀咕了几句想反抗,但还是让她继续按下去。接着艾斯泰奇开始说话了，她很少开口。

"我认为，我们应该给他们下药让他们睡着，给他们喝点儿东西，加赖肯定会帮我们做的。"

"不！"我提高了嗓门，"我们的人越多，失败的风险就越大。"

"我们可以挖一条隧道，"苏兰尼建议道，"就从这里，挖到浴室，晚上的时候没人能看到我们在做什么。"

"这要花好多年呢！"我挥舞着双臂，"我一定要在孩子出生前从这里出去。"

我沮丧地离开了其他人回到了自己的房间，邀请其他人加入我的计划真是一个失误，我们就连怎么逃都不能达成一致。

有一天我们集体被带出了宫殿，我们没收到任何消息，不知道即将面临什么。秋天的时候，凯伦诺克的战役失败了，对于欧哈丁之外的世界到底发生了什么，我们得到的消息更少了。我想夫人和加赖应该是知道的，但是她们几乎从来不和我们聊天。她们现在走在最前面，穿着棉衣棉服，非常暖和，头上还裹上了许多丝巾。奥兰诺走在卡比拉的一侧。母子两人都穿着白色的服饰，为了纪念儿子死去的伤痛。艾斯泰奇和其他下人撑着遮阳伞，提着坐垫还有装食物的篮子。我们其他人跟在后面，一起出了花园。空气有些寒冷，天空高高地悬在头顶上。现在已是初冬时分，这是我来宫殿后的第一个冬天，从东南边的动物园里传来鸟儿受惊后的咆哮声和吼叫声。我真希望我能看看那边的动物，给这些圈禁起来的动物送去一点儿慰藉，或许我能把它们都放了。

在花园的南侧方位，靠近池塘边的地方，有人搭了一个戏台子，但从来都没使用过。我们被侍卫领到看台上，四周隔着漂亮的幕布。我们坐在下人们铺好的垫子上，夫人的边上放着一个火盆，腿上盖着厚厚的兽皮。有几个孩子在那儿哭哭啼啼的，旁人嘘了一声让他们安静。我把双手插在袖子管里,西北方向的山上刮来的风让我感到有些冷。

我们等着。

王公的女眷们都来了,带着孩子一起。王公的夫人,是一位年纪挺大的白发女人,她有些驼背了,坐着轿子进来的。她的女儿们和孙子辈的孩子都围绕在她的周围,所有人都披挂着价值连城的兽皮外衣。宫廷里陆陆续续有人进来,幕布的另一侧开始传来叽叽喳喳的声音,舞台上依旧是空空如也。我很好奇,想知道究竟是四处巡游的戏班子表演,还是乐师表演,但似乎没有人知道答案。下人们端来盛着食物的盘子和加了蜂蜜的热酒,我拿了一小杯,好暖暖我冰冷的手指。我怀孕以后就不太发冷,但手指是个例外。奥兰诺和卡比拉坐在我的前面,我听不到她们在交谈些什么,夫人对儿子问了个问题,儿子却耸了耸肩。他很快就要成为一个年轻小伙子了,我很好奇,他如此自由地出入黛拉和辛的日子,究竟还剩多久。他是男人唯一一个活下来的儿子,他的身份突然就有了另外一种意味,他一定会很早就娶媳妇离开这里的。

这么说并非是因为和我有什么关系,我很快就会离这里远远的。

叽叽喳喳的声音突然安静了下来,几个男人被带上了舞台,他们都裸着身子,背部和脚上全是被鞭子抽打的血印子。我立刻明白接下来要进行什么表演,我真不想待在那里,但是看台周围全是守卫,没有出去的路可走。

舞台上总共有五位男子,其中一名还只是一个孩子,他连走路也走不动,只能让侍卫们拖上台来。这些侍卫和监守黛拉和辛的侍卫们截然不同,他们带着头盔,身上佩着剑。他们身上没有一丝仁慈可言。很快,舞台的边缘竖起了五根柱子,这些男人被牢牢绑在柱子上,那个小男孩几乎没了知觉。

我的男人登上了舞台,他穿着蓝色的长棉服,还有黑色的高靴,头上戴着御寒的皮草帽子。他的穿着还是一如既往地一尘不染、精雕细琢，但是他的动作和我以往看到的相比，已经没那么灵活了。他在舞台上来来回回，完全无视身后的那几名男子。

他在说话，可我听不见他在说什么，我也不想听、不想看。他说的话还是传到了我的耳朵里：背叛者。所有人都背叛我，出卖我们，手上留着鲜血。他们招了，全部认罪。

我想，受这么重的苦，换作是谁都会招了的。

惩罚，死亡，要一点儿一点儿地死去，这是对我们所有人的警告。

奥兰诺的身体抖了抖，夫人说了什么，他站起来的时候，被夫人拉了下来。他看上去像是要冲到舞台上，而他的父亲见状对他做了一个愤怒的手势，他只好慢慢地在母亲身边坐下来。

五个男人的脸都被涂白了，出现在舞台上的时候头发和脸都剃得很干净。我的男人从我们的视线中消失了，他应该是陪宫廷里的其他人散场去了。那些脸涂白的刽子手身上佩带着醒目的弯刀，我还没仔细看，他们就行刑了。一个人配一个刽子手，刽子手用刀把五个男人身体上的肉切下来，一片一片地切，想一点儿一点儿地折磨他们至死。

五个人在尖叫，他们的声音不响，很轻，是绝望的呻吟声。他们中有个人在说话，他坚称自己是无辜的，什么都没干过，什么都没有。

我没有看下去，但是我不能屏蔽那些尖叫声。母亲们都把自己最小的孩子用头巾包着，那些年纪大一点儿的人带着恐慌和好奇看着。下人们在周围端着甜点的盘子，又加了许多蜂蜜酒。我坐在位子上，看着手里的杯子。

我们在那儿坐了一整天，一点儿一点儿把人杀死要花很长的时间。

我会时不时地看一眼卡比拉和奥兰诺，他们一开始很平静，但后来夫人越来越固执地要和他儿子说话。我从犯人们的吼叫声中依稀听到一些话。

"这些事情你难道一点儿都看不明白吗？"

"父亲永远不会伤害我的，永远不！"奥兰诺站了起来，他弯着腰面对他的母亲。他的脸色惨白，双手在颤抖，不敢看向舞台。

"他会把你当成背叛者的。"卡比拉说道。她伸出双手，想要拉奥兰诺，但是他退了一步，躲开了。

"你错了！我是他唯一的继承人，我什么罪都没有犯过。"他的声音很尖锐，听上去好像在试图说服自己。

过了一会儿，他又在母亲身旁的枕头垫子上坐了下来。

"我不能再失去你了，你是我的一切。"卡比拉把脸转向儿子。她哭了！我在此之前从未见过她露出过高兴或是伤心的表情，她瘦骨嶙峋的手抓着儿子的手，他却抽走了自己的手，把头转向别的地方。过了一会，她把手放了下来。泪水继续从她的脸颊上流下来，她拿了一块头巾遮住了自己的头，我看不见她的脸。

直到傍晚时分，犯人们发出了最后一声吼声。我从眼角瞥到那些人从柱子上被松了绑，我的男人重新回到舞台上，他的背脊挺得更直了，他的眼睛似怒火中烧。

"上天是公平的！"他大叫道，"那些背叛王公、出卖国家的人已经获得了惩罚！让我们一起为此祝贺！音乐！"

乐师们走上了满是鲜血的舞台，我们这些妇女儿童被带回属于我们的金笼子里。

鲨鱼会在饥饿的时候吃东西，有时候它捕杀的动物比它的胃口还要大得多，因为这就是它的天性。但它不饿的时候，不会去伤害它的猎物们。自然界就是残酷的，他们说过。但是我从未见过有哪种自然界的残酷能和欧哈丁这天里发生的一切相提并论。

* * *

处决的事情之后，我们能去花园里的机会更少了。男人的疑心病越来越重，宫殿里驻守的侍卫比以前更多了。我曾经计划翻过城墙从这里逃出去,但我很快就洞察到,这是不可能的。男人想要时时刻刻掌握我们的动向,他觉得每一个角落里都有人在设计陷害他,处处都是危险。死亡的臭味和腐烂的气息越来越贴近他的周围,他的眼睛似乎已经彻底黑了,只是在虹膜周围有一点点眼白的部分。虽然我的肚子一点点大了起来,但他还是会要我侍寝。他对我做的这些事情似乎是不值一提的日常琐事,我怀孕的时候,却让他觉得别有一番滋味。

冬日里的一个晴天,我去了内院和小池塘,我想看一看天空的模样,呼吸一点新鲜的空气,或许能闻到海洋的气息,我比我想象中更思念花园。

我头顶上是夫人的房间,她房里的窗户敞开着。我坐在池塘边上的小长凳上,眯着眼睛看着太阳。

"你说了?"

夫人的声音从开着的窗户里飘出来,很尖,并充满了恐惧。

奥兰诺回答她:"是的,母亲。你猜错了,他没有抛弃我。"孩子的声音非常明亮,透着一丝激动。

"他会来惩罚我!他会认为我对这起叛国罪有责任!啊,你难道什么都不明白吗?"

"你错了,母亲,"奥兰诺试图静下心来说话,但是他的声音很不平静,像一只跑上跑下的紫崖燕,"我解释过了,你非常愿意再给他添一名儿子,你并不知道你所做的事情的严重性。"

夫人没有回答。

"他并不恨你。并不……事实上。"

"莉罕的在天之灵看着,他会实施复仇计划的,但是他这个人很有耐心。你已经被安吉蒙蔽了双眼,你根本就看不清你的父亲,埃西柯。"

为什么卡比拉要对自己的儿子叫一个女孩子的名字呢?

"你错了,母亲!我和他一点儿都不同。不要怪在安吉的头上!"

"不，是我的错，是我曾经带他去看安吉的，是我告诉他关于她的秘密的。而现在的你，和他一样，都被她的力量给迷惑住了！"

"我没有被迷惑住！"奥兰诺还是埃西柯，反正他的声音很尖锐。"父亲没有断绝和我之间的关系，看清楚了，你真是大错特错！"

"你难道能继续做他的儿子吗？"夫人的声音里透着一股挑衅。

我们都在等待着那个回答。

"在外面是，暂时是。但是我现在只能待在我们的房里了。他有点……生气。我不能再独自去安吉那儿了。"最后一句话奥兰诺说得很不情愿，声音很轻。

"不管怎么说，这算是件好事。"

"安吉是我生命的一部分！不管是你还是父亲都不能将我们分开！"

门被重重地摔上。

我听见有人在抽泣。一个人。孤零零的。

然后就没有任何声音了。我等了一会儿。然后我进了屋子里。

* * *

奥尔索拉在隆冬的一个夜晚找到了纳翁岱尔，北面的冷风呼呼地吹在欧哈丁的上空。她在半夜里把我叫醒，眼里发着光。

"我找到她了！"

"哪里？"我坐起来，准备夺门而去，立刻就走。

"舒库林的一位渔夫有这艘船。只要价钱合适，他就准备卖了，我是这么想的。"

船。我们有船了！我不用再费神思考我们该怎么从黛拉和辛里逃出去了。现在轮到为买船的钱犯愁了，时间一天天地过去，可不等人。我看着黛拉和辛里的一切，盘算着它们的价钱。这些能偷吗？会有人注意到吗？偷了以后能卖吗？卡比拉的眼睛和海雕一样锐利。奥尔索拉说，有个女孩子曾经在黛拉和辛里偷过东西，在我来之前的时候，偷的是男人身上的东西。她被处死了，这下场是毋庸置疑的。打这之后夫人就对这里的物品看管得很仔细。纳翁岱尔的要价比我们周围这些东西的价钱要贵好多倍，高到她根本没有任何方法。夫人和加赖从男人那儿拿到过很多首饰，但是我们和苏兰尼几乎什么都没有。

男人又和往常一样出门去了。他应该是找自己要的东西去了。我听艾斯泰奇说，她曾经听他说起过，他需要两样东西：操纵死亡的权力和继承者。我对这并不关心。反正他不在的时候，一切都风平浪静，我总算能清净一会儿了。我现在时不时就会觉得很饿，肚子里的孩子想要吃饭。尽管如此，我还是坚持分出一部分口粮分藏在储藏室里，尤其是那种能风干的食物。艾斯泰奇从仓库里偷了一点点吃的出来。这些生存的必需品，我们存得很慢，但还算稳定。

我们缺的就是钱。还有时间。

现在时机还没到。我们必须在夏初的时候，挑一个好天气，乘着风离开这里。我决定了，孩子暂时应该留在我身上。不过，我们剩下的时间不多了。

"我们不能直接坐船走吗？"苏兰尼说道。从这天晚上起，我们开始约在奥尔索拉的房里碰面。奥尔索拉晚上的时候还是很少有觉睡。

"船现在位于舒库林，"我回答道，"从这里步行过去要两天的时间。我们的时间不多，只有一个晚上的时间给我们逃。等白天天一亮，我们一半的路还没走到，就会被他的守卫和士兵抓回去。但要是我们偷到纳翁岱尔，坐上船沿河走的话，我们能在黎明前到达欧哈丁西边的一个村子，阿美卡。我觉得他们是不会在大河里找我们的。"

"我不想偷东西，"艾斯泰奇说道，"我的表亲可以把买船的钱送到舒库林，然后帮忙把船开到阿美卡的。"

"偷船是有风险的。或许它在那儿，或许不在。或许船被上了锁，绑着链子呢。或许会有人发现我们，跟踪我们。"苏兰尼叹了口气。"哎呀，所以我们只有买下它。但要筹那么多钱，做不到啊。"

"我可以卖掉一些首饰。"奥尔索拉平躺在自己的床上，抬头看着围绕线圈低速旋转的织梦网。

"什么首饰？"除了织梦网，我从来没见过她戴首饰。

"那些王公为了感谢我送我的首饰啊。他很感谢我给他织梦。"她滚了滚身子，趴在床上，从床上掏出一个小盒子。艾斯泰奇、苏兰尼和我都往前探了探身子。奥尔索拉掀开盖子的时候我们都倒吸了一口气，三个人一起。盒子里装满了金银的发坠、手镯、指环、脚链，还有许许多多其他种类的首饰。不是金就是银，要不然就是镶满了宝石。

"你就不能早点儿说吗？"苏兰尼的声音很低沉，听起来十分怨恨。

"不过是一些金属的朽物罢了。"奥尔索拉耸了耸肩。"我都忘记我有这些东西了。"

男人不在家，艾斯泰奇偷东西也方便了一些。她不是商人，不懂怎么样哄抬价格。过去她从未出过宫殿，从未上过集市。她会被骗的。尽管如此，纳翁岱尔的钱我们还是筹到了。我们不敢把所有的东西都卖出去，这样做容易引人盯梢追问。只要一条脚环，几个发坠就足够买一艘旧渔船了。于是，我们派艾斯泰奇去找她的表亲，拜托他去渔夫那里把船买下来，再把船开到阿美卡。那天晚上，艾斯泰奇悄悄告诉我她成功了，这是我离开海边的泥瓦房，离开爸爸妈妈后过得最好的一个晚上。

我的体重开始上升，想要走动一下也越来越困难了。我知道我们没有多少时间可以浪费了。孩子不能在欧哈丁出生。

纳翁岱尔已经在路上了。自由就在眼前。可就在这时，黛拉和辛里来了一个人——艾欧娜。她的到来改变了一切。

第9章 艾欧娜

我，达艾拉，在此记录艾欧娜的故事，因她已无法亲自完成。这些都是艾欧娜在来到欧哈丁之前所遭遇的事。

岛上飘来蜂蜜的香味，就在艾欧娜还只能隐隐约约看见海市蜃楼的小岛时，香味就传到了她的鼻子里。她很吃惊，虽然心里有准备，但也没料到这个岛会有自己的香味。船开近了一点以后，香味的真面目露了出来。黑色的峭壁上种满了纯净的鲜花，从远处看，小岛显得十分冷峻，不太友善。岛上的峭壁像是一座座一模一样的壁虎形小山，歪歪的样子，边缘如刀锋一样锋利。细细的花骨朵却顽强地从这些小山中间探出脑袋，有玫瑰色的、黄色的、白色的和紫色的。就是这些花朵的香味，钻进了她的嗅觉。她觉得这是一个好兆头。

她上岸前把衣服脱了，这是阿林达教她的。划桨的大汉背对着她坐着，他不能回头，否则就是犯了死罪。但是她对他一点儿也不在意，他是老是少？是金头发还是黑头发？是獐头鼠目还是貌若潘安？都无所谓。她脱掉外套和绣着金丝的拖鞋，又脱掉连衣裙和丝质的内衣，这时候她的脑子里根本没去想男人们会用什么眼神看她。

和煦的微风吹拂在她的皮肤上，似是一层轻薄的丝绸，盖在她身上正好是一件衣裳。她朝前迈了一步，下了小船后又敲了敲横梁，算是对划桨人的一种信号。当她听到船桨的吱吱声时，她并没有回头。小船将会越变越小，最后消失在远方，她不用看也知道一定会这样。

她知道划桨人为了不回头会加速地把船划走，她只关心在她面前的事物。

小岛的体积像是大一号的农田，岛上没有树木也没有灌木丛，倒是有种小山丘的形状，最高处还坐落着一座庙。蓝蓝的天空非常闪耀，像朋友般温柔地拥抱着小岛。阿林达说的总是对的，艾欧娜在想：这里好美。她在原地站了一小会儿，双脚浸泡在凉凉的水里，感受着小石子在脚底板下翻滚的感觉。在那个时刻，她什么地方也不想去，只想待在那里。这种感觉太奇妙了。她知道，自己来对了。

她慢悠悠地往庙的地方走着，她要尽情感受每一个瞬间。海天翁在她周围盘旋，仿佛银色的闪电一般。空气里回响着它们尖锐的叫声，它们的巢就筑在庙顶上，好像有几百年的历史一样。年复一年，它们见过无数位和她一样到庙里来的姑娘们，怀揣着不一样的使命，可它们却从未见过任何一位最后离开小岛的。

艾欧娜要做第一个离开小岛的人。

峭壁非常磨脚，但她并不在乎。很快，这些疼痛都算不了什么了吧，她想。因为太过兴高采烈，她现在倒有一些头晕。但细想一下，这些都是值得的！一只蝴蝶扑着翅膀飞过，柠檬黄的羽毛边带着一点儿忧伤的黑色。她很惊讶，离大陆这么远的地方竟然能看到蝴蝶，但后来她明白了，这里有鲜花，蝴蝶们就能繁衍下去，于是鸟儿们的伙食也解决了，这些鸟的尸体又正好能滋养鲜花的成长。这是生命与死亡的完美循环，这也是一种好的迹象。过去，她从未对生死有如此强烈的感觉。过去，她从未对生死有如此神圣的感觉。

她爬上通往庙宇的最后一小段路，这段路在默默地等着她，路上只有她一个人。庙很小，灰灰的。墙面是用石头砌成的，和黑色峭壁上的石头不一样。如果你不知道那儿有座庙的话，很容易扫一眼就过去了。应该是故意造得这么隐蔽的，上这儿来的只有那些一心朝圣的人。庙四周的地上有一圈白色的碎片，这是一个完整的保护环，绕在艾欧娜家乡人民宗教中心的周围。她曾经听说过这个圈,但是亲眼见到又是另外一回事了。她小心翼翼地跨过这个白色的圈,走进庙里,背脊一阵颤栗。

门上涂着蛋壳蓝的油漆,但是已经有些褪色,露出了下面灰色的木头。她皱起眉头,既感到震惊又感到气愤,这么神圣的地方居然允许腐物破坏。她深吸一口气踏了进去。

这是一间小房间,角落里有一张桌子,上面放着丝绒布包裹的神案,神案上放着一把刀,一些石头和面包,形状像是干的麦穗。两扇窗分别在房子的两侧,窗户是真玻璃,好让光渗透进来,但是玻璃却模糊到几乎看不见什么光。地是毛胚的,丝毫没有过去来此献祭之人的踪迹。

艾欧娜有所期待,她期待这儿有更多的东西。她在家里时常会想起这座庙,想庙里有许多的房间,还有大厅。房间金碧辉煌,挂着丝绸布料,木头是红木,里头飘来香和价值不菲的精油的味道。所有的房里都点着蜡烛灯,还有阿林达的屋子。她想象着,在接受朝圣的房间里,地板上铺着厚厚的蓝色、金色的地毯,墙面上有湿壁画装饰着,画的是《永恒之环》。其中有一幅壁画,画的是这座岛,岛的最高处是庙宇,血色的大海拍打着峭壁。

艾欧娜在想,这个壁画的艺术家一定是忘记了画花。

她走进房间,脚下的地板很凉。她走到神案面前,摸了摸麦穗,麦穗突然如粉屑般掉落在地上。这里的东西一定放了好多好多年,刀刃都已经钝了,只有石头不会变样,石头灰灰的、扁扁的。神案周围有一圈浅色的印子,当中还有一圈更浅的环。庙里的每一块石头都被磨得一样大、一样平,石头上面还涂了油,看上去闪闪发光。很明显,能打磨这些石头的只有大海。在她眼里,大海比庙里的石头漂亮多了,不需要经过任何打磨就已经够好看了。

房间里也能闻到蜂蜜的香味,不过她却没发现前人的踪迹。艾欧娜知道，这才是她最重要的使命，于是她又走了出去。太阳高高地挂在天上，尽管她的脖子和背脊被晒得很热，她还是得到海滩的峭壁中继续寻找。她先是绕着小岛走了一圈，然后她把注意力锁定在紧贴着水边的裂缝处，接着她把搜寻的范围扩大到岛周围的浅水处。水很清澈，像绿松石的颜色，似乎可以一眼见底。水里倒是没有碍事的海草，不过除了海胆和牡蛎，她一无所获。夜晚降临，太阳带着玫、金、紫的三色霞光下山了，此时的她仍然两手空空。

寒冷随着黑暗一起来袭。她站在寒流中，脚踩得有些痛了。突然，她好像开窍了，她走进庙里，躺到地板上。地板像冰块一样冷，她试图从内心深处聆听阿林达的声音。阿林达此刻会对她有什么嘱咐呢？"这是一个神圣的地方，不适合身体居住，却是灵魂的归宿。想一想，艾欧娜，你想要些什么呢？"

她心中似乎有了答案。渐渐地，她平复心绪，坐起身来开始祷告。

第一晚就这么慢慢过去了。

日出的样子有点儿奇怪。一晚上的凉气，加上用不舒服的姿势躺下来，艾欧娜的关节有些僵硬。但看到太阳升起来，看到白天又一次超越黑夜，重新给了她希望和温暖，她立刻开始继续之前的搜寻工作。她很小心翼翼，生怕踩到任何一颗海胆身上，她蹚着水一路走到深水区，那儿都可以游泳了。游泳是她信教以后学会的第一件事情，为了能完成朝圣的使命。马瑟利斯半岛周围的水质很温暖，底下全是沙子。阿林达在她的肚子下抱着她，用优雅柔和的声音和她说着话。艾欧娜头一回靠自己下水的时候，她为艾欧娜感到自豪，艾欧娜自己也很自豪。自那以后，一有机会，她就会跳下水游泳。除了游泳，其他为献祭学习的本领她都会认真练习。

此时此刻的她竟然出现在这个地方，真是太奇妙了。所有的训练和付出，换来了今天这一刻。过去十年来所受的伤痛，在这一天没有白费。她终于达成了自己的目标和心愿。

她来了，海浪淹没她的头顶，隔绝一切的声音。她睁开眼睛。

这儿的海水比马瑟里的水要清澈，再远的东西也能看得见。小鱼儿眨着眼睛从身边经过，水里的盐分让眼睛有些刺痛，但她强迫自己睁开眼睛。她扫了一眼身下的海底世界，石头、沙子、海胆、鱼儿。她露出水面吸了一口气，一点儿一点儿继续向前。

峭壁的裂缝里有一道白光。这时她得抬头换气了，为了躲开刺眼的阳光，露出水面的时候眼睛不能有一丝缝。她低下头钻入水下，睁开眼睛。在峭壁的裂缝那儿，似乎有个陌生的白色物体在发光。她朝水下继续游，伸出双手。那是颗卡在缝隙里的头盖骨。她用手扭了扭，好把头盖骨拿出来。缝隙边缘十分锋利，她的手腕上开了一道口子。她没觉得痛，但是她看见红色的鲜血从脑袋上空空的眼窝里流出来。

血，血把食肉动物吸引了过来。她抬起双眸，第一次往远海处眺望，不是看着海底的世界。四周的大海无边无际，她可以一眼望得很远，但一切最终都将消失在不可思议的黑暗深渊中。一个可以随时吞噬任何事物的深渊，任何被她的鲜血的气味所吸引过来的事物。

恐惧笼罩在她心头，出乎意料，难以抗拒。她深吸一口气，肺部和嘴里灌满了海水。她必须马上离开。她一鼓作气，用力游出水面，一边咳嗽一边呼吸着空气。不明物体随时都可能抓住她，将她拖入海底，用牙齿和爪子将她毫无庇护的肉体啃噬干净。她奋力游向海边的过程中，肚子擦到了锋利的峭壁，膝盖撞到了海胆，海里的血越来越多。她必须回到岸上，离开这里，一定要快点儿逃出来。她一边咳嗽一边跌跌撞撞地走出水面，她不能在水边继续停留，她必须继续往前走，走到寺庙里，离海水越远越好。直到寺庙的门在她身后缓缓合上，她才敢停下脚步，放慢呼吸。

她把头盖骨夹在腋下，小心翼翼地放在天鹅绒布上，摆在刀、石头和麦穗的旁边，过了一会儿，她鼓起勇气偷偷看向窗外。

小岛周围的海面波涛汹涌，波光粼粼。冲出海面的除了浪涛没有别的东西。屋子外面除了鸟儿以外，没有活动的东西。但也不能肯定，因为窗户实在太脏了。她站了很久，一直在侦察屋外的情形。她走到第二扇窗户，继续向外探查，屋子外面她倒是不去。

太阳开始朝海平面慢慢倾斜，艾欧娜坐在地板上，检查自己的伤口。伤口并不是特别深，但是她知道，如果不清洗的话，伤口会化脓，而且很疼。手边又没有东西可以用来清洗包扎伤口的，这种工具在这里是不会有的，这根本不是一个适合生存的地方，而是一个走向死亡的地方。她过去以为自己已经做好了死亡的准备，但这一天的事告诉她，她的自信只是一个谎言，是她一厢情愿的幻觉。她羞愧地把双手蒙在脸上，她怎么能出卖阿林达呢？出卖整个马瑟里默默支持她、对她深信不疑的人们。只有她做献祭者，他们才能繁荣兴旺、延续香火。她的身份很清晰明了，她是永恒之环里的死亡一角。她的死亡将会推动他们的生存。

她坐起来祈祷，但她不知道说什么好，没有完整的祈祷词，心底也听不见回答。当落日的余晖洒在灰尘满布的窗户上，她的脑子里突然有一种念头飘过。有个东西她学过，不是从阿林达这里学来的，也不是在马瑟里，是在自家庄园，虽然有关那个地方的记忆很少。牛乳下温暖的牛奶、踏平的草地香、自己手里的红色罂粟花，一首歌、一个拥抱、几句话，还有某位老者说出的一句忠告。她想了想，这位老者应该不是她母亲，可能是更老一点儿的长者。会是奶奶吗？一张嘴，牙齿几乎都掉光了。她说过，如果手边没有合适的东西，仍然有办法清洗伤口。

她挺直了背，寺庙里没有碗，也没有别的容器，看来没东西可以帮上她的忙，除了那颗头盖骨。

她站起身来，走到神案前。头盖骨被冲刷得很平整、干净，它已经在水里泡了很久，小鱼小蟹早已把里面残余的肉都给扫荡一空。下颌骨上的牙齿倒是很牢固，头盖骨小得出人意料。这个艾欧娜的前辈是个女孩，她要不就是身材娇小，要不就是乳臭未干。阿林达还是孩子的时候，这个女孩就被送到这里来了。上一次献祭距离现在已经过了好多年，因为也没理由再派新的献祭者过去，艾欧娜也因此在马瑟里待了十年整。

艾欧娜很好奇她叫什么名字。

她赫然一惊，她居然从来没听到过那些献祭者的名字，她的前辈们都是清一色没有名字的女孩。她的名字过多久会被人们遗忘呢？

"对不起。"她小声地对女孩的头盖骨说道。

她蹲下来，把头盖骨放在大腿间。自从离开大陆以后，她就没有喝过水，住在岛上的人必须斋戒，不可以吃，不可以喝。打她来到此地，她就没有放松自己，大开吃戒的念头从来没有进入她的脑袋过，真想喝水的话，她在半路上就可以拿头盖骨盛水了。她鼓起勇气走出寺庙的门，仔细地用自己的尿液清洗着肚子上、大小腿上、脚和脚趾头上的伤口。冲洗的时候很痛，但好在伤口干净了。

她知道她应该清洗一下头盖骨，但是她不敢离开寺庙下海。她把头盖骨放在地板上，紧靠着自己，她把身体蜷在一起，让自己感觉没那么孤单。

这是艾欧娜在岛上的第二晚。

第三天一早起风了，灰色的云雾在天空中你追我赶。现在她时不时就会发冷，口干舌燥地快要发疯了。前一天咽下去的盐水让原本干渴的喉咙愈发饥渴难耐，她知道她现在应该做什么。她应该拿头盖骨敲在峭壁上，用小刀和石头帮忙，然后在寺庙周围的白圈上洒下脑壳碎片，这样她的这位前辈就可以去陪伴其他的姐妹们了。就和这个女孩对她之前的献祭者做的事情一样，下一个来此地的女孩也会用同样的方式处理艾欧娜的尸骨。这是风俗，是原则，是她受教的内容。如果她不完成她命运中最重要的一个部分,那她学习这些东西又有什么意义?她的生命又有何价值?

但是她做不到,现在还真做不到。头盖骨是唯一能陪伴她的东西了,也是她唯一的一件容器。她已经用自己的尿液弄脏了这个头盖骨,这么做一定触犯了禁忌。如果她现在不立刻完成使命,应该也没有什么大的关系。她会完成,只是稍晚一些。

她坐在地板上,看着太阳在脏乎乎的窗户外从东方升起,突然视野里全是这片迷迷蒙蒙的窗户景,透着一股神圣的氤氲。她把头盖骨带入海中,不在乎海里隐藏着什么东西。她做好了准备,会有东西在她一触到海面时就抓到她,这个东西就是她来到这里的目的。她用头盖骨盛满水,然后一路抬到寺庙里,放在墙边上,这样一滴水也不会流出去了。然后她走进屋子,拿着神案的垫子走到桌前。她把石头、麦穗和刀都拨开,把垫子上下翻转。她很幸运,天鹅绒布被牢牢用大头针固定在木头的底部,用小刀可以很轻松就把大头针挑出来。她挑了一半的大头针时才意识到自己究竟在做什么,她在亵渎神案。小刀掉在了地板上。太可怕了,她怎么能这么做?

她注视着窗户,又看了看赤裸裸的地面和毫无装饰的神案。她发现门上的油漆正在剥落。这座腐烂的、被世人所遗忘的寺庙忍受着亵渎。

她捡起小刀,把最后一颗大头针挑松,然后把对折的天鹅绒布摊开,她高声地大笑着。

"现在,我们的运气是极好的。"她对头盖骨说道。

这块布比垫子本身要重好几倍,应该四倍不止。到了晚上,她甚至可以用这块布裹住自己。但首先,她应该对寺庙精心修缮一番,好配得上寺庙的神圣。

她用头盖骨里的水和天鹅绒布,把窗户又是擦又是抹,弄得要多光亮就有多光亮。然后她把布洗干净,晾在紧贴着寺庙的峭壁上,仿佛像是阳光下闪着光的巨型红色旗帜。如果马瑟里此时派人开船过来查看献祭者的情况，从老远处就能把她的举动看得一清二楚。

她打开寺庙的大门，靠门的帮忙爬上了微妙的屋顶。当她匍匐而上后，由于长时间没进食没喝水，她周围的世界似乎在天旋地转，她必须坐定下来。没多久头就不晕了，她继续坐了一会儿，傻傻看着。大海泛着金光，从任何角度看都是无边无际，海面上看不到其他的小岛。在这个世界上，她是孤独的，她的宿命就是孤独。迄今为止她始终把注意力都集中在她的宿命上，无暇顾及周围的事物。除了寺庙以及她来到这里要完成的使命外，一切事物都没有任何意义。她专注地把视线转到屋顶。

她曾经想找找看这里有没有井，井里是否收集着最近一次下雨的雨水，但是并没有。她强忍住眼泪。一只海天翁朝她身边飞过，贴得很近，最后降落在自己的巢上。她突然发现了鸟儿的休憩处，这些鸟巢用灰色的屋顶做伪装，里头有几百个堆满了蛋的小鸟巢。

鸟儿们作出了反抗的态势，它们冲她飞了过来，用喙和爪子对准她。她从来不会在同一个鸟巢里偷蛋，她把偷来的蛋一口吸进去，坐在这群愤怒的鸟儿中间，羽毛纷纷扬扬落下，这味道好极了。

现在的她恢复了体能，海里有牡蛎和海胆，要是她能把它们打捞上来就好了，只是别弄伤自己的手。不过她还没做好二次下水的准备，她也不知道自己是不是做好了死的准备。她抱着头盖骨坐在寺庙的背风处，等天鹅绒布慢慢晾干。

头盖骨空洞的眼窝注视着她，艾欧娜还在思考她到底叫什么名字、有没有名字、有没有身份，这很重要。她从来没给什么东西取过姓名，连寺庙里的狗也没有过。但现在她可以给自己的前辈取个名字，除了只是一名被挑选出的献祭者、只是一颗头盖骨以外，她会给她一个别的身份。这还挺难的，她不知道应该怎么选名字，她尝试自己杜撰一个，但感觉总是有点儿滑稽。她的手指沿着头盖骨的下颚和平坦的颧骨慢慢抚摸着。

她很小，像个婴儿，却就这样死了。她在艾欧娜之前步入死亡，仿佛她的妹妹一般，但是除了姓名她什么也想不出来。

"米兹拉，"她说道。米兹拉光秃秃的牙齿冲她微笑着。

艾欧娜在岛上的第三天就这么过去了。

风刮了好几天，海浪打着均匀的节拍冲击着小岛，仿佛像是心跳的声音。鸟蛋已经吃完了，鸟的话凭她的能力也抓不到。牡蛎的肉很咸，吃得她更口干舌燥了。看天气，不会下很长时间的雨。

她把自己卷在天鹅绒布里，带着米兹拉和小刀走到海滩边。

她曾经是为了求死才来到这里。但现在她所经历的，是长时间受饥寒交迫的折磨拖延致死的日子，这和原先预料的完全不同。在她找到米兹拉的时候，她头一回对海中怪物感到害怕。但现在，她却欣然接受。她渴望和米兹拉一样死去，一种短暂有力、充满荣耀、意义非凡的死。

艾欧娜盯着她空洞的眼窝看，她全心全意地希望，她真正的死去之后也是这样。

她举起了小刀，刀刃并不锋利，一开始只能割破手掌。故意伤害自己是很难做到的，她赶在皮肤慢慢愈合、鲜血越滴越少之前，她必须把伤口划得更大，用力把血摁出来。她使劲在海里按压伤口，把血挤出来。"我在这儿！"她探出水面，在风中咆哮，"过来吃我呀！"

她舔了舔从手掌上流出来的最后一滴血，她希望鲜血能成为诱饵。她在海里游泳找到米兹拉的时候，流的血肯定更多一些，但这么多血也没招来海底深处的任何生物。或许，献祭需要更直接更执意的方式，她不确定。关于这件事阿林达从未和她提过半字，阿林达只和她说，被挑选出来的人会被送到寺庙岛，和前辈们一样执行正确的宗教仪式，然后她就会浮上海面，最后死去。

或许是因为她没有把米兹拉的头盖骨给敲碎，补上那个不完整的白圈？但艾欧娜始终没办法做到这一点，既然她给她起了名字，米兹拉的归属权就在她手里，而不再是这座岛的附属品。她们属于彼此。

艾欧娜在海里摸索前进，她在头上盖了一小块布，好让眼睛不被海水的反光刺到。那儿，就在远处的海平面，有一块深色的斑点。这是她到这里来，第一个打破单调又乏味的日子。

她把米兹拉放在膝盖上，手里拿着刀，坐下来等待怪物的出现。

*　*　*

他坐在一艘小船里，看上去和她想象的样子不同。他个子并不硕大，牙齿比她的身体要长，爪子和镰刀一样锋利。他是一个普通的男人，穿着丝质的衣服，胸口带着金饰，连一把武器她也没看见。他的船很小，只有一叶帆，舵上面铺着帆布。

她不安地坐着，和他打了个照面。他靠近岸边以后，放下锚，然后便跳入海中，最后一段距离他用脚蹚着水上岸了。他手里拿了一根绳子，系在石头上，船便泊好了。

当她看见他的眼睛时，她便知道她的时辰到了。这不是人类的眼睛，也不像是动物的。双眸几乎全是眼黑，这是怪物的眼睛。她站起来，布掉在了地上。她裸露着胸脯，小刀砸在峭壁上，发出叮叮咣咣的声音。阿林达并没有告诉过她与死亡相遇是怎样的情景。

"幸会，"她说道。

他的目光在她的身体上移动。她明白了，怪物并不需要爪子或是牙齿，眼神可以一样的可怕。她可以看见他眼神中的饥渴，事实上任何献祭者都无法满足的饥渴。

"幸会，"他一边微笑一边回答。他既不算老也不算年轻，既不英俊也不丑陋，但他的微笑像是古老的食肉动物一般。

可他什么也没做，没有朝她迈出一步，没有拿起武器，没有做任何执行献祭之事。

这让她的心里充满疑惑。她不想继续等下去了,她弯下腰,拿起小刀,往前走了一步,把刀递给他。

"这里,动作快一点儿。"

她闭上双眼,她没有勇敢到可以眼睁睁地迎接自己的死亡,又饿又渴的身体让她很难笔笔直站很久的时间。很快,她就感觉到自己的双腿有些无力。

一双手臂把她抱了起来,放在了柔软的天鹅绒布上面。当她睁开眼睛的时候,正好对上他的眼睛。他的眼睛很灰暗,充满了饥渴的味道,但他却没有砍断她的脖子。

"等一下,"他说完,便消失在她的视野中。她再次闭上双眼,她把米兹拉藏在一边屁股下,放在天鹅绒布的下面。她给了她坚持下去的力量,接下来不管发生什么都要挺过去。

过了一会儿,一片阴影笼罩在她的头上。"这里,"那个声音说道。她却不敢再睁开眼睛来。这样做又有什么用呢?就在这时,有个东西压在她的嘴唇上。她的嘴唇被打开了,咸咸的清水流进了她的嘴巴。她咳嗽了一下,贪婪地喝了好久。

随后他又给她吃面包,但是她不敢吃太多,她太疲倦了。他在小船和寺庙中来回奔波,总是扛着什么东西,这下轮到扛着她了。她被牢牢裹在天鹅绒布里,米兹拉也藏在里面。他把她放在寺庙的地板上,但是她和地板中间却夹着什么东西,暖暖的,软软的。他把天鹅绒布拉了拉,盖在了她身上。

她睡着了。

当她醒过来的时候,一口气喝了更多的水。她吃的东西貌似是鱼,还有一种甜甜的、富含汁水的东西,大概是一种水果吧。她继续迷迷糊糊睡了过去,他也没有碰她。

当她第二次醒来的时候，这个怪物蹲在门边看着她。她坐了起来，喝了比上回还要多的水。她的身体裸露着，遮住身体本来也没有任何意义。他都已经看过了，身子就是他的了。

他的眼神中露出饥饿的光彩，艾欧娜努力不让自己感到害怕，她试图控制自己的心跳，希望心跳的频率能同海浪一样变得规律。她努力按阿林达教她的那样，用骄傲和力量直面命运。她已经偏离了路线，打破了循环，但这个循环引诱着她，带她步入未曾预料过的宿命之中，这份宿命的感觉现在却十分清晰。

"现在感觉好一些了吗？"他站起来，走到她的面前，像一座微微发光的塔楼。

"嗯，谢谢。"她明白他为什么要让她恢复精神，一只精疲力竭的猎物完全没有挑战性。她对此很高兴，她不喜欢虚弱的自己。

"你到这里很久了？"他转过身，朝窗外看去。

"我睡了多久？"

"一天一夜。"

"那么我在这里一共待了……我记不得了。很多天了吧。"

"不吃不喝？"他用手挡在眼睛上，侦查着海面的情况。好像在搜寻着什么。现在的她已经没有再去侦察的必要了。她要等的人就在这里。

"我吃鸟蛋，还有牡蛎。"

"我们国家一直流传着关于你们祭仪的传说。你们会将处女献祭给一位出现在不毛之岛外的怪物，而岛周围却什么也没有。我不相信这是真的。"

"我是将自己奉献给永恒之环。"她说道。他大笑了起来。

"我不想惹你生气。但是你应该知道，这世上没有怪物吧？那些女孩到这里来，最后都是慢慢饿死的？"他抬头朝寺庙上面看。"这里倒是有种……力量。是这股力量把我吸引到这里的。我对力量之源感兴趣,当然也包括你。我听到的所有故事里,有能治愈伤口的井水,有给予智慧的山脉,有赐予永生之命的风俗习惯。"他斜睨地看着她,"我一定要调查一下这些东西。这些故事大多数都不是真的,要不然就是只有一小部分曾经是真的。但是另外一些……"他满怀梦想地张望着,"另一些确实是真的。我的使命就是要把这些真实的力量之源占为己有。不然我就毁了它们,这样就没人能利用这些力量了。"

"你把山占为己有?"她努力去理解他的意思。

"如果有必要的话。我可以占领这片区域,河流可以截流,知识可以记录下来运走。东西的话……我有一个图书馆,藏着世界各地知识的书籍,没人能想象得到会有这样的地方。"

"你在这里做什么?"

她忍不住发问,虽然她知道问题的答案是什么。他来这里的目的就是来取她的性命。他可以否认他的存在,否认怪物的存在,他想怎么说就怎么说。但只要怪物出现在她面前,她一定能认出来。

"我领了一小支船队从我的国家出发,往东面开,寻找更多的力量之源。我的力量来源还不够。现在看来,我并不是百毒不侵。"他撅着下巴,沉默了一会儿。艾欧娜在等待。他转过身面向窗户,鼓起精神继续说:"我们航行到马瑟里是为了搞清楚你们的祭仪。有人证实了这个传说,并且还告诉我,前不久就有一名女孩被送到这里来,目的就是献祭而死。所以我就离开了马瑟里的舰队,我为了不引起大家的注意,只好独自航行到这里来。"他微微一笑着看她,洁白的牙齿一览无遗。"然后就找到了你。"

他把身子探到艾欧娜上面,弯下腰的时候能看见他的尖牙。她像一只猎物般将脖子赤裸裸地暴露在他面前。他往裤子里摸索着什么东西,他的手里抄着一团线圈。他的呼吸变得非常沉重,目光很迷离。他伸出自己的腿,很粗很结实,她突然明白了,他究竟想做什么,他想要的不是她的死亡。

"不！"她一边尖叫，一边蜷缩着往睡毯的方向缩。"你不可以玷污我的冥界！不可以亵渎祭品！"

他已经双膝跪在她的大腿之间，用一种戏谑的口气悲叹道。

"没有东西让你献祭，"他说。她想念她的同胞们，加上近几年发生的干旱，她觉得他错了。她踢来踢去，努力并拢双腿，但是他那强有力的骨骼还是将它们强行掰了开来。他就是怪物，他拥有怪物的一切特征，但这么做是不对的，这种事情不应该发生。

"你应该杀了我！"她尖叫道。他歪着嘴笑道，口水滴在她的肚子上。

"如果你坚持的话，完事后我会照办的。"

他摧毁了一切，她穷尽一生等来的结果却是要面对他一步一步的掠夺。

"不！"她一边尖叫，一边加倍疯狂地想要反抗。他用力地给了她一拳，把她打得向后飞了出去，她的手碰到了裹布下方的米兹拉的头盖骨。一股力量在她的体内流淌。

他哆嗦了一下，蜷起身子来。

"这是什么？"

她的手指摸到了布头下面扁平的骨头，慢慢找到了米兹拉的眼窝，她的心情顿时平复了下来。怪物慢慢往后爬，出现在她面前的只是一个双腿松弛、气虚体乏的男子。

"你不会碰我。"这不是一个命令，而是一种肯定的语句。他继续往后爬，直到背部顶到另一面墙为止。

他点点头，看着布下面鼓起来的东西，那就是米兹拉。"好强的一股力量。"

"马上离开。"

他离开了她。

她把天鹅绒的布裹在身上，把米兹拉夹在臀部的褶子上。小刀躺在艾欧娜身旁的地面上，或许他曾经想过，在他搞定她之后用这把刀了结她。她把刀别在腰间，把神案上的石头都塞到卷边处。她看了看四周，现在只剩下睡毯、麦穗和小小的神案桌，家徒四壁的房间看上去十分悲惨。她走出屋外，站在光线里，把摇摇欲坠的门关上。那个男人不见了。她手提着米兹拉，就在那条白色的圈内，往寺庙周围走了一圈。她在想，他说的会不会就是对的。所有被挑选出来的祭品是否都是饿死的？那些在她之前来到这里的女孩子们？要不就是怪物来过这里？她在海底发现米兹拉的那道裂缝是天然形成的，还是被不知名的未知生物所抓出来的？米兹拉的死是永恒之环里的一个组成部分吗？她的死会不会是不明不白的？

死亡永远都是不明不白的，米兹拉的声音通过她的手指小声传递给她。艾欧娜沉思了很久，或许事实就是如此，又或许阿林达是对的。但是她知道，她不能在这座岛上活活饿死、渴死。

她走下山，来到船边。他坐在船桨的地方，安置着船上运的货。

"把我从这里带走"。她一边说，手指一边摸着米兹拉的眼睛。他抬起头看着她，她读不透他的眼神是什么意思。

"现在？"

她点点头，靠他帮忙上了船。她坐下来的时候，他递来寺庙里取来的物件，正忙着打包运到船上。她的视线锁定在海面上，大海是蓝色的，很清澈。她母亲的眼睛曾经也是这种颜色，艾欧娜突然想起来。

当他把锚拉上来的时候，她看着他。她顿时明白了，怪物并没有消失，它只是在等待时机成熟罢了，没有米兹拉的话，她将毫无还击之力。

当白色的缆绳蜿蜒地在船里蠕动时，他突然对她说了句话。

"你的名字是？"

"艾欧娜。你的呢？"

"伊斯坎。"

原来她的怪物叫这个名儿，她的生死就掌握在他的手里。

第10章 克劳拉斯

　　这天早上我起得很早。春天到了,我坐在自己的窗前,看着鸟儿飞翔的样子。一只天鹅挥舞着沉沉的翅膀在窗外飞过,几只燕八哥在我的窗户周围跑来跑去,捡虫子吃。海鸟我倒是没看见,但是我可以看见远处微微泛光的海绵,从南边飘来的微风里夹杂着海盐和海草的气味。男人已经出远门有一段时间了,我们囤积了许多生活必需品,很快就到出发的日子了。虽然苏兰尼抗议,但我已经想好了逃跑的方法。等那天晚上,我们在大厅里集合,然后把侍卫吸引过来,敲碎什么东西,或者换个方法也行,只要能不叫醒其他的女人,把侍卫的注意力吸引过来就好。我们当中派两个人藏在阴影里,用重物把侍卫打昏,等他们失去意识后,偷他们的钥匙然后逃跑。这些侍卫从来没遇见过会反抗的女人,他们对此一定毫无防备,要是我们能成功地让他们大吃一惊,三个女人打两个男人应该不是难事。艾斯泰奇会带着干粮在门外等候,我们要带好帆布,借着黑夜的庇护逃出去。纳翁岱尔在等着我们,大海在等着我们。等到天开始刮东北风的时候,我们就准备启程。东北风会在十天内把我们送到特拉苏,可能十天不止。一路上会经过几座小岛,那里可以让我们补充干粮。但距离刮风的这一天,还有半个月的时间。

　　所以我们还要等待。

　　男人回来了。

　　是艾斯泰奇把消息告诉我们的。加赖和我坐在内院的小池塘边上,所有的女人中,她最渴望自由,只要她心情好的时候,她就想去看一看永宁花园。她一只手浸在水里,似乎在全神贯注地听什么声音。我坐在凳子上,脸朝着太阳,南面吹来一点点风。艾斯泰奇从大门处走出来,她蹲下身子弯了弯腰,先是朝加赖作揖,然后是我。

"凯伦诺克的维齐尔大臣希望家里的所有成员到大厅里集合。"她说道。我的身体一阵颤栗,我居然把他给忘了。纳翁岱尔占据了我所有的思想,有一阵子我都忘记了我为什么要逃离。

"他是什么时候回来的?"加赖问道。她白色的长发垂在单薄的肩膀上,就像一块丝巾。她曾经和我一样,是被买到这里来的。这件事我知道,但她的内心不接受买卖的事实。

虽然我也不愿意被买卖,不愿意出卖自己的身体,不愿意来到这里,但我最后还是做了这个决定。

"昨天晚上,主子。"艾斯泰奇有些迟疑。"他不是一个人回来的。"

她和加赖交换了一下眼色。难道出卖我们的人是她?她同夫人和加赖走得很近,甚至和苏兰尼也走得很近,这种靠近非比寻常。

我们走进屋子里,跨上台阶来到了大厅。喷泉洒着水,女人们带着孩子在厅里聚集。门开了,夫人和她的女儿埃西柯也进来了,她们坐在离我们其他人稍远一点儿的垫子上。

我们在等待。

他喜欢让我们等他,我们的时间是属于他的。他从来不会走进一间空无人烟的房间,只要他想,我们会随时随地为他待命。

孩子们在四周奔跑嬉戏,我们女人就在那儿喝着茶聊聊天。如果有孩子靠我很近,看见了我那张畸形的嘴巴,他们的母亲就会惶恐地把孩子给叫过去。奥尔索拉坐在我身旁,一副事不关己的样子,一声不吭。我看着苏兰尼,她的背总是挺得很直,在她身后隔着一小点儿距离坐着艾斯泰奇。加赖陪坐在卡比拉身边,不过她们并没有交谈。

金色的格构式大门由一位侍卫打开,男人走了进来,他的身后跟着一个年轻女子。她很矮，连他的肩膀也没有到，她的头发像夜空一样黑，一直垂到脚后跟。她身上穿着一件火红色的丝质长裙，裙子很垂，没有任何刺绣。她一侧的臀部有个大瘤，难道她是怪胎？不，这个鼓在布下面的东西可以轻轻滑动，看来是一样物品。她的眼睛摆在尖尖的小脸上显得很大。

她非常年轻。

比父亲冲我说滚的时候还要年轻。

男人站在我们大家面前微笑着，露出鲨鱼般的牙齿。

"我去了很远的地方，但我最终还是找到了我要找的东西。"他给大家展示着这名女孩，并没有碰到她。"我的另外一位夫人，她会带给我很多儿子，巩固我的地位。昨天我们抵达欧哈丁的时候，我把她娶回来的。"

女孩看着他，但她脸上的表情我看不明白。

我看着埃西柯，她的脸色煞白，手在微微颤抖。

我身边的奥尔索拉发出一阵奇怪的声音，她直勾勾地看着女孩子，嘴唇半开半闭，上嘴唇的汗水还发着光。我一只手放在她身上，让她不要做声，以免引起大家的注意。男人越是忘记我们的存在，对我们越是有利。

"第一夫人。"

卡比拉站起来，走到她的丈夫面前，深深地鞠了一躬，等待着指令。

"帮我照顾好艾欧娜，别让她有什么东西缺了，把你那儿的几间屋子给她，再给她一个合适的衣柜，一些首饰。"他挥了挥手，命令她退下，"所有该有的东西。"

"遵命，主人。"这位老妇人一边回答，一边深深鞠了一躬。我过去从未见过她在男人面前如此温婉，这或许是女儿的缘故吧。好歹他让她活了下来，他也没有惩罚自己的妻子，至少目前为止还没有。

或许，这就是变相的惩罚吧。

他没有继续多说什么，一转身便离开了黛拉和辛，女眷们立刻又热络地讨论了起来。一位新夫人！这件事实在是出乎意料。

"她还只是个孩子！"奥尔索拉在我身旁说道，"只是个孩子！"

这话是真的，她的样子，看上去还没有到来月事的年纪。

"我们逃走了之后……他只会用更年轻的女孩儿来填补我们的位置罢了，一个比一个年轻。"

我嘘声让她不要说话，但是她完全不理会我。不过似乎也没有人在听她说什么，这时候大家都在交头接耳窃窃私语。

"他这样的行为一定要制止！"奥尔索拉在颤抖着，我在她身边也能感觉到，"他这样的行为一定要制止！"

"他的手可以主宰生死。"我一边说，一边审视着艾欧娜。卡比拉把女孩一路带到自己的房里。她被迫要放弃自己的房间，放弃自己拥有的荣华富贵——这对她这样的女人来说简直就是人格侮辱。"这是你亲口对我说过的，面对这类事情，我们无能为力。我们只能保全自己，如果还能保全的话。"

"他爱操控生死的话那就尽管让他去操控好了，"奥尔索拉小声说道，"我的手可是能操控所有人的梦。"

* * *

把话题转到帆布上的是艾斯泰奇。

"我们需要帆布。"那之后不久的一天夜里她这么说道。准备逃离的我们又是在浴池那儿集合，艾斯泰奇在我们成功买下纳翁岱尔后，对我们的逃跑计划没发表过太多意见。船停在阿美卡被遗弃的一座船库里，艾斯泰奇亲自去过那边，确认过这件事。我已经习惯性地把她当成一个下人来看待了，一个给我们端茶水、送甜点、清夜壶，还帮我们去集市上卖首饰筹钱的下人，而不是一个有主意有主见的人。

"纳翁岱尔没有船帆吗?"

她摇了摇头,"没有,我的表亲在把船开到大河上去的时候,从渔夫那儿借了两叶帆,但船到了之后那人又要了回去。"

"渔夫对买船的人知道多少?"发问的人是苏兰尼,她是我们的军师。

"他以为是我的表亲要买这艘船。"

"那你的表亲呢?他怎么想的?"

"他以为我有个情郎。"艾斯泰奇脸红了。"我和他要私奔。"她的眼睛快速地瞥了一眼苏兰尼。

"船帆我们是一定要有的,"我说道,"特拉苏离这里很远,划船太耗时间了,而且对你们来说太难了。"

"帆,"奥尔索拉说道,"我们有一艘船,但是我们没有船帆。"

苏兰尼看着我:"怎么样的船帆算是好帆?"

"要结实一点儿,分量要轻。缝帆师可是极其尊贵的工匠,这门手艺很难。我可以自己织一张网,但是我绝对不是缝帆师的料。"

艾斯泰奇探过身子来问:"那你知不知道,一张好的船帆具备什么特质呢?它摸上去是什么感觉,动起来是什么样子的?"

我点了点头。

"那好,这样的话我可以来缝船帆。"她把身子靠回去,双手捏着膝盖。苏兰尼久久地看着她,然后微微一笑。

"可是我们没有可以缝成船帆的东西啊。"奥尔索拉插嘴道。这会儿我笑了。

"这东西,是我们在这口金色的笼子里唯一能拿到的东西!你们没看见我们周围是什么吗?丝绸!丝绸的枕头,丝绸的窗帘,我们的衣服也是丝绸做的。我们的丝绸非常耐穿耐磨,又像羽毛一般轻盈,要多少有多少。"

"枕头太小了,"艾斯泰奇马上说道。她右手的手指滑着左手的手指，仿佛是为了缝船帆做热身运动似的。"窗帘布不错，或许我们可以要几卷新的布来，就说我们要缝新衣服。"

"可你是知道的，我们已经没法再从他那儿要东西了。"我说道。

"但有个人可以办到。"奥尔索拉插了句话，我们面面相觑。

"我们不能冒险把她邀请到计划里来，"我表示反对，"我们都不和她说实话，怎么让她帮我们要东西？"

"如果能让我说几句的话，"艾斯泰奇的声音冲了进来。她已经站起来，坐到苏兰尼边上去了，她一直恭敬地低着头，但我觉得她不只是一个女仆而已，她也是我们中的一员。"我们可以试试看先就这样问问，她很乐于助人，只要是合情合理就行。"

"我们需要丝绸，"我说道，"没有船帆，纳翁岱尔就是一只折翅的鸟，我明天就去找她。"

我让艾斯泰奇带了信儿，让她问问，我能不能拜访一下新夫人，以表明我对她的敬意？消息很快回了过来：请进。我洗了个澡，仔仔细细地洗了一遍，身上涂了好闻的香油，好盖住从来不离身的鱼腥味和海草味。我把梳子插在干净的头发上，穿过整个大厅和走廊，来到私人的厢房外，轻轻敲了敲房门，这间屋子现在属于艾欧娜。

艾斯泰奇开了门，我便跨着步子走了进去。进门之后我怔住了，这间房和我在这里看过的其他房间有着天壤之别，石头的地板上什么也没有铺，房间里没有装饰的壁画，也没有大花瓶，窗台对着春日里的太阳敞开着。靠我远一点儿的墙壁旁摆着一个简单的神案，上面有一把刀、一块面包和一块石头。艾欧娜坐在枕垫上，膝盖上放着什么东西。棕黄色，有着空洞的眼窝，是一个头盖骨。艾欧娜正对面坐着加赖，她抬起头看了我一眼，皱起了眉。

"你为什么要打扰我们，克劳拉斯？"

"他是我的客人，女祭司。"艾欧娜回答道。加赖不是很满意，转回身看着艾欧娜，还有那颗头盖骨。

我走上前去，坐在加赖的旁边，如果她待在这里，我没办法提出自己的请求。

"你手里的这个东西，它的能量难以名状。有它的帮助，你可以从你的主人那里解放自己。"加赖的目光似乎离不开那颗头盖骨了。

"他并不是我的主人，"艾欧娜严肃地回答道，"他是我的怪物，我的生死掌握在他的手里。"

加赖沉默了，她朝艾欧娜鞠了一躬，便匆匆离开了房间。

我在等她先开口对我说话，她是妻，我是妾，是所有人里资历最浅、地位最低的一个。

艾欧娜很安静，她友善地看着我，但似乎并没什么兴趣。

一只猫咪踮着脚尖从另外一个房间里走进来，径直跳进了我的怀抱。它呜呜叫着，我抚摸着它柔软的耳朵，艾欧娜怀里的头盖骨用那双黑色的眼窝盯着我。

生与死。

"你过来是有事找我吗？"她终于打破了宁静，我也终于有机会说话了。

"你说的话维齐尔大臣听得进去，能不能请你问他要一些布料？"我的话说出来了，虽然说得不顺溜，但也不刺耳。

"什么样的布料呢？"艾欧娜的指尖慢慢抚过头盖骨凹凸不平的牙齿，这是一个非常小的头盖骨，可能是一个孩子的。

"丝绸，这种布料我们已经要不到了。我们已经不受维齐尔大臣的宠爱了，不像你。"

我能听见艾斯泰奇在我身后转身的声音，她应该是对我笨拙的样子感到不太舒服了。艾欧娜倒是沉着地看着我，然后她转了转头，似乎是在听什么东西，她简单地点点头。

"我有一大堆用来装饰我房间的丝绸布料，但是我更喜欢简洁一点儿的布置。艾斯泰奇，到我的卧房里取几包过来。"

艾斯泰奇弯了弯腰，从一扇门里消失了。我的目光无法从头盖骨上抽离出来。

"这是谁？"

艾欧娜笑了，她笑得很害羞，整张脸都有了神采。

"米兹拉，是我的朋友也是我的前辈。她把自己的性命献祭给了怪物，现在要轮到我了。"

"你想死？"我的手放在肚子上，我感觉到肚子里的小家伙在里面拳打脚踢。

"为了让生死的永恒之环保持下去。"她把一只手搭在米兹拉上面，像是一个兜帽似的，"这是我的使命，是唯一一件需要我去完成的事。"

"我们所有人都会死，"我说道，"为什么非得在祖先们的灵魂召唤你之前就去死呢？"

"我不认识那些死者的灵魂，"艾欧娜回答道，"永恒之环要求有人做祭品，这样才能赐福给大家。"

"我的使命就是照顾这个孩子。"我一边说，一边示意自己的肚子，艾欧娜点了点头。

"有使命是件好事，这样你就能知道，你为了帮助自己达成使命所做的一切决定都是正确的。"

艾斯泰奇走了进来，她扛着几大包颜色光鲜亮丽的丝绸布包，有一些是薄纱，还有一些是比较粗糙的生丝。对我们的船帆来说材料足够了。我把能想到的最好听的话用来感谢艾欧娜，还鞠了好多次躬。她把头盖骨举到自己的脸颊旁。

"米兹拉说，这些布料对你们非常重要，选那几块灰绿色的丝绸，这颜色在海上的可见度最低。"

我蹒跚着走出了房间，艾斯泰奇跟在我后头，我们俩面面相觑，她摇了摇头。

"我什么也没说过!"她小声说道,"你一定要相信我!"

大海,纳翁岱尔,她一定知道些什么,但是她究竟知道多少?是她背叛我们的吗?她似乎和男人走得很近,而且也不怕他。

他可是一个极具威慑的男人。

他还是偶尔会到我这里来,要填饱他的欲望,艾欧娜显然不够。或者,他不想用对待我的方式去凌辱她。他也会临幸苏兰尼,我看见她脸上和身体上的印痕了,她从来不向我们诉这些苦。艾斯泰奇会用那双温软轻盈的手,照料好她身上的伤口和突起的肿块。

有时候我会看着她们,盼望着也能有人这样伺候我。经过男人的宠幸后,我真希望这辈子不要再接受任何男人的宠幸了。

逃跑所需的东西我们都准备好了,艾斯泰奇的针线活很快,船帆很快就要缝好了。逃跑之夜前的这些日子像沙粒一样从指尖流过,我已经决定好了,我们将在春天最后一次满月的五天后离开这里。到那时,南风应该鼓起来了,但天气还不算太热。船帆已经制作完成,静静地躺在我的床下。一切就绪,我们的粮食储备虽然不多但也足够我们吃了,全都存在那间被人遗忘的储藏室里。我的肚子逐渐圆了起来,走路十分缓慢,我甚至能感觉到孩子有力的踢撞,在向我体内注射力量。这天是满月的前夜。

就在这一晚,一切都出了岔子。

那天我想小解,所以醒了过来。孩子越长越大之后,我小解的次数就变得更频繁了。当我用完尿壶之后,我听到了大厅里的脚步声。我开门走了过去。

奥尔索拉站在那边,低头看着喷泉。她经常给王公织梦,在夜里的时候才会被带回黛拉和辛。在金色大门的外面,我在阴影里看见一名侍卫的轮廓。只有一名,这天晚上。

我走到她跟前,她没有看我,依旧低头盯着水面。

"我们永远不能伤害一个做梦的人,"她说话的声音很轻,我不得不往前靠才能听得见。"母亲反复强调过这一点,永远不能。"她跪在喷泉面前,把额头靠在冰凉的大理石泉缸上。"他想要飞,"她轻声说道,"我就让他飞,我把所有脑子里与高有关的记忆都塞入梦中,让风吹拂在他的脸上,让暴风骤雨的大海出现在他的梦里。这个梦比任何一次都织得更好,小棘鱼。他的眼睛在风中落泪,厚重的云团打湿了他的皮肤,他分不清梦醒后的现实和梦境的差别。我让风撩拨他身上鹰的羽毛,他的耳朵飒飒作响,大风把他扔来扔去,直到他已分不清上与下,高与低。"她一把抓住我的肩膀,"她还这么小!她还是一个孩子!一定要制止他,小棘鱼,必须有人去制止他!否则他会在我们出发后,把更多的豆蔻少女掳到这里来!"

"你在说谁?谁是那个她?"

她突然放声大笑起来,尖锐的笑声回响在空荡荡的大厅里。侍卫转过身来。

"回你们的卧房去,"他明亮的声音里透露着未成年男子的气息,"马上。"

"王公宣我过去,"奥尔索拉的脸紧紧贴在我面前低声说着,"我碰不到他,他是我们的敌人。但我可以通过王公伤害他!如果他不是到哪儿都安插了自己的眼线,他算哪根葱?他的权力又从何而来?"

"奥尔索拉,你都做了什么?"我小声地说道。她的手把我的肩膀抓得很紧。

"他摔了下来,小棘鱼。"她嘘声说道。我听见侍卫在挠抓钥匙的声音,我晃了晃奥尔索拉,我要把她那疯狂的想法晃出去。

"你做了什么?"

"我知道他的痛处，小海星。我把他害怕的事物一一刺进他的梦里。他在孩提时代就失去了母亲，我利用这份痛苦的回忆，在梦里伤害他。这是我所编织的最美的一个梦结。梦中有梦，剪不断、理还乱。是我让他直面死亡的恐惧，是我让他像块石头一样从高处坠落！"她的呼吸很急。就在这时，我觉察金色大门咯咯作响的声音。应该是侍卫锁门来了，他的脚步声回响在石板地上。如果我事先有所准备的话，凭我们俩的力气，足以把他击倒，这真是绝佳的机会！但现在还不是时候，我既没有带上苏兰尼，手上也没有可以击倒侍卫的东西。不过，我想清楚了，计划不能一拖再拖。假如我们走运，只有一名侍卫出现的话，那这一晚就是我们的逃跑之夜。

奥尔索拉哭哭啼啼，声音很响。"他再也醒不过来了，小鱼儿！永远、永远都不会了。"

我急忙地站起来，侍卫就在我们的面前。"她走火入魔了，我会带她回房睡觉的。"

他一句话也没说，拉着奥尔索拉的手，把她拖回自己的床上，她没有反抗。侍卫不情愿地让我留在了她的身边，并警告我说让我在她平静以后，尽快回房睡觉。就算到了这个时候，我仍然在苦苦搜寻能打头的东西。哦不，这是个错误的夜晚，下次一定要做好万全的准备，才能行动。

"我做了一件最忌讳的事情，"奥尔索拉喃喃自语道，"驱逐出境对我这样的人来说根本不够。不够，不够。不能让任何种子在我的出生树上生长发芽，砍断也行，烧毁也行。因为我坏了所有的规矩。妈妈、妈妈，请你原谅我，母亲大人！"

她一边尖叫一边嘶吼，内心充满了深深的恐惧。我只好让她一个人待着。

如果她说的是真的，如果王公真的死了，那男人会有什么反应呢？

* * *

虽然奥尔索拉杀了王公,但是她的手法很精妙,所以没有人怀疑她。虽然她做了他许多年的织梦师,但几乎没有人知道她具体做的是什么工作。他们只以为她是他的小妾,是维齐尔大臣借给王公的宠妾罢了。王公年逾古稀,情人之间激情四射的拥抱,就算超过了他的心脏负荷,又有谁能说得清孰对孰错呢?都没有错!他只是安详地在自己的床上慢慢睡去罢了。他活得比所有的同龄人都要久,凯伦诺克从没有人像他这般高寿。他只是去陪他的父母罢了。

但王公的生死应掌握在维齐尔大臣的手中。他知道,有人夺走了他的权力。我一开始不能完全理解这层意思,这还是艾斯泰奇解释给我听的。她从小进宫,欧哈丁的上上下下,宫廷里的尔虞我诈,她可比我们这些讲究契约的人要了解得多。

自从他的儿子——离世之后,他就开始怀疑所有人。埃西柯居然是个女生,这件事让他的被害妄想症愈演愈烈。王公的死没有经过他的授意,未能见证整个过程让他近乎疯狂。于是他便在各处增派侍卫,这些人和我们印象中文弱的侍卫有着天壤之别。他们一个个全是士兵,身上配着重型武器,表情严肃,手上还布满了伤疤。他们驻守在宫殿里的每一扇门窗边。要将我们的计划付诸实现已经没有了可能,我们的逃跑之路都已经被完全堵死。

我们有纳翁岱尔,有吃的,有船帆,但我们失去了逃出此地的机会。

第 11 章 卡比拉

我的儿子们死了。

王公去世之后,伊斯坎下令处死了王公所有的男性亲戚,因为他深信,这些人之中一定有人觊觎王位。他甚至连孩子也不放过,包括那些还躺在母亲胸口上的孩子,以及那些被怀疑怀有王公子嗣的女眷。处死并没有公开举行,但行刑的那一天,我们住在欧哈丁里的人都能听到那些人恐怖的惨叫声。孩子突然被砍头时的叫声和母亲们永不瞑目的声音。我听到这些声音的时候并没有任何感觉。

我的儿子们死了。

第二天,永宁花园里烟雾腾腾,烟雾飘过宫殿的金色屋顶,飘过整个欧哈丁。伊斯坎命人把尸体抬到城北的一座山上焚化掉,这些人没有举行葬礼的资格,他们的肉体要被彻底根除,既不能和父母团聚,也不能得到永生。

这一天,欧哈丁里烟雾弥漫、死寂笼罩。没有人说话,浓浓的烟雾使鸟儿们也惊愕失声。

我的儿子们死了。

这一天奥尔索拉疯了,她的情绪一直以来都很不稳定,但此刻的她,已经陷入了让人无法理解的疯狂状态。黛拉和辛的侍卫们把她绑在床边,不让她做伤害自己的事情,加赖则是强迫她服下了镇定的汤剂。

我在思考,她为什么如此痛苦。

我的儿子们死了。

尸体火化过后的第二天,伊斯坎来看我。他已经很久没有来看我了,自从埃西柯把身世告诉他之后就没有来过。他没有让人通报,直接走进了我的房间,埃西柯正好在我身边。我立刻跪下,在地上弯了弯腰。埃西柯犹豫了一会儿之后也照着我的样子做,她还不习惯自己女人的身份,不习惯温柔顺从的模样。她穿着女人的衣服,这是她父亲下的指令,但是她的头发依旧很短,我很不习惯她穿女装的样子。她变了,变得很害羞,变得不喜欢出房门。我当然愿意让她紧紧留在我身边,只要可以,越紧越好。不论如何,我不能失去最后一个孩子。埃西柯坐在原地,等待父亲再一次宣她觐见,把她看成自己可以信任可以托付的人,看成自己最亲密的谏臣。

但自从他知道了真相之后,就没有再宣她觐见过了。

"起来吧。"我抬头瞥了伊斯坎一眼。他叫的是埃西柯,不是我。她坐在脚踝上,充满期待地抬头看着自己的父亲,而他却露出一副嫌弃的表情。

"这头短发让你看上去就像一个畸形的怪物,你为什么不佩戴那些首饰、项链?你应该戴十根,告诉大家,你是珍氏家族的人。头发长长之前,别去外面丢人现眼。"

埃西柯的表情,仿佛刚刚被他在脸上吐了口痰。他转过身看着我,看着他那双黑色密布的眼睛,就像进入死亡国度一般。我在想,如果我一直看着他的眼睛,时间久了,我应该就能听到所有死在他手里的人们,听到他们吼叫的声音。

"她是货真价实的女人吗?两腿中间那里?"

"是,"我说道,"当然是。"这是伊斯坎杀了我的儿子之后,我和他说的第一句话。

他哼了一声:"要是让她像男孩子一样长大的话,这件事的后果有多严重你知道吗？这样一来，艾欧娜就不会这么快给我生孩子了。她生的会是一个男孩，我去安吉那儿看过了。但是对我而言，她还有更值钱的地方，只要我得到这一点，没有人再能扳倒我。在此之前，我必须要加强我的地位，我要确保把最后一个反动势力消灭下去，没有人再能威胁到我。意外是可能发生的，王公死的时候我就预见到了。既然王公死了，那我一定要代替他执掌大权了。"他笑了。他的微笑中没有喜悦，没有温度。"那些准备算计我的人不会料到，他们正在把权力包装成一份精致的小礼物送到我面前，但我身边需要有人帮忙。埃西柯一长大，就送出去结婚，我正在竭力搜寻一位好的候选人，这个人必须能接科林的班，并且要对我绝对忠诚。"

"我很忠诚，父亲！"埃西柯破口大叫，我倒抽了一口冷气，她可别惹他生气才好，他想做什么就做什么。她已经不是他的儿子了，但是埃西柯不明白这一点。

"我一直都服侍在你左右，你也听过我的建议，有关你国家的一切事务我都了解，有关安吉的一切我也都了解！父亲，我求你，让我再看一看那口井，让我向你展示我的价值。"

伊斯坎慢慢地转向她。仔细地端详着她，脸上没有一丝情感。

"你欺骗过你的父亲，你的主人。不要和我谈忠诚，不要再和我说了。你能活着就应该自视幸运了，这都是因为你还有一个用处，你以后要嫁出去的。"他面无表情地看着她。我脑子里浮现出她曾经骑在他肩头的模样，那时的她，是一个小男孩。

他转身后便离开了房间，埃西柯坐在原地，眼里充满了泪水。从四岁起，我就没见过她哭。

"我们是没有什么远大前程的，"我说，"婚姻是每一个女人的归宿，但愿他会找一个离这里不算太远的人，这样我们就能经常见面。"只要想到不能每天见到埃西柯，我的心里就充满了恐慌。

埃西柯突然转向我。"我有！"她尖叫道，"这都是你的错！我十四岁那年,都是你,是你教我要有远大的抱负!我曾经是维齐尔大臣的儿子!而现在你却要我变成和你一样。变成一个女人!一个什么也不想,什么也不会,什么也不做的人!"

她在我面前吐了口痰,吐在了地板上,然后冲进了自己的房间里。

安吉把自己的能量都赐给了伊斯坎,帮助他执行了所有他犯下的可怕罪行。安吉把我的女儿从我身边夺走,从一开始,当她还躺在我的身体里时,她的血管里就流淌着安吉的力量。我的女儿一直以来都更听井水的指示,我的话她左耳进右耳出。安吉会把伊斯坎带到无底的深渊,他会把女儿从我身边抢走,或者杀死她也说不定。我不能让这样的事情发生。

一定要把这份力量从伊斯坎身上抢走。

没有力量,他就是个普通的男人,一个普通的老男人。他对埃西柯的威胁也会慢慢放松,最终她将看清楚他的真面目,变成我的孩子。这是我从一开始就有的想法,这个晚上是我最后一次将伊斯坎领到我的床上。

我被烟雾的味道给弄醒了。

一开始我觉得,是那些尸体焚烧的味道还没散去,所以我的鼻子才会觉得有些刺痛。接着我睁开眼,我看见我的房间里,四面墙上都飘散着红色的火光。我跳下床冲到窗前。

安佑宫矗立在火焰的光芒中。那里住着没有被处死的王公女眷,还有她们的女儿。

埃西柯匆匆从我身边跑过,她从门里冲出去。我披上外套,急忙跟在她的身后。黛拉和辛里传来各种声音,说话的声音、跑动的声音、惊恐的声音。

埃西柯跑到金色大门的台阶前,那里只站着一名侍卫,是从军队里招进来的新侍卫,她用对方的名字称呼他。

"巴拉多,重骑兵!开一下这扇门。"

他摇了摇头:"抱歉,小妹妹。维齐尔大臣的命令不能违抗。"

"维齐尔在哪儿?"

"没有人知道。"他内心的不安溢于言表。

"谁来指挥灭火工作呢,巴拉多?"

埃西柯继续称呼着他的名字,她是在提醒他,他们曾经紧密相联。

"我不知道,奥兰诺小妹妹,大部分侍卫都在那儿灭火。"

对外,奥兰诺仍然是伊斯坎的儿子,但黛拉和辛的侍卫们知道真相,因为他们见过她穿女装的样子。我不知道伊斯坎和他们说过什么,或许什么也没说,他不需要向任何人解释什么。

"一定要有人指挥才行,巴拉多,这你知道的!他们需要一个将军,距离上次我们一起并肩打仗没过去多久。"埃西柯非常坚持。她没有恳求他,她很坚定,神情很认真,像一位领导的架势。"我们曾经肩并肩作战,所有人都必须一起帮忙灭火才行,就连你也要去。我来指挥灭火工作,如果你们跟着我的话。倘若最坏的事情发生了,大火蔓延开来的话——维齐尔大臣的所有女眷都将在屋里被活活烧死,这个责任你背不起吧?"

我想,我们或许就像此时的王公女眷和孩子一样,会在屋子里被活活烧死。她挺直着腰,高高的个子立在侍卫的面前,侍卫打量着她。他没有再说什么,掏出了钥匙给她解开了门锁。直到这一刻我才看清埃西柯身上的装扮,她穿着过去奥兰诺的衣服。蓝色的外套,白色的裤子,高高的靴子。

她转过身看着我。

"母亲,如果火烧到这里的房子,我希望你能保护其他女人和孩子们的安全。"

我点了点头。

她没再多说,便消失在台阶下。

我看了看四周,大厅萧索地伫立在原地。

我没有犹豫,偷偷溜出了金色大门。这是伊斯坎下令建造这栋宫殿以来,我头一次没有人护送着出宫殿。我一边跑下台阶,冲到花园里,一边回想着莉罕去世后我的所见所闻。我的脑中晃过这栋房子的模样,还有所有住在这里的女人的模样。那个时候我对她们还一无所知。而现在她们却是在我受困于此的这么些年里,唯一陪伴在我左右的人。埃西柯将她们托付给了我。

但我并不关心她们是死是活。

第 12 章　加　赖

为了血月我等了很久，从星相上看，距离血月的日子就快到了，母亲教过我怎么看星相。血月的时刻，月亮的力量是最坚不可摧的，她将带着大地的气力向我疾驰。从表面看就一目了然，若是在这个时候献祭，力量将擎天撼地，我的整个身体都能感受得到，就连我的草药包也为这股力量在歌唱。我已经很久没有去基斯米尔树那儿转转了，发生了这么多事情后，伊斯坎不允许我们跨出房门，但当那个夜晚来临的时候，我仍然能察觉到外界的异样。如果我跳起月之舞，我的脚尖仿佛就是它们的根，我可以感受到地底深处和山脉底下的力量，它在沸腾、膨胀。我的气根汇入力量之源的最深处，她在召唤着我。当我坐在桌前，在仅有一盏灯的灯光下写下这些文字的时候，召唤的声音愈发强烈，仿佛不只是我的身体能感知到它，就连它的声音我也能听得见，像是一种警报似的。我房间里的空气变得越来越厚重，这一定是力量来袭的缘故，它带着自己的空气进入了我的房间。闻上去……有烟味？

我站起来，从窗户里看出去，外面都是烟，还有警报的声音和人们尖叫呼喊的声音。安佑宫的四周弥天大火。

力量之源在呼唤我。

我把进餐时藏起来的小刀拿出来，刀刃本来很锋利，现在却钝得有点儿像母亲的祭祀刀了，尽管不是黑曜石做的。我的机会来了，只要我能找到开着的门，我就能走到源泉那儿祭祀，这次祭祀的规模可不小。如此强大的力量之源与欧哈丁之间有着说不清道不明的联系，若是趁着血月的时候对力量之源进行祭祀典礼，我就能追随母亲的步伐，成为一名强大睿智的女祭司，或许比她还要强大。时间不能虚度，我把笔记带在身上，这次的祭祀我可能回不来了，如果真是如此，那我不希望别人看到我写的这些手稿。夜里的空气有些寒冷，我把自己裹得挺暖和的，蓄势待发。

第13章 克劳拉斯

当时是艾斯泰奇把我叫醒的,我睡得很沉,要让意识慢慢浮出表面需要花很长时间。她弯着腰站在我身旁,手里提着一盏灯。

"安佑宫着火了,"她说道,"大门没锁。"

我坐起身来。"我们能逃吗?今天夜里?"

她点了点头。"我把苏兰尼叫起来。"说完她悄无声息地离开了我的房间。

当我匆匆忙忙地穿着衣服的时候,我脑子里想起了奥尔索拉。尽管我知道她是一个累赘,会拖累我们,把我们往底部拽,让我们沉下去。但有时候,人需要累赘,没有累赘,网会飘走。而且,她还帮我找到了纳翁岱尔。

我用一条细绳子把船帆牢牢绑在自己的背上。苏兰尼进来了,她换好了衣服,一本正经。艾斯泰奇站在她身后,她麻利地把东西都打包在一个袋子里:灯、油、火绒箱。苏兰尼的腰间和肩膀上挂着好几团线圈,很好!她们把我说的东西都带上了。我看到她的手里握着一件东西,那样东西能反光而且很锋利。

我指了指,"武器吗?"

她抽出来一把长刀。"艾斯泰奇给我偷来的。没有武器,斗士是没法出征打仗的。"

这一刹那,我为自己并非单独出逃而感到庆幸。

"我们可以走下楼梯,"艾斯泰奇轻声说道,"先通过储藏室,然后呢?"

她看着我和苏兰尼。我不知道我们如何才能离开宫殿的区域,我们之前计划要给侍卫一个措手不及,这之后我也没有想到其他的方案,不过好在苏兰尼的腰带上插着刀。

"越过泉水的塔顶,我们可以从那儿走到城墙,我们有绳子,这样就可以降下去。"

我把手放在肚子上,保护着它。

"我帮你,"她说道,"没有别的法子了,几个大门都守卫森严,你们都穿好鞋子了吗?"

我不知道她这话是什么意思。

"我们需要跋涉很长一段路,速度要快,借着天色的有利条件。这样子的话我们是不能赤脚走路的,否则冒的风险太大了。"

我露出了自己穿着凉鞋的脚,艾斯泰奇也把自己的脚露了出来,苏兰尼点了点头,表示满意。她把自己的头发编成一股很粗的辫子,把它固定在脑袋后面,这样头发就不会干扰到视线了。我的头发里还是插着那几根铜梳子,艾斯泰奇的头发上盖着一块蓝色的布。

"奥尔索拉呢?"苏兰尼问道。

"我们一定带着她一起走。"我们离开了我的房间,走到大厅。有好几个妃子聚在那里,有些人怀里抱着小婴儿,她们都站在窗前,眼睛里映射着通天的火光,完全没有看我们。我快速冲到奥尔索拉的房里,她盘着腿坐在床上。

"出去出去出去,"她来来回回说着这几句单调的话。我把她的凉鞋拉出来,再把她的脚伸直。她心不在焉地让我帮她穿上鞋子,整个过程中,嘴里一直喃喃自语着"出去出去出去"。我给她套上一件棉服,然后把她的首饰盒绑在她的背上。苏兰尼把头探进来。

"你帮她搞定了没有?"

我点了点头,领着奥尔索拉走出了房间。她透过窗户看见了外面的火光，停下脚步。"织梦网"，她突然冒出这个词，说得非常清楚。艾斯泰奇赶到她的房里，过了一会儿又赶了回来，露了露自己的袋子。

苏兰尼在前面开路，我拖着奥尔欧拉的手臂跟在后面，艾斯泰奇走在最后面。我们离开大厅走到外面的过道时，没有人同我们说话。走道里很暗，烟的味道很浓。

"粗烟草，粗烟草，"奥尔索拉说道，"这些梦都升到了烟里去。"

苏兰尼把手按在栅门上，门转开了。她偷偷地看着下去的楼梯，然后示意我们跟上。我回过头匆匆看了最后一眼，其他的女人还站在床边，喷泉那儿鸦雀无声，空气里弥漫着重重的烟雾。我跟着她们几个下了楼梯，走路的时候，我们都屏着呼吸，害怕奥尔索拉会暴露我们的行踪。如果被发现，侍卫们会怎么做？男人会怎么做？关于逃跑的事情，我想了很久，梦了很久，也计划了很久，但真正出发之后，这感觉犹如镜花水月。

我们抵达了楼的下层，艾斯泰奇带领我们穿过过道，这地方我从来没来过。过道很窄、很暗，令人头晕目眩。这是仆人们住的地方，一路上我们也没碰到任何人。我猜想，或许大家都在忙着灭火吧。

艾斯泰奇打开一扇门，让我们稍等片刻。过了一会儿，她带着两个大包袱折了回来。她从其中一个包袱里取出几个兽皮水袋，我们每个人拿了一个水袋，系在臀部上，我帮奥尔索拉的也系了上去。苏兰尼把包袱扛到背上，这时候奥尔索拉咯咯地笑了起来。

"战马变成了骡子。"

苏兰尼看着她。"说得没错，我身上驮着这么重的东西，确实没法打架。"

艾斯泰奇二话没说，把自己的小袋子给了她，然后把那个沉沉的包袱接了过去。

我们继续往前走，穿过一扇小门，来到了花园里。这时候的烟味变得更呛了，安佑宫仿佛成了熊熊燃烧的大火把。火就要烧到地上了，人影儿在树丛间奔跑,手里提着水桶,里头是从小溪、池塘、喷泉那儿打来的水。到处是叫喊的声音,男男女女都有。

我们微微弯着腰往前跑,树影成了我们的庇护。一不小心,灌木丛抓破了我的腿。我必须拽上奥尔索拉,虽然她拖累了我,但是苏兰尼等着我们。她跑在最前面,时刻保持着警惕,她举起一只手,示意我们先等一等,然后再快速往前走。我盲目地跟在她的身后,有种奇妙的感觉赫然出现在我的心中:我对一位人生面不熟的女人居然如此信任,像盲人信任自己的导盲人。

我们走到了花园北部一栋有塔顶的楼前,门开着,我们听见了人声。苏兰尼示意我们在原地稍候,她先偷偷溜进去打探一下情况。我把奥尔索拉拖到楼墙边,艾斯泰奇把那沉沉的包袱卸了下来,煤灰像雪花一样纷纷扬扬地落在地上。

"是卡比拉和埃西柯,"苏兰尼走回来和我们小声说道,"加赖和她们在一起。"

"我们该怎么办?"我小声说道。我抬起头,仔细侦查了一下塔顶的情况。最低的一条边,应该可以稳稳当当地上去,只要有人帮我一把的话。我的肚子加重了我的分量,我已经有点气喘吁吁了,如果我们现在爬上去的话,她们会听到动静的。"我们一定要等着吗?"

"这样的机会没有第二次。"苏兰尼的眉头皱了起来,"我们今晚一定要上路。"

"我到那边去和她们说说,"艾斯泰奇说,"我了解她们,让我去和她们说,她们应该不会阻挠我们。"她说话的声音不如她的言辞那么坚定。苏兰尼看了她一会儿,然后点了点头。

"那我们在这儿等着。"

艾斯泰奇从那扇开着的门里消失了。

第14章 卡比拉

我抵达太平殿的时候没人注意到我的行踪,所有的侍卫都忙着提水、挑水,要不就是把安佑宫里能救的人救出来。通往宫殿的门开着,我不知道图书馆在哪里,只知道大概在底层。我试了很多扇门,有一些锁了,还有一些房间进去之后发现是空的。我的脚步踩在大理石地板上有回响,心跳得很重,一刹那间我发现自己都不知道要去图书馆做什么。找能拯救埃西柯的神秘卷轴吗?万一火势蔓延开来,我有能力把那些最珍贵的书救下来吗?找到能将伊斯坎的权力尽数收走的书吗?拯救所有人吗?

我不知道。

最后一扇门锁着,站在它面前的瞬间,我敢确定就是这扇了。埃西柯和我说过,伊斯坎把钥匙都放在一个地方,在他卧室的小盒子里,而他的房间就在二楼。

我穿过走廊折了回去,找到了上楼的楼梯,我用裤子擦了擦手心的汗开始上楼。这时候传来一阵声音:哐当、扑通。声音是从楼上传来的,我有点儿犹豫,我应该继续向前走吗?就在我停下来的时候,我的面前有一个人影出现在了楼梯上。他背对着我,身穿皮质盔甲,地上拖着什么重重的东西。

我蹑手蹑脚地走下楼梯,躲在一扇开着的门背后,我从缝隙中可以看见楼梯的尽头。楼梯上传来呻吟声和重重的咚咚声,接着侍卫的人影就从我的视线中掠过,他的身后拖着一个沉沉的包袱。

一个趁宫里大乱之际掠夺宫中财富的人，是勇夫也是莽夫。伊斯坎会找到他的，不管他逃到天涯海角。

这让我突然意识到一件事，他应该也能找到我。有了安吉的帮助，任何东西在他面前都无所遁形。

侍卫从外门消失之后，我立刻抓紧时间往楼梯上走。整个二楼都是伊斯坎的房间，这排房间乍一眼看上去平淡无奇，装潢近乎简朴，但是我知道那寥寥无几的花瓶的真实价值。我看见过那些年代久远的屏风，我知道那些东西是何其珍贵。他收集的艺术品，加在一起的话，和王公的藏品难分伯仲，但这些价值连城的东西既不是闪闪发光的金子，也不是宝石，所以，很少人能注意到藏在这里的财宝。

我在猜，那个侍卫打包的东西应该都是一些简单的东西，诸如银灯柱或者其他一些比较轻的小玩意儿。我匆匆穿过一间间房，我担心那个藏着钥匙的小盒子被他捷足先登，扔进了他的大包袱里。但当我来到伊斯坎的卧室时，我看见它好端端地躺在他床边的矮桌上，一个非常普通的木质小盒子。

盒子里只有一把钥匙。

我很快走到楼下的图书馆里，埃西柯和索南把里面的情况仔细和我介绍过，要找到那些放秘密卷轴的书架子并不困难，那里面藏着所有不为人知的知识，藏着伊斯坎想据为己有的东西。我站在书架前看着这些书卷，绞尽脑汁捋清我现在最需要的是哪几本书，这时候从大火的警报声中突然传来一阵刮擦的金属声。

我慌忙冲到正对花园的窗前，外面是熊熊燃烧的房子。看样子大火已经蔓延开了，一直烧到了贤者庙，在王公的宫殿和太平殿中间是伊斯坎给安吉造的牢笼。我听见的声音就是打开这座囚禁之地大门的声音，我从窗户里看不到那扇门，但是我非常确信，有人刚刚打开了这道门。

我看了看四周，找到一个皮质的箱子，然后把最有价值的几本卷轴打包在皮箱子里。我知道，这些书连伊斯坎自己也没能搞懂，这里面有几本讲的是关于力量之源的知识，我知道他没有留备份，这就是他多疑的后果。我把书尽量往皮箱里塞，能驮多少是多少。尽管书卷已经被我弄破，甚至有些都散了架。当时的我，并没有在意书的保护，脑袋里只剩下火焰、着火的纸和复仇的念头，想的最多的还是安吉。

当我穿过永宁花园，匆匆忙忙来到井水的地方时，有好几个人从我眼前跑过。没有人拦住我，所有人不是忙着灭火，就是忙着从火里逃生，再就是帮助受伤的人。我也在一路小跑，好让他们以为我也参与援救的工作。当我抵达安吉周围的城墙时，我看见门是开着的。我继续往里面跑，不过当我靠近门的时候，我赶紧偷偷溜了进去。

我已经好久好久没有待在她的身边了，我在门前停下了脚步，深吸了一口气。她的香气和过往一样，混合着湿气、泥土气还有腐烂的树叶味。伊斯坎在她周围砌了一圈墙，这股味道散不出去，嗅着有点发酸了。这堵墙也太壮观了，墙面上刻着金色的山川和野生动物的浮雕，地板铺着大理石马赛克地砖，大厅的上空挂着几盏灯，金色的墙面反射着灯所照射的光线。这时候我在塔顶的最高处发现一个大孔，上面盖着铁栅栏。伊斯坎应该是悟到了这一点，如果他想从水中预知未来，那他是不能让安吉和月亮分开的。大火的光线到这里已经减弱了不少，但满月的强光让火焰看起来有些泛白。

埃西柯坐在井水的边上，她的手伸到水里，我慢慢地走向她。我停下脚步，这是我三十五年来第一次往安吉的黑水里探望。

低头一看，仿佛像是一汪死水。

突然间，好多人好多事像洪水一般涌向我，母亲、父亲、我的兄弟姐妹，他们的轮廓在我的记忆里滑过，而后消失。我那三个强壮英俊的儿子，所有死在伊斯坎手里、死在安吉的帮助之下的人。我跪在地上，悲伤压在我的肩头，让我无法站立。我的眼泪打破平静的水面，我哭了，这是在伊斯坎把科林从我身边带走后我第一次哭。埃西柯静静地坐在我身边，一言不发。哭完之后，她什么也没说，只给我递来一个银勺，我舀了满满一勺子水喝了下去。

安吉的力量流进我的全身，她的水涌入我的血管，像是化成水的银，是醉人的美酒，是年轻人的精元。我感觉到年复一年的时光从我身体里慢慢流逝，印象中每次喝的满月之水都没有这一次来得强烈。我挺直身子，做了一次深呼吸。

"这是血月，"埃西柯说道，她朝上指了指装着栅栏的大孔。头顶上的月亮像红酒一样，血红血红的。"我从来没见过这样的月亮，安吉的水肯定有了什么变化，她水里的预示，也会比任何时候都要清晰。"

我把目光再一次投到水面上，我看见水里倒映的红月，我看见了自己的脸，还有我女儿的脸。我看见我们之间渐行渐远，越来越远，最后，我们中间隔着一条大海。我看见黛拉和辛的女人们肩并肩地在干活儿，所有的画面都慢慢消失、扭曲、变形，我不太明白其中的寓意。估计这里会发生不祥的事情，将一切摧毁。水中的画面慢慢清晰，画面中的人正在慢慢发芽，渐渐露出原形：埃西柯登上了王位，整座凯伦诺克都臣服在她的脚下。

我的身体微微一颤，我把目光转到她身上。

"对你来说，要读懂安吉的指示有些困难，"她温柔地说道。她说话的语调令我感觉很陌生，自她幼年起，就没有用这种语调和我说过话。"但对我而言，一切却黑白分明。"

我的心里充满了恐惧，安吉难道要把埃西柯拖入黑暗和疯狂中去了吗，就像伊斯坎一样？她难道会和他一样，为了达到目的，杀人下毒无所不用其极？

"埃西柯，答应我，你不会喝下这里的黑水，那是奥奇之力的水，答应我！"我探过身子，抓住她的手，"这口井只会带给你折磨和毁灭！这儿应该再建一道墙，这样就不会再有人来这里了！"

埃西柯挺直身板，她的语气语调不再温柔。"我不是我父亲，母亲。我会合理使用这口井水的，我会按照她原本的设定去使用它。你现在可以看看你自己，你只不过喝了一口她的水，可是你看上去年轻了好几年！你看上去既健壮又有活力，这个水哪里不好了？"

"衰老并不是一件坏事，"我说完后不给别人插嘴的空隙，立即继续说道，"我希望我可以衰老得更快一些，这样我就能归西而去，忘记所有的痛苦，忘记所有我曾经爱过却又被剥夺了生命的人事物。但是伊斯坎不让我死，因为他想看我痛苦的样子。你已经忘记你的兄长们了吗，埃西柯？你忘记他们是多么爱你，多么崇拜你这个最小的弟弟了吗？"

"他们的死不是安吉的罪过，母亲。"埃西柯的手臂在胸前交叉，她转过身从我身边走去。

"难道不是吗？伊斯坎高估了她的力量，这是真的，是他的过错，他今天的狂妄自大就是因为有了这口井。"我抬起头望着红色的月亮，不让眼泪继续留下来。"你本来会有很多姐姐，你知道吗，埃西柯？很多姐姐。但是伊斯坎用安吉的力量把她们从我身边一一夺走，他把所有我怀过的女孩子都扼杀在子宫里，这就是为什么我要掩藏你的性别，让你做我的儿子，埃西柯。为了能把你保住。"

"这不是真的！"埃西柯说道，"别说了，母亲！"

"你往井水里看，"我对她劝说道，"你自己看。"

"你的谎言太龌龊了……我是不会用这些谎言弄脏安吉的。"

"看啊！"我大吼道，我试图用手放在她的后脑上，强迫她低头去看水面，"看看我是不是在说谎！"

我的生命似乎被别人牢牢抓在手里，死亡的终点轻轻晃动，既没有拉得更紧，也没有就此放下。仿佛有人包围着我的心脏。

我有点儿喘不过气来。埃西柯注视着我，凶狠的眼光慢慢变得勇敢起来。

"这不可能,"我气喘吁吁地说道,"现在的水居然不是奥奇之力。"

"我从小喝安吉的水长大,我的血管里留着她的水。每个满月,我都到她的边上来玩,关于未来我每次都会认真去看。我会的东西没有人能懂,就连父亲也不行。"

就在这时,有人从开着的门里走了进来。埃西柯松开了我的生死线,我们俩急忙站起身来。

来的人是加赖,那头长长的白发在月光下闪着白火般的光芒。我突然回想起安吉外的世界,回想起尖叫声、吼叫声,回想起大火的噼啪声。或许我们就将受困于此?被熊熊大火所包围?我倒不关心自己的安危,但埃西柯……

"外头怎么样了?"我问道,"大火灭掉了吗?"

"火势已经得到了控制,"加赖回答得很简短。她停下来,卷起左手的袖子管,仔细地瞧着自己的手臂。我看到她手臂的内侧有一排伤疤,大多是银色的,光线不足,我很难看清楚,但其中有一个比其他的颜色都要深。

"很好,"埃西柯说道。这句话不像是说给我听,更像是自言自语。"我已经向所有的侍卫和仆人都传令下去,让他们帮忙来灭火。"

怪不得各个屋子都空空如也不见人影。我突然想到一件事。

"伊斯坎去哪儿了?"

埃西柯的眼睛转了回来。"他在安佑宫。"

"是他点的火?"我看着自己的女儿,虽然她没有回答我,但这应该就是默认了。

加赖走到我们面前,她在井水旁跪下来,直接用手做成杯子的形状,舀了一大口水喝了下去。我转回埃西柯面前。

"你没有看见吗?伊斯坎疯了,他为力量神魂颠倒,什么事都愿意去做,杀再多的人也在所不惜,只要能达到自己的目的。这下你瞧见了安吉的真相了吧？埃西柯，你可是我唯一的女儿。"

她沉默了一阵。"你第一次见到我父亲的时候，他是这样的人吗？"

"他非常自负！只要能得到自己想要的东西，做什么都愿意。他觉得所有人都应当对他前赴后继，他比任何人都要有能耐。"

"看来你知道！"她把脸面向我，用哀求的眼神看着我，"他向来都是这样！但我不是这样的人，母亲，你难道看不出来吗？我不是父亲。"

我好想伸出双手拥抱我的女儿，我美丽、坚强、聪明的女儿，但我的生死掌握在她的手里，这个念头占据了我的大脑。

当我转身离开的时候，一个人出现在我面前。是艾斯泰奇，她从门里走了出来，像一个灰影一般。她径直朝我走来，没有弯腰作揖。她挺直着背，直视着我的眼睛。

"我给您接生过两次，帮过您，替您保守秘密，就像对待我自己的秘密一般。您是否相信我？"

我非常震惊地看着这位叫做艾斯泰奇的女仆，这个叫做艾斯泰奇的女人，月光下的她变得异乎寻常。

"我谁都不相信，艾斯泰奇。但对你的信任，不比我对我女儿、对加赖的信任少。"当我提到她们的名字时，我发现她们居然是我在这个世界上唯一和我亲近的人了。我瞥了一眼加赖，她的手里有一把小刀，一边割开流血的左手臂，一边嘴里念念有词。我一直不能明白，她竟是唯一站在我身边，和我一起反抗伊斯坎、反抗黛拉和辛、反抗这个世界的人。埃西柯都比不上她，比起我来，她总是和她的父亲走得更近。

加赖和艾斯泰奇，她们两位始终站在我的身边。

艾斯泰奇沉思着我刚才的回答，随后点了点头。

"这对我们来说足够了，"她说道。然后她把脸转向埃西柯。"你会叫人来吗？你会把侍卫叫来吗？你还看到些什么？"

埃西柯对我、加赖还有艾斯泰奇使了个眼色。"我何时做过这样的事情？难不成你把我当这样的人？"

艾斯泰奇随即转过身跑了出去，很快她领着另外三个女人回来了，是苏兰尼、克劳拉斯和奥尔索拉。她们各个都大包小包，挂着绳索和工具，我忍不住笑出声来。

"多么令人感伤的场面啊！你们知不知道自己在做些什么？"

苏兰尼神情凝固，她走到我面前，探过身子。

"我们要离开这个该死的地方，"她的语气很坚决，"我们受够了被当成动物对待的生活。"

"你们走不远的。"我摇了摇头。"四个孤零零的女人怎么可能逃脱伊斯坎的权势和魔爪？"

"我们有个计划。"苏兰尼用手指戳了戳腰带上的一样东西给我看。

"一把从厨房偷出来的刀？这就是你们的计划吗？这算是你们的武器吗？"

"你懂什么是计划吗？"苏兰尼的眼睛仍旧死死盯着我。"别小瞧我们，你根本不了解我们。你知道我们都有哪些能耐吗？"

"苏兰尼。"这个名字从艾斯泰奇的嘴里念出来像是一种请求、一种安抚。就这一个词，苏兰尼立刻退到一边。艾斯泰奇看着我，眼神中仿佛走出一名自由的女性。她直呼我的名字，像对待一位平等的朋友。"卡比拉，我们为这次的逃跑准备了很久，我们有一艘船。"

克劳拉斯做了个手势，本想阻止她说这些话，但艾斯泰奇摇了摇头。"卡比拉和我们一样，她被囚禁在这个地方，加赖也是。"她提了提嗓音，好突出加赖的名字。但加赖却跪在地上，手里仍然握着那把小刀，嘴里一字一句地念叨着奇怪的字句。"你或许不像我们，把这个牢笼看得这么透彻，卡比拉。但牢笼就是牢笼，你拥有自由的权利。"

"自由？"我一边大笑，一边听着自己苦涩和伤人的笑声。"自由？这世上没有什么自由，艾斯泰奇，至少对我来说没有。在这个樊笼里，加赖笑了，我想，这应该是我到欧哈丁以来，见到的第一个真正的笑容，那不是苦笑。"不进食不喝水的条件下，我走的路可比你要长，斗士姐姐。地力、水力、能量，这些东西我比你懂得多，克劳拉斯。说到医术还有接生，我的本事可比艾斯泰奇要多。"她指了指我的肚子，"我可以帮你。"

"她说的是真的，"艾斯泰奇说道。我看着她，通过透视的眼睛，我看见她的手部散发着耀眼的光芒，这是一双灵巧又富创造力的双手。"这类东西，她比我们都厉害。如果我们生病了，她可以医治我们，这一路很长。"

我被说服了，"那这样吧，你背一下我的包袱，女祭司。我们在阿美卡有艘船，夜里出发，朝西面走。"

"那这趟旅行的目的地是哪里？"

"是我的国家。"奥尔索拉说。现在的她已经彻底恢复了平静，我从她的身上，仿佛看见一条神毯，将所有的困扰、所有的侵扰都牢牢裹住。"特拉苏，一个长满参天大树、布满红树林沼泽的岛国。"

加赖似乎对这个地方挺中意的。"到现在为止，我还没有学会甄别力量之源的本领，献祭一事也只能半途而废！事不宜迟，我们赶紧出发。"

"轮不到你发号施令，老年人，"苏兰尼说道。透视中的她，得到井水的恩赐后，她的双手双脚都仿佛注入了新的力量，熠熠生辉。"我才是——"

话音未落，她停下脚步。门里突然走来一位婴儿般大小的女孩儿，长长的头发像斗篷一般拖在身上。

是艾欧娜。

"我听到怪物召唤我的声音。"她缓缓地说道。所有人都为之一怔。

是她！出卖我们的人是她！男人的新夫人、我们的处女新娘。

她看见加赖，急忙举起一只手，仿佛挡住眼前的一道亮光，随后她对加赖简短地鞠了一躬。

"女祭司。"

"祭品。"加赖一边回答一边也回鞠了一躬。

"我们必须出发了,现在、立刻。"苏兰尼嘘声说道,"谁知道她听到了什么?有谁能保证她不会向他泄露什么吗?这儿到底有谁能站出来说一下。"她指了指屋顶上罩着铁栅栏的大孔。"那儿应该是最好的逃生之路,但我们怎么才能把整个栅栏卸下来?"

"我都听到了,"艾欧娜说话的声音非常爽朗,"全都听见了。"

苏兰尼转了一圈,她的手里闪着刀光。她朝艾欧娜向前走了几步,却被一股莫名的力量反弹了回来。透视中的她,也有一股力量。与我们所不同的是,她的力量来自臀部上的某个东西,携着暗黑的气息,恐怖地跳动着。

"是米兹拉阻止了你,不让你伤害到我,"艾欧娜说道,"在我完成真正的祭祀之前,没有人能伤害我。"

艾斯泰奇抬起了双手。"我们中谁也不会伤害谁,苏兰尼。"她的声音透露着一种命令的语气。

"艾欧娜,"加赖说道,"你愿意和我们一起走吗?"

"啊,不。"艾欧娜摇了摇头。"宿命将我与怪物捆在一起。"她的声音有点儿犹豫,像在颤抖,"但是……我想他应该就在这里,是他召唤我过来的,时辰要到了。"

"时辰到了,小娘子。"

他出现了,就站在门口。我们耽误了太久。我只能在心里默默咒骂她们,是她们拖累了我,我要是一个人早就上路了。

可我要是一个人,没法搞定纳翁岱尔。

"看看都有些谁啊,"他一边往里走一边悠悠地说。当他靠近我们的时候,月光洒在他身上,要看清他的样子对我来说有些困难。有了新本领之后,我可以透视他的全身。他浑身上下充满了力量,散发着黑红色的火焰之光，而人性却已所剩无几。我不得不遮住眼睛，挡住这骇人的光芒。白色的裤子，还有他的手和脸，都被煤烟所熏黑。他的身后传来恍如阴曹地府的声音，越说越轻。"原来是小型集会啊，午夜的集会。"他的声音拖得很长，有些戏谑的味道。

我们没有人应他的话。

"你们，这是在偷偷商量什么阴谋诡计吗？总是有人喜欢勾心斗角。"他摇了摇头。"想想看，要是连你们也被大火烧死了该怎么办。"他意味深长地看着我们。"所有人一起死！本想冲出大火呼救，没料想却躲到了熊熊大火的屋顶之下。嗯，就是这样。"他叹了口气。"本来，我是怕麻烦。一次性把你们挨个替了，这笔钱可不是小数目，但现在的情况反而干脆了。"

埃西柯站起身来，走到他面前。

"父亲。"她把手心朝上，伸出双手挡着左右两边。"我一直都在这里，她们之所以逃到这里，是害怕大火。"她的双手护着我们。"这几个女人连朋友也算不上，何况集会，她们从来不聊天，父亲。"

"埃西柯。"从他嘴里吐出这个名字，总显得有些别扭，"我的女儿！"

埃西柯温顺地垂下了脖颈。

"我什么时候会去相信一个女人说出来的话？就算不是所有人都参与这起密谋，至少有几人肯定脱不了干系。即使现在不和我作对，以后难免不生二心。"他耸了耸肩膀，"我已经看厌了这些事情，给黛拉和辛换点新鲜血液也不是什么坏事。"

"请允许我保护母亲的安危。"埃西柯急忙说道，看也没有看我们一眼。

"卡比拉。"他把目光移到他的第一任夫人身上，夫人年事已高。"如果说，真有人想对我下什么圈套的话，那这个人一定是她，安吉知道。"他的声音突然变得非常温和、柔软。"安吉都给我看过了。"卡比拉站在原地注视自己的女儿,她们的眼神似乎在交流着什么,我不明所以。卡比拉收回目光,她把双臂垂在身上,就像一个投降许久的败兵。

男人转过身,在艾欧娜面前他立刻变身为一条饥饿的鲨鱼。

"你,也是同谋?你是要趁我在你怀里睡着的时候杀了我吗?"

"我的生命是属于你的。"艾欧娜看着她,无所畏惧。

"你的人才是属于我的,时辰要到了。"

艾欧娜有些退缩。

"怪物召唤我。"她喃喃自语,仿佛想说服自己。她摸了摸臀上的布,打开结,拿出里头的东西。那是一颗头盖骨,我去她房间找她的时候,就看见她带着这个东西。那是邪恶力量的来源。她举起头盖骨,好让我们所有人看见。

"这是我的前辈、我的守护神,她的名字叫做米兹拉。"

第16章 加　赖

　　我朝头盖骨、朝祭品、朝这位女祭司鞠了个躬。她的牺牲比我大得多，面对死亡，我的觉悟远不及她。她的力量超过了我的想象，甚至超过了安吉。

第 17 章　克劳拉斯

艾欧娜把米兹拉放在地上。她慢慢解开外套的纽扣,动作端庄而优雅,将脖子裸露在外。

手无缚鸡之力的她,没有了任何掩护。

"我准备好了,循环即将结束,生与死,本是同一件事。"

男人放声大笑。他朝艾欧娜走了几步,慢慢解开自己的裤腰带。她用力地晃动着自己的脑袋。

"你不可以玷污我的身体,不能亵渎祭品,这你知道。"艾欧娜说道。

第18章 苏兰尼

她在反抗。她还是个孩子,如此娇小的身躯如何抵抗得了他的强暴?如何受得住他的摧残?我看着她纤瘦的身躯,一头黑发像大雨般垂在肩上。伊斯坎的全身弥漫着悸动不安的黑色力量。她怎么能扛得住眼前的这位邪魔?

她把背抵在墙上。其他人站在原地,静静地目睹着一切。没有人敢插手,连我也不敢。纵然我力大如牛、腰佩刺刀,但我还是不敢。发生了这件事之后,我感到自己无地自容。我们明明有那么多人,可还是对付不了他。他的力量凌驾在我们的总和之上,所以我们什么也不敢做。这么多年来,我们只是他的附属品、他的玩物罢了。一切的一切都离不开他的控制。我的身体清楚地记得他霸占后留下的痛楚。我寻思着,他一定会杀了我们,而我们却阻止不了他,什么也做不了。

第19章 克劳拉斯

男人舔了舔自己的嘴唇。"小婊子,你知道我从来不关心祭品不祭品的事情。恰恰相反,我对你的身体有很浓的兴趣。"他边说边伸出双臂。埃西柯倒吸了一口气。

"父亲,别在这儿。"

他怎么会理睬女儿的劝告。

我把双手护在自己的肚子上。曾经的我们离成功这么近,而现在我们却要面临死亡的下场,这一点我深信不疑。他先从艾欧娜开刀,对我们来说,孰先孰后又有什么分别呢?他是个无所不能的男人。我巡视四周,我要不要趁大家不注意,偷偷溜走呢?

艾欧娜刚想伸手,男人就把头盖骨一脚踢远,恰好被卡比拉弯腰接住。她好奇地抓起头盖骨,男人没有理睬她。

艾欧娜背靠在墙上,越靠越紧。她绝望地环顾四周,先前的平静已消失无踪。"我宁可死在这里!"

男人一边咂舌一边掐着她的脖子。"要不要死取决于你自己。"说完便松开了手。他一边谄笑,一边从腋下掏出一把刀。"这儿。"他把刀递给她,"我也可以在你死后要了你,但我强烈怀疑你的决心。要是让你立刻就死,你还会不会对死那么感兴趣。"

艾欧娜呆呆地望着刀,面对这样的命运,她似乎很迷惑。

"我一直都在等待死亡的到来。一生的学习就是为了今天。如今,万事俱备。祭品和怪物是轮回的基础。"她说着说着,竟放声大笑起来。她的目光很坚定，那不是小女孩、小婴儿的目光。积蓄的力量在顷刻间超越了男人。

"关于祭品和怪物的故事还有另外一个结局，"她说道。她牢牢握着伊斯坎的刀，用刀刃对准着自己的脖子，轻轻按在裸露的肌肤上。伊斯坎微微一笑，这是我们大家都很熟悉的笑容。

"我反正不反对。"他两手一摊，"对一个怪物而言，死亡也是一件好事。"

"死亡也是一件好事，"艾欧娜重复着这句话。"那就受死吧。"

她以迅雷不及掩耳之势将刀锋一转，刺进他的胸膛。

卡比拉手中的头盖骨也在同一时间掉进了井里。

接着，埃西柯爆发出尖叫声。

第 20 章　卡比拉

我从地上捡起头盖骨,放在手里。头盖骨的力量将我的使命传达给我,这既是我的使命,也是为了埃西柯的使命。我看着她,我亲爱的女儿,我在这世界上唯一剩下的在乎的人。想到这里,我不禁湿了眼眶,我知道她会恨我。救赎她,也就意味着,我会永远失去她。

"我爱你。"我的声音很轻,只有头盖骨和安吉听得见。

当艾欧娜把刀刺进伊斯坎的胸口时,我转过身,将头盖骨扔进井里。

我至今都能听见埃西柯的尖叫声。我起初以为,她是看见父亲受了伤害才会做出如此的反应,后来我才知道,令她崩溃的人是我。她倒在地上,痛苦的脸庞变得扭曲。

"好烫!"她大声尖叫道,"父亲,帮我!"

第21章 加 赖

　　井死了，困在金色墙面和大理石地砖里的水正冒着泡，发着嘶嘶的声音，这应该是求之不得的好事了吧。圈禁神力有违天道，这么做容易破坏世界的平衡。我能感觉到身体正在做着垂死挣扎，恐怖而痛苦。幸亏有新力量，我才挺了过去。
　　但埃西柯从头到尾全是靠井水的力量生活，她的生死战可不简单。

第 22 章　卡比拉

我冲到女儿的身边,她躺在地上。尽管她疼得受不了,但她坚持用后背挡着我。

"别碰我!"她气喘吁吁地说道,"别碰我!从我眼前消失!我永远都不要再见到你!你杀了她,你,"疼痛使她弓起了身子,"你把我最爱的东西从我身边抢走了!滚!"

我往后退,我知道这一切终究会发生的,只是没想到会这么失落,失落到让我几乎难以呼吸。

所有我曾经爱过的人,都将离我而去。这都是我造的孽,一次又一次。

第 23 章　克劳拉斯

"婊子，"男人说道，"我的命可是我千辛万苦攒下来的，就凭这种刀你还伤不了我。"话虽这么说，但他的身体却还是在流汗，他在呻吟。艾欧娜或许不足以让他死，但是至少她做到了让他尝尝痛苦的滋味。他用深渊般暗黑色的眼睛看着艾欧娜，艾欧娜则不知在嘀咕什么，无助地用双臂围住自己，紧接着一声尖叫倒在了地上。

"他会让她死得更快，"加赖匆忙在我耳边轻声说道，"这件事我们阻止不了。"

我起初并没有听明白她的意思，但肚子里的孩子却用脚踢我，应该是提醒我该逃跑了。

男人在呻吟，有些语无伦次，他还没有到昏迷不醒的地步，但是也差不多了。

我们没来得及多说什么，也没有时间再去筹划新的方案，我们必须逃出去，从他身边逃出去，从他可怕的权势下逃出去。在他让我们通通去死之前，苏兰尼和艾斯泰奇一把抓上包袱和绳子，奥尔索拉和加赖拖着艾欧娜紧紧跟随，我用手抓住卡比拉，把她一起拖走。

我们把男人和卡比拉的女儿留在了身后，留在了那口失去生命力的井水旁。

第 24 章　苏兰尼

我选择逃跑是因为艾斯泰奇的缘故,自从认识她之后,我所做的一切都是因为她。她希望我们能陪同克劳拉斯和奥尔索拉一起走,我都顺着她的意思去做。她想要带上加赖和卡比拉,她不想扔下艾欧娜,我也都按照她的意思去做了。

因为是她下的命令,我才会在欧哈丁的塔顶那儿把其他的人抬走,帮她们逃离伊斯坎的暴虐。她们好像一点儿分量也没有,也可能是我的手臂比以前更加有力的缘故,驮着艾欧娜奄奄一息的身体,几乎不需要使什么力气。我的血管里仿佛还流淌着大河之力,尽管已经今非昔比,可我还是觉得体内的力量焕然一新,就连闻上去的味道也不一样了。它带给我一种全新的感觉,我已经不再是一个战士,也不再是一名复仇者了,我就是我自己,苏兰尼。

我为什么没有捡起那把刀,刺得他更深一些呢?当克劳拉斯拖着沉沉的肚子最后一个爬上塔顶的时候,我环顾四周。其实我可以跑回去把他杀死的,就算他再逞强,就算他一个劲儿地认为生死掌握在他自己手里,只要多刺几次,一定能终结得了他的生命。周围一个人也没有,只有通往门口的几节阶梯。

"苏兰尼!"艾斯泰奇的脸出现在塔顶边缘,她把手递给我,我一把抓住了她的手,她的手指很短,瘦骨嶙峋的手背却感觉软软的。她帮我拉到塔顶的边缘,然后把我慢慢拽上来。

我们弓着背在塔顶上走,我朝东边张望了一下,安佑宫依旧在一片燃烧的狼藉中,大火已经蔓延到了贤者庙,但是火势在那边得到了控制。我在塔顶边缘停下来侦查了周围的动向,宫殿的城墙就在我们脚下,那边的监守情况非常严密,所有的侍卫几乎没有离开自己的岗位去救火。

我不喜欢我们不得不走一条我没有计划过或是调查过的路,将军的手下全是训练有素、坚忍不拔的军人,但我知道这都是威逼利诱下的结果。

"等在这儿,"我说道,"你们保持安静,不要动。"

艾斯泰奇点了点头。我从城墙上慢慢转下去,动起来的感觉太美妙了,我可以跑,可以躲藏,可以弯腰。我轻轻松松就找到了第一个警戒的地方,我从一名侍卫的背后抹了他的脖子,没有人注意到我的存在。第二个侍卫虽然有机会开腔说话,但是还没来得及拔剑,也挂了。这一带城墙没发现其他的侍卫,或许我不清楚他们巡逻的程序和换班制度,或许另外一名侍卫就在路上了,又或许他们规定好,互相之间要定时通信,告诉大家一切都安好。我扯下其中一名侍卫的头盔,把它藏在腋下,然后我沿着城墙边四处打探。城墙下面很昏暗,我只能分辨出紧贴着城墙的小房子。不错!这样一来,我们就有了藏身的小巷了。我沿着城墙跑回去,朝塔顶轻声吹哨。我把绳子留给了艾斯泰奇,她放下绳子的一头,我把绳子绑在城墙的一个环上,随后她们一个接着一个慢慢滑下来。有艾斯泰奇在,脱逃并不困难,这就是我想要的状态。她把这些折翅的家伙一个一个接了过来,她就是这样的人,不忍心放弃任何一个有需要的人,不忍心抛下任何人。当她笨重地从绳子上慢慢滑下来的时候,我把她一把抱在怀里,抱了一会儿。感受完她的温暖和香气,我才放开手,接过加赖送下来的艾欧娜。艾欧娜的意识还在,但是身体已经相当虚弱了。

"一切都好吗?"我问道。

"我的生死,"她气喘吁吁地说道,"他把死神召唤来了,死亡的气息在咬噬我的脚踝。"她歪着嘴微微一笑。"现在的我再也不会像一条离家出走的丧门犬那样欢迎它了。"

加赖把绳子的结打开，不靠我们帮忙自己慢慢转了下来。我带着她们沿着城墙走了一段路，但没有带到被我杀死的侍卫那儿，我再把绳子打住结，让绳子套在我们身下一栋小房子的楼顶上。

"这段路是最难的，如果不被发现的话，我们可以借着夜色，朝西边逃出去。我们现在要安静，而且动作要快。"

加赖第一个下去，她的动作无声无息，对她这个年纪来说，她的动作算是非常灵活的，身体也很强壮，我放哨的时候她帮其他人一个个下去。卡比拉身子有些笨重，动作很慢，顺着绳子下去的时候动静很大，最后一小段距离的时候她掉了下去。我看了看四周的情况，手握着小刀，做好准备，艾斯泰奇先下去，然后是克劳拉斯。

奥尔索拉看着她们，她什么话也没说，指了指城墙的东边方向。箭尖在月光的照耀下反着光，我对她做手势，示意她趴下来。他们似乎还没有发现我们，要不然就是他们手里没有弓。我希望艾斯泰奇能明白她应该带上其他人立刻启程，艾欧娜靠自己是无法走完这漫长的旅程的。我把她按在城墙上，她小小的身体折成一捆灰色的包袱，在阴影里几乎辨识不出来。我忙不迭地带上头盔，朝着侍卫们奔过去。决不能让他们发现艾欧娜，或是绳子，也决不能吹响警报。

起初，他们不知道自己看到了什么。三个人一起停下来，等着我走过去。他们以为我是他们中的一员，准备带消息给他们。昏暗的夜色正好助我一臂之力。直到我差不多接近他们的时候，其中一个人才犹犹豫豫地射出了一支箭。他射出的箭没什么力道，我不费吹灰之力便从他手中夺走了弓箭，一个转身把箭刺进了他的胸口。他一边嘶吼一边后退了两步，然后倒在了地上。右边的侍卫准备用弓箭袭击我，第三个人没法贴近我身边，墙顶位置太窄，他只能站在另两个人身后。我把弓箭踢到一边，拔出了我的刀，刀虽然很短，可以活动的范围不大，但是他还没来得及拔出自己的佩剑，就被我用刀刺进了脖子里，他立即跪在了地上。第一个侍卫伤口插着箭直挺挺地站着，站在最靠后的侍卫发出呼叫声开始袭击我，我想把我的刀拔出来，但是距离太远够不着，我只好快速往他的小腿上踢一脚，使出浑身的新力量，把他拽倒在地上，我虽然还感觉得到过去的臂力，但我想，那时候的力量应该永远都回不来了。他身上戴着重重的装备，活动起来速度很慢。我从他的脚下慢慢缠住他，不让他碰到脚，然后一个转身骑在他的背上。他肺里的空气被我慢慢挤了出去，就算是他身上有锁子甲，也救不了他。我把剑从他手里抢过来，刺进他毫无防护的脖颈里。

随后我把第一个侍卫的脖子也给砍了，我是出于仁慈才这么做。

我摘下头盔，把小刀从第二名侍卫的脖子里拔出来，用他的裤子快速地擦了擦。他们用的剑很好，但是要藏在身上跟随我们脱逃的话不太现实。他们当中有一位身上佩戴着匕首，比我的刀长得多，也好用得多，我拿起两把武器插在裤腰上快速跑了回去。

艾欧娜就在我刚才留下她的地方等着我，我把她背在我的背上，她把双臂缠在我的脖子上。我用两手拉着绳子，从墙顶上滑下来。背着艾欧娜，我爬下来稍微有点儿困难，但不是什么大问题。很快，我就上了房顶，我看了看四周，空空如也。

很好！艾斯泰奇看来领会了我的意思，已经带着其他人出发了。

我把绳子就这么悬在空中，没跨几步走到了房顶上，我把背上的艾欧娜调整好姿势，抓住她的脚，从屋顶上跳到下面的窄巷子里，然后沿着房子的正面一路小跑。

突然有只手搭在我的手臂上，我转过身，两把刀都做好了准备。

"嘘，"艾斯泰奇的嗓音有些沙哑，"往这儿来。"

她带着我穿过像迷宫一样的巷子，要不是她我很快就迷路了。月亮藏到了云层里，现在是真的看不太清了，我从来没出过宫，也没去城里转悠过，但艾斯泰奇经常出去，她有很多黛拉和辛的差事要干。

她把我领到一个大门的通道口,其他人都站那儿等着,声音轻得和老鼠一样。我们没说话,继续在城里穿行,现在领路的人是艾斯泰奇,毕竟艾斯泰奇是唯一认识路的人。

欧哈丁这座城市没有围墙,将军关心的只有宫殿,只有宫殿才需要保护,因此要从城里出去而不被人看见,对我们来说挺轻松的。一路上我们免不了遇上了一些人,有夜里出来溜达的流浪汉、喝了酒的醉汉、商店的跑差,还有往自己的面包铺子赶着准备早市的面包师傅。只要是有人想和我们攀谈两句,艾斯泰奇就会看着他们,她刚把自己的手心举起来,那些人就把刚到嘴边的话又咽回了肚子里,也不再管我们,仿佛突然看不见咱们了似的,完全不关心我们在干什么。就这样,我们出了城,一路来到了西边的乡间小路,这里是从欧哈丁通到阿美卡的路,一直是萨卡奴伊大河的贸易枢纽,货物就沿着这条大河从海里被运往都城。

这会儿已经快接近黎明了,我们才刚刚从欧哈丁出来。艾欧娜挂在我的背上,背着她对我来说不难,倒是卡比拉摔下来的时候伤到了脚,虽然由加赖扶着她,但她也只能跛着脚走路,这样会拖累我们的进度。

"我们必须走另外一条路。"大家停下来休息片刻的时候我说道。

奥尔索拉在昏暗中向外打探着。"这里有条通往南边的小路,是条羊肠小道,基本没什么人走。"

"你认识这条路?"我有点儿怀疑。据我所知,除了艾斯泰奇,奥尔索拉同我还有其他人都一样,几乎很少在欧哈丁外面的地方走动过,倒是卡比拉或许在年轻的时候出来过。

"我是在他们的梦里看见过这条路的,"奥尔索拉说道。"这整块地方都像一张地图融在我的脑子里。"她的声音有些苦涩,"但这并不是我要的结果,我也不想走到哪里都带着这些梦。对我来说,有树就够了。"

从那儿过去不一会儿就找到了这条路，我们折了进去。这条路要走起来有些困难，地上总是有植物的根和石头会让我们跌跌撞撞。奥尔索拉走在最前面，提醒我们脚下的障碍物，在一棵巴乌树丛旁有一口井，她停了下来。所有人，包括我在内，都喝了点水，于是我想到了淡水的问题，我们身上有几个水皮囊，可以在到达大海前用河里的水装满。但是这一路的航行，光靠这点水够吗？现在我们比刚开始计划的时候多了三个人，食物一定会被吃完，但没有食物人还可以撑很久，水可就另当别论了。

我们在黑暗中磕磕绊绊地往前走，跌倒的次数很快就越来越少了。可一旦我们能看清自己的脚，那别人也能看清我们的方位了。弓箭手们、侍卫们以及士兵们，还有将军自己，这些人可是来者不善。

不过现在的他没有井水撑腰，应该没法和过去一样那么轻易地就治好自己。也许艾欧娜并未能杀死他，但至少他应该伤得很重。

受伤的动物咬人最凶。

当第一缕阳光照耀在我们身后的海平面时，我们听见了北面传来的马蹄声，我们弯着腰躲在灌木丛的后面静静等待。晨鸟在歌唱，西边传来羊儿吃草的声音。一阵安静过后，我们站起身继续往前走，奥尔索拉不小心在我身后跌倒，我立刻走过去接她，艾欧娜的呼吸声重重地打在我的脖子上。四周的景色对我来说很陌生，山谷高地都是我所不熟悉的地方，我渴望看到大河那样茂密的针叶树林，但这里更多是开阔的新耕田地。小路上时不时会有一丛丛巴乌或是芸香树，但就算在树林里我们也不能算是绝对安全，弓箭手和士兵也可以和我们一样轻而易举地躲在里面。

我们看见了人，不过那些都是来开垦农地的工人。有一回跑来两个年轻的小伙子，他们在赶羊群，里面的小羊好像还有些春困。他们停下脚步，吃惊地看着我们。我们确实是一群奇奇怪怪的妇女，有几位的服装首饰，比他们这辈子见过的都要奢华，另外几个的服饰稍微简洁一些。这还不算,加赖是赤脚走路的人,而我呢,背上驮着一个半梦半醒的女人。

其中一个男孩毫不畏惧地盯着卡比拉看,她是我们之中服饰最为华贵的一位。

"阁下在这里做什么?"他一边问一边捅了捅鼻子。他光着脚,脚很脏,身上穿着一件衬衫和一条裤子,用的都是无染色布料。

卡比拉瞪大眼睛看着他。

"你母亲没教过你基本的礼貌吗?面对一个陌生的女人,一个比你年长、地位比你高的女人,你应该先开口吗?"

男孩子张着嘴站在原地。

"回答啊!"

"不能,尊贵的阁下。"他支支吾吾地说道。

"言行举止差透了!羊倌,想打听我的事情还轮不到你。还有你!"她转身看着另一位男孩,"今天这件事不许记着,听明白了吗?"

他们点点头,嘴里一边说着是,一边跟着羊群飞快地跑了出去,细细的小腿能跑多快就跑多快。羊儿们飞奔在我们面前的小路上,身上的小铃铛传来遥远的回响。

"话语和谎言的天赋。"克劳拉斯一边说,一边看着卡比拉的嘴巴。

"你这话是什么意思?"我问道。

"我们所有人都得到了井水的能量,"克劳拉斯说,"你们难道没有注意到吗?井水可能死了,但是我们体内的水却仍然活着。你的力量在四肢,加赖的力量是成为了一名神圣的女祭司,艾斯泰奇的力量在于她富有创造力的双手,奥尔索拉现在已经平静下来,对梦也有了控制力,我的能力就是我的这双洞察一切的眼睛。"

艾斯泰奇看见了我衣服上的血迹,太阳升起之后我们就没有停下脚步过,黑暗中她也没法看见。

"苏兰尼!你受伤了!"她站在我面前,双手不安地检查着我的身体。

"我毫发无损,这血不是我的。"

"但是……"她的双手垂放在两侧,直视着我的眼睛,随即又挪开了视线。

我转过身,调整了一下艾欧娜在我背上的姿势,我咬紧牙关,继续往前走。

我开始闻到了萨卡奴伊河的气味,虽然同大河的气味不一样,但我还是深深地吸了一口气。我们在农地上经过越来越多的人,有时候会在小路上遇上几个人,但只要卡比拉和他们对话过之后,他们仿佛会立刻忘记见过我们这回事。当阿美卡的屋脊出现在我们的眼前时,我看见了士兵的踪影。当时还只是早晨而已,但太阳已经从海平面上冒出了头。

我们坐在峡谷里商量,最后大家决定,不能让我们所有人一起冒险进入阿美卡。既然克劳拉斯会航海,而艾斯泰奇知道船在哪儿,那就派她俩过去,沿着大河向南航行,到那儿之后再把我们捎上。我倒是想等天黑了再出发,这样好有个掩护,但克劳拉斯希望能在一天里把船开出来。

"他们永远也想不到我们会有艘船。"她一边说,一边不耐烦地侦查着阿美卡的情况。

艾斯泰奇点了点头。"我觉得他会把大部分士兵派往北面,因为苏兰尼是从那儿来的,还有就是东面,加赖是东面来的。我们务必要赶在他发现自己犯了重大失误之前,有多远走多远。"

"只要埃西柯别把我们的计划告诉他就行,她可全都听见了。"

"我女儿是不会出卖我们的,"卡比拉说道,"这念头可以想都不用去想。"她的话让我立刻变得心安,她当然是不会这么做的,所以我们是绝对安全的。

"别说了。"克劳拉斯低沉地说道。卡比拉打了个哆嗦,刚刚的安定感顿时消失无踪。

克劳拉斯和艾斯泰奇把所有的绳子和帆布整理在一起,沿着我们走过的小路,慢慢消失。加赖弯着腰照顾艾欧娜,她把手搁在艾欧娜的额头上,喃喃地说着一些我听不明白的话,然后她转过身看向我。

"她应该危在旦夕了,而我却无能为力。"

"我们不能把她扔在这儿。"我说道。我是亲眼看见,她是如何把那把刀刺进将军胸口的,这一点至少我做不到。

"我不是这个意思,"加赖说道,"不过,我们现在只好把她绑在你肩上了,因为她快要撑不下去了。"

我们把艾欧娜用卡比拉的丝巾绑在我的背上,然后我从小路里折了出来,往西南方向,穿过那些起伏的田野。我们经过了成群结队的工人们,他们个个都十分憔悴,皮包骨头的样子,看上去像奴隶一般。这里的土地如此富饶,可他们却没东西吃,只有香料可以拿去交易。他们大多根本没力气顾及我们,但如果有人看着我们,卡比拉就会和他们说话,然后他们便立刻转移了视线。

卡比拉的速度拖累了我们,大家走得很慢,要穿过田野,这样走太慢了。我想去南边的一大片香料森林那儿,只有到那儿,我们才能逃离别人异样的眼光。阳光肆意打在我的脖子上,虽然艾欧娜分量不重,但是我还是流了不少汗。当我们接近树荫的时候,我心里是真高兴,树荫不仅可以为我们掩人耳目,还能让我乘乘凉。

"我们离欧哈丁的距离太近了,"我说道,"我原本希望继续走下去,但我们最好还是在这里等船过来。现在只能指望克劳拉斯和艾斯泰奇动作快一点儿了。"

每次我说到艾斯泰奇的名字时,我的胸口就会突然冒出一股暖意。往后我总是会想起来,她明白我衣服上的血是怎么回事时那不忍去看的样子。

我刚把艾欧娜从身上卸下来,让她坐到树下的时候,士兵们来了。

第25章　克劳拉斯

大河的气味让我的眼睛有些酸涩流泪，这一点儿都不像是海洋的味道，但不可否认，这确实是水，而且是自由涌动的水。艾斯泰奇和我选择光明正大地在城里走，我把标志着自己奴隶身份的梳子从头发里拔下来藏好，然后才往大街小巷里走。艾斯泰奇穿着仆人的衣服，路上的行人对她的身份没有半点质疑。我的衣服很简单，可以装成是商人的女儿或是妻子。绳子和帆布是艾斯泰奇在背着，如果换我背的话，看上去就太奇怪了。

艾斯泰奇带着我在一栋栋房子间穿行，我看着一路上遇到的人，他们的职业、他们的使命以及他们的生活。这些东西我很快也会拥有，我会把这些东西都赐给我的孩子。

船屋坐落在城南边界，艾斯泰奇的表亲和她解释说，只有我们来的时候，才会给我们取船。但当我们抵达船屋之后，我们发现那船屋好像被锁了。这是我们走水路的唯一方法，于是我毫不犹豫地脱去衣服跳入水里。

脱去衣服是为了在水里游泳，河水很混浊，有点儿甜的味道，但不可否认，它就是水。我干燥的皮肤吮吸着水里的湿气，头发像海草一样在我眼前飘舞。我睁开双眼，发现自己在墙壁下面游泳，正巧撞见了船的龙骨，那应该就是纳翁岱尔没错了。龙骨很结实也很漂亮，散发着木头的清新气味。我从她的侧身冒出头来，好像一头游到母亲身旁的幼鲸。我的脸颊贴在她身上，大口大口地吸着湿木头和大麻的味道。她的身上捣了油和大麻的混合涂料,这个细节告诉我,她可是一艘制作精良的好船。

我不情愿地爬上水面,打开通往大河的门。爬进纳翁岱尔的时候,她像是迎接老朋友一般承载着我的体重。船上什么装备也没有,连一支桨也没有,只有一根可以装横帆的桅杆。船身大约有三十英尺长和三十英尺宽,船尾有些陡。这应该是专门在外海航行的船,不过要载着我们去特拉苏应该是够了。船上缺船桨,我只好用力踢她,然后沿着船屋的一侧把船拉到码头,艾斯泰奇在那儿等着我们。

就在她把一圈圈的绳子和船帆拖到船上的时候,有个男人过来和我们说话。

"你们好!"

这个男人的胡子剃得很干净,出现在艾斯泰奇的身后。他的年纪比我稍稍大一点,一看那张脸就是常年出海的人,看身体像是个经常劳作的人。

艾斯泰奇匆忙转过身,对这个男人深深地鞠了一躬。

"我们要把船准备好。"她没有对这个人用敬称,但是她的字眼里充满了对他的尊重。

"你们偷来的船?"

"完全不是。"她摊开手心举起双手,"船是我表亲的,做点儿小生意,他叫瓦迪。他买下来的,但是他让我们帮他打理一下,开到舒库林。"

"一个仆人怎么会有表亲是做小生意的?"这个男人满腹狐疑地凝视着艾斯泰奇。她的话一点儿也没能使他平静下来,我默默地开始在甲板上把东西摆放整齐。

"我的父母和我断绝了关系,"艾斯泰奇一边说一边眼睛朝下看,"但是我的表亲一直以来对我都很好。"

我慌张地看着艾斯泰奇,我很好奇这说的是不是真的。

她站在原地，手心朝上摊着，我能感觉到她体内涌出来的能量，这是井水赐给她的力量。男人低沉地说了几句话，然后看着纳翁岱尔。

"你们需要索具帮忙才行。"没等我们回答，他就跨到了船上。他帮我们把船帆给挂了上去，我很高兴他能帮我们一把，我已经很久没有挂过索具了。完事之后我们好好地感谢了他，本想给他一点盘缠作为报答，但却被他婉拒了。他站在船屋旁，目送我们航行上路，我握着船桨，心中充满了安定。我们启程了，我有一艘船了，但是艾斯泰奇的一番话却萦绕在我耳边久久不能散去。

"你的父母是真的和你断绝关系了吗？"

她点了点头。

"那时候家里没钱给我做嫁妆，我只能离家出走，你也是这样吗？"

她摇了摇头，"不，我离开家的时候，我还很小很小，我不是……"她突然停顿了一下，不想再继续说下去了，我也没有强求她，有些事情，不需要多说。

第 26 章　苏兰尼

他们一共七个人，数量上比我们多，而且他们有马，还有很多武器。我虽然有刀，估计能杀掉两三个，或许更多一些，但我没法做到同时保护其他的女人。他们说不定会把我们关起来，或是把我们带走，带回那个笼子里，带回他的身边，带回那个有着将军、男人、怪物、维齐尔大臣等称谓的伊斯坎身边。

他们急忙包围了我们，艾欧娜躺在树干旁的地面上，奥尔索拉蹲在她身边，一只手扶在树干上。加赖站在我身旁，没有下蹲也没有藏起来的意思，但是她又能帮到我什么呢？

士兵们的头儿，是一个留着果棕色胡子的年轻男人，戴着打仗用的厚手套，他转过身看着卡比拉。

"卡比拉·阿克·马利克·琼。您的丈夫要求您回欧哈丁一趟。"

卡比拉高傲地看着站在马边上的男子。"去和我丈夫、凯伦诺克的维齐尔大臣说，你们找不到他的妻子。"

士兵们的眼神飘忽不定，他们掠过我们的身影，随后他开始收拾起缰绳来，让马转身回去，其他人也跟着这么做。

突然，他怔了怔，皱起眉头。"你们现在就跟我们一起走。"他朝自己的下属做了个手势，有三个人把剑插进剑鞘，跳下马背。

士兵们要找的人就是我们，要让他们忘记见过我们的事实，可不像忽悠之前那些人那么容易，毕竟那些人也不知道我们到底是谁。

奥尔索拉站在一旁默念着不知名的语言，执拗得不得了。树冠在风中婆娑作响，发着沙沙的响声。士兵靠近我们的时候，枯叶在他们的靴子底下嗖嗖作响。一名士兵走到艾欧娜面前，其他两人则来到卡比拉、加赖还有我的面前。

加赖朝其中一人伸出双手。

"不。"她刚说完，他便停下了脚步。他半张着嘴唇，举起武器，可他全身上下只有眼珠子在转。

我掏出从城墙那个士兵身上拿来的匕首，挥向另外一个士兵。他没有防备，被我的匕首直刺眼珠，立刻就死了。骑马的头儿一边大吼，一边带着另外三个留在马队上的士兵向我逼近。

耳边传来树林里渐强的沙沙声，还有奥尔索拉迷迷蒙蒙的说话声。我把卡比拉推到地上，一边把第二把刀扔给加赖，一边避开领头人的马。我的距离不够，没法用刀碰到他，所以我只好闪到一边，先把艾欧娜身旁的士兵干掉。我抽出他的剑，转了一圈。

领头人的坐骑马失前蹄地大声咆哮，另一名牵着马的士兵随之尖叫，并用手护着自己的脸。马儿们失去了控制，它们一边咆哮，一边抬前蹄踢后腿，打算把弓箭手给摔下去。

昆虫爬得到处都是，马背上、士兵的装备上，还有他们毫无护具的脸上。爬虫、叮虫、蜇人虫、嘶嘶作响的虫，数不胜数。甲壳虫、蚊子、蜘蛛、蟑螂、蜈蚣，从腐烂的树桩、树冠、湿润的黑土地和杂乱不堪的地方慢慢爬了出来。那个被加赖阻止的士兵还愣在原地，甲壳虫和蟑螂慢慢地爬上他睁着的眼睛，从头发到耳朵，最后遍布全身，看上去像一层活生生的黑色装备。他抽搐着倒在地上，没过多久，便躺在地上一动不动。

没有一只昆虫爬到我们的身上。

士兵们完全失去了对马队的控制，马儿们驮着士兵在树林里极速奔驰。马蹄声渐行渐远，最后只剩下几百万上千万只爬行的虫，发出沙沙的匍匐声。

我看着奥尔索拉,她在对我微笑。

"树和树之间会对话,"她说道,"很多树都忘记了这个本领,我刚才在帮他们回忆呢!除了对话,如果有危险靠近,树木可以召唤昆虫,这方面它们很在行。"她拍了拍树干,昆虫们开始慢慢钻回到洞穴和它们的藏身之处里。

加赖抓住其中一匹摔下士兵的马,她握着缰绳,站在原地和马交流,声音温柔而平静。马的耳朵牢牢地贴在脑后,一边转着眼珠,一边发着嘶嘶的声音,站在原地。

"看好这匹马,"她对我说,"我再去抓一匹。"

我按照她说的把马抓好,轻轻抚摸着它的脖子,和它说话。

卡比拉盘着腿在艾欧娜身边坐下,艾欧娜躺在树下,一动不动。奥尔索拉伸展着四肢躺在她们边上睡着了,谁都没说话。

我们不知道我们还剩下多少时间。

除了等待我们别无选择。

过了很长一段时间,加赖领着一匹棕色的千里驹回来了。马儿默默跟在她身后,连缰绳也没拉。

"我们把马儿朝北边送,"她说道,"让他们以为四个女人很有可能会骑马上路,这样可以迷惑追踪我们的人,争取一点时间。"

"这种事我们只能祈祷。"卡比拉不屑一顾地说道。

我看着加赖,"那我们怎么样才能让马儿朝北边走呢?"

她拍了拍这头棕色的种马,马儿把鼻口扫在她的脸颊上。"不是走,是让它们飞驰到北边去,并且要在身后留下清晰的脚印。"

加赖对我牵着的马挥了挥手,马儿便立刻走到了她身边。她卸下马儿身上的马鞍,把皮鞭也拿了下来,然后她站到两匹马的当中,低声地和它们说着话。两匹马朝这位白发苍苍的女人低下头,斜着耳,她摸着马儿的鼻口和额头,温柔地揉了揉它们的眼睛。棕色的千里驹甩起头大声嘶叫,接着便飞奔起来,另一匹马紧随其后。很快,两匹马飞驰的身影一起消失在树林深处。

我举起其中一个马鞍,把它扛到大河边上,用尽全身的力气能扔多远就扔多远。加赖背着第二个马鞍,照着我的样子也扔了出去。

接下来,我们只好坐在艾欧娜身边继续等待。

第 27 章　克劳拉斯

她优雅地躺在大河之上，水面在我的眼里闪着光。船桨安安稳稳地握在我的手里，船帆鼓起的时候，升降索发出嘎吱嘎吱的声音，我们顺流而下，速度正好。乘风破浪，和过去的感觉一样，也和我梦想的样子一模一样。不过我们现在还不算安全，我们离安全地带还很远。但是我的内心早已在歌唱，澎湃的心如同纳翁岱尔鼓起的船帆一般，就算他们现在能找到我们，就算我被剑给砍了脑袋、被矛刺穿心脏，那我也是自由地死去，我发誓绝不能让他们活捉我。肚子里的孩子这次没有折腾我，也没有拳打脚踢，但他也没有睡觉，这我能感觉得到。他躺在肚子里，跟随着船的节奏一起摇晃，周围的一切他都十分好奇，一切都是那么美好。

艾斯泰奇坐在船舵的位置，一刻不停地观察着东部河滩的动静。每一片树林，她都仔仔细细地用目光搜索着。我只顾往前看、往南边看、往大海的方向眺望。我们已经离大海很近了，我能通过舌尖上的气味感觉到。我的皮肤上长出了期待已久的小斑点，带着微微的刺痛感，我相信我们很快就会到达那个地方。

"她们在那儿！"艾斯泰奇激动地吼道，"我看见她们了！快停下！"

我不情愿地用船桨转了个弯，每次这么一划，纳翁岱尔反应的速度都很快。我用力拉起船帆，让小船无声无息地滑入岸边。我抛锚的时候，苏兰尼正蹚着水往外走，正巧碰上了船。她扶着船，让其他人快速登船，大家一句话都没有说。艾斯泰奇探过身子，把手放在苏兰尼的手上，她们俩在用眼神交流。苏兰尼的脸光彩熠熠，像在海面上升起的太阳那般美丽动人，但这股光彩消失的速度也很快。

加赖扶着船，苏兰尼蹚着水回去接艾欧娜。她小心翼翼地把她背到船上，此时艾欧娜的脸色要多惨白就有多惨白，眼睛正缓缓闭上。

"她死了吗？"艾斯泰奇弯着腰看着这个女孩儿，她把一个空袋子垫在她的额头下面。

"没有。"加赖是最后一个登船的人，她在艾欧娜的身边坐了下来，用手轻轻摸着她的额头，"但是她剩下的时间不多了。"

我开始转动升降索，好把船帆再扬起来。就在这时加赖举了起手。

"等等！到这里来。"

我把艾斯泰奇的小袋子竖起来，把补给品捆好，然后和其他人一起蹲在船底。

我看得一清二楚，能让她撑那么久，不让死亡靠近她的是那颗头盖骨里散发出来的力量。但这股能量也只不过是在她额头背后最深处跳动着的一个斑点罢了，就快消失不见了。我们这些人的体内都蕴藏着井水的力量，各有各的特点：手、臂、眼、心、嘴。但艾欧娜体内的能量火苗已经快要熄灭了。

当这股力量燃尽之时，也是她生命终结之日。

突然，她睁开双眼。

"姐姐们。"她的声音很虚弱，但是吐字很清晰。

然后她闭上眼睛，体内残存的力量火苗在一道微弱的蓝光中摇曳。

加赖拔出了自己的刀，放在艾欧娜的胸前，刀尖向下。

艾斯泰奇举起双手："不！你不能这么做！"

"我这样做是为了救她，你一定要相信我。"她一边看着艾斯泰奇，一边慢慢放下艾斯泰奇的双手。

加赖看着我们每个人的眼睛说道："你们相信我吗？"

我们点点头，因为如果我们不相信彼此，那无疑就是在自取灭亡。

加赖慢慢地把刀尖对准艾欧娜的胸口，用刀尖轻轻滑过她苍白的皮肤。

"我将你奉献给神。"她大声地说完，把刀递给艾斯泰奇。

"我将你奉献给神。"艾斯泰奇一边说，一边用发抖的手把刀端在女孩的心上，仿佛要剐了她似的。做完之后奥尔索拉接过刀。"我将你奉献给神。"

我们所有人都一边把刀握在她的心上，一边念叨着这句话。我排在最后一个，刀柄上还残留着其他人留下的温度。

"我将你奉献给神。"

力量的火焰跳完最后一支舞，艾欧娜身体里的某样东西传到了我们的身体里。一小部分她体内的能量，一点有关她曾经是谁的回忆，一份来自井水或是她自己的馈赠。

艾欧娜的胸口不再突起。

大家都没有吭声。

河水拍打着纳翁岱尔的"身体"，艾斯泰奇安静地抽泣起来，苏兰尼把手放在她的肩上，卡比拉清了清喉咙。

"我们并没有失去她，"我说。其他人转过身看着我，我盯着仍然握在手里的那把刀说道："现在我们每一个握过刀的人，身体里都有她留下的东西。"

加赖慢慢地点着头，"克劳拉斯说得对，所以我们每一个人的身体里都承载着彼此的一小部分，这就是艾欧娜想要的结果。从现在起，我们几个便像姐妹般永远的系在一起，不管我们之中谁出了事，那就是我们所有人的事。"她低头看着这位死去的姑娘，"现在你自由了，你不再是任何人的祭品。"

她的手抚过艾欧娜的脸庞，从额头到下巴。

当她把手移开的时候，艾欧娜仿佛换了一张脸。

一样的头发，一样光洁的皮肤，鼻子和嘴巴的形状也一样，但总感觉有了翻天覆地的变化。脸颊两侧变得红润了起来，嘴唇也更丰满了。女孩睁开了双眼，那是一对棕色的眼睛。

她坐起来，看着我们。

"我的怪物们。"她说。她笑起来的时候，脸上有一对酒窝。

她看向海面，闭上双眼，做了一次深呼吸。

"我的肺好有力量啊！"她一边说，一边笑着睁开双眼。她把手举到面前，"多好看的手啊！"她用手放在自己的身体上仔细查看着每个部位。"我好漂亮呀！"她微微一笑，那个笑容让人无法抵抗。

"我给我自己取个名字吧，这将是我为这具新的身体做的第一件事情。"她静静地坐了一会儿，专注地说道："我的名字是达艾拉。"

当纳翁岱尔沿着苏卡奴伊河往南面走的时候，达艾拉坐在船舵的位置，她的头发迎风飘扬。一开始或许并不明显，但渐渐地，我们之间慢慢有了姐妹般的感情，女人和女人之间的纽带。我们的胸口刻着艾欧娜的力量和姓名，我们继承了一部分她的黑暗和勇敢。

我过去没有姐妹，只有一个弟弟，而现在我突然有了六名姐妹，我仔仔细细地端详着她们。我的手静静搭在纳翁岱尔的船桨上，关于达艾拉，我只能看见她的背影，她那飘舞的头发，还有她迎风的微笑。苏兰尼的身体坐得很直，头抬得高高的，密切注意着东部海面的情况。她的下巴微微凸起，手臂在刺绣的外套下显得结实有力。艾斯泰奇坐在她的脚边，弯着头给包袱和补给品分类整理。她一直都很信任我们：对我，她相信我开的方向是对的；对苏兰尼，她相信她可以保护我们。奥尔索拉坐在船尾，头靠在一个包袱上闭着眼睛。我猜想她应该没睡着，她应该是看见了梦，但不是她自己的梦。

加赖和卡比拉坐在一起，她们的脸上留下了深深的岁月痕迹。她们一个头发花白，一个黑头发里插着银饰。当我看着她们的时候，我想到了海里的乌龟，虽然年纪很大，却很睿智。卡比拉背着一个包袱，我现在才刚发现,这是一个又大又笨重的包袱,我过去怎么就没注意到呢?

"你那包袱里装的是什么,姐姐?"我问道。

卡比拉转过身看着我,我一直没敬称过她珍,还没等她开口说话,先对她发问。

"妹妹。"她若有所思地端详着我。"我曾经也有过妹妹,克劳拉斯。"她把怀里的小包给我看,"这是从他的图书馆里偷来的绝密手稿,这部分连他自己都没有搞懂过。"

"或许伊斯坎对我们的性命并没有什么兴趣,但这些东西他一定会想要夺回去的。"加赖的语气里既没有怨气也没有愤怒。

卡比拉看着她。

"有这些东西的帮忙,他可以唤醒安吉的力量,或者找到其他奴役他人的方法。"

加赖点点头,没有说话。

卡比拉陷入了沉思。"姐妹们!就是这样。"她拉高嗓音,好让船上的所有人都听见。

"我的姐妹们,我从伊斯坎那儿偷了东西,偷到的是知识,十分危险的知识。靠着这份知识,他或许可以东山再起,再次折磨别人。所以,这些手稿,他会不惜一切代价讨回去的。"她举起膝盖上的一捆纸头,"这些东西或许不能覆盖整个世界,但这里面藏着我至今也未能解开的秘密,藏着我渴望得到的奥秘,藏着或许能帮助我们所有人的秘密。但这份东西万一落在不怀好意的人手里,会是十分危险的事,所以大家希望我或者我们应该怎么办才好?"

"毁了它,"苏兰尼立即说道,"这样的话就没人能学会这里面的奥秘了,这些东西不能记下来,只能意会不能言传。"

加赖点点头,"我同意你前面说的,苏兰尼妹妹。你说的有一部分,我甚至觉得,像这类东西,最好的方式就是藏在人们的心中。不过,这些都是伊斯坎从别人手里偷来的,我们有权利去毁坏别人智慧的结晶吗?"

"他已经在找这份东西了。"奥尔索拉坐了起来,"倒没有找我们,但是这个东西他已经开始找了。这是我在他的梦里看到的。"

"你可以看到他的梦?在这里?"加赖探过身子。

"是的。"奥尔索拉皱起了眉头,"我已经有很多年看不到他的梦了,他靠能量的帮忙掩藏了自己的梦。但现在的他,在我面前衣不蔽体。不过现在的我,可以看到很远的梦,就算距离很远我也可以织梦,远到我自己也想象不到。"

"你能给他捎个梦吗?能不能混淆他的视听?让他把士兵送到错误的方向去?比如告诉他,我们往北边走了?"

奥尔索拉笑道:"能啊。"她闭上眼睛,双手开始在她的面前舞蹈。我负责视察航行的状况和海水的深度,太阳高高地挂在我们头顶上,一大片新播种的田野浮现在河的东岸,我看见工人们耕作的样子,还听见水面上飘来的吼叫声,没有人注意我们。和风沿着河岸拨在莎草身上嘶嘶作响,大海正在离我们越来越近。

奥尔索拉睁开眼。"他会派人去北边找我们的,"她说道。

"你怎么可以如此确定?"苏兰尼皱着眉头问道,"姐姐,"她又补充了一句,嘴里仿佛找不到合适的词汇来形容,惊讶的表情和卡比拉一样。

"你怎么能确定你挥下去的剑一定准?确信自己一定干倒了一个战士呢?"奥尔索拉继续躺下闭起眼睛,像只猫咪一般惬意地躺在阳光里,"我们没必要毁了这些手稿的,你们应该相信我,姐妹们。"

这句话是我们最后的决定,没有人抗议,我都怀疑达艾拉究竟有没有听到我们的对话。她趴在船舵旁,一只手拖在泥泞的河水里,她的目光跟随着水绳和蜻蜓的一举一动,注视着一切新鲜的事物,为她而创造的事物。我有一阵子竟嫉妒起她来,但过后便也就随她去了。我转过脸看着太阳,轻轻地转动着船桨,我能感觉到手下的纳翁岱尔对我的回应。

第28章 达艾拉

轮到我来写故事啦，终于轮到我啦！我记得我在大河上破茧重生的那一天，所有的一切都铭刻在我的记忆里：河岸的树影、腐烂的黏土香气，还有纳翁岱尔在水面上匀速掠过的样子。我记得每一片草叶——卡比拉说这不可能，但是不管怎么说我的感觉就是如此！一切对我来说都是那么奇妙、那么奇幻，但最不可思议的还是我自己的身体，我有了一具属于自己的身体！我的身体不再是祭品的宿命，也不再是属于别人的身体，这是只属于我自己的身体。我坐在船舵的位置，细细品味着住在自己身体里的感觉。我的双手很纤瘦，没有疤痕也没有胎记，我的心跳很均匀、很稳定，我的两排牙齿彼此依偎在嘴巴里，我的眼睛可以看，耳朵可以听，我拥有的一切比我原先预想的还要多。我的指尖划过脖子上柔软的肌肤，一股快感迅速在我身上蔓延。我竟然能感觉到快感！我一边大笑一边转过身，看着姐妹们，是她们塑造了我。她们如此美丽，如此精致，如此强健。我跪在艾斯泰奇身边，抓着她的手。

"谢谢你，我的姐姐，你告诉了我什么是信任。"我一边说，一边亲着她的手背。她的手很粗糙，我用自己柔软的双手轻轻抚摸着她硬实的掌心。艾斯泰奇脸红了，她支支吾吾地说了声谢谢。我抬起头看着苏兰尼，恰巧她也在观察我，她的眼神有些吃醋，我把下巴垫在她的膝盖上，对她微微一笑。"谢谢你，我的姐姐，是你用你的力量保护了我。"她朝我微微点头，眼睛朝海滩看去，她在守护着我们的安危，有她的陪伴我感觉很安全。我慢慢爬到坐在船板上的奥尔索拉身边，我凑在她的耳朵旁，嘴巴里全是她浓密的卷发，我小声说道："谢谢你，我的姐姐，你帮我们分散了追杀者的判断力。"她转过头，把鼻子往我鼻子上来回蹭了蹭。我慢慢匍匐着向上爬，爬到船尾的地方，我弯着腰看着克劳拉斯，她正挺着鼓鼓的肚子握着船桨。"谢谢你，我的姐姐，是你带领我们往正确的方向走。"我说道。克劳拉斯对我微微一笑，她的眼睛是深灰色的，我能感觉到她微笑的力量。

"我还没有开到正确的地方呢，小妹妹。"

"但我相信你一定可以的！"我转了一圈走到卡比拉和加赖面前，她们像两只栖息在船腹部的鸟儿，静静地注视着船上发生的一切。

"谢谢你，我的姐姐，是你摧毁了那口井，选择了我们。"卡比拉看着我的眼神似乎有着无尽的苦涩。我为她、为她遭遇的一切感到心疼。我冲动地跪在地上，把头靠在她的子宫上。"我可以做你的女儿，如果你同意的话。"我小声嘀咕道。她瘦削粗硬的膝盖撑我的头，她那双长满皱纹的手温暖地摸着我的头发。

"这样挺好的。"她说话的声音听上去厚厚的。我抬起头，看着她沧桑的脸庞，再看看加赖。

"你的身体里有好多东西，达艾拉。"加赖说道。这是第一次有人称呼我的名字，我开心地笑了，这感觉太让人心旷神怡了！

"谢谢你，我的姐姐，"我开口说道。可是突然间，我的喉咙仿佛打住了结，哽在喉咙口的话说不出来。"是你，创造了我。是你，把我分娩下来。"

她笑了，笑容既苦涩又温暖，她把手搭在卡比拉的手上。我的头上有四只温暖的手，像是在祈求神明赐福于我。

* * *

我们在抵达大海之前抛了锚。傍晚时分，夜莺在蓝色的灰影下歌唱，美妙的画面在我的心中呼之欲出，我们和大海之间隔着一座港口城市——舒库林。艾斯泰奇说，那不是一个城市，不算是真正的城市，更像是连接河流和海洋的贸易小镇。苏兰尼希望我们不要在白天的时候航经那里，她要等到黎明的第一刻再启程，那个时候几乎所有人都在睡觉，然后我们再悄无声息偷偷地过去，计划大致就是如此。我们把纳翁岱尔藏在茂密的树丛后面，因为这块地方很靠海，河里到处停着各式各样的船。

克劳拉斯立刻躺在纳翁岱尔里睡着了觉，她的两颊很苍白，艾斯泰奇在她周围忙前忙后，为了让她尽可能睡得舒服一些。我看着她外套下圆圆的肚子，里面有东西在顶着她的皮肤，一个有脚有头的新生命在那里面孕育着，一个和我一样新的人。

艾斯泰奇忙完克劳拉斯之后，用水桶装满从河里打捞上来的水。苏兰尼帮她一起打水，有时候她们俩会抚摸起对方的手来，像是不经意的巧合，顺带交换一下眼神。她们交汇的眼神让我觉得有些刺痛，身体里未留意的某个地方觉得有些痒痒的。她们之间一定有什么秘密，而这个秘密只有她们之间可以分享，我也想要这样的感觉。

卡比拉和加赖也躺下休息了，我坐在岸边，望着黑漆漆的大河，看着一颗又一颗点亮的星星，青蛙在芦苇里呱呱地叫。除了我之外，奥尔索拉和苏兰尼几乎是唯一还醒着的人了。奥尔索拉醒着是因为她不想在其他人睡觉的时候睡着，而苏兰尼则负责给我们守夜。坐立不安的情绪在我体内流窜，世界是这么美丽，这么新鲜，我想要尽情地看、尽情地享受世界里的一切。

"我走到陆地上去看看。"我边说边起立。苏兰尼摇了摇头，眉头皱得很紧，丝毫不放松。

"这不是什么好主意，待在这儿。"

但是奥尔索拉看着我，她的嘴唇边浮起一个小小的微笑。"让她去吧，好斗士。有些事情是我们管不住的。"

于是苏兰尼便同意了。我赤着脚，轻快地跑上河岸，从我们藏身的树丛里走了出去。

天空无边无际地挂在我的头上，星星比我想象的还要多。脑中忽然闪过一个记忆，记忆中有另外一片天空坐落在一个跨过小岛和大海的地方，然后便转瞬而逝。我沿着稻草萌芽的田野和河岸中间的小道悠闲地走着，发现一块平整的草原。我背靠在草坪上，仰望着黑压压的大星空，渐渐地迷失在这片天地之间，脸颊有些湿了，心跳有些痛了，这一切美得让我难以相信，我为何有幸拥有这一切。

我本没有听到任何脚步声，因为他的动作很温柔，很安静。直到他蹑手蹑脚地爬上了我的大腿我才发现。我坐起身来，他摔倒在草地上，我们俩便在月光下对视着。

"哎呀，"他说道，"对不起。"他黑色的眼睛非常友善，声音很明亮，已经不是孩子的声音了，但也不像是成年男人的声音，他的头发一直垂到眼睛上。

我对着他微笑，没想到他竟显得有些害羞了起来。他跪在膝盖上，把手心里的泥土给搓掉。

"大半夜的，你到这儿来干什么呢？这么做很危险。"

"这儿没有东西可以伤害到我。"我一边说，一边慢慢靠向他。我闻到了马厩和汗水的味道，我伸出一只手，慢慢滑过他的手臂。他倒吸了一口气，一动没动。他的皮肤像黛拉和辛里的丝缎一样柔软，既温暖又充满生机。我把自己的手臂搁在他的旁边，比较着我俩的皮肤、肤色、汗毛还有皮肤下面的血管。我伸出脑袋，在他的脖子周围还有耳朵后头嗅了嗅气味，他的身上散发着生命的香气。我的呼吸打在他的脖子上，让他不禁微微一颤。我也想和他一样，我跨在他的膝盖上坐下来，把他的脸拉到我面前，亲了亲他，他的嘴唇很粗糙。我其实不知道自己应该做什么，他也不知道，但这不打紧，我们把鼻子顶在一起，笑了笑，但过后我们又继续接吻。他把我按到胸前，他的肩膀全是骨头，胸口也硬硬的，他的身体和我的身体一点儿也不像。我轻轻摩擦着他肩上的衬衫，用手慢慢探索着他的背部。慢慢的，他的吻、他的手，还有他那和我相对的性别，让我变得燥热难耐，又虚弱，又激动。我享受这种感觉，我享受一切新鲜的事物。

我们在一起的每一个动作，都是由我自己主宰着身体的运动。我想了解我身体的每个部分，它们是如何运作的，它们渴望什么。这不是献祭，没有人可以决定我的身体，只有我才可以。我可以随心所欲地活动自己的身体，这感觉就像是在寻找自己的家，像是坠落在满地星辰中，到处都是星星，越来越多的星星。

完事后，我坐在原地，感受着裸露的屁股下湿润的大地。他的香气有所不同，我也一样。我用手肘撑在地上躺着，他惊讶地看着我。

"你是真实的人吗？还是大河里的灵魂？"

"因为你，今晚我成了有血有肉的人。"我一边回答一边朝他微笑。

当我穿好衣服，准备转身叫他的时候，他问起了我的名字，并恳求我留下来。我继续往前走，在夜色中开怀大笑。

"我的名字叫达艾拉，我不会为任何人停留。"

对我而言，这是在我们逃离的这一路上，最重大的一件事了。虽然一路上我们遭遇了突如其来的暴风雨，那场暴风雨将纳翁岱尔吹离了航线，以至于我们无法抵达特拉苏，只能朝西南方向航行。虽然路途中我们挨过了饥饿、熬过了口渴，甚至离死亡曾经是那么的靠近。虽然克劳拉斯用眼泪召唤鱼儿，喂饱了我们。虽然之后又经历了一场暴风雨，这一次我们被风刮上门诺斯岛。虽然知道得救的那一刻，大家喜不自胜。虽然加赖和克劳拉斯用各自的能量感知着这座岛的情况，告诉我们这里就是我们的新家。但让我远离死亡重回生命的真正原因，却是那一晚我和无名男孩的萍水相逢。

第 29 章　卡比拉

已经到春天了，这是我们在岛上的第七个春天。昨天苏兰尼让第一艘商船停在了像牙齿般锋利的峭壁旁，这些峭壁矗立在通往我们港口入口处的水里。暴雨天的时候，商船舰队不敢贸然行至此地。苏兰尼和艾斯泰奇蹚着水走到外面，正巧撞见了从那艘船上放下来的小划艇，商人们是不允许踏上这片山岭小岛的。所有的男人都不允许，这一点加赖说过。岛上的力量之源禁止男性登岛，她说她过去从未感受过如此强大的力量，就连安吉也比不上门诺斯。

苏兰尼和艾斯泰奇扛着采购完的袋子，把东西放在知识圣殿的庭院外。那天下午，阳光普照，我脚底下的石头踩上去特别热，我喜欢这种感觉，像我这般年纪的人都这样。

克劳拉斯走了进来，她给我拿了一个枕头，我垫着枕头靠在知识圣殿的门上。艾斯泰奇用木雕装饰在门上，看上去颇有大师的风范。只是最底下的部分，好看的木雕有被火烧伤的痕迹。我用手指轻轻在火焰灼烧后的痕迹上拂过，指尖顿时就变成了黑色，上面仍旧还有煤灰掉落。三年前，有男人开始试图登岛，那些都是伊斯坎派来寻找我们的男人。三年前，他们想把我们活活烧死在这座岛上。三年前，我们战胜了他们，留下了他们所有人的性命。他们没有坟墓，我们把他们的身体和船沉入海底。

艾斯泰奇把袋子打开，达艾拉笑呵呵地抽出一小捆亚麻布，加赖嗅了嗅装着种子和果仁的小袋子，克劳拉斯则是装了满满一袋子吃的，这些都是给她的女儿伊安娜的，好让她不用光吃地上长出来的东西。苏兰尼把装盐、糖还有香料的小袋子排成一排，奥尔索拉抬起装着灯油的一长排石瓮。艾斯泰奇深沉地看着我，从一侧袖子管里取出一样东西，然后在我面前蹲下来。

"他们把这个也带来了，这是给你的。据那个商人说，他是去年秋天从另外一名商人手里把这东西拿到手的，那个人有时会用这种东西换香料，这些东西会一直运到凯伦诺克。"

那是一份皱皱巴巴的一塌糊涂的书信卷轴，书信是出自我女儿的笔迹，我一眼就能认出来，信被盖过密封章，这是维齐尔大臣的专属印章。

所有人看着我，伊安娜跑到我面前，好奇地看着我手里的卷轴。

"那是什么呀，卡比拉？你拿到的是什么？"

我看着她棕色的刘海，曾经有好多次我都觉得，她和我的埃西柯长得有那么一点点相似，或许是同父异母的缘故吧。"没什么，伊安娜。你倒是说说，你从你母亲那儿拿到了什么呀？"

"看！"她高兴地掏出几捆金黄色的线团，"妈妈说，等到冬天的时候，她会给我织一件毛衣！"

"真好看。"我对她微微笑着。小孩子很容易就喜欢上这类东西。

晚上的时候，我准备一个人拆开这封信，当我确定其他人都睡着以后，我点了一盏灯，手颤颤巍巍地铺开卷轴。信上面很多褶皱，还有大大小小的斑点，这封信在海上走了三年，信的内容不是很长。

读完这封信，我久久不能入睡。我突然做了一个决定，从现在起，我不能再折磨其他人了，就算苏兰尼和奥尔索拉竭力反抗，我也已经强迫她们把凯伦诺克发生的事情记录了下来。可我别无选择，自从我有了买纸的钱之后，我就一心想让她们用文字把一切附着在纸上。因为我需要一座桥，一座通往埃西柯身边的桥。

两年前，克劳拉斯和她的女儿伊安娜在岛的南边发现了血水灵的种植园，这个发现真是上天绝无仅有的恩典。我们用血水灵给丝线染色，依靠这种手段我们能换到银子。有了银子我们就可以买我们需要的东西：例如盐、菜油、灯、纸、羽毛笔，还有布匹。之前的好几年里，这些东西我们一样都没有。我记得，我缝的第一件衣服是送给伊安娜的修女袍。当她还是乳臭未干的小丫头时，夏天她打赤膊，冬天的时候，她就用一些乱七八糟的旧袋子套在身上，根本没穿过什么像样的衣服，物资匮乏成了她童年最大的特征。

知识圣殿完工前，我们住在下面的地洞里，那段时间过得既灰暗又阴冷，但大多数时候，吃的东西还算足够。克劳拉斯教了我们很多本事，怎么抓牡蛎、抓贝壳，怎么用鱼线钓鱼，怎么靠瓦罐捕章鱼，怎么找到海鸥的鸟巢、翻它们的鸟蛋，偷鸟蛋的时候走之前要留一个。小伊安娜在这方面要比我们几位都厉害。水是她身体里的一部分，她就像一条粗壮的海豹在水里来去自如。我年纪太大了，没法爬来爬去找鸟蛋了，但要是天气暖和，我挺乐意沿着海滩在水里走走，捡捡牡蛎。加赖一直陪在我身边，她说她担心我会不小心摔倒，折了腿。"骨折这种事，你这样的老年人恢复起来可就慢了"，她老把这话挂在嘴边，坚持要跟着我一起去，好像她比我多年轻似的。我们可都是老女人了，必须倚靠她们年轻人才行了，不过我去海边散步的次数也不多。知识圣殿一竣工，她就着手建造小花园，我想让她在那儿多待上一待。她把整个岛上的种子都收集起来，如果还有什么需要，我们一有机会就会从商人那儿采购一些。加赖喜欢跪在地上，用手指插在泥土里，嘴里一边还得念叨着施肥灌溉的词儿，不这么做她就满足不起来。苏兰尼在花园的南面摆了张长凳，我倒是喜欢坐在那上面给加赖出出主意。虽然她根本不理睬我说什么，但我知道她心里是欢喜我这样陪着她的。

知识圣殿是苏兰尼给大家造的，当时我们痛快地做了决定，留在这座岛上，不准备继续出海寻找新的落脚地了，包括特拉苏，我们也不打算再寻找下去，但待在这儿就是会有被海盗或是伊斯坎派来的人抓到海上关起来的风险。另外，漂亮的纳翁岱尔也因为撞上峭壁，断裂得挺严重的，要修好她的可能性也十分渺茫。所以，我们就在这儿建了我们的新家，我们共同的家。艾斯泰奇和奥尔索拉也出了力，不过主要还是由苏兰尼来搬运那些大石块，她的手臂里充盈着安吉的力量。她说她还要再盖栋房子，这样我们既有睡觉的地方，还有工作的地方。我觉得这似乎没什么必要，但奥尔索拉点头表示同意。"这房子可以容纳以后到这儿来的人，"她这话说得挺奇怪的，不过从她的嘴里听到这些话我们也见怪不怪了。克劳拉斯解释过，是安吉的力量守护着她，不让她发疯，要不然她一定会把我们所有人的梦都编得疯疯癫癫。克劳拉斯的眼睛能洞察出这类事情，这成了她的天赋。但要把我们的梦堵在外面，这点奥尔索拉还是办不到。在梦境中，她一遍又一遍目睹了所有我们在凯伦诺克经历过的事，她过得也挺不容易的，这我能理解她，但我不知道我们怎么做才能帮到她。我曾经问过克劳拉斯，她这样的情形对我们有没有危险。"她是不会伤害孩子的"，克劳拉斯后来是这么回答我的，如果真是这样的话，我也算安心了吧。

　　苏兰尼给她的羊群搭了一个小畜舍，这些羊是她到这儿后的第一年，问一个商人买来的，为的是让伊安娜喝上羊奶，好让她茁壮成长。我们住在地洞的时候，羊儿身上的热气是对我们巨大的慰藉。地洞里一直挺冷的，就算生再大的火也没用。加赖说，这是因为地洞那儿的力量是最大的，它就像安吉一样，这股力量既有阴面也有阳面，我们就是靠着这股力量的帮助才能制服那些伊斯坎派来的人。那些人把我们包围在知识圣殿里的时候，我们就逃到地洞里把伊安娜藏在那儿。加赖能和力量对话，她作了一次大的血祭，我们几个从地洞延伸出的一条小道走到山上。那一刻，我们所有人浑身上下充满了力量，连我的老胳膊也壮实了不少，我们把石头以及巨型的石块砸在那些人的身上。峭壁上滚下来的石头像放开的水闸一般，把他们砸得一个都不剩。

后来，苏兰尼用大石块在我们的房子周围盖了一圈围墙，用来保护我们。但现在苏兰尼没法立刻再去造新的东西了，她的肚子已经挺大了，加赖说这个夏天她就要生了。

我是唯一一个对苏兰尼怀有身孕感到惊讶的人。一直以来我们生病的时候都是由加赖照顾，所以这件事她很早就知道了。奥尔索拉因为能看到我们所有人的梦，所以任何事情在她面前也瞒不了多少。就连克劳拉斯似乎也知道这件事。我知道这件事还是达艾拉和我解释的，那天晚上就我们俩，我和她坐在一起缝衣服。她在缝一件婴儿服，我憋不住便问了问她关于苏兰尼的情况。达艾拉本来挺困的，被我一问她吃惊地抬起头来。

"艾斯泰奇和苏兰尼互生情愫很久了，卡比拉。这你知道的吧。"

我嗯嗯哼哼地应了一声："但根据我的理解，两个女人是造不出孩子的。"

"但艾斯泰奇不是女人，这你不知道吗？"

我努力克制住自己震惊的情绪。"你的意思是，她是一个男人？加赖才说过，这个岛上是容不下男人的。"

达艾拉笑道："不，她是女人。从内在来说，她是，岛上容不容得下是看一个人的内在。但她的身体并不能算是女人的身体。也不能算是男人的。她有点两者兼具。至于生孩子，她这样就够了。"她的语气突然严肃起来，"就是因为这样，所以她的家庭才把她给赶出去。她如果想要生存下来，唯一的选择只有出卖自己的肉体，要不然就是做奴婢。如果她卖身，那她的秘密就会公之于众，她很可能会被处死。所以她选择做维齐尔大臣家的仆人。她这一辈子都在担心别人发现这件事，发现她身体中有一部分属于男性，又有一部分属于女性——这和其他人又有什么关系？"

既然苏兰尼怀孕了，那很快就会有一个新生儿诞生在我们的屋檐下。我还挺期待的。我的时间已经是倒计时了。留给我的日子不多了，但我并不为此而感到忧虑。这么多年来,我倒是一直想不活了。如今,我不会再把死亡看成是一种出路,我也不会惧怕死亡的来临。我看过的事情够多了,经历的事情也够多了。不过,岛上能有新生命的诞生着实让我高兴。这些孩子们将体会到自由的真正含义,而这是我们几个姐妹们曾经无法想象的奢望。

我们还是照常忙着各自的事儿,生活也在绕着它钟爱的轨道一如既往地向前奔腾着。生活不易,但却幸福。加赖会用药草和汤剂照料我们的健康,给我们治病。克劳拉斯和伊安娜负责捕鱼打水。艾斯泰奇和苏兰尼负责看好羊儿,给我们采点儿野菜吃。我们的小厨房通通由艾斯泰奇掌管,她不允许别人和她抢烧饭的活儿。晚上若是回想起了过去,回想起了过去担惊受怕的日子,会有奥尔索拉给我们宁神。达艾拉会为大家唱歌跳舞,她还会缝衣服,知识圣殿外墙上一幅幅漂亮的画儿都是她画的。她会帮加赖在花园里刻一些木质的日常用品,顺便帮苏兰尼和艾斯泰奇一起采点儿莓子和一些别的吃的东西。

只有我什么事情都没有。我每回这么说,她们都会对着我捂嘴一笑,要不然就是哈哈大笑,什么样的性格就会有什么样的笑。她们称我为嬷嬷,说是我把大家聚到了一起。我觉得这称谓没什么必要。把我们捆绑在一起的是安吉的力量还有艾欧娜的献身。不过我也没反对。我把时间都用在处理伊斯坎的秘密卷轴上了,我把那些东西分门别类,细细研读。我还要记录日常的生活,督促大家也一起记。这样,我们的故事就不会被人遗忘了,我是这么对她们说的。

但其实,我记录的目的不止于此。我记录下来的原因,是想让埃西柯继续留在我的身边。我很担心她。我们逃走之后,伊斯坎对她做了什么?她现在的生活到底怎么样了?她还活着吗?我越想就越觉得不安。

现在我有她寄来的信了。我终于可以放心了。我不会给她回信,是时候该放手了。

第30章 埃西柯的来信

无比尊贵的母亲,愿您的双眼依旧锐利,双手依然稳健,感觉依旧敏锐。

我坐在太平殿的一张桌前给您写信。太阳低空照,光线透过偌大的窗户洒进来,灰尘像是金色光线中的一盏盏小灯在空气中打转。我的手肘旁放着一只盛了红酒的碗,还有一盘裹糖维迦饼。酒和饼飘来的香味,薄薄的糖粉在太阳下泛着的光,都让我回想起在您的房间里我们一起度过的美妙夜晚。那些夜晚寂静无声,房里有的只是温柔的阴影、甜甜的烘焙品,还有悠然自得的我们。和父亲在一起时,一切都变得很快、很突然,印象中的轮廓变得坚硬、尖锐。而你却那么柔和。秘密让我们联系在一起。这感觉好像,无论我走到哪里去,都逃不过你手里蛛网密布的丝线。但不论如何,多亏了您的恩赐,让我拥有了比你、比欧哈丁所有女人都多的自由。这一点我不会忘记。为了这份礼物,我才想到现在写信给你,母亲。这是我写的唯一一封信。因为还有太多的事,让我无法原谅你,我很感谢我得到了这份自由,但感激无法填补所有的伤口。

让我最难以释怀的是安吉的逝去。

自从你杀死安吉后已经过了三年。每天早晨醒来的时候,我仍然能感受到失去安吉的痛苦,仿佛胸口在灼烧。你永远都不会明白这种感觉。你总以为你能和我感同身受,我在写下这几行字的时候,都能想象出你站在我面前的样子——你抽泣的时候,你的肩膀会微微颤动,你生气的额头上冒出了皱纹；你总以为你对安吉无所不知，因为你是她的看护人，更是她的朋友，她伴随着你的成长。但安吉是我的双生子，我和她互相交融，在我记事之前，她就一直在那儿。失去她的感觉几乎难以想象。我身体里的一部分伴着她一起死去。我不知道我究竟该如何活下去。父亲也不明白，安吉之于他的意义与我不同。不管他怎么想，她从来不会像面对我那般同父亲说话。我明白她所说的一切，不需要任何挣扎。她的声音穿过我的身体径直抵达我的心中，在我的血液里低诉。早在我出生以前，她就成为了我身体的一部分。你没有这种感觉。

失去安吉的痛苦，并不是只有我一个人在承受。整个兰卡地区都垮了。这里寸草不生，农民没有收成。我猜想，土壤应该会慢慢复原的——我从父亲的书卷里读到过，曾经也有其他的地区失去过它们的心脏。因为安吉是兰卡的心脏，父亲则将她变成了整个凯伦诺克的心脏。

没有了薪水和食物，工人们成为了第一批离开这里的人。他们绝大多数向东行进，我指那些没能在商贸船上谋得差事的人们。还有一部分人成了抢匪和海盗。

地主们仍然苦苦守候在这个地方，他们不想放弃自己祖传的庄园，还有祖先们的墓地。但现在，就连他们也准备出发了。庄稼歉收得太厉害，他们甚至用金子都买不到吃的。而金子又不能填饱肚子。他们朝什么地方走、靠什么活下去，我都一无所知。或许，他们带上足够的金子和首饰之后，可以在其他国家开创新的生活。或许他们失败了。如果土地恢复耕种，他们说不定还会回来的。谁知道呢。

我最近一直在忙着帮困扶贫。整个冬季，我传令下去，将国库里的粮食分发出去。靠着国库里的钱我又买了更多的粮食回来。但连年征战，国库的钱已经快要见底了，没法再给贫困者采购粮食。父亲这几年忙着扩张，根本没有国家愿意借钱给凯伦诺克。我也没法在其他地区提高税收，那里的人已经饿得直不起腰了。我不希望老百姓像对待父亲那样畏我、恨我。我希望他们能敬我、爱我。

王公的宫殿如今空着。我可以搬到那儿去住，但我还是更习惯待在我原来的房间里。我已经把索南的妻女接到这里来住了，她们现在同我住在一起，我们相处得很融洽。每天晚上我都会和我的小侄女一起玩。她一看就是有大智慧的孩子，她的母亲也是位才华洋溢的妇女，孩子才这么点大，她就教孩子读书写字。或许等她以后长大了，我会把她选为我的维齐尔大臣。母亲，我们会时常祭奠索南、科林和伊农。只要我活着，他们的名字就会受人尊敬，永远不被遗忘。我希望，听到这个消息，您可以安心一些。我也没忘记我死去的姐姐们，我会为她们点一炷香，烧点纸钱给她们。她们都没能活下来，我也不知道她们究竟有多少人。虽然她们都没有名字，但至少让她们知道，我心中有她们。

每天我会让人在永和殿里摆满新鲜的花朵。父亲一手打造的对王公的狂热崇拜倒是对我很有用处，幸亏这一点，我现在才能统治整个凯伦诺克。我们照旧在王公的忌辰或是丰收的日子里祭奠他的灵魂。我们会安排浩浩荡荡的队伍，给穷人发救济金和食物。在祭日里，我们给所有的公务员，包括王公的所有官员和工人们放假，让他们有时间祭奠王公还有自己死去的亲人们。在这一系列的事件里，我扮演着王公长子的身份。

当然也有人反对我的统治。你一定能猜出他们的姓名来，但他们是谁其实无关紧要，反正是宫廷里的男人罢了。他们说我不是一个男人。这些闲言碎语我其实并不在乎。在管理凯伦诺克这一方面，我要比他们强得多。我不需要借用安吉的黑水，让他们对我俯首称臣。战士们喜欢我。我和他们一起骑马打仗，我的表现也绝不辜负他们对我的尊敬。他们对我忠心耿耿，即使那些在宫殿里的狗腿子天天在那儿满腹牢骚、争吵不休。我要让战士们得到很多好处，授予他们荣誉。

我要在同将军一起骑马阅兵的时候，提醒这些走狗擦亮眼睛，走在我身边的可不是宫里面的文官。

　　我下定决心要好好统治这个国家，我要巩固父亲为凯伦诺克夺得的版图，我要让埃西柯的名字载入史册，她是凯伦诺克第一位女君主。在你杀死安吉之前，我在她的水里见过这些画面。即使我仍然可以用奥兰诺自称，但我还是选择做回埃西柯。但虽然是埃西柯的身份，我的行事作风还是一切如常。我打算找一名丈夫，他不是家财万贯，就应该是某个诸侯国里的显贵。内耐尔总督的儿子算是一个人选。我想，我应该要让这位总督知道，他的儿子若是娶了维齐尔大臣，会是何等的荣耀。对了，我现在的身份是维齐尔大臣，维齐尔大臣的印章和委任状都在我手里，维齐尔大臣的仆人和侍卫都听候我的指令。我可没有像我父亲对待我爷爷那般，为了得到这份差事杀了父亲。希望爷爷在天之灵能够安息。

　　你杀了安吉之后，父亲勃然大怒。母亲，当他发现你们偷了那么多他最秘密的卷轴之后，他更是怒不可遏。艾欧娜对他身体造成的伤害让他卧病在床了好长一段时间。当他能下地以后，证实安吉确实已经消亡，他的图书室也被洗劫一空后，他整个人彻底疯了。我猜想，他应该很快就会派船出去搜寻你们的下落。我对此一无所知，母亲，我发誓。我过去以为，所有人都效忠于我，但显然还是有人收受父亲的贿赂。直到他们远征失败的消息传来，我才知道这件事。听说船上所有的男人都死了——你们是怎么办到这一点的，母亲？这个问题我有时候很好奇。每次想到这一点，我的眼前就浮现出你们的样子，我会回想起那个恐怖的夜晚，你们聚集在安吉的周围，回想起在那之后发生的一系列的事情，想到这儿，我就不好奇了。因为只要你们团聚在一起，就有能力办到任何事。你的能力深不可测。你总以为我的性格遗传了我的父亲，但事实并非如此。父亲终其一生都生活在不安和恐惧之中，所以他才需要安吉。但你却有抛开一切，解脱自己的能力。

我的身体里也有这股力量。正是这股力量，我知道虽然我失去了安吉，虽然我也很伤心，但是我可以活下去。

但父亲做不到。当他得知，他派出去的男人们没能取回你们偷走的那些宝典后，他终于崩溃了。他想要寻回安吉的希望落空了——他总以为，你们偷走的书卷里藏有关于安吉的知识。他没来得及读完所有的宝典，也没来得及解开所有的奥秘，我也没来得及看这些书，所以我也不知道他想的到底对不对。他现在只会坐在死水旁喃喃自语。他连睡觉也不离开那儿。但安吉是不会开口回应他的。他的感官已经出了故障，就像一个牙牙学语的婴儿一般，他的外貌也忽然沧桑了好几岁。他的头发已成白色，皮肤松松垮垮，总爱驼着背，他的双手开始颤抖，四肢无力。我已经不再去探望他了，因为他每一次看见我，总把我当成是他的母亲伊藏妮。他有时候会把我叫成莉罕，双手色眯眯地抓住我的肩膀，贪婪地看着我。我不想再看到他这副样子了。他已经构不成任何威胁了，母亲。不管有没有神力帮助他，他都已经回不去了。没有人再畏惧他。我会派人给他送吃的过去，要是刮风下雨了，我也会派人给他送伞送衣服，但仅此而已。我想他应该熬不过下个冬天了。

我只是想让你知道一下这个情况。你不必再畏惧他，也不用担心他会报复你。你可以在安详和宁静中度过你的余生。

我知道你为什么觉得安吉非杀不可，母亲。我理解你的选择。换成是我处在你当时的位置，我或许也会这么做——可我又怎么能体会到有子女的感受呢？我只知道，安吉和我之间的距离要比你或是父亲靠我更近。我理解你并不意味着我原谅了你。

有时候我会想，我的身体里是否还残留着她的能量。幸亏如此，我才能让那些身强体壮的男人听候我的差遣。士兵们之所以对我如此忠诚，是因为在安吉死去的时候，我的身体里接受了一部分她散发出的力量，这股力量鼓舞着士兵。你有没有过类似的感觉呢？

不，你不必回答我。我也不希望你写信给我。我不想知道你究竟是生是死，母亲。在我的想象中，你和其他的女性生活在一座岛上，你们建立了一个新的家。海风吹拂在你灰白的头发上，像山一样灰，像山一样健壮。我知道你一定能照顾好自己。现在，我也告诉你我的情况了。

火盆里的火苗已经灭了。寒冷在夜晚透过窗户偷偷钻进房里。屋外有只乌鸦在歌唱。我的眼皮好沉，我的床榻在呼唤着我。明天又是新的一天，繁重冗长的工作等待着凯伦诺克的维齐尔大臣。有好多事情等着我去做。我喜欢这样的生活。

我爱你。

别了，母亲。

埃西柯

第31章　达艾拉

我坐在白夫人山上写稿子，山的名字是我们取的。房子修得很好，刮风下雨的话，那儿是很好的庇护所，但到了夏末里阳光明媚的时候，我更喜欢享受阳光打在皮肤上的感觉，我喜欢将门诺斯岛尽收眼底，喜欢看着蓝色大海一闪一闪刺眼的样子。过了差不多有五十年了，我依然会被岛上的美景所震撼到。这世上还有比这更美的地方吗？高山连绵着天空，橄榄树和柏树的枝叶相互交错，到了春天漫山遍野开出白色的花朵。我的双脚熟悉山上的每一条小径，不过这可不是我的任务，我的任务是照看好牧场上的羊群。我喜欢到这儿来的见习修女们，我喜欢她们的笑声，喜欢她们朝气蓬勃的样子，喜欢身边有她们相伴。但我最爱的，还是踩在这些可爱的小路上，闻一闻脚下的百里香和迷迭香飘来的香味，听一听可安鸟的叫声。

艾欧娜的生命应该选在一座岛上终结。由我来做这件事比较合适。我也已经到了知天命的年纪了。当时，我和其他人一同乘着纳翁岱尔来到门诺斯岛上，现在我们的队伍里却只剩下了我一个。奥尔索拉是去年走的，她很长寿，我应该活不到她那个年纪，但我觉得这无所谓。我的生活很美好、很充实！我如同惊喜和礼物一般地生活着。有一天，我的身子骨也会和其他几位一同躺在地下的墓室。但我向她们请求，让我的头盖骨埋在我现在坐的这个位置上，埋在山上。那样我就可以变回艾欧娜的身份，让她在最后一刻获得安息。

二嬷嬷艾斯泰奇死后，伊安娜希望我继承嬷嬷的位置。这个主意让我只好一笑置之。

"伊安娜修女，以艾欧娜的名字起誓，这个建议烂透了！我一点儿也没有做嬷嬷的样子，这你知道的。见习修女都喜欢聚集在你的身边。我年纪大了，很快就要离开这个世界了。"伊安娜本还想继续反驳，我笑着说："奥尔索拉在梦里看过我的命运，我的好妹妹。我虽然不至于在这一两年里走，但我也没有多少年可以活了。见习修女们需要一个稳定的嬷嬷，一个可以让她们长期投靠、信赖的嬷嬷。"

这样，伊安娜就成了我们小小修道院的第三位嬷嬷。这几年里，岛上登陆了四位新见习修女。有关一座只有女人可以生活的岛的传言和故事已经在世界上传开——或许是那些看望我们的渔民和商人传出去的。故事里的女孩子被误传成遭人毒打、被人跟踪、受尽折磨的可怜人。为了找到我们的踪影，她们需要历尽千辛万苦。我们在这儿所创建的一切，没有被世人冷落或遗忘，这挺好的。我们开创了在这世界上的任何地方都绝无仅有的生活，或许偶尔看起来有些阴暗、有些困难。但在这里，女孩子能过上安宁和有保障的生活，还能获取知识。她们能在这里，认识到自己宝贵的价值，学会坚强。或许，我们可以把这座岛的影响力散播到整个海面，甚至有朝一日颠覆外面的一切。

我要把我的这份手稿放在修道院最秘密的合集里，那本合集保存着我们从欧哈丁里偷来的手稿。希望这既是门诺斯第一代修女所有故事的结尾，也是另一段故事的开始。